만당 시가와
종교문화

晚 唐

만당시가와 종교문화

임원빈 지음

學古房

머리말

　중국의 왕조 중에서 儒教와 佛教 및 道教가 전반적으로 함께 흥성했던 시기는 唐代이다. 이는 사회가 발전하고 지식인들의 사상이 이전에 비하여 개방되었기 때문이다. 또한 唐代의 문학이 융성할 수 있는 사상적 기초도 바로 이러한 세 가지 종교나 사상의 융합에서 나왔다고 해도 과언이 아니다. 이 시기의 시인들에게 있어서 기본적인 사상적 기반은 儒教이다. 이것은 어린 시절 학업을 시작하면서 처음으로 접하게 되는 글들이 儒教의 經典이고, 청년 시절 立身揚名을 위해 매진했던 공부가 바로 儒教의 經典이었기 때문이다. 그러나 이러한 바탕이 있더라도 새로운 사상의 접근은 시인들에게 새로운 시각을 만들어주고 그 사상의 폭을 넓혀주는 것이다. 사회 전반에 스며들어 있던 佛教적 요소나 道教적 요소는 자연스럽게 시인들의 창작에 영향을 주었고 자의적 타의적으로 창작에 드러나고 있다.

　1장은 佛教(禪宗)文化와 시가이다. 불교는 종교로 문화라고 지칭할 수는 없지만, 불교가 폭넓게 사회의 문화로써 자리 잡았다면 역시 일종의 문화요소가 된다고 할 수 있다. 唐代는 이미 儒佛道가 모두 중시되고 저변 확대된 시대이지만 晩唐이라는 시기는 불교에 있어서 특수한 시기이다. 武宗의 불교 탄압으로 불교의 종파 중 禪宗이 오히려 발전하게 되면서 특히 禪師들의 시가창작이 두드러졌기 때문이다. 또한 禪宗의 교리가 인간의 마음을 중시하는 것이기에 혼란한 晩唐에 심리적인 안위가 필요했던 많은 시인들에게 禪宗은 아주 적합한 종교이자 사상이었다. 따라서 이들은 아주 자연스럽게 禪宗에 관심을 가지게 되었으며, 禪宗의 오묘한 교리를 시로써 잘 표현하였다. 이러한 정황에서 대부분의 시인들이 禪宗의 哲理를 시가로 표현하고 있지만, 그중에서도 두드러진 시인은 司空圖이다. 司空圖는 唐代의 멸망을 직접 겪은 시인으로 늘 유가적인 부분과 불교적인 부분에서 벗어나지 못한 시인이다. 그러므로 관리로써 나라를 걱정하는 시가창작도 적지 않지만, 늘 어쩔 수 없다는 생각으로 수시로 隱居를 택하여 생활하며 그때그때 은일생활의 정취를 표현하였다. 특히 그는 누구보다도 더 禪宗에 심취했던 인물답게 禪理가 풍부한 시가를 창작했으며 심지어는 승려처럼 偈頌을 창작하기도 했다.

2장은 道敎文化와 시가이다. 道敎 역시 唐代의 儒佛道를 다함께 중시하는 사회적 현상에 따라 많은 시인들이 자연스럽게 접한 종교였다. 이러한 道敎의 철학적인 측면과 道家의 隱逸思想이나 不老長生에 대한 관심 등은 晚唐 시인들에게 광범위하게 영향을 주었기에 점차 한 사회문화로 자리 잡았다고 할 수 있다. 실제로 晚唐의 시인들의 시가를 분석해보면 기본적으로 隱逸思想을 가지지 않은 시인이 없을 정도였다. 그러므로 학업에 몰두할 때 의도적으로 은거하여 道敎의 정신을 배웠으며, 또한 정치적 타격을 입거나 科擧에서의 실의에 빠졌을 때 일시적이라도 세상을 등지고 싶을 때, 또는 심리적 안위를 얻고자하는 심정으로 道敎의 無爲自然思想에 심취하곤 했다. 또한 道敎에 대한 관심이 지나쳐 소위 不老長生을 꿈꾸며 잠깐일지라도 道敎의 煉丹術에 빠졌던 시인도 적지 않다. 이러한 관심과 심취는 그대로 시가의 소재가 되어서 晚唐 시인들의 시가에 직접적으로 드러나고 있다. 李商隱의 경우도 역시 마찬가지이다. 李商隱은 道敎에 심취한 시인은 아니지만 그의 시가를 보면 전문적인 道敎용어나 道教행사에 대한 언급, 그리고 道士와의 왕래를 통해 창작한 시가 적지 않으며, 道教의 神仙術이나 煉丹術에 관련된 道教文化의 일면 역시 시가에 표현하고 있다.

　3장은 晚唐 僧侶의 시가창작이다. 詩僧이란 시가창작에 뛰어난 승려를 말한다. 불교가 중국으로 전래된 이후 魏晉시기부터 승려들이 시가를 통하여 불교의 교리를 표현하기 시작하였다. 그 후 승려들의 시가창작은 점차 불교적인 요소를 벗어나 일반 시인처럼 개인적인 심리를 표현하게 되었다. 특히 이러한 개인적인 심리는 주로 山寺에서 수행을 하면서 만들어진 山居詩에 표현되어 있는데, 여기에는 단순히 한가한 隱居생활의 정취만을 표현하고 있는 것이 아니라 혹은 표면적으로 혹은 겉으로 드러나지 않게 禪宗의 철학적인 요소가 스며들어 있다. 이러한 것은 단순한 山居詩가 아니며 오묘한 철리를 담은 自然詩나 山水詩와 아주 흡사하기에 일반적으로 넓은 의미의 禪詩라고 부르고 있다. 좁은 의미의 禪詩가 불교적인 요소가 담겨 있어야 하는 시라고 한다면, 넓은 의미의 禪詩는 불교적인 哲理가 시가에 스며들어 겉으로는 드러나지 않는 철학적인 시를 말한다. 특히 晚唐에 있어서 승려들의 넓은 의미의 禪詩는 일반 사대부들이 창작한 일반 禪詩와 아주 유사하다. 이러한 측면은 바로 승려들이 자신의 禪理를 시를 이용하여 잘 접목시켰기에 가능한 것이며, 반면에 일반 士大夫들은 禪宗의 禪理를 교묘하게 자신들의 시가에 녹였기 때문에 가능한 것이다. 晚唐 승려로 대표적인 인물은 貫休와 齊己이다. 이들은 당시의 사대부들과 폭넓게 왕래하였기에 그들의 일부 시가창작은 일반 사대부들의 시가와 다를 바 없다. 그런 경향은 단순히 禪詩의 경향에서만 보이는 것이 아니라 사대부들이 혼란한 晚唐의 현실사회를 반영하였던 것처럼 승려이지만 그들 역시 현실사회를 반영하고 있기도 하다. 특히 貫休와 齊己는 樂府詩의 현실주의시가전통을 계승하여 樂府詩의 형식으로 현실을 반영하는데 뛰어났다. 이러한 晩唐 승려들의 시가창작은 후에 한국의 高麗시대에 유사한 창작이 발생하고 있다. 高麗는 佛敎國家로 국가적인 차원에서 불교를 장려하며 高麗초기부터 高僧들은 시가로 佛敎의 敎理를 표현하였다. 비록 고려의 승려가 晩唐의 승려처럼 士大夫화 되지 않았고, 또한 아직은 여전히 이들의 창작에서 불교적인 요소가 중심이 되고 있는 것은 사실이다. 그렇지만 시가 내용의 면면을 보면 晩唐 승려가 표현한 다양한 측면, 즉 단순히 불교적인 요소가 담긴 禪詩만을 창작한 것이 아니라 소위 넓은 의미의 禪詩를 창작하고 있으며, 일부나마 현실사회에 대한 관심을 시가에 표현하고 있음을 알 수 있다. 이러한 고려 승려의 창작 중 慧諶은 가장 대표적인 승려시인이라고 할 수 있다.

4장은 晩唐 僧侶의 시가이론이다. 晩唐 승려들은 다양한 풍격이나 다양한 내용을 가진 시가를 창작했을 뿐만 아니라 시가 자체의 이론에도 깊은 관심을 가지고 있었다. 이에 소위 '詩格'이라는 제목의 시가이론서를 많이 창작하였다. 비록 晩唐의 모든 승려가 이러한 시가이론서를 지은 것은 아니지만 齊己와 虛中은 승려로써 상당히 깊이 있게 시가이론을 언급하고 있다. 이중에서 齊己의 『風騷旨格』에 대하여 비록 일부에서는 깊이가 없는 시가이론서라는 평가를 내리고 있기는 하지만 실질적으로는 양적이나 질적으로 뛰어난 詩歌理論를 담고 있다. 승려들의 시가이론서의 저술은 그들의 저술에서 일부 보이듯이 역시 禪宗과 관련이 있다. 禪宗이란 종교가 직접적으로 시가이론과는 관련이 없지만 승려들의 수행 자체가 치열하고 苦行의 한 과정이라는 측면에서 시가창작에서의 소위 "苦吟"과 깊은 연관성이 있다. 이는 시가창작 역시 쉽게 얻어지는 것이 아니라 일종의 고행 속에서 창작되기 때문이다. 특히 齊己의 경우는 자신의 시가이론서를 통하여 당시의 시인들의 시가를 인용하거나 직접적으로 자신의 시가를 인용하여 시가이론의 근거를 밝히고 있기에 實事求是적인 시가이론서라고 할 수 있다. 또한 이러한 시가이론에 대한 관심은 그의 시가창작에서 있어서도 지대한 영향을 주었기 때문에 승려로서의 지위와 더불어 일반 시인으로서의 지위도 상당히 높았다.

晚唐의 시인들은 사실상 다른 시기에 비하여 혼란시기에 살았을 뿐, 이들이 창작한 시가는 정도나 수량이 차이가 있기는 하지만 다양한 풍격을 보여주고 있다. 종교라는 것은 혼란한 시기에 오히려 더욱 시인들의 구미에 맞을 지도 모른다. 그것은 시인도 인간이기에 혼란한 사회를 변혁하고자 투쟁하다가도 지칠 수 있기 때문이며, 그러한 때에 종교는 쉼을 주거나 안위를 주고 또 미래에 새로운 활력을 줄 수도 있기 때문이다. 이 책에 수록된 글들은 唐代末期라는 혼란기에 창작된 시가를 宗敎文化라는 각도로 연구한 결과물을 수합한 것이다. 끝으로 이 책이 나오기까지 힘써 주신 학고방 출판사 하운근 사장님과 수시로 연락하며 수고를 많이 하신 편집부의 박은주 팀장님에게도 심심한 감사를 드린다. 본인의 중국고전시가에 대한 연구는 진행형이기에 앞으로도 더욱 깊이 있고 의미 있는 연구를 해나갈 수 있도록 많은 분들의 가르침을 바란다.

2015년 2월

좋은 물소리가 나는 마을, 吉音에서   任元彬

목차

目次

一、

佛教文化와 시가

佛敎(禪宗)文化와 唐末의 詩歌

Ⅰ. 序論

문학은 그 시대를 반영하기 때문에 당연히 그 사회의 변화에 민감하다. 또한 문학에 반영된 것이 다시 사회에 영향을 주므로 문학과 사회는 서로 상호작용을 한다고 할 수 있다.

唐末의 시기는 唐 제국이 쇠퇴하며 결국은 멸망으로 진행되어 가는 시기이다.1) 이 시기의 다양한 사회적 불안이나 변화는 문인들의 창작에 영향을 주었다. 이러한 변화 중에서 종교인 佛敎(禪宗)2)를 시가 창작과 관련시켜 고찰하고자 한다.

唐末 문단의 경향에 대하여 일반적으로 "(黃巢의 亂)이라는 전체적인 붕괴 이후에 문장가와 시인들은 대부분 세상을 구하거나 세상을 풍자하는 것을 포기하고 자신을 구하는 것으로 되돌아갔다. 이로 말미암아 세상을 구하거나 세상을 풍자하는 문학으로부터 오락을 추구하는 문학으로 변했다."3)라고 말하고 있다. 즉 개인적이며 향락

---

1) 唐末이라는 시기는 일반적으로 통용되는 구분은 없다. 본 고는『唐詩選·前言』에서 나눈 文宗 大和元年(827)에서 昭宗 天祐四年(907)까지를 唐末의 시기로 삼았다. (『唐詩選·前言』, 中國社會科學院文學研究所編, 人民文學出版社, 1978.)

2) 唐代에는 여러 종파의 불교가 존재하고 있었지만 唐末로 가면서 禪宗위주의 불교가 발전하기 때문에 "佛敎(禪宗)"라고 표기하였다.

3) 羅根澤著,『中國文學批評史』, 上海古籍出版社, 1984, 170쪽. "'黃巢之亂'的總崩壞之後, 文章家與詩人大半部都放棄救世與刺世, 而反回來救自己; 由是自救世刺

을 추구하는 경향이 주류를 이루고 있음을 지적하고 있다. 이러한 견해는 주류를 보는 입장에서 일반적으로 인정하고 있다. 그러나 이 이면에 나타나고 있는 문인들의 창작의도의 변화를 본다면 새로운 측면을 고려할 수 있다. 즉 "反回來救自己(자신을 구하는 것으로 되돌아갔다)"의 의미는 종교적인 사상과 연관시킬 수 있다. 이 시기에 성행했던 佛敎(禪宗)는 개인의 "心"을 중시하는 이론을 가지고 있었는데 이러한 부분은 바로 "救自己(자신을 구하다)"와 관련이 있다. 佛敎(禪宗)의 사상과 시가창작에 대하여 "중국시가에 있어서 주체 심령의 외면화와 개체 의식의 각성으로부터 창조성의 충분한 발휘 심지어는 개성 해방 사조의 출현에 이르기까지 모두 적게 든 많게 든 禪宗의 心性學說과 일정한 관계가 있다."[4]라는 지적은 바로 이 시기의 시가창작에 있어서 "個性解放思潮的出現(개성 해방 사조의 출현)"이라는 측면과 이러한 창작경향의 변화를 가져다 준 佛敎(禪宗)의 영향이라는 두 가지 측면을 주의하게 한다. 결국 사회를 생각하는 儒家적인 시각은 오락을 추구하는 시각으로 변했을 뿐만 아니라 인간이라는 개인의 "心"을 중시하는 경향으로도 변화한 것이다.

　이 시기의 문인들이 선종의 영향을 받고 있지만 佛敎(禪宗)가 특정 종교로서 시가에 영향을 주고 있다기보다는 佛敎(禪宗)文化라는 한 문화로써 영향을 주고 있는 것이다. 따라서 佛敎(禪宗)文化와 詩歌와의 관계를 단계적으로 고찰하고자 한다. 우선 唐代의 佛敎(禪宗)와 시가창작에 대한 고찰을 하고자 한다. 다음에는 佛敎(禪宗)文

世的文學, 變爲自娛樂人的文學."

4) 周裕諧著, 『中國禪宗與詩歌』, 上海人民出版社, 1992, 314쪽. "中國詩歌上從主體心靈的外化、個體意識的覺醒到創造性的充分發揮甚至個性解放思潮的出現, 都或多或少與禪宗的心性學說有一定的關係."

化가 실제적으로 시가창작에 어떻게 반영되고 있는 가를 고찰하고
자 한다. 끝으로 시인들의 창작심리에 주안점을 두어 佛敎(禪宗)문
화와 작가의 심리를 고찰하는 부분으로 佛敎(禪宗)에의 心醉와 靜謐
한 境界의 追求 그리고 感傷적인 心境의 表現으로 나누어 고찰하고
자 한다.

Ⅱ. 唐代의 佛敎(禪宗)와 시가창작

1. 佛敎(禪宗)의 정황

唐代에 있어서 불교와 정치와의 관계는 상당히 밀접했는데 "당 왕
조 21명의 황제 중 武宗 李炎이 마지막으로 불교를 반대한 것 이외
에 그 나머지는 모두 불교를 이용했을 뿐만 아니라 대다수는 모두
불교에 상당히 매혹되어 있었다."5)라는 기재와 같이 황제들의 통치
의 필요성이라는 정치적인 이유와 불교에 대한 깊은 관심이라는 두
가지 측면에서 전반적으로 반대하기보다는 옹호하는 입장이었음을
알 수 있다. 이러한 황제들의 불교에 대한 태도는 불교의 발전에 영
향을 준 것은 사실이며 불교역사에 방향을 제시한 것도 사실이다.
唐代 황제들의 불교에 대한 관심과 옹호는 역사서의 기재를 통하
여 쉽게 알 수 있다. 元和 十三年 憲宗은 "佛骨을 영접하여 京師인
장안으로 모셔와 궁전에서 삼일을 모신 연후에 각 사찰에 보냈다."6)

---

5) 郭朋著, 『中國佛敎思想史』 中卷, 福建人民出版社, 1994, 175쪽. "在唐朝二十個
   皇帝中, 除了武宗李炎, 最後反佛以外, 其餘的, 都是利用佛敎的(而且, 多數都是
   非常佞佛的)"
6) (宋)司馬光撰, 『資治通鑑』 卷二百四十, 「憲宗元和十四年」, 中華書局, 1956,

라는 기재에서와 같이 불교에 지극한 관심으로 "迎佛骨"을 하였다. 물론 이러한 헌종의 태도는 당시 韓愈의 반대에 부딪혔다. 한유는 「論佛骨表」에서 "입으로는 선왕의 법도에 맞는 말을 하지 않으며 몸에는 선왕의 법도에 맞는 옷을 입지 않고, 군신의 의리와 부자의 정리를 알지 못 합니다."[7]라는 시각에서 불교를 반대하였다. 기본적으로 당대 황제들은 불교에 대하여 옹호하는 입장이었지만 한유의 지적과 같이 불교의 발전과정 중에 사회에 영향을 주면서 유교와의 모순이 존재하게 되었고, 불교 자체의 폐해도 적지 않았기에 불교를 반대하며 탄압을 하기도 하였다. 대표적인 것은 會昌五年(845)七月, 武宗의 毁佛정책으로 소위 佛家에 말하는 "會昌法難"이다. 또한 황제의 滅佛정책 이외에도 唐末 다방면의 사회혼란 역시 불교에 발전에 악영향이 주었는데 특히 농민기의는 "乾符시기에 도적의 무리 지어 분분히 일어나자 禪師들은 흩어졌다."[8]라는 기재를 통하여 알 수 있듯이 불교에 큰 타격을 주었다.

불교가 唐末에 타격을 받았지만 武宗 이후의 황제들은 여전히 불교를 숭상하였기에 재차 발전의 기틀을 마련할 수 있었다.[9]

이러한 상황에서 禪宗의 발전을 주의할 필요가 있다. 唐末에 불교 탄압이나 농민기의 등으로 말미암아 불교가 타격을 입었지만 선종

7758쪽. "使迎佛骨至京師, 上留禁中三日, 乃歷送諸寺"

7) (唐)韓愈撰, (宋)廖瑩中集註, 『東雅堂昌黎集註』卷三十九,「論佛骨表」, 上海古籍出版社, 1993. 470쪽.(『四庫唐人文集叢刊』影印本) "口不言先王之法言, 身不服先王之法服, 不知君臣之義, 父子之情."

8) (宋)贊寧撰, 范祥雍校點, 『宋高僧傳』卷十二,「唐蘇州藏廣傳」, 中華書局, 1987, 281쪽. "時乾符中, 群寇紛紜, 禪侶分散."

9) 湯用彤著, 『隋唐佛敎史稿』, 中華書局, 1982, 51쪽. "自會昌五年至唐亡凡七十年 … 佛敎之勢力亦受其影響 … 後之諸帝多亦信佛"

은 오히려 발전을 하게 된다. 그 이유는 "당시 불교를 반대하는 이
유는 주로 승려들이 기생생활을 하면서 일하지 않고 향유하였기 때
문이다. 불교를 훼손하고자하는 자가 중시했던 것은 사찰의 재산과
토지이다. 사대부들은 대부분 불교가 유가윤리이념이 결핍된 것에
불만을 가지고 있었다."10)인데 선종의 교리는 이러한 이유와 무관하
기 때문이었다. 즉 慧能이후 발전하여 唐末에 널리 전파된 禪宗은 "농
사와 참선을 함께 한다." · "하루라도 일하지 않으면 먹지 않는다."11)
라는 교리를 가지고 있었다. 이는 다른 종파가 寺院이나 佛經을 중
시하는 것과 다른 면이다. 특히 百丈懷海 禪師에 대한 "아침저녁으
로 모여 함께 식사하는 것을 마땅하게 여기며 節儉을 보였다 … 불
전을 세우지 않고 오로지 법당을 세웠다 … 선종이 홀로 발전한 것
은 百丈懷海에서 시작한다."12)라는 일화는 바로 滅佛의 대상에서 제
외되게 하였을 뿐만 아니라 오히려 발전하는 기틀을 마련하게 되었
음을 정확하게 지적하고 있다.

  唐末의 혼란시기에 처하여 문인들은 不遇와 국가에 운명에 대한
참담한 심정에 대한 평정을 찾고자 했다. 이때 불교의 다양한 종파
중 선종만이 발전을 이루며 사회전반에 널리 유행하였기에 문인들
은 자연스럽게 선종에 기탁하게 되었다. 이렇듯 惠能의 禪宗은 唐末

---

10) 杜繼文, 魏道儒著, 『中國禪宗通史』, 江蘇古籍出版社, 1993, 290쪽. "因爲當時反
    佛 者的理由, 主要在僧侶的寄生生活, 不勞而享; 毁佛者看重的是寺院的財産地
    産; 士 大夫多不滿於佛敎之缺乏儒家倫理理念."
11) (宋)普濟著, 『五燈會元』 卷三, 「百丈懷海禪師」, 中華書局, 1984, 136쪽. "農禪
    并 作" · "一日不作, 一日不食"
12) (宋)贊寧撰, 范祥雍校點, 『宋高僧傳』 卷十, 「唐新吳百丈山懷海傳」, 中華書局,
    1987, 236쪽. "朝參夕聚, 飮食隨宜, 示節儉也 … 不立佛殿, 唯樹法堂 … 禪門獨
    行, 由海之始也."

에 발전하기 시작하여 "선종은 완전히 중국화 된 불교의 새로운 종
파가 되었으며 또한 전면적이고 철저하게 불교를 개조했을 뿐만 아
니라 광범위하며 영향이 심원한 사회운동을 형성하였다."[13]라고 지
적하듯 문인사대부의 기호에 부합되면서 사회전반에 영향을 주었을
뿐만 아니라 불교 자체에서도 불교의 禪宗化를 형성하게 하였으며
더불어 점차 中國化가 된 불교로 자리잡게 되었던 것이다.

2. 詩歌와 禪의 합류

唐末 선종의 발전이 사회전반에 영향을 주었다는 점은 당시의 문
인들이 선종의 영향을 많이 받았다는 측면과 종교라는 울타리 속에
있던 선승들이 사회에서 활동을 시작하며 문인들의 영향을 받았음
을 시사 하는 것이다. 이러한 쌍방 간의 접촉은 시가창작에서도 같
은 양상을 가지게 된다. 소위 시인에게 있어서 "以禪入詩"와 선승들
에게 있어서 "以詩寓禪"[14]의 경향이 형성되었다. 시인들은 자신들의
심정을 선종의 禪理에 대한 境界를 빌어 표현하였고, 선승들은 자신
의 覺悟나 體得을 시가형식을 빌어 표현했던 것이다. 이러한 것은
바로 禪과 詩의 융합을 뜻하는 것으로 이들의 시가를 통하여 그 면
면을 알 수 있다.

唐代의 禪僧 중에는 시가창작에 뛰어난 재능을 보여준 소위 "詩
僧"이 적지 않다. 예를 들면, 寒山·拾得·方干·皎然·貫休·齊己

---

13) 孫昌武著, 『禪思與詩情』, 中華書局, 1997, 133쪽. "禪宗作爲完全中國化的佛敎
的新宗派, 不僅全面徹底地改造了佛敎, 而且造成了一个廣範的, 影響深遠的社會
運動"
14) (臺灣)杜松柏著, 『禪學與唐宋詩學』, 黎明文化事業股份有限公司, 1976. (第三章
以詩寓禪, 第四章 以禪入詩의 명칭을 따름.)

등이 있다. 唐末의 가장 대표적인 詩僧인 齊己의 시「書古寺僧房」을
보기로 하자.

> 푸른 숲 깊은 곳에 등불이 찬란하게 빛나고 있네.
> 봄날 절 찾은 유객 많지만 꽃이 떨어질 때 선승은 문 닫고 좌선에
> 몰입하네.
> 세상 모든 것이 마음속에서는 고요하고, 돌을 흐르는 샘물처럼 맑
> 다네.
> 고달픈 삶을 서로 묻지 말지 어니, 소란함과 침묵은 서로 상응할
> 수 없는 것이네.[15]

이 시는 禪寺의 靜寂한 분위기와 禪僧의 세속을 초월하여 체득한
淸澄한 境界를 흠모하는 심정을 표현하고 있다. 이는 唐末의 일부
시인들이 산사에 머물면서 禪寺의 분위기나 禪僧의 경지를 보고 난
후에 얻은 느낌을 쓴 시가들과 상당히 흡사하다. 그러므로 후인은
제기의 시가 풍격에 대하여 "淸潤平淡, 亦復高遠冷峭"[16]라고 평했는
데 이러한 평은 시인의 시를 평할 때 주로 쓰는 표현으로 승려의 시
같지 않음을 알게 한다.

선종은 佛性이란 인간의 마음을 통하여 얻을 수 있다고 강조하면
서 개인이 가진 "心"을 중시했다. 즉 "깨닫지 못하면 즉 佛도 중생이
고, 한 마음으로 만약 깨닫는다면 즉 중생도 佛이다. 고로 일체의 萬
法이 자신의 마음속에 있음을 알면서 어찌하여 자신의 마음을 따르

---

15) 綠樹深深處, 長明焰焰燈. 春時遊寺客, 花落閉門僧. 萬法心中寂, 孤泉石上澄.
　　 勞生莫相問, 喧黙不相應.
16) (明)胡震亨著, 『唐音癸籤』 卷八, 上海古籍出版社, 1981, 82쪽.

지 않는가? 순간에 영원한 진리와 본성을 볼 수 있거늘."[17]이라는
선종의 사상은 인간 자신의 개성을 중시하게 하는 인생철학과 사유
방식에 새로운 변화를 가져다 준 것이다. 이러한 변화된 사고는 시
가 창작에서 자아를 중시하는 측면으로 표현되었다.

시인들은 창작 중에서 禪宗의 영향을 받아 소위 "以禪入詩"한 시
가가 적지 않다. 즉 元人 方回가 "불교가 중국에서 성행한 것은 오래
되어 사대부들이 그것을 좇아서 거하는 곳으로 가거나 그 무리와 벗
하며 즐겼다. 또한 그것을 심히 좋아하여 그것을 학문으로 연구한
것도 한 부류이다 … 시인들은 그 理趣의 오묘함을 글로 잘 표현했
다."[18]라고 지적하듯 이미 문인들이 불교(선종)의 영향을 받아 시가
를 창작하기 시작했음을 알 수 있다.

이러한 방면에서 唐代에 가장 저명한 시인은 王維인데 그의 시가
에 나타난 理趣는 "右丞却入禪宗"[19]라고 말 한 바와 같이 禪宗의 영
향을 받았음을 알 수 있다. 당 후기에 이르러 왕유와 흡사한 意境을
보여준 시인으로 시로써 禪理를 잘 표현한 시인은 白居易이다. 그의
시 「偶懷蘭田楊主簿因程智禪寺」중 "新年三五東林夕, 星漢迢迢鐘梵
遲"(신년 십오일 東林寺의 저녁 무렵에는 은하수가 아스라이 보이고
종소리와 불경소리가 조용히 들린다.)라는 표현은 禪寺의 幽靜한 분
위기를 잘 보여주고 있다. 이러한 시인들의 시가는 唐末에 이르러서

---

17) 楊曾文校寫, 『敦煌新本六朝壇經』, 上海古籍出版社, 1995, 31쪽. "不悟, 卽佛是
   衆生, 一念若悟, 卽衆生是佛. 故知一切萬法盡在自身心中, 何不從於自心, 頓見
   眞如本性"
18) (元)方回編, 『瀛奎律髓』 卷四十七, 上海古籍出版社, 1993, 503쪽.(『四庫文學總
   集選刊』影印本) "釋氏之熾於中國久矣, 士大夫靡然從之, 適其居, 友其徒, 或樂
   其說, 且深好之而研其所謂學, 此一流也. … 詩家者流, 又能精述其趣味之奧."
19) (明)胡應麟, 『詩藪』 內篇, 上海古籍出版社, 1979, 119쪽.

더욱 발전되었다. 또한 禪宗은 唐末에 이르러 더욱 성행하였으므로
아주 자연스럽게 문인들에게 영향을 주었다.

司空圖는 禪宗에 심취하여 禪理를 시가로 표현하는데 뛰어난 시
인 이였다. 그의 시 「與伏牛長老偈」其二를 보기로 하자.

긴 줄로도 형체가 없는 것을 묶을 수 없고, 반 조각 게송이 마음
에 전해질 수 있더라도 역시 깨닫지는 못하리라.
마음속의 나를 없앨 수 있다면 마음속에는 아무 일도 없게 되는
것이며, 문자로 깨달음을 속박해서는 안 된다.[20]

이 시는 비유적인 수법을 이용하여 깨달음은 말로 전해지지 않는
다는 禪宗의 "不立文字"의 이치를 나타내고 있다. 즉 "空虛"나 "疏"는
깨달음을 비유하고 있다. "偈"는 원래 禪僧들이 시에 영향을 받기 전
부터 자신의 覺悟를 표현한 형식인데 시인은 이러한 형식을 빌어 자
신의 禪理에 대한 체득을 표현하고 있다. 이 시는 理趣가 지나쳐 시
인의 시 같지 않고 선승의 偈頌과 다를 바 없는 단점이 있지만 오히
려 선종이 시인에게 준 영향을 쉽게 알 수 있다.

禪師의 시가와 시인의 禪理가 풍부한 시는 바로 詩歌와 禪의 합류
를 의미하는 것으로 唐末의 한 창작경향을 형성하고 있다. 이러한
詩歌와 禪의 합류는 창작으로서의 시의 意境을 형성하고 있으며, 文
學審美의 범주를 확대시키고 있다. 결국 이런 경향은 후대에 지속되
어 "詩는 禪을 화려하게 만들었고, 禪은 시가 창작의 귀중한 부분이
되었다."[21]라는 詩句를 탄생하게 하였다.

20) 長繩不見繫空虛, 半偈傳心亦末疏. 推倒我山無一事, 莫將文字縛眞如.
21) (金)元好問, 『元好問全集』 卷14, 「答俊書記學詩」, 山西人民出版社, 1990, 435

Ⅲ. 佛敎(禪宗)文化와 시가창작

佛敎(禪宗)文化와 시가창작의 관련은 시가 창작 속에 나타나는 佛
敎(禪宗)관련 용어의 사용을 통하여 알 수 있다. 이러한 용어는 시가
에서 주요한 부분을 차지하기보다는 우선적으로 사회문화의 한 부분
으로 변한 佛敎(禪宗)의 영향을 시사하는 것으로 이해할 수 있다.

1. 시가제목의 佛敎(禪宗)관련 용어

이 시기의 일부 시인들은 禪宗의 영향을 받아 시가 제목에 山寺의
명칭이나 禪僧의 이름 등을 직접적으로 쓰고 있다. 즉 선종과 관련
된 직접적인 용어인 "寺"·"禪"·"禪師"·"上人"·"精舍" 등을 사용하
고 있다.[22] 이러한 시가의 양이 비록 한 시인의 전체 시중에서 큰
비중을 차지하지는 않지만 제목 자체에 직접적으로 쓰였다는 것은
의의가 있으며 또한 이렇게 본다면 그 수가 적은 것은 아니다. 이러
한 시가들은 시가의 제목으로만 쓰인 것에 그치는 것이 아니며 대부
분은 시가의 내용과 관련이 있다.

唐末의 저명 시인인 杜牧이나 李商隱은 다양한 시가 풍격을 지닌
시인으로 청년시절 정치적 이상을 품고 있었지만 불교에도 관심을
가지고 있었다. 특히 불교 중에서 당시 유행하고 있던 선종과 관련
된 시가가 적지 않다.

杜牧은 開成 二·三年 30대 중반의 나이에 지방을 유람할 때 비교

쪽."詩爲禪客添花錦, 禪是詩歌切寶刀."

22) 杜牧 28首, 李商隱 9首, 溫庭筠 30首, 杜荀鶴 34首, 皮日休 28首, 陸龜蒙 36首,
　　羅隱 18首, 韋莊 8首, 司空圖 15首 등이다.

적 한적한 생활을 할 수 있었다. 우선 揚州에 간 두목은 禪智寺에서 생활하였는데, 이 시기에 주로 禪寺에서 禪僧과 왕래하는 기회를 갖게 되었다. 그러므로 "揚州城 동쪽의 禪智寺에서 거했는데 주위가 맑고 그윽하니 보이는 것이 푸른 이끼 · 하얀 새 · 황혼의 아지랑이와 석양이 아닌 것이 없었다."[23]라고 하듯 이 시기에 지은 시 「題揚州禪智寺」는 禪寺에서 느끼는 "淸寂"한 분위기를 표현하고 있다.

　　비가 개니 매미가 소란하게 울고 소나무와 계수나무는 가을바람에 조용히 나부낀다.
　　푸른 이끼 섬돌에 가득한데, 흰 새 떠나려하지 않네.
　　황혼의 아지랑이가 깊은 숲에서 생기고, 석양은 누대로 내려오네.
　　누가 알까? 대나무 숲 서쪽 길 너머에 노래 소리 가득한 양주가 있음을.[24]

이 시는 우선 시가의 제목에 직접적으로 절의 명칭을 쓰고 있다. 제목에 주는 느낌은 시가가 주는 느낌과 마찬가지로 번잡한 세속을 벗어났음을 추측하게 한다. 시에 나타난 禪寺의 심원한 境界는 산수시의 풍격을 가지며 王維시에서 쉽게 볼 수 있는 詩語와 理趣를 가지고 있다. 또한 시인의 시가답게 都市와 山寺를 비교하여 산사에서의 정취를 교묘하게 강조시키고 있다. 그러므로 이 시에 후반부에 대하여 "結句에 山寺의 幽靜을 표현하였는데 특히 신묘하다."[25]라고

---

23) 繆鉞著, 『杜牧傳』, 人民文學出版社, 1977, 55쪽. "住在揚州城東的禪智寺中, 環境淸寂, 所見無非靑苔, 白鳥, 暮靄, 斜陽"
24) 雨過一蟬噪, 飄蕭松桂秋. 靑苔滿階砌, 白鳥故遲留. 暮靄生深樹, 斜陽下小樓. 誰知竹西路? 歌吹是揚州.
25) 高步瀛選注, 『唐宋詩擧要』卷四, 上海古籍出版社, 1959, 511쪽. "結筆寫寺之幽

평하고 있다.

또한 그 이듬해 宣州에 간 두목은 "이 시기에 상황이 쓸쓸하여 늘 혼자 한가롭게 거닐며 자연의 경물을 감상했다."[26]라고 하듯 유유자적한 생활을 보냈기에 역시 선사와 관련된 시가가 많다.[27] 두목은 이 시기 이외에도 일생의 시작 창작 중에 山寺나 禪僧이 언급된 시가 적지 않다.[28]

李商隱은 청년시절 스스로 "부인과 사별하는 집안의 도를 잃어 평소의 생활에 갑자기 즐거움이 없었기에 이를 이기고자 불교를 섬기기 시작했다."[29]라고 언급했듯이 喪妻로 인한 심리로 불교에 관심을 두기 시작하였음을 밝히고 있다. 이러한 관심을 가지고 있었기에 두목과 마찬가지로 禪寺나 禪僧을 언급한 시가 적지 않다.[30]

상술한 두 시인이외에도 이 시기에 활동했던 대부분의 시인들이 적게든 많게든 선종의 영향을 받았으며 이와 관련된 시가창작을 하였다.[31] 언급된 시인은 唐末의 저명 시인들이지만 그 외에도 선종과

靜, 尤爲得神."

26) 『杜牧傳』, 57쪽. "這時情況比較冷落, 所以常常一个人出去漫步, 欣賞自然景物"

27) 예를 들면, 「將赴宣州留題揚州禪智寺」, 「題宣州開元寺」, 「寄題宣州開元寺」, 「題宣州開元寺水閣, 閣下宛溪, 夾溪居人」, 「宣州開元寺男樓」등이 있다.

28) 예를 들면, 「偶游石盎僧寺」, 「池州廢林泉寺」, 「題禪院」, 「題水西寺」, 「行經廬山東林寺」, 「贈終南蘭若僧」등이 있다.

29) (唐)李商隱著, 『樊南乙集序』, "喪失家道, 平居忽忽不樂, 始剋意事佛"

30) 「題僧壁」, 「同崔八詣藥山訪融禪師」, 「明禪師院酬從兄見寄」, 「別智玄法師」, 「五月六日夜憶往歲與澈師同宿」등이 있다.

31) 예를 들면, 溫庭筠의 시가 중에는 「開聖寺」, 「宿雲際寺」, 「月中宿雲居寺上方」, 「題中南佛塔寺」, 「宿輝公精舍」, 「商山早行」, 「早秋山居」등이 있다. 皮日休의 시가 중에는 「遊棲霞寺」, 「宿報恩寺水閣」, 「開元寺客省早景卽事」, 「奉和魯望同遊北禪院」, 「題支山南峰僧」등이 있다. 陸龜蒙의 시가 중에는 「寒夜同襲美訪北禪院寂上人」, 「奉和題支山南峰禪師」등이 있다. 杜荀鶴의 시가 중에는 「題岳

관련된 용어를 시 제목에 쓴 시인들이 적지 않다.

상술한 시인들의 시가가 전부 선종에 관한 내용을 언급한 것은 아니다. 그러나 이러한 제목을 통하여 이들의 시가창작 중에서 선종 과 관련된 면을 엿 볼 수 있으며, 선종이 당시에 얼마나 널리 문인 들에게 영향을 주고 있는 가를 알 수 있다.

2. 詩語로 쓰인 佛敎(禪宗)관련 용어

시인들의 시가 창작 중에 佛敎(禪宗)와 관련된 내용을 더욱 분명 히 알 수 있는 것은 상술한 제목에 나타난 불교(선종)관련 용어뿐만 아니라 각 시가의 내용 중에 나타난 禪宗과 관련된 용어를 통해서이 다. 이러한 부분은 바로 禪宗과 관련된 용어가 詩語로 쓰인 것을 말 한다.[32]

杜牧은 禪宗에 관심을 가지고 있었기에 그의 시가 중에 선종관련 용어를 쓴 시가 많다. 예를 들어, 「念昔遊」三首 중 "李白題詩水西寺" 에서는 직접적으로 "水西寺"라는 명칭이 詩語로 쓰였다. 그리고 「題 禪院」 중 "今日鬢絲禪榻畔"의 詩語인 "禪榻"란 禪師들이 坐禪하거나 손님들을 묵게 하는데 쓰이는 침상을 가리킨다. 또한 「贈終南蘭若僧」

麓寺」, 「題開元寺門閣」, 「宿東林寺題願公院」, 「題德玄上人院」, 「贈僧」등이 있
다. 羅隱의 시가 중에는 「春日獨游禪智寺」, 「春日湘中題岳麓寺僧舍」, 「和禪月
大師見贈」, 「寄無相禪師」, 「長明燈」등이 있다. 韋莊의 시가 중에는 「東林寺再
遇僧益大德」, 「洪州送西明寺省上人游福建」, 「贈禮佛名者」등이 있다

32) 唐末 시인의 시에 나타난 佛敎(禪宗)와 관련된 詩語의 판별은 『禪宗詞典』(袁
賓主編, 湖北人民出版社, 1994.)과 『佛敎大辭典』(吳汝鈞編著, 商務印書館國際
有限公司, 1994.)을 참고하였다. 우선 시인들의 시가에서 佛敎(禪宗)와 관련된
시가를 선별한 후에 다시 그 시에 나타난 詩語 중에서 佛敎(禪宗)와 관련 있
다고 보여지는 詩語를 앞 두 서적을 참고하여 확인하거나 인용하였다.

중 "休公都不知名姓, 始覺禪門氣味長"에서 "休公"이란 禪僧의 이름을 가리키는 것이며, "禪門"이란 불가를 지칭하는 것이다. 또한 「行經廬山東林寺」 중 "未得空堂學坐禪"에서 "空堂"은 山寺를 가리키며, "坐禪"은 선승들의 깨우침을 얻기 위한 수련이다. 이러한 詩語들은 바로 두목과 선종과의 관련을 알게 한다.

李商隱은 佛敎에 대한 관심이 남달라 스스로 學佛에 몰두했던 시인이다. 그러므로 그의 시가에서는 불교에 대한 깊이 있는 내용들이 보인다. 그의 「題白石蓮花寄楚公」를 보자.

> 흰 돌로 만든 연화대는 누구를 받드는 것인가? 종일 석등 앞에서 불상에 봉양 드리네.
> 빈 정원에 이끼가 무성하고 서리와 이슬 내리는데, 때때로 꿈속에서 노승을 만나네.
> 大海龍宮은 무한한 곳이고, 諸天涯塔 역시 얼마나 높은지 알 수 없네.
> 鶖子인 舍利弗이 참된 羅漢이라고 자랑하지만, 楚公이 上乘의 道를 깨달을 것만은 못하리라.[33]

이 시는 불교용어가 상당히 많이 사용되었기에 불교에 대한 깊이 있는 학식이 없다면 이러한 시가를 창작할 수도 없을 것이고 감상하기도 쉽지 않을 것이다. 첫 구는 道源의 주에 "鑿白石爲蓮花臺, 捧燈佛前"[34]라고 설명되어 있다. 소위 "白石蓮花"는 불공을 드리는 장소

---

33) 白石蓮花誰所共? 六時長捧佛前燈. 空庭苔蘇饒霜露, 時夢西山老病僧. 大海龍宮無限地, 諸天涯塔幾多層? 漫誇鶖子眞羅漢, 不會牛車是上乘.
34) 劉學鍇、余恕誠著,『李商隱詩歌集解』, 中華書局, 1988. 1286쪽을 참고 인용함.

를 말하며 "六時"란 불경에서 하루를 여섯 개의 시간으로 나누는 것을 말하는 불교와 관련된 용어이다. 셋째 구의 "大海龍宮"이란 『法華經』 중에 언급되어 있는데 여기에서는 "佛的淸淨, 廣大的境界"[35]를 뜻하고 있다. 또한 "諸天"이란 불경의 용어로 道源의 주에 "佛書有三界諸天, 自欲界以上皆曰諸天"[36]라고 설명하고 있다. 넷째 구의 "鶖子"와 "羅漢" 그리고 "牛車"는 모두 『法華經』에 언급된 내용이며, "上乘"은 "佛敎分道的深淺爲大乘, 小乘. 上乘卽大乘"[37]을 뜻한다. 이 시는 불경에 대한 깊은 이해로써만 창작될 수 있는 것이기에 이상은의 불교학문에 대한 깊이를 알 수 있다. 다만 淸人 紀昀이 "後四句嫌禪偈氣"[38]라고 언급했듯이 불경의 내용이 지나치게 인용되어 僧侶의 偈같은 맛이 강하며 시인의 시 같지 않음도 사실이다.

杜牧과 李商隱 이외의 시인들의 작품에도 시가 중에 불교(선종)용어를 시어로 사용한 시가 적지 않다. 즉 앞 절의 시가제목에 직접적으로 불교(선종)용어를 사용한 시가들은 불교(선종)와 관련된 용어가 詩語로 사용하고 있다.[39]

羅隱의 시가 중에도 다양한 불교(선종) 관련 용어가 詩語로 사용되고 있다. 예를 들면, 「和禪月大師見贈」 중 "應觀法界蓮千葉"에서 "法界"는 불교용어로써 사물의 현상이나 본질을 가리키며, 그 출처는 『華嚴經』 "入於眞法界, 實亦無所入"이다. 또한 「宿法華寺」 역시 불교(선종) 관련 용어를 詩語로 이용하여 창작되었다.

---

35) 葉葱奇疏注, 『李商隱詩集疏注』, 人民文學出版社, 1985, 329쪽.
36) 『李商隱詩歌集解』, 1287쪽을 참고 인용함.
37) 『李商隱詩集疏注』, 330쪽.
38) 『李商隱詩歌集解』, 1289쪽을 참고 인용함.
39) 주31)를 참고.

마음은 빈숲과 같이 어두운데, 한 줄기 불빛이 차가운 대나무를
환하게 비추고 있다.
어느 곳에 小乘客이 있는지 모르지만, 한 밤중 바람결에 독경소리
들려온다.[40]

이 시는 空寂의 분위기를 자아내는 山寺에서 쓴 시이다. 閑寂하고
靜謐한 山寺에 있는 시인은 독경소리를 들으면서 세속과 동떨어진
곳에 있음을 느끼고 있다. "空"은 불교용어이지만 일반화된 용어라
고 할 수 있다. 특히 詩語로 쓰인 "小乘"은 소위 小乘佛敎를 지칭하
는 것으로 개인적인 覺悟나 解脫을 구하는 보수적인 불교의 일파이
며 세속을 떠나 淸淨한 수행을 강조했고, 중생의 覺悟와 解脫로써
자신의 覺悟와 解脫의 일부로 삼는 大乘불교와 다른 의미를 가지고
있다.[41] 그러나 시에 있어서는 이러한 구분보다는 불교에 다가가고
자 하는 심정을 표현한 것으로 이해할 수 있다. 또한 "誦經"은 佛經
을 암송하는 것을 가리키는 것으로 불교와 관련된 용어이다.
이러한 불교(선종)문화가 시가 창작에 반영된 詩語들은 唐末이라
는 혼란시기에 문인들이 자연스럽게 불교(선종)문화에 영향을 받고
있음을 나타내준다. 특히 이러한 불교(선종)문화의 반영은 시가 창
작에 있어서 불교(선종)의 전문적인 용어가 시에 일상적인 詩語로
이용됨으로써 시어의 확대를 가져왔다는 의의를 가지고 있다.

---

40) 心與空林共杳冥, 孤燈寒竹自熒熒. 不知何處小乘客, 一夜風前聞誦經.
41) 吳汝鈞編著, 『佛敎大辭典』, 商務印書館國際有限公司, 1992, 100~101쪽.

Ⅳ. 佛教(禪宗)文化와 작가심리

唐末이라는 혼란시기에 처했던 많은 시인들은 자신의 이상을 실현하는데 순탄하지 않았다. 특히 당시 광범위하게 전해졌던 불교의 禪宗은 자연히 이들의 심리에 영향을 주었다. 비록 이들이 완전히 선종에 귀의하지는 않았지만 순간순간 禪寺의 분위기에 빠져들거나 禪僧의 경지를 동경하면서 귀의하고 싶은 심정을 드러내거나 혹은 그런 경계에 다다른 듯한 意境을 보여주는 시가를 창작하였다. 또한 이들은 혼란시기에서 늘 자신의 심리적 불안과 고통을 쉽게 벗어날 수 없었기에 한편으로는 禪寺나 禪僧의 境界를 표현한 시가를 창작하면서도 한편으로는 늘 소극적이며 低沉적인 시가를 창작하게 되었다. 즉 禪理가 풍부한 시가가 있는 반면에 感傷적인 시가가 공존하게 되었던 것이다.

1. 佛教(禪宗)에의 心醉

禪宗의 영향을 받은 이 시기의 문인들 중에는 스스로 禪宗에 심취되어 이를 시가창작에서 표현하였다. 우선 시인이 스스로 禪宗에 대한 관심을 표현한 시가들을 살펴보자. 이러한 관심은 시인들에게 禪宗을 배우고자 심리를 표현하게 하였으며, 아울러 자연히 禪師와의 폭 넓은 교류를 가능하게 하여 이들 간의 왕래를 표현한 시가를 창작하게 하였다.

李商隱은 선종에 대한 관심으로 스스로 선종을 배우고자 하였으며, 또한 선사와의 교류를 표현한 시가도 적지 않다. 예를 들어, 「自桂林奉使江陵途中感懷寄獻尚書」 중의 일부분을 보자.

　　서늘한 누각과 이리저리 휘어지는 소나무, 고요한 집과 무성한 계
수나무,
　　學佛하는 곳에서는 나를 周續之처럼 여겨 받아들이고, 마을에서
는 나를 柳子惠처럼 여겨 나의 勤愼을 알아주는구나.
　　흰 옷 입은 선승을 방문하고, 검은색 모자 쓴 은자를 찾는다.
　　불문에 매혹되고 속박되어 불경서적에 사로잡혔다.[42]

　　이 시의 첫 구에서는 그윽한 분위기를 묘사하고 있다. 둘째 구는
선승이나 사대부들이 "結社念佛"[43]하는 내용과 시인의 깨끗한 생활
태도를 표현하고 있다. 시에서의 周續나 展禽은 이러한 禪僧이나 사
대부이다. 시인은 이러한 내용을 통하여 자신 역시 學佛하는 부류임
을 암시하고 있다. 또한 "白衣居士"나 "烏帽逸人"란 일반적으로 隱逸
한 사대부를 지칭하는데 이 시에서는 구체적으로 禪僧을 가리키고
있다. 특히 "佞佛"이란 『晉書 · 何充傳』에서 何充과 何準 형제가 불
교에 매혹된 것을 일컬어 "佞佛"이라고 한 것에서 비롯된다.[44] "縛"
이란 불교경전 『維摩詰經』의 "貪着禪味, 是菩薩縛"(禪味를 탐하여 집
착하는 것은 보살의 束縛이다)이라는 기재를 통해 그 의미를 알 수
있듯이 시인은 스스로 불교에 매혹되어 속박되었다. 아울러 스스로
學佛에 사로잡혔음을 표현하고 있다. 이러한 심정은 禪僧과 교류를
하면서 이들의 영향을 받아 생긴 것으로 후에는 자연스럽게 선종에
대한 관심으로 學佛에 매진하며 禪宗에 心醉하게 되었다.
　　李商隱의 시가 「題僧壁」 역시 시인의 불교(선종)에의 심취를 보여

---

42) 閣涼松冉冉, 堂靜桂森森. 社內容周續, 鄕中保展禽. 白衣居士訪, 烏帽逸人尋.
　　佞佛將成縛, 耽書或類淫.
43) 『李商隱詩歌集解』, 682쪽에서 淸 程夢星의 注를 재인용.
44) (淸)馮浩箋注, 『玉谿生詩集箋注』, 上海古籍出版社, 1979, 302쪽 인용.

준다. 이 시의 첫 연의 "捨生求道"나 "乞腦剜身"은 불경에서 인용된
고사로 해탈의 경지에 들려고 노력하는 선승들을 예로 들면서 이들
을 흠모함을 표시하고 있다. 특히 마지막 구 "若信貝多眞實語, 三生
同聽一樓鐘"(불경 속의 진실한 말을 믿으니 인간 일생 속에서 해탈
할 수 있구나)은 불경을 통하여 覺悟할 수 있다는 표현이지만 실제
로는 시인이 현실에서의 고통에서 벗어나 해탈하고 싶은 심정을 드
러내는 것이다. 이 시는 이상은의 불교(선종)에 대한 심취를 직접적
으로 드러내고 있기에 "深入佛海"45)라는 평가를 받고 있다. 또한 "이
시는 주제나 예술가치에 대해서 본다면 거의 가치가 없으며 단지 佛
典과 佛經의 단어만을 쌓아 놓아 禪僧의 偈頌 색채가 너무 과하다."46)
라는 평가는 비록 단점을 지적하고 있지만 불교(선종)문화와 시가창
작을 연관시킨다면 "禪偈氣'極重"라는 평은 오히려 불교(선종)문화
에 대한 심취의 정도를 알게 한다.

다음은 선종에의 심취를 직접적으로 드러내는 시인들의 偈頌창작
을 보기로 하자. 비록 이 시기에 대부분의 시인들이 이러한 偈頌을
창작한 것은 아니지만 적지 않은 시인들이 선승과 마찬가지로 禪理
에 대한 覺悟를 偈頌으로 표현하였다.

司空圖는 시가 이론으로 저명하지만 禪宗의 영향을 받은 시가 창
작도 역시 적지 않다. 그는 선종에 상당히 심취했기에 禪僧의 偈頌
과 유사한 偈頌을 창작하였다. 그의 시가 與伏牛長老偈」 其一을 보
기로 하자.

---

45) (淸)陸崑曾解, 『李義山詩解』, 上海書店, 1985, 4쪽.
46) 『李商隱詩集疏注』, 10쪽. "這首詩就主題, 就藝術價值來看, 都毫無價值之處, 只
是堆砌佛典和佛經的詞彙, '禪偈氣'極重"

　　깨닫든 깨닫지 못했든, 執着만 한다면 迷惑이 생긴다네.
　　이유 없이 서늘한 곳을 가리키더라도, 남방이 눈으로 덮여 그 곳
禪僧이 凍死할 수 있다네.[47]

　이 시는 선승의 게송을 모방하여 지은 것이다. 偈頌이란 선승들의
覺悟나 體得을 시가의 형식을 빌어서 표현한 것을 말한다. 禪宗 六
朝인 慧能이나 다른 선승들의 게송과 비교할 때 표면적으로는 별 차
이가 보이지 않는다. 다만 실제로 득도하여 표현한 게송과 모방하여
표현한 게송은 다를 것이다. 다만, 사공도의 이러한 게송의 창작은
시인이 얼마나 선종에 심취했는가를 알게 한다.

2. 靜謐한 境界의 追求

　이 시기의 시인들은 禪宗의 사상에 영향을 받아 禪理에 대한 體得
을 표현하고 있는 시가들이 많다. 이들은 대개 禪寺에서 머무르면서
자연스럽게 현실사회와 다른 새로운 분위기를 느끼게 된다. 또한 선
승들의 고고한 境界를 부러워하면서 그러한 경계에 이르고자하는
심정으로 선종에 심취하면서 자신이 체득하고 있는 境界를 표현하
고 있다. 즉 "禪宗이 唐代에 확립된 이후에 시인들 사이에 광범위하
게 영향을 주었다. 그들은 禪을 이야기하며 禪에 참여하면서 시가
중에 의식적이든 무의식적이든 禪理와 禪趣를 표현했다.[48]라고 말
한 바와 같이 선종의 영향을 받은 시인들은 자연스럽게 자신들의 창

---

47) 不算菩提與闡提, 惟應執著便生迷. 無端指個淸涼地, 凍殺胡僧雪嶺西.
48) 袁行霈著 「詩與禪」, (『佛敎與中國文化』, 文史知識編輯部編, 中華書局, 1988.
　　87쪽.) "禪宗在唐代確立以後, 就在詩人中間産生了廣泛的影響, 他門談禪, 參禪,
　　詩中有意無義地表現了禪理, 禪趣"

작 속에 禪理나 禪趣를 표현하고 있다.

　佛教(禪宗)文化와 시가창작에 있어서 "佛禪에 영향을 받은 문인 사대부들은 禪의 觀法을 자각하든 자각하지 안 든 항상 글로써 나타냈다. 시가 창작 중에 표현된 것 역시 엄숙하며 고요한 경계이며, 시인의 심경은 왕왕 한가롭게 얽매이지 않으며 塵世를 초월하였다."[49]라는 지적은 바로 禪理나 禪趣의 결과가 "肅穆沉寂的境界" 혹은 "安閑不迫, 超越塵囂"로 나타남을 보여주고 있다. 아울러 『景德傳燈錄』에서 "예를 들어, 가을 물의 맑음과 순수함이며, 淸淨無爲이며, 고요하며 구애됨이 없음이다."[50]라고 선종과 연관된 서적에서도 그러한 禪理나 禪趣가 이룬 예술풍격을 구체적으로 표현하고 있다.

　杜牧은 비록 불교를 반대했던 시인이지만 젊은 시절 남방을 유람하면서 자연스럽게 선사에서 생활하며 선승과 교류하는 시기가 있었다. 그러므로 이 시기의 다른 시인들과 마찬가지로 선종의 영향을 받아 창작한 시가 적지 않다. 특히 『本事詩』"文公寺에 이르러 禪僧이 갈옷을 입고 혼자 앉아 있어 그와 근본이 되는 말과 신묘한 말을 하면서 言外의 뜻을 드러내었다."[51]의 기록은 그의 선종과의 연관성을 알게 하며, 또한 여기에 기록된 그의 시는 『樊川文集 · 外集』에 「贈終南蘭若僧」[52]이라는 제목으로 기재되어있다.

---

49)　周群著, 『儒釋道與晚明文學思潮』, 上海書店出版社, 2000, 327쪽. "受到佛禪沐染的文士們常將禪的觀法自覺不自覺地流注于筆端, 詩作中表現的也是肅穆沉寂的境界, 詩人的心境往往是安閑不迫, 超越塵囂."
50)　(宋)釋道原撰, 『景德傳燈錄』卷九, 3쪽. (『四部叢刊』本) "譬如秋水澄淳, 淸淨無爲, 澹濘無礙."
51)　孟啓著, 『本事詩』, 廣益書局, 1930, 43쪽. "至文公寺, 有禪僧擁褐獨坐, 與之語其元言妙旨, 咸出意表."
52)　(唐)杜牧著, 『樊川文集 · 外集』, 上海古籍出版社, 1978, 321쪽.

　　북쪽 궁궐의 남산이 고향인데, 두 그루 仙界의 계수나무는 함께
향기를 낸다.
　　休公禪師의 이름은 모르지만 禪門의 이치를 깨달았기에 그 명성
이 널리 퍼지기 시작했다.53)

　이 시는 "同年과 성 남쪽으로 유람 갔을 때 丈八寺에서 선승에게
기증하였다."54)라고 하듯 선사에서 禪僧과 교유하며 지은 시이다.
먼저, 신묘한 분위기를 묘사하고는 "선취가 농후한 것으로 이름이
났다."55)라는 평가가 있듯이 禪宗의 理趣의 중요성을 직접적으로 표
현하고 있다.
　李商隱 역시 선사에서 머물면서 禪僧과 교류하며 閑寂空淡의 理
趣가 농후한 시가를 창작하였다. 그의 시 「明禪師院酬從兄見寄」를
보기로 하자.

　　세속에 바른 것과 그릇 것이 있음을 싫어하여 깨달음을 얻고자
청정한 마음을 추구하네.
　　그대는 禪理에 속박되지 않았고, 이곳은 한없이 淸淨한 곳이네
　　서리와 이슬은 고목에 깃들고, 은하수는 고향에 내려앉은 듯하다
　　이 즐거움이 관리의 험난함보다 좋으니, 험난한 세속에서 佛地로
가고자 한다.56)

---

53) 北闕南山是故鄉, 兩枝仙桂一時芳. 休公都不知名姓, 始覺禪門氣味長.
54) (唐)杜牧著, (淸)馮集梧注, 『樊川詩集注』卷三, 上海古籍出版社, 1962, 368쪽.
　　"與同年城南遊覽, 至丈八寺贈禪僧"
55) 『禪思與詩情』, 166쪽. "以禪趣濃鬱見稱"
56) 貞吝嫌玆世, 會心馳本原. 人非四禪縛, 地絶一塵喧. 霜露欹高木, 星河壓故園.
　　斯遊儻爲勝, 九折幸迴軒.

이 시에서 시인은 "本原"의 청정한 마음을 추구하며 한편으로는 "地絶一塵喧"에서 세속을 멀리하고자하는 표현과 같이 그러한 장소인 禪寺를 동경하고 있다. 결과적으로는 시의 마지막에서 불교에 마음을 두고자 하는 심정을 드러내고 있다. 淸人 姚培謙은 이러한 시인의 심정에 대하여 "결구는 바로 淸淨의 禪門에 귀의하려는 심정을 기원하고 있다."[57]라고 지적하였다. 또한 근인 역시 "결구의 두 구는 네가 만일 이렇게 좋다고 인식한다면 일찍이 禪寂에 마음 두기를 희망하며 다시 관리가 되어 고통스럽게 내달릴 필요가 없다고 말하고 있다."[58]라고 시인의 심정을 부연설명하고 있다.

시인들의 시가에 나타난 禪理나 禪趣는 주로 선사의 靜謐한 분위기나 禪僧의 空寂의 境界를 묘사하면서 나타난다. 시인들이 靜謐한 境界를 추구할 수 있게 된 것은 바로 禪理에 대한 體得에서 비롯된 것이다. 아울러 시인들은 靜謐한 境界를 추구하는 중에 자연히 理趣가 풍부한 새로운 意境을 만들어냈다.

3. 感傷적인 心境의 表現

불교에서 말하는 인생의 고해에 대한 해탈은 선승들이 일생을 통하여 추구하는 것이다. 선승들의 느끼고자하는 해탈의 경지는 쉽게 얻어지는 것이 아니기에 세속에서 벗어나 空寂한 산사에서 생활하면서 평생 노력을 기울여서 구도 작업을 한다. 비록 공적한 산사이

---

57) (淸)姚培謙撰, 『李義山詩集箋注』 卷四, 乾隆庚申, 6쪽. "結句則願其歸心淨地也."
58) 『李商隱詩集疏注』, 313쪽. "結二句說你如果認爲這樣好的話, 那就希望也早歸心禪寂, 不必再在宦途上辛苦奔馳了"

지만 깨달음을 얻기 위한 구도의 세월은 고통의 세월이 아닐 수 없다. 慧能은 "頓悟"를 주장하여 "반야의 지혜로 관조한다면 찰나 간에 허망한 생각은 모두 소멸될 것이며, 스스로 진정으로 佛을 잘 아는 승려가 된 후에 깨달으면 바로 佛地에 들어서게 되는 것이다."[59]라고 찰나간의 깨달음을 중시했지만 사실상 "妄念"은 쉽게 멸할 수 없기에 많은 선승들은 이 이를 없애기 위해 수련을 하였으며, 깨달음 얻지 못해 "苦海"에 빠졌다.

이 시기의 시인들이 禪理가 禪趣가 드러나는 시가를 많이 창작한 것은 사실이지만 사실상 이들은 이 시기의 선승들이 시의 영향을 받아 창작한 선승들의 禪理와 禪趣가 풍부한 시가와는 차이점이 있다. 즉 禪僧들의 시가는 현실생활과 동떨어진 시가라면 시인들의 시가는 결국에는 자신의 생활하던 현실생활을 벗어날 수 없지만 벗어나 심리적 안위를 얻고자하는 목적에서 창작된 것이다. 그러므로 시인들의 창작에는 항상 고통과 허무가 존재하며 이로 말미암아 선리와 선취를 표현하는 가운데 感傷과 슬픔이 함께 스며들어 있다. 즉 시인들이 선사에서 생활하면서 자신들의 깨달음을 寧靜이나 空寂의 境界로써 표현했지만 그 이면에는 늘 문인들이 현실생활 속에서 느꼈던 혼란사회에 대한 감개 혹은 개인의 不得意나 懷才不遇가 禪理나 禪趣를 표현하는 중에 드러나고 있다. 그러므로 "天寶 후에 시인들은 대부분 근심과 고통에 유랑하고픈 마음이 있어서 강호의 사찰에 기탁했다."[60]라는 언급을 통하여 이들의 심리를 알 수 있다.

---

59) 楊曾文校寫, 『敦煌新本六朝壇經』, 上海古籍出版社, 1995, 33쪽. "起般若觀照, 利那間, 妄念具滅, 卽是自眞正善知識, 一悟卽至佛地"
60) (宋)歐陽修.宋祁撰, 『新唐書』卷35, 「五行志」, 中華書局, 1975. "天寶後, 詩人多爲憂苦流寓之思, 及寄興于江湖僧寺"

杜牧은 시가 속에 자신의 失意나 사회혼란에 대한 感慨를 표현하고 있다. 山寺에서 생활하거나 찾아가 그곳에서 느껴지는 분위기와 시인의 感傷이 함께 드러내는 시가를 창작하였다. 그의 시 「題宣州開元寺水閣, 閣下宛溪, 夾溪居人」를 보기로 하자.

> 六朝의 문물이 아직 남아있고 풀이 하늘까지 닿도록 황폐하게 변했지만, 맑은 하늘과 한가한 구름은 예나 지금이나 변함없구나.
> 산 속에는 새들이 오가는데, 사람들의 즐거운 노래와 슬픈 울음소리는 물 흐르는 소리에 섞여있네.
> 가을비는 사방에 장막을 드린 듯 내리고, 해 질 무렵 누대에서 바람에 실린 피리소리 듣네.
> 范蠡와 인연이 닿지 않음을 슬퍼하며, 호수의 동쪽에 안개 덮인 채 들쭉날쭉 서 있는 나무들을 바라본다.[61]

이 시는 시인이 宣州에서 團練判官직을 맡고 있을 시기에 쓴 시이다. 이 시기 시인의 상황은 좋지 않아 仕途가 평탄하지 않았고, 동생이 병으로 고생하는 시기이다. 그러므로 이곳에서의 생활은 늘 우울하였다. 이 시는 전체적으로 開元寺의 水閣에서 본 경물을 묘사하고 있다. "天澹雲閑"에서 보이듯 이 시에는 산사의 한가함과 고요함이 시에 표현되고 있다. 그러나 시인이 직접적으로 이용한 "惆悵"이라는 단어는 이 시의 분위기를 이중적으로 만들고 있다. 즉 산사의 고요함은 시인에게 심리적 安慰를 가져다주는 듯 하지만 실제로는 그렇지 못하다. 시인은 심리적 安慰를 얻지 못했기에 은일생활을 영위

---

61) 六朝文物草連空, 天澹雲閑今古同. 鳥去鳥來山色裏, 人歌人哭水聲中. 深秋簾幕千家雨, 落日樓臺一笛風. 惆悵無因見范蠡, 參差煙樹五湖東.

하는 范蠡를 빌어 자신의 우울한 심정을 토로하고 있다. 결국 둘째
연과 셋째 연에서 겉으로 나타난 산사의 淸靜한 境界는 암암리에 시
인의 슬픈 심리와 합쳐져 感傷적인 정조가 되었다.

李商隱은 禪宗에 의지하며 자신의 고통을 잊고자한 대표적인 시
인이다. 그러므로 그의 시 전반에 침울함과 몽롱함이 보이고 있으
며, 선종과 연관된 시가에서도 그러한 측면을 쉽게 엿 볼 수 있다.
그의 시 「北靑蘿」를 보기로 하자.

> 석양이 崦嵫山으로 기울 때, 움막을 찾아 홀로 있는 승려를 찾았다.
> 낙엽만 흩날리니 사람은 어디에 있는지, 길에는 찬 구름만 겹겹이
> 쌓였다.
> 황혼 무렵 홀로 종을 치고는 한가롭게 지팡이에 기대고 있구나.
> 세상이 塵埃 속이니 내가 무슨 愛憎이 있으랴.[62]

"北靑蘿"란 승려들이 거주하는 장소를 가리키는 말로 이 시는 표
면적으로는 山寺의 그윽하고 고요한 분위기와 승려의 한적함을 표
현하고 있다. 그러나 그 이면에는 시인의 불우와 실의로 인한 感傷
적인 심리를 암암리에 드러내고 있다. 즉 殘陽·孤僧·落葉·寒雲·
獨敲 등은 바로 시인의 심정을 대면하는 시어로 산사의 분위기나 승
려의 경계와는 다른 쓸쓸함이 배어 있다. 결구에서는 불교적인 용어
를 빌어 자신의 현실을 塵埃로 표현하며 고뇌에 찬 감탄으로 끝맺고
있다. 이러한 시인의 심리를 "말 연은 '獨孤'와 '閒倚'의 淸淨한 境界
로 인하여 세상은 塵埃라는 탄식을 드러내게 하였다."[63]와 "후반은

---

62) 殘陽西入崦, 茅屋訪孤僧. 落葉人何在, 寒雲路幾層. 獨敲初夜磬, 閒倚一枝藤.
世界微塵裏, 吾寧愛與憎.

단지 승려의 悠閑自得과 愛憎을 잊은 것을 묘사하지만 그러나 시인
의 恨만 못하다는 의미는 도리어 言外에 가득하다."[64]라고 지적하고
있다. 이 시는 표면에 드러난 산사와 승려의 境界를 시인의 고뇌로
연결하여 새롭고 독특한 문학심미를 형성하고 있다.

羅隱은 唐末의 현실 속에서 역시 일생동안 뜻을 얻지 못했던 불우
한 시인이다. 그 역시 많은 선승들과 왕래하거나 산사에 거하면서
자신의 感傷을 표현하였다. 그의 시「春日湘中題岳麓寺僧舍」를 보
기로 하자.

> 科擧와 武功 둘 다 얻지 못하니, 가파른 난간에 기대어 시름을 멀
> 리 보낼 뿐이다.
> 고민이 많아 숲 속 꾀꼬리와 마음대로 이야기하는데, 북쪽으로 가
> 는 기러기는 박정하게도 고개조차 돌아보지 않는구나.
> 봄이 무르익어도 천지가 취할 때를 기다릴 뿐이고, 물이 넓게 트
> 여 흘러도 세상이 떠 있는 것만을 알뿐이다.
> 고승과 함께 깊은 속마음을 말하고 싶지만, 들판의 꽃과 향기로운
> 풀이 서로 원망하니 어쩌나![65]

이 시에서 시인은 幽靜한 산사의 정취를 통하여 자신의 심리적
고통을 벗어나고자 한다. 그러므로 결구에서 "欲共高僧話心迹"라고
직접적으로 귀의하려는 심정을 드러내지만 현실을 완전히 잊을 수

---

63) 『李商隱詩歌集解』, 1873쪽. "末聯因'獨孤', '閒倚'之清淨境界生出世界微塵之慨."
64) 『李商隱詩集疏注』, 507쪽. "後半只描寫僧的悠閑自得泯却愛憎, 然自恨不如之意
却溢於言外"
65) 蟾宮虎穴兩皆休, 來凭危欄送遠愁. 多事林鶯還謾語, 薄情邊雁不迴頭. 春融只待
乾坤醉, 水闊深知世界浮. 欲共高僧話心迹, 野花芳草奈相尤.

없는 모순된 심리를 표현하고 있다. 첫 구에서 지적한 "愁"는 바로 "羅隱은 戰亂에 태어나 오랫동안 뜻을 이루지 못했기에 슬픔과 한탄의 표현이 많다."[66]라는 이 시에 대한 평가를 통하여 알 수 있다. 원래 시인이 산사에서 느꼈던 경계는 시인에게 심리적 평정의 주기보다는 오히려 "신세를 개탄하니 더욱 더 침울하다."[67]라는 지적과 같이 시인의 感傷적 심경을 느끼게 한다. 이러한 산사의 幽靜한 경계와 시인의 沈鬱한 심리가 어루어진 시가는 文學審美에 있어서 唐末 시가의 독특한 범주라고 할 수 있다. 다만 이러한 경향은 禪理나 禪趣가 주도적으로 표현되기보다는 점차 시인으로서의 시가 창작이 두르러지면서 개인적인 심리가 중심이 되어서 드러나게 된 것이다.

佛教(禪宗)에의 心醉나 靜謐한 境界의 追求 그리고 感傷적인 心境의 表現은 모두 함께 어우러져 표현되고 있다. 이는 晚唐의 현실이 개인에게 고통을 주었고 이 고통 속에서 일부 시인은 선종에 기대어 學禪하면서 심취한 나머지 귀의하고자 하였고, 일부 시인은 그런 단계에 이르지는 않았지만 현실의 고통 속에서 항상 선사의 정밀함과 한가함을 동경하면서 심리적 안위를 추구하였으며, 일부 시인은 선승들이 속세에서 느끼고 있는 인간적인 고해를 스스로 자신이 현실에서 겪는 고통으로 여기고 이를 표현하기도 한 것이다. 그러나 선종이라는 탈출구가 있었기에 심리적 안정을 찾게 도움을 주었다는 주었으며, 반면에 시가에 있어서는 신선하고 새로운 意境을 창출하게 하였으며, 동시에 文學審美의 범주를 확대하고 발전시켰다.

---

66) 『瀛奎律髓』卷三十九, 449쪽. (『四庫文學總集選刊』影印本) "羅昭諫生當亂離, 多不得志哀怨之言."
67) (元)方回選評, 李慶甲集評校點, 『瀛奎律髓彙評』卷之三十九, 上海古籍出版社, 1986, 1460쪽. "感慨身世, 沈鬱有力"

V. 結論

唐末은 당 제국이 멸망으로 향해 가는 시기이다. 이 시기의 사회 혼란은 시인들에게 불안감을 주었을 뿐만 아니라 개인적인 不遇를 가져다주었다. 즉 사회혼란이 시인들에게 不得志하게 하거나 懷才 不遇한 상황을 만들었기 때문이다. 시인들은 자신이 느끼는 비탄과 울분 그리고 실의를 스스로 해결할 수 없었다. 唐末이라는 시기에 성행하여 사회 일반에 광범위하게 영향을 준 禪宗은 "난세의 세상에 많은 사람들은 종교로써 자신을 마취하고자 했는데 선종은 중국 사대부의 口味에 적합한 종교이다."[68]라는 지적과 같이 시인들에게 적합한 탈출구였다.

시가에 보여지는 불교(선종)문화의 영향은 단계적이며 점층적으로 시가에 체현되고 있다. 우선 불교(선종)와 관련된 용어가 제목이나 詩語로 사용되면서 시가의 詩語 자체에 대한 확대를 가져왔다고 할 수 있다. 즉 전문적인 불교(선종) 용어는 시인에 의해 점차 일반적이며 일상적으로 시어로 변화되었다고 할 수 있다. 둘째는 이러한 시어의 확대는 시인들에게 더욱 광범위하게 영향을 주면서 새로운 예술풍격이나 문학심미를 형성하였다는 점이다. 즉 불교(선종)문화에 심취하게 된 시인들은 자신이 禪理를 체득한 境界를 표현하고자 했으므로 理趣가 풍부한 시가를 창작하였다. 이러한 창작은 바로 예술풍격에 있어서 새로운 意境을 만들게 한 것이다. 셋째는 새로운 意境의 형성이 理趣의 표현에만 국한되는 것이 아니라 원래 시인들

---

68) 范文瀾著, 『唐代佛敎』, 人民出版社, 1979, 90쪽. "亂離之世, 很多人需要宗敎來 麻醉自己, 禪宗是適合中國士大夫口味的宗敎."

이 공통적으로 가지고 감상적인 심리와 합쳐지면서 새로운 문학심
미를 만들었다는 점이다. 시인들은 불교(선종)문화를 창작에 활용하
는데 그치지 않고 또한 그러한 표현에 매몰되지 않고 이를 승화시켜
작가의 개인 심리와 교묘하게 융합하였던 것이다.

● 참고문헌 ●

(唐)杜牧著, (清)馮集梧注, 『樊川詩集注』, 上海古籍出版社, 1962.

(宋)贊寧撰, 范祥雍校點, 『宋高僧傳』, 中華書局, 1987.

(宋)普濟著, 『五燈會元』, 中華書局, 1984.

(宋)司馬光撰, 『資治通鑑』, 中華書局, 1956.

(明)胡震亨著, 『唐音癸籤』, 上海古籍出版社, 1981.

(元)方回編, 『瀛奎律髓』, 上海古籍出版社, 1993.

楊曾文校寫, 『敦煌新本六朝壇經』, 上海古籍出版社, 1995.

郭朋著, 『中國佛教思想史』, 福建人民出版社, 1994.

范文瀾著, 『唐代佛教』, 人民出版社, 1979.

周裕諧著, 『中國禪宗與詩歌』, 上海人民出版社, 1992.

杜繼文, 魏道儒著, 『中國禪宗通史』, 江蘇古籍出版社, 1993.

孫昌武著, 『禪思與詩情』, 中華書局, 1997.

高步瀛選注, 『唐宋詩舉要』, 上海古籍出版社, 1959.

葉蔥奇疏注, 『李商隱詩集疏注』, 人民文學出版社, 1985.

劉學鍇、 余恕誠著, 『李商隱詩歌集解』, 中華書局, 1988.

繆鉞著, 『杜牧傳』, 人民文學出版社, 1977.

羅根澤著, 『中國文學批評史』, 上海古籍出版社, 1984.

司空圖詩歌에 나타난 禪意

I. 序論

司空圖는 『詩品』의 저자로 유명한 시인이다. 그의 시가이론의 중점은 소위 "韻外之致"인데, 이는 그의 二十四詩品 중에서 "含蓄"과 밀접한 관계가 있다. 또한 "含蓄"에 대한 의미를 해석하는데 있어서 司空圖 본인이 "不著一字, 盡得風流"라고 하였는데, 이는 禪宗의 "不立文字, 敎外別傳"에서 연유된 것이며 이것은 이미 공인된 해석이다. 이러한 내용을 바탕으로 그의 시가이론은 일정부분 禪宗의 이론과 깊은 관계가 있다는 것을 알 수 있다. 또한 그가 만년에 쓴 「題休休亭」을 보면 자신을 '耐辱居士'라고 부르고 있는데, 이는 바로 禪宗에 귀의한 사람을 지칭하는 용어이다. 즉 그의 시가이론의 일부분에 나타난 禪宗과의 관련성이나 자신을 居士라고 부르고 있는 것을 통하여 그와 禪宗과의 관련성을 짐작할 수 있으며, 아울러 그의 시가창작과 禪宗과의 관련성 역시 쉽게 생각할 수 있다.

본 고에서는 그가 禪宗과 관련 있다는 점에 착안하여 그의 시가창작 중에서는 禪宗과의 관련성이 과연 어떻게 나타나고 있는 가를 연구해보고자 한다. 사실상 그의 시가이론이 유명한 것에 비하여 상대적으로 그의 시가창작에 대한 연구가 미흡하며, 특히 그의 시가를 그의 이론과 관련시켜 진행된 연구는 더더욱 소홀한 면이 있다. 그러므로 사공도의 시가 중에서 禪宗과 관련된 시가를 선별하여 연구의 대상으로 삼고자 한다.

司空圖의 시가는 전체 360여수가 전하고 있다. 일부 시가가 다른 시인들과 중복되기는 하지만 『四部叢刊』에 전하는 시가를 底本으로 삼았다.

Ⅱ. 司空圖의 삶과 사상

司空圖는 唐末의 활동했던 시인이다. 그는 唐末의 모든 시기를 그 대로 겪은 시인이며, 907년 唐 帝國이 멸망한 이듬해 908년 삶을 마쳤다.

구체적인 그의 삶을 조명해 본다면 다음과 같다. 그는 837년 관리의 자제로 태어났으며, 그의 조부와 부친이 모두 관리를 지냈었다. 869년 33세의 나이로 과거에 급제했으며 잠시 귀향했다. 비록 늦기는 했지만 4등으로 급제했으며, 당시 刺史를 지냈던 王凝의 도움을 받았다. 871년 35세에 王凝이 商州刺史로 부임할 때, 그의 막하에서 관리생활을 시작했다. 880년 44세에 고향의 부근인 王官谷으로 돌아갔다. 이 시기에 관찰사인 盧渥의 막하에서 관리를 하고 있었는데, 黃巢起義軍이 수도를 공격하자 王官谷으로 간 것이다. 이때부터 司空圖는 관리생활과 은거생활이 수시로 병행되는 삶을 시작했다고 할 수 있다. 즉 49세에는 中書舍人이 되어 관리생활을 시작하며, 51세에는 다시 王官谷으로 은거하고, 53세에는 또 中書舍人으로 관리생활을 하다가 56세부터는 陝西 華陰지방에서 은거하기 시작했다. 시인이 華陰에서 은거생활을 하던 중 수차 관직을 수여 받았지만 고사하면서 60세에 잠시 王官谷으로 갔다가 다시 華陰으로 가서 67세까지 살았다. 그러나 67세부터는 다시 王官谷으로 돌아와 사망할 때

까지 은거생활을 하였다. 907년 71세에는 朱全忠이 황제를 칭하며
唐帝國을 멸망시키고 司空圖에게 禮部尙書를 수여했지만 받지 않았
다. 908년 72세에 역시 王官谷에 있었는데, 唐代의 마지막 황제가 시
해되었다는 소식을 접하자, 식음을 폐하고 삶을 마쳤다.

　사공도의 삶은 당시의 많은 사대부의 삶과 비교하여 비교적 안정
된 삶이라고 할 수 있다. 우선 집안 자체가 오랫동안 관리를 지낸
안정된 집안이며, 또한 권력자의 비호아래 비교적 순탄하게 과거에
급제하여 관리가 될 수 있었다. 그러나 그의 삶은 44세부터 혼란이
시작되었다고 할 수 있다. 즉 出仕와 隱居라는 두 지향점에서 시인
은 지속적으로 방황을 했다고 할 수 있다. 그러므로 그의 시가창작
역시 이 두 가지로 말미암아 극단을 이루기도 하고 또는 이 두 가지
측면이 혼합되어 표현되기도 한다. 그의 사상 역시 이러한 두 가지
측면과 함께 혼합되었다고 할 수 있다.

　사공도의 사상을 전체적으로 본다면, 당시의 일반 시인들과 마찬
가지로 과거에 급제하여 관리생활을 하면서 시가를 창작했던 시인
으로 儒家思想이 그의 중심사상이라고 할 수 있다. 그러나 그의 사
상적인 변화나 혼란을 본다면 진정한 儒家의 실천자라고 보기는 어
렵다. 일반적으로 그가 사망한 원인을 儒家의 도를 지켰기 때문이
며, 忠을 중시한 그를 진정한 儒家라고 말하고 있지만 "만일 어떤 사
람이 단지 儒家적인 언행의 일면을 중시하여 '나의 丹心은 唐朝를
위한 것이다'라든가 唐을 위해 순국한 사실을 들어 그를 순수한 儒
者라도 본다면, 이는 실제에 부합되지 않는 것이다."[1]라는 지적처럼

---

　1) 祖保泉, 陶禮天箋校, 『司空表聖詩文集箋校』, 安徽大學出版社, 2002, 8쪽. "如果
　　有人只重視他儒家言行的一面, 抓住'似我丹心向本朝和以死殉唐的事實, 就把他
　　看成是個純粹的儒者, 這是不符合實際的."

역시 순수한 儒家라고 할 수는 없다. 이는 그의 은거하는 중에 보였
던 사상이 儒家적인 측면과는 거리가 있기 때문이다. 그는 은거하면
서도 비록 국가를 걱정하는 심정을 수시로 표현하기도 했지만 역시
현실과 떨어진 생활을 하면서 佛道에 관심을 가지고 있었으며, 특히
禪宗의 사상에 심취했기에 단순하게 儒者라고 할 수는 없는 것이다.
사공도가 禪宗의 사상에 심취했다는 것은 앞서 언급했듯이 「題休休
亭」에서 스스로 '耐辱居士'라는 호칭으로 알 수 있으며, 부처님에게
고해하는 내용을 담은 「觀音懺文」이나 불교의 제사를 묘사한 「迎修
十會齋」와 「十會齋文」 등의 문장을 보면 비교적 쉽게 인식할 수 있
다. 또한 그의 시가에 언급된 많은 禪宗과 관련된 내용을 통하여 역
시 그러한 측면을 쉽게 찾을 수 있다. 그리고 당시에 司空圖와 교유
관계를 가지고 있던 齊己의 「寄華山司空圖」나 虛中의 「寄華山司空
圖」의 시가를 통해서도 그러한 측면을 알 수 있다.

　사공도의 삶을 말하자면 仕途와 隱居의 혼동 속에 있으며, 사공도
의 사상을 말하자면 儒家사상과 禪宗사상이 혼재되어 있다고 할 수
있다. 즉 그의 삶과 사상은 자연히 같은 맥락이며 그의 시가창작 역
시 이 범위를 벗어나지 못하고 있다. 그러므로 儒家사상이 엿보이는
시가와 은일 중에 禪宗사상을 표현하고 있는 시가 그리고 양자가 결
합된 모순적인 내용을 담은 시가가 창작되고 있다. 본 고에서는 전
체를 다루지 않고 은일 중에 드러나는 禪宗사상과 관련된 시가만을
고찰의 대상으로 삼았다.

Ⅲ. 詩歌에 나타난 禪意

禪意란 禪宗과 관련된 의미가 시가에 표현된 것을 말한다. 그러므로 禪師와의 왕래나 禪寺에서 느낀 감정이나 분위기를 표현하는 것이 있을 수 있으며, 또한 禪宗의 사상에 대한 관심이나 깨달음이 표현된 시가가 있을 수 있다. 이러한 선종과 관련된 시가는 대부분 44세 은거를 시작한 이후에 주로 창작되었으며, 특히 주로 은거생활을 하던 王官谷에서 많이 창작되었다. 또한 시인의 禪宗에 대한 관심과 깨달음은 만년으로 갈수록 더욱 깊이가 있으며, 자연히 그러한 내용을 담은 시가가 만년에 많이 창작되었다. 그러한 내용을 나누어 아래에 고찰하고자 한다.

1. 禪師와의 교류

司空圖와 禪宗과의 연관성을 찾는다면, 자연히 시인과 禪師와의 왕래가 가장 기본이 될 것이다. 특히 唐末이라는 혼란한 시기에 禪宗은 오히려 다른 불교 종파가 퇴보하는 것과는 달리 발전하고 있었다. 이렇듯 禪宗은 광범위에게 사회에 퍼져 있었으므로 많은 문인사대부들이 자연스럽게 관심을 갖게 되었으며, 사회 혼란이라는 특수한 환경이기에 더더욱 많은 문인사대부들이 禪宗에 접근하게 되었다. 즉 "戰亂 시기에 … 禪宗은 中國 士大夫의 구미에 적합한 종교이다."[2]라고 지적하듯 사회혼란으로 인하여 불우한 삶을 살았던 시인이나 고뇌에 빠진 시인들이 쉽게 禪宗에 관심을 가지게 되었던 것이

---

2) 范文瀾著,『唐代佛敎』, 人民出版社, 1979, 90쪽. "亂離之世 … 禪宗是適合中國 士大夫口味的宗敎."

다. 司空圖 역시 한 사회문화로 자리잡은 禪宗에 일정정도 관심을 가지고 있었으며, 더욱이 전란을 피하여 시작한 은거생활을 하면서 자연스럽게 禪師와 교류를 하게되었다고 할 수 있다. 이러한 교류는 그의 시가에 잘 나타나고 있다.

그의 시가 「上陌梯寺懷舊僧二首」3)중 其一을 보기로 하자.

雲根禪客居,　구름 끝나는 곳이 禪師의 거처지만,
皆說舊吾廬.　모두들 나의 옛 오두막집이라 말하네.
松日明金像,　소나무 사이로 비치는 해는 금빛 불상을 빛나게 하고,
山風響木魚.　산바람 부니 木魚소리를 내네.
依棲應不阻,　사는 것 마땅히 막힐 것 없지만,
名利本來疏.　名利는 본래 소원한 것이라네.
縱有人相問,　설령 어떤 이가 서로 묻더라도
林間懶拆書.　수풀 사이에서 한가로이 책을 볼뿐이네.

이 시는 陌梯寺의 고승에 대한 회상을 바탕으로 쓴 시이다. 고승에 대하여 분명하게 설명하고 있지는 않지만 후반부의 내용을 보면 세속의 명리를 초월한 고승임이 틀림없다. 첫 연은 절터가 바로 자신의 선조가 거주했던 곳임을 보여주고 있다. 실제로 거주하는 곳일 수도 있지만 여하튼 시인과 禪師와의 관련성을 이어주고 있다. 둘째 연은 소나무 사이의 햇빛과 산에 부는 바람으로 고요하며 신비한 禪寺의 분위기를 만들고 있다. 셋째 연과 넷째 연은 禪師의 초탈한 경지를 표현하고 있다. 비록 이 시에서 시인과 禪師와의 교류를 직접적으로 표현하고 있지는 않지만 禪師에 대한 회고를 통하여 왕래가

있었음을 보여주고 있다.

　司空圖의 시가에는 연작시가 많은데 그 중 「狂題十八首」4)의 其六
을 보기로 하자.

　　由來相愛只詩僧,　본래 오로지 詩僧들과 서로 왕래했는데,
　　怪石長松自得朋.　괴상한 돌이나 큰 소나무도 저절로 벗이 되었네.
　　却怕他生還識字,　이들이 태어나 글을 알까 두려워하며,
　　依前日下作孤燈.　어제는 등 하나를 만들었다네.

　이 시는 王官谷에 은거하면서 지은 시이다. 첫 구에서 직접적으로
시인과 詩僧들과의 왕래가 있었음을 표현하고 있다. 詩僧이란 禪師
의 신분으로 시를 창작하는 시인을 말하는데 唐末에 특히 이러한 부
류가 상당히 많았다. 실제로 司空圖와 왕래한 詩僧에는 齊己와 虛中
이 대표적인데, 이들의 시가에서도 司空圖와의 교류를 표현하고 있
다. 이 시의 첫 구에서는 시인이 직접 詩僧들과 왕래했음을 보여주
고 있다. 둘째 구에서는 詩僧들과 왕래하면서 자연물조차도 모두 벗
처럼 여길 수 있는 마음이 생겼음을 표현하고 있다. 셋째 구는 이러
한 자연물이 자연물로써 존재하기를 바라는 심정을 표현하면서, 동
시에 자연물을 이용하여 등을 만들었다고 말하고 있다. 자연물이 벗
이 될 수 있음은 바로 시인의 손을 거쳐 재창조되었기에 가능한 일
일 것이다.

　다음에는 「偶書五首」5) 중 其一을 보기로 하자.

---

　4) 앞의 책, 『司空表聖詩集』, 16쪽.
　5) 앞의 책, 『司空表聖詩集』, 15쪽.

情知了得未如僧,　마음으로 깨달아도 禪師에 미치지 못하기에,
客處高樓莫强登.　객지의 높은 누각 억지로 오르지 않네.
鶯也解啼花也發,　꾀꼬리 울기 시작하고 꽃 역시 피었으니,
不關心事最堪憎.　마음 속 일에 얽매이지 않음이 미움을 견디는데
　　　　　　　　　가장 좋다네.

이 시는 전란을 피하기 위해 객지를 떠도는 중에 쓴 시이다. 사실
상 전란에 대하여 마음속에는 많은 증오가 가득 차 있지만 자신의
힘으로는 어쩔 수 없는 일이다. 그러므로 시인은 禪師와 같이 마음
을 비워 심리적 안정을 찾고자 한다. 즉 첫 연에서는 감정적으로는
禪師와 같은 마음을 가져야지 하면서도 실제로 갖지 못한다는 심정
을 토로하고 있다. 둘째 연에서는 자연이 순환하듯 물이 흘러가듯
순응해야함을 알기에 세상만사에 관심을 두지 않는 것이 禪師가 가
진 마음에 다가갈 수 있음을 표현하고 있다. 이 시에서 시인은 禪師
와의 직접적인 왕래를 표현하고 있지는 않지만 禪師에게 영향을 받
은 심리를 잘 표현하고 있다. 그러므로 이 시는 바로 禪師와의 왕래
를 통하여 얻어진 禪宗사상이 스며들어 있다고 할 수 있다.
　다음에는 「靑龍寺安上人」6)을 보기로 하자.

災曜偏臨許國人,　전란이 끝이지 않아 백성들에게 화가 미쳤고,
雨中衰菊病中身.　빗속의 쇠잔한 국화처럼 몸은 병중이라네.
淸香一炷知師意,　맑은 향기 품은 심지가 禪師의 심정을 알랴마는
應爲昭陵惜老臣.　그는 昭陵을 애석해하는 국가의 老臣이라네.

6) 앞의 책, 『司空表聖詩集』, 23쪽.

靑龍寺의 上人은 역시 선종의 禪師를 칭하는 것이지만, 이 시의
내용은 禪師보다는 국가의 운명에 대한 관심을 표현하고 있다. 즉
국가의 전란과 병든 禪師의 몸을 통하여 국가의 운명을 걱정하고 있
는 것이다. 그러므로 마지막 구에서 태종의 묘지를 언급하면서 上人
의 옛 신분이 唐帝國의 老臣임을 지적하고 있다. 즉 현재의 禪師는
바로 이전의 관리로 한편으로는 실제 인물을 지칭하는 듯 하기도 하
며, 한편으로는 은거 중인 자신을 禪師인양 표현했다고도 할 수 있
다. 전체적으로는 國事를 걱정하는 내용이 주가 되지만 禪師가 등장
하는 것은 역시 일말의 심리 속에 禪師의 세상사를 멀리하는 심정과
마음을 비운 경지를 흠모하는 부분이 있어서 일 것이다.

司空圖가 은거하던 시기에 禪師와의 교류가 있었지만 인용한 시
가들이 그렇듯이 직접적으로 왕래를 표현한 시가보다는 시가에 언
급된 내용으로써 그러한 교유를 짐작하게 하는 시가가 많다. 사실상
사공도의 시가에도 직접적으로 왕래를 표현하고 있는 시가들이 있
다. 예를 들면, 「次韻和秀上人游南五臺」·「贈信美寺岑上人」·「贈圓
昉公」·「寄懷元秀上人」·「贈日東鑒禪師」 등이 있는데 아쉽게도 모
두 鄭谷의 시가로 판명되었다.[7] 그러나 여기에 언급된 선사들이 鄭
谷과 왕래하던 禪師들이겠지만 鄭谷이라는 시인이 司空圖와 동시대
의 시인이며, 司空圖와 교유관계가 있는 시인임을 감안하면 이들이
司空圖와도 교류가 있었을 것이라는 점은 충분히 짐작할 수 있다.

---

7) 江國貞著, 『司空表聖研究』, 文津出版社, 1985, 43~65쪽 참고.

2. 禪寺의 境界

司空圖는 수시로 禪寺에서 머물면서 그곳에서 느끼는 감정을 표현했다. 그러한 감정은 바로 고요함과 평온함 속에서 생기는 것으로 바로 혼란한 세상을 잊고자하는 심정과 잘 조화되고 있다. 시인이 은거한 것은 바로 전란으로 말미암은 것이기에 국가를 생각하는 심정이 드러나기도 하지만 禪寺의 분위기는 시인에게 심리적 안정을 가져다주었으며, 시인으로 하여금 禪寺의 정밀한 境界를 표현하게도 하였다. 다만, 禪寺의 정밀한 경계를 표현하는데 있어서 직접적으로 禪寺의 명칭을 거론하지 않고 있는데, 이는 시인의 한정된 삶을 감안하면 이해할 수 있다. 즉 사공도의 생활반경은 관리생활을 하던 중앙과 은거하는 곳인 고향 부근의 王官谷 및 華陰지방이 전부라고 할 수 있다. 그러므로 사실상 시가에 표현된 禪寺는 아마도 王官谷 주변의 禪寺를 주로 언급했다고 생각할 수 있다.

그의 시가 「漫書」[8]를 보기로 하자.

樂退安貧如是分, 즐거이 물러나 안빈함이 분수임을 알지만,
成家報國亦何慚? 가정을 이루고 報國하는 데에는 얼마나 부끄러운 것일까?
到還僧院心期在, 禪寺에 돌아가니 마음이 여기에 있고자 하고,
瑟瑟澄鮮百丈潭. 고요하고 맑기가 백장 깊이의 물 속 같네.

시인이 王官谷에 있을 때 부근에 禪寺가 있었다. 그러므로 시인은 쉽게 그곳을 찾으면서 그곳의 영향을 받았으며, 이 시 역시 그 영향

---

8) 앞의 책, 『司空表聖詩集』, 14쪽.

으로 고요하며 그윽한 心境을 추구하는 내용이 표현되고 있다. 다만 첫 연 둘째 구의 내용을 보면 오히려 유가적인 측면이 드러나고 있는데, 특히 報國에 대한 '何慚'을 직접적으로 토로하고 있다. 이는 바로 시인의 한계로 유가적인 측면과 불교적인 측면이 혼재되어 있다고 말할 수 있다. 그러나 그러한 고민이 있지만 둘째 연의 내용을 보면, 역시 시인의 심리는 소위 '僧院'에 더욱 치우쳐있으며 그곳에서 어느 정도 심리적 안정을 찾았음을 알 수 있다. 즉 마지막 구에서 자신의 심리는 깊은 물 속 같은 깨끗하며 맑다고 스스로 表現하고 있기 때문이다.

다음에는 「上方」9)을 보기로 하자.

花落更同悲木落,　꽃이 떨어지고 다시 나무가 떨어져 더욱 슬프게 하고,
鶯聲相續卽蟬聲.　꾀꼬리 울음소리 계속되자 바로 매미울음소리 들리네.
榮枯了得無多事,　榮枯盛衰가 마음속에 확연하여 대단한 일은 없지만,
只是閒人漫繫情.　오로지 한가한 사람이라 넘쳐흐르는 정에 매여 있을 뿐이네.

이 시의 제목에 보이는 '上方'이란 바로 山寺를 뜻하며, 이 山寺는 禪寺일 것이다. 즉 시인은 禪寺에 머물면서 이 시를 창작한 것이다. 첫 연은 모두 禪寺 주위의 환경을 꽃과 나무 꾀꼬리와 매미를 들어 묘사하고 있는데, 오히려 구슬픈 분위기가 농후하다. 이는 다음 연에서 부연설명이 되고 있다. 즉 시인이 비록 禪寺에서 세상의 번다

---

9) 앞의 책, 『司空表聖詩集』, 19쪽.

한 일에서 벗어나고 榮枯盛衰의 이치를 체득했지만 넘쳐흐르는 '情'
에 매여 있다고 표현하고 있다. 이는 바로 비록 禪寺에서의 한가로
움을 통하여 심리적 안정을 찾은 듯 하지만, 시인이 실제로 원하는
평안은 얻지 못하였음을 보여주는 것이다. 결국 시인이 추구하는 것
은 단순한 '閒人'이 아니라 더욱 고차원적인 깨달음이라고 할 수 있
다. 그러므로 이 시를 "이 시는 山寺에 올라 쓴 시이다. 세상의 榮枯
盛衰에 대하여 마음속에서는 확연하지만 얽혀있는 정은 곧 閒靜일
뿐이다."[10]라고 해석하고 있으며, 그러기에 첫 연의 분위기가 침울
한 것이다. 아마도 시인이 추구하는 경지는 禪師들이 체득한 경지일
것이며, 실제로 만년으로 가면서 그러한 경지를 체득하였음을 표현
하는 시가들이 창작되고 있다.

전쟁이 난 후에 은거하면서 지은 시가인 「亂後三首」[11]중 其三 역
시 禪寺의 분위기를 잘 표현하고 있다.

> 世事嘗艱險,   세상일이 어렵고 험난함을 맛보았건만,
> 僧居慣寂廖.   禪寺는 늘 고요하고 정적이 흐르고 있네.
> 美香聞夜合,   좋은 향기는 밤중에 합해진다고 들었고,
> 淸景見寅朝.   깨끗한 경치는 이른 새벽에 볼 수 있다네.

이 시를 창작할 때 시인이 사는 곳은 바로 王官谷이며, 그 부근에
禪寺가 있다. 즉 이 시는 은거 중에 보고 느낀 禪寺의 분위기를 표
현하고 있다. 첫째 연의 첫 구는 시인이 직접 느낀 현실로 바로 전

---

10) 앞의 책, 『司空表聖詩文集箋校』, 104쪽. "此詩寫登上方, 對世間榮枯了然於心,
   而所繫之情乃閒靜耳."
11) 앞의 책, 『司空表聖詩集』, 10쪽.

란을 가리키고 있으며, 둘째 구는 이러한 현실과 상반된 모습으로
항상 고요한 분위기를 가진 禪寺를 묘사하고 있다. 둘째 연에서는
이러한 禪師의 고상한 분위기를 부연설명 하는 듯 '美香'과 '淸景'을
빌어 禪寺를 표현하고 있다. 그러므로 일부 전란에 대한 언급이 나
왔지만, 전체적으로는 역시 禪寺에서 느낄 수 있는 그윽하며 한적한
경계를 표현한 시가라고 할 수 있다.
   다음에는 「牛頭寺」12)를 보기로 하자.

   終南最佳處,   終南山이 가장 아름다운 곳인 것은,
   禪誦出靑霄.   禪師의 독경소리가 푸른 하늘에 울려 퍼져서이네.
   群木澄幽寂,   많은 나무들 숲은 맑고 그윽하고 고요하고,
   疏煙汎沈寥.   드문드문한 연기는 하늘에 떠돌고 있네.

   이 시는 禪寺에서의 느낌을 표현하고 있다. 시인은 특히 푸른 하
늘에 울려 퍼지는 禪師의 독경소리를 빌어 "禪宗의 고요한 境界"13)
를 잘 표현하고 있다. 또한 둘째 연에서도 禪寺의 주위 모습을 그윽
하면서 교묘하게 묘사하고 있다. 즉 나무숲이 가지고 있는 맑음과
정밀함은 바로 禪宗이 가진 고요함과 일맥상통하며, 하늘에 떠도는
연기는 禪師의 경지인양 신비하다.
   禪寺에서의 느낌은 자연히 고요하고 그윽할 것이다. 그러나 시인
에게 있어서 늘 가지고 있는 생각은 出仕와 隱居가 혼재한 상황이기
에 禪寺에서의 정밀한 경계를 표현하면서도 한편으로는 양자가 함
께 드러나 모순된 내용이 보이기도 한다. 그러므로 禪寺의 분위기

---

12) 앞의 책, 『司空表聖詩集』, 11쪽.
13) 앞의 책, 『司空表聖詩文集箋校』, 61쪽. "禪靜之境."

역시 시인의 그때그때의 심리에 의하여 중심이 없이 표현되고 있다. 다만, 이러한 측면은 만년으로 가면서 변화가 보이는데 이는 시인이 禪宗에 더욱 심취하였기 때문이다. 즉 시인은 禪師에서의 그윽한 境界속에서 심리적 안정을 추구했으며, 일정정도 심리적 안정을 얻은 이후에는 점점 禪宗 자체에 대한 깊이 있는 접근이 가능했을 것이다. 실제로 그의 시가에 나타난 禪宗의 모습은 禪師의 偈頌과 같은 깊이가 있다.

3. 禪理의 표현

司空圖의 禪意가 엿보이는 시가의 백미는 禪理에 대한 체득을 표현한 시가에 있다고 할 수 있다. 이는 그야말로 禪宗에 대한 일정 정도의 깨달음이 없다면 쓸 수 없는 내용이기 때문이다. 禪理란 사실상 禪宗思想에 대하여 禪師들이 깨달은 이후에 표현하는 것이지만, 시인의 시가에도 이러한 이치를 표현하고 있으며 그 체득을 느낄 수 있다. 시인은 은거하면서 禪宗에 대하여 관심을 가지기 시작하고 점차 禪宗思想에 심취하게 되었다. 특히 그의 시가에 보이는 禪宗의 그림자에 대하여 宋代의 저명시인 蘇東坡는 "苦吟 중에 禪宗의 자태가 있어서 안타깝다."14)라고 아쉬움을 나타내고 있는데, 이는 다른 시각으로 본다면 그의 시가가 그만큼 禪宗과 관련이 깊다는 것을 단적으로 표현하는 것이라 할 수 있다.

우선, 司空圖 스스로 禪宗에 관심을 가지고 심취했음을 표현하고 있는 시가「修史亭三首」15)중 其二를 보기로 하자.

---

14) (宋)胡仔纂集, 廖德明校點, 『苕溪漁隱叢話』前集, 人民文學出版社, 1962, 34쪽. "恨其寒儉有僧態."

甘心七十且酣歌,　칠십이 되어도 장차 흥겹게 노래 부르길 원하니,
自算平生幸己多.　스스로 생각해보면 평생 행복이 더 많았네.
不似香山白居士,　香山의 白居易와 같지 않아도,
晚將心事著禪魔.　만년에는 마음속으로 禪宗에 심취했다네.

이 시는 첫 구로부터 알 수 있듯이 70세에 지은 것이다. 시인은 72세에 세상을 떠났으니 바로 직전의 시라고 할 수 있다. 또한 내용을 보면 인생을 회고하면서 현재의 자신의 모습을 표현하고 있다. 칠십이 되어도 흥겹게 노래 부르길 원한다는 것은 역시 다음 구와 관련되어 스스로는 행복한 삶을 살았다고 여기고 있다. 특히 마지막 구에서는 마음속으로 禪宗에 심취했음을 직접적으로 나타내고 있다. 사실상 이러한 시기에 시인은 이미 禪宗사상에 대하여 체득한 바가 있었으며, 실제로 禪師와 마찬가지로 깨달음을 표현하는 偈頌을 창작했다.

시인의 禪宗에 대한 관심은 그의 시가 「山中」 중의 구절에서 더욱 직접적으로 표현되고 있다. 그 일부를 보면, "명예란 없어지는 것이 아니니 신선의 신분을 가볍게 여기고, 無念無想의 이치를 체득하니 佛心에 가까워 졌네."(名應不朽輕仙骨, 理到忘機近佛心)16)라고 말하고 있다. 시인이 스스로 말한 "近佛心"은 바로 상술한 시가의 "禪魔"와 같은 표현인 것이다. 모두 시인과 禪宗과의 관련성을 직접적으로 보여주고 있다. 또한 단순히 관련성을 말하고 있는 것에서 벗어나 시인이 체득한 禪宗에 대한 경지를 드러낸 것이라 할 수 있다. 즉 "忘機"에 대하여 "禪宗은 '無念으로써 祖宗으로 삼는' 것으로, 일

---

15) 앞의 책, 『司空表聖詩集』, 22쪽.
16) 앞의 책, 『司空表聖詩集』, 7쪽.

체의 집착을 떨쳐버리고 無念無想의 경지에 도달하는 것을 요구하
는 것인데 이것이 바로 '忘機'인 것이다."17)라고 설명하고 있는데, 결
국 시인이 "忘機"의 경지에 도달했기에 소위 禪宗에서 언급하는 깨
달음이 얻었으며, 또한 스스로 佛心에 가까워졌다고 표현한 것이라
고 생각할 수 있다.

다음에는 그의 시가 「狂題十八首」18)를 보기로 하자.

有是有非還有慮,　是是非非가 있으니 여전히 근심스럽지만,
無心無迹亦無猜.　마음을 비우고 하는 일 없으니 싫어할 것도 없다네.
不平便激風波險,　평탄치 않은 물결은 풍파를 만나니,
莫向安時稔禍胎.　평안할 때 근심을 만들지 말아야 하네.

이 시 역시 王官谷에 은거하던 시기에 창작한 시이다. 시인은 관
리였을 때의 생활과 은거하는 지금의 느낌을 비교하여 묘사하고 있
다. 우선 첫 구는 바로 관리로서 다양한 시시비비에 휘말려 늘 노심
초사하였음을 말하고 있다. 반면에 둘째 구는 은거하면서 禪宗에서
말하는 무심의 경지에 이르렀으며, 이로써 근심 걱정이나 노심초사
할 일이 없음을 드러내고 있다. 이러한 경지는 바로 선사들이 깨달
음 후에 느끼는 것이라고 할 수 있다. 셋째 구와 넷째 구는 이러한
경지에 도달하기 위해서는 세상일에 얽매이지 않아야 된다고 스스
로 터득한 체험을 표현하고 있다. 다만, 이 시에서 중점을 둘째 구에
둔다면 禪理를 표현한 훌륭한 시가 되겠지만, 만약 이면을 본다면

17) 王鎭遠等編委, 『古詩海』, 上海古籍出版社, 1992, 1047~1048쪽. "禪宗以無念爲
宗, 要求破除一切執着, 達到無思無慮之境, 卽所謂忘機"
18) 앞의 책, 『司空表聖詩集』, 16쪽.

역시 세상사에 대한 원망의 의미도 담겨져 있다고 할 수도 있다. 그렇지만 이 창작시기가 만년이며 줄곧 관직을 고사하며 은거하면서 禪宗에 심취했던 시인에게 있어서는 역시 세상사를 초월한 禪宗의 이치를 체득한 후에 쓴 시가라고 할 수 있다.

그의 시가 「卽事九首」[19]의 其九를 보기로 하자.

幽鳥穿籬去,　숨어있는 새는 울타리를 벗어나고,
鄰翁采藥回.　이웃 노인은 약초를 캐고서 돌아왔네.
雲從潭底出,　구름은 물 아래에서 나오고,
花向佛前開.　꽃은 禪寺 앞에 가득 피었네.

이 시는 시인이 은거하면서 얻은 한적하면서도 沖澹한 느낌을 표현하고 있다. 그러므로 전체적으로 느껴지는 것은 단순한 여유로움이 아니다. 즉 그윽한 분위기에 울타리를 넘나드는 새나 약초를 캐고 돌아오는 이웃 노인은 아무 근심이 없고 마치 자연의 일부와 같은 느낌이 든다. 또한 구름이 피어나는 모습과 禪寺를 둘러싼 꽃들 역시 평화스럽고 자연스럽다. 이러한 것은 바로 禪宗에서 강조하는 '平常心是道'라는 것과 일맥상통하는 것이다. 그러므로 이 시에 스며있는 禪理를 "전체 시에 경치를 표현하지 않은 것이 없지만, 또한 禪意를 말하지 않은 것도 없다 … 농후한 禪意를 느낄 수 있으며, 평안하며 한가롭고 沖澹하며 즐거움이 가득 찬 禪悅의 정감을 느낄 수 있다."[20]라고 해석하고 있다.

19) 앞의 책, 『司空表聖詩集』, 8쪽.
20) 高文·曾廣開主編, 『禪詩鑑賞辭典』, 河南人民出版社, 1995, 162쪽. "整首詩無一句不在寫景, 又無一句不在說禪 … 可以體味到這濃鬱的禪意, 體味到一種安

　司空圖의 시가에서 가장 禪理를 잘 표현하고 있는 시가는 바로 제목이 ‘偈’인 시가이다. 偈란 바로 禪師들이 깨달음을 얻은 이후에 그 깨달음을 시가로 표현한 것인데, 司空圖에게도 이러한 시가가 있다. 다만 사공도의 이런 경향의 시가는 실제로 선사와 같은 깨달음을 얻은 것은 아니기에 세속적인 부분이 함께 표현되고 있다.

　우선, 그의 시가 「偈」21)를 보기로 하자.

　　人若憎時我亦憎,　타인이 싫어하는 마음이 있으니 나 역시 싫어하는
　　　　　　　　　　　마음 생기고,
　　逃名最要是無能.　명예를 벗어나고자 했지만 할 수 없는 일이네.
　　後生乞汝殘風月,　후에 다시 태어나게 되면 시를 읊기보다는
　　自作深林不語僧.　스스로 깊은 숲 속에 은거하여 말없는 스님 되리라.

　이 시는 표면적으로는 禪宗사상과 관련이 없으며 왜 偈라는 제목을 붙였을까 하는 의구심이 생긴다. 비록 세속적인 내용이 포함되어 있기는 하지만 그 의미를 세밀하게 살펴본다면 왜 偈라는 제목이 가능한 가를 알 수 있다. 첫 구는 禪宗에서 탈피해야 하는 ‘塵世’의 어려움을 표현한 것이다. 인간적인 증오는 세속에서 아무리 떨쳐버리고자 해도 쉽지 않기에 시인 역시 그러한 심정을 드러낸 것이다. 둘째 구 역시 선종에서 경계하는 ‘執着’을 표현한 것이다. 집착을 하면 소위 ‘迷妄’하게 되고 자연히 깨달음을 얻을 수 없는 것이다. 시인은 그러한 경지를 체득하였기에 세속에서는 ‘逃名’이 ‘無能’하다고 말하고 있는 것이다. 즉 첫 연은 세속의 일을 말하고 있지만 사실상 禪

　　閑沖澹, 其樂融融的禪悅之情."
21) 앞의 책, 『司空表聖詩集』, 22쪽.

理에 대한 체득한 표현했다고 할 수 있다. 그러므로 셋째 구와 넷째 구에서 자신이 결국 추구해야할 것은 역시 현재의 생활인 은거이며 이를 통하여 禪師와 같은 깨달음을 얻을 수 있다고 생각한 것이다. 시인 자신이 禪師가 아니기에 감히 스스로 깨달음을 얻었다고는 할 수 없겠지만 시에 나타난 경지는 禪師의 경지와 크게 다를 바 없다.

司空圖의 시가 중에는 또 다른 偈頌인 「與伏牛長老偈」[22] 두 首가 있다.

其一

不算菩提與闡提,　깨달음이라고 할 수 없는 것과 깨닫지 못하게 되는 것은,

惟應執着便生迷.　집착을 버리지 못하여 迷妄이 생기서이네.

無端指個淸凉地,　생각 없이 서늘한 곳을 가리켰건만,

凍殺胡僧雪嶺西.　남쪽에 있는 승려가 얼어 죽고 서쪽 산봉우리에 눈이 내리네.

其二

長繩不見繫空虛,　아무리 긴 줄이 있더라도 광활한 하늘을 묶을 수는 없고,

半偈傳心亦未疏.　偈頌을 지어도 마음을 전하기는 역시 어려운 것이라네.

推倒我山無一事,　마음속에 있는 산을 밀어내 무심의 경지에 이르고자 한다면,

莫將文字縛眞如.　문자로써 眞如의 깨달음을 속박해서는 안 된다네.

---

22) 앞의 책, 『司空表聖詩集』, 22쪽.

이 두 편의 시는 모두 시인이 禪師인 伏牛長老에게 보낸 시이다. 이 시에는 시인의 禪理에 대한 깨달음이 스며들어 있으며, 자연히 내용 전체가 禪宗思想과 밀접한 관계가 있다.

두 편의 시가를 나누어 각각 어떻게 禪理가 표현되고 있는 가를 살펴보고자 한다. 첫 번째 시에서는 禪宗에서 중시하는 '心'을 표현하고 있다. 菩提란 바로 깨달음을 뜻하며, 闡提란 깨닫지 못했음을 뜻한다. 즉 첫 연에서 말하고자 하는 것은 깨달음의 경지에 도달하려면 당연히 집착을 버려야하며, 집착을 버리지 못하면 迷妄에 빠지게 된다는 이치이다. 결국 마음을 비워야 만이 깨달음을 얻을 수 있다는 禪理를 말한 것이다. 둘째 연에서 마음이 만든 것이 얼마나 큰 위력을 발휘하는 가를 비유적으로 설명하고 있다. 시에서는 무심히 가리킨 서늘함이 눈을 만들고 사람을 얼려 죽인다고 표현하고 있는데 당연히 불가능한 일이다. 그러나 禪宗에서 말하는 "마음이 생기면 즉 모든 법이 생기고, 마음이 없어지면 모든 법이 소멸한다."[23]라는 내용을 보면 마음이 얼마나 중요하며 마음이 얼마나 위력적인 가를 알 수 있다.

두 번째 시에서는 깨달음을 얻기 위한 방법을 소위 "不立文字"로 설명하면서 역시 禪宗에서 말하는 '心'을 통한 깨달음을 강조하고 있다. 즉 깨달음은 문자로써 전해지는 것이 아니라 마음으로 전해진다는 "以心傳心"의 이치를 표현하고 있는 것이다. 첫 연에서는 아무리 긴 줄이라도 광활한 하늘을 묶을 수 없듯이 偈頌으로 깨달음을 전할 수는 없다고 말하고 있다. 둘째 연에서는 깨달음을 얻기 위해서는

---

23) (宋)賾藏主編集, 蘇荃父、呂有祥校點, 『古尊宿語錄』, 中華書局, 1994, 31쪽. "心生則種種法生, 心滅則種種法滅."

현실의 물질보다는 마음으로 깨닫는 것이 중요함을 설명하고 있다. 이 시 역시 禪宗에서 "깨닫지 못하면 즉 부처도 중생이고, 깨달으면 중생도 부처이니, 고로 萬法이 모두 자신의 마음에 있는 것을 알면서 어찌 자신의 마음속에 있는 眞如와 本性을 쫓지 않는가?"[24]라고 강조하고 있는 禪理를 표현한 것이라 할 수 있다.

司空圖의 시가에 보이는 禪理는 禪宗思想에 대한 깊이가 없다면 표현할 수 없는 것이다. 특히 시인 스스로 이 시를 偈頌이라고 제목을 삼은 것 역시 나름대로 선종에 대한 관심과 깊이가 있었기에 가능했을 것이다. 비록 사공도의 전체 시가를 보면, 늘 국가를 생각하는 심정이 숨어 있기는 하지만 禪宗의 이치를 표현하고 있는 시가에서는 그러한 측면이 거의 보이지 않는다. 즉 사공도의 시가 중 순수하게 은일생활의 정취를 표현하고 있는 시가에서 거의 대부분이 국가를 생각하는 심리와 개인의 심리적 안정을 추구하는 양자가 동시에 표현되는 경우와는 다른 경향이라고 할 수 있다.

Ⅳ. 結論

司空圖의 시론은 자신의 시가창작보다 유명한 것은 사실이며, 또한 실제로 그의 창작을 본다면 세인의 좋은 평가를 받지 못하고 있다. 이는 그의 이론만큼 시 창작이 뛰어나지 못하다는 결론을 내리게 만들고 있다. 그러나 그의 시가가 가진 특징을 구체화 시켜 본다면 새로운 시각을 가질 수 있다. 즉 사공도의 시가의 특징을 『東目

---

24) (宋)契嵩述, 『壇經·般若』, 837쪽. "不悟即佛是衆生, 一悟是衆生是佛, 故知萬法盡在自心, 何不從自心中頓見眞如本性?"(『中華大藏經』, 76冊)

館詩見』에서는 "司空圖는 품격이 높다. 五言律詩는 신선하고 閑談하다. 비록 꾸밈이 있지만 흔적이 보이지 않으며, 七言絶句는 아득한 운치가 있다."25)라고 말하고 있다. 여기에서의 '閑談'이나 '遠致'는 바로 隱逸시기에 창작한 시가에서 쉽게 찾을 수 있으며, 이러한 風格은 바로 禪宗사상에 접근함으로써 형성될 수 있는 것이다.

　司空圖의 시가에서 禪宗과 관련된 시가를 보면 禪師와의 왕래 중에 창작된 시가, 禪寺에서의 境界를 표현하고 있는 시가 그리고 禪宗사상에 대한 관심이나 禪理에의 체득을 표현한 시가가 있다. 사실상 앞의 양자는 어느 시인에게서나 일반적으로 볼 수 있는 내용이라고 할 수 있다. 그러나 禪理의 표현은 일반적인 시인이 표현할 수 없는 내용이다. 즉 시인이 禪宗이 가지고 있는 사상의 가장 기본이 되는 "心"의 이치에 대하여 깊이 있는 깨달음이 있었기에 이러한 경향을 가진 시가들을 창작할 수 있었던 것이다. 또한 이러한 깨달음이 있었기에 "司空圖는 스스로 자신의 시를 논하며, 韻味가 있으며 아울러 그 밖의 새로운 의미도 있다고 여겼다."26)라고 자신의 시에 대한 "韻外之致"의 경계를 자부할 수 있었지 않았나 하는 생각이 든다. 비록 이 부분에 대하여 세인의 긍정적인 평가를 받지 못하고 있는 것이 사실이지만, 만약 禪宗과 관련된 시가를 본다면 어느 정도 수긍할 수 있는 부분이라고 생각한다.

---

25) (淸)胡壽芝撰, 『東目館詩見』, "司空表聖品高, 五律新雋閑談, 雖刻畵而無迹, 七絶有遠致." (陳伯海主編, 『唐詩彙評』, 浙江敎育出版社. 1996, 2749쪽, 재인용.)
26) (宋)王直方撰, "司空表聖自論其詩, 以爲得味外意." (郭紹虞輯, 『宋詩話輯佚』, 中華書局, 1980, 39쪽.)

• 參考文獻 •

(唐)司空圖撰, 『司空表聖詩集』, (『四部叢刊』, 初編縮本, 169冊.)

(宋)契嵩述, 『壇經·般若』 (『中華大藏經』, 76冊.)

(宋)賾藏主編集, 蘇楚父、呂有祥校點, 『古尊宿語錄』, 中華書局, 1994.

(宋)胡仔纂集, 廖德明校點, 『苕溪漁隱叢話』前集, 人民文學出版社, 1962.

祖保泉, 陶禮天箋校, 『司空表聖詩文集箋校』, 安徽大學出版社, 2002.

祖保泉著, 『司空圖詩文研究』, 安徽大學出版社, 1998.

陶禮天著, 『司空圖年譜匯考』, 華文出版社, 2002.

江國貞著, 『司空表聖研究』, 文津出版社, 1985.

王鎮遠等編委, 『古詩海』, 上海古籍出版社, 1992.

高文·曾廣開主編, 『禪詩鑑賞辭典』, 河南人民出版社, 1995.

郭紹虞輯, 『宋詩話輯佚』, 中華書局, 1980.

陳伯海主編, 『唐詩彙評』, 浙江教育出版社, 1996.

王樹海著, 『禪魄詩魂』, 知識出版社, 2000.

周裕諧著, 『中國禪宗與詩歌』, 上海人民出版社, 1992.

孫昌武著, 『禪思與詩情』, 中華書局, 1997.

范文瀾著, 『唐代佛教』, 人民出版社, 1979.

陳伯海主編, 『唐詩學史考』, 河北人民出版社, 2004.

田耕宇著, 『唐音餘韻』, 巴蜀書社, 2001.

司空圖의 隱逸詩 研究

Ⅰ. 序論

司空圖는 唐 제국이 가장 혼란했던 시기에 활동하면서 또한 멸망을 직접 경험했던 시인이다. 司空圖는 唐末 837년에 태어나 唐 제국이 멸망한 이듬해인 908년에 생을 마쳤다. 唐末의 혼란은 극에 이르러 내부적으로는 환관의 전횡과 당쟁이 끊이지 않았으며, 외부적으로는 농민기의가 일어나고 지방관이 할거하는 상황이었다. 이러한 상황에서 전 국토는 황폐화되었고 백성들은 고통의 나날을 보내고 있었다. 그러므로 역사서『資治通鑑』에서도 "懿宗이래로 사치가 나날이 극심해지고 전쟁이 끊이지 않았고, 세금의 징수는 갈수록 심해졌다. 關東에서는 해마다 수재와 가뭄이 들었건만 州縣에서는 사실로 여기지 않으며 위아래가 서로 덮어 모르는 척하였다. 이에 백성들은 떠돌아다니며 굶어 죽어도 하소연할 곳이 없으니 함께 모여 도적이 되었고, 봉기가 일어나게 된 것이다."[1]라고 唐末의 정황과 農民起義의 원인을 지적하고 있다. 이러한 혼란한 현실에서 많은 문인들은 국가를 생각하는 울분을 가지고 있었을 뿐만 아니라 자신의 능력을 발휘하지 못하여 실의에 빠져있었다. 그러나 司空圖는 당시의

---

1) (宋)司馬光撰,『資治通鑑』卷二五二, 中華書局, 1956, 8174쪽. "自懿宗以來, 奢侈日甚, 用兵不息, 賦斂愈急. 關東連年水旱, 州縣不以實聞, 上下相蒙, 百姓流殍, 無所控訴, 相聚爲盜, 所在蜂起."

일반적인 시인들이 과거낙방으로 인하여 고통을 받은 것과는 달리 33세에 과거에 급제하여 관직생활을 하였고, 후에 대략 50여세부터 관직을 버리고 은거를 시작하여 72세에 생을 마치는 비교적 평탄한 인생을 살았다. 즉 과거급제로 인한 고통을 덜 받았으며, 관직생활에서도 역시 큰 타격을 받지 않았다. 그는 다만 혼란한 현실을 겪었을 뿐이며 은일생활 역시 시인 스스로 원했던 인생의 큰 변화였을 뿐이다. 司空圖의 이러한 생애는 당시의 일반적인 시인들의 인생과는 상당히 다르며, 자연히 그의 시가창작에 지대한 영향을 주고 있다.

司空圖의 창작에 대하여 "司空圖는 晩唐에서 스스로 뛰어나다고 자부하였으며, 또한 시가이론에 조예가 깊었다. 그러나 자신의 시가 창작에는 뛰어난 면이 거의 없으며, 그의 시를 평가하는 문장과는 의외로 서로 닮지 않았다. 이는 진실로 이해할 수 없다."[2]라는 평가가 있다. 이는 사공도가 시를 논하는데는 뛰어났지만 시가창작의 수준은 높지 않았음을 나타내는 것이다. 즉 그의『詩品』은 비록 최근 僞書의 논쟁에 휩싸여 있어 제외한다하더라도, 기타 「與李生論詩書」·「與王駕論詩書」·「與極浦書」 등의 문장에 나타난 내용들을 보면 역시 시가이론에 대한 조예가 깊음을 알 수 있으며, 이러한 견해는 이미 공인된 사실이다. 때문에 사공도의 시가이론에 대한 연구는 매우 많다. 그러나 사공도의 시가자체에 대한 연구는 상당히 미흡하다. 즉 상술한 "자신의 시가창작에는 뛰어난 면이 거의 없으며 … 이는 진실로 이해할 수 없다."라는 지적은 있지만 어떤 측면에서 이러한 평가를 내리는 가에 대한 직접적인 언급이 없는 것이다. 그러므로

---

2) (淸)翁方綱撰,『石洲詩話』卷二. (郭紹虞編選, 富壽蓀校點,『淸詩話續編』, 上海古籍出版社, 1083, 1395쪽. "司空表聖在晩唐中, 卓然自命, 且論詩亦入超詣, 而其所自作, 全無高韻. 與其評詩之語, 竟不相似. 此誠不可解."

　사공도의 시가자체에 대한 연구가 시가이론에 대한 연구에 비하여
상대적으로 적다는 것에 착안하여, 唐末의 시단에서 중요한 지위를
차지하는 사공도의 시가자체를 연구대상으로 삼고자 한다.

　사공도 시가의 내용은 비교적 다양하지만 우선 隱逸詩를 대상으
로 살펴보고자 한다. 사공도의 생애에 대하여 "만일 司空圖의 50세
이전의 사상이 관직생활과 은거의 진퇴사이에서 배회하고 있다고
한다면, 50세 이후에는 그의 소극적이며 隱逸적인 희망이 더욱 심해
졌다고 할 수 있다."[3]라는 지적이 있다. 이는 司空圖가 대략 50세 이
전에는 관직생활을 하면서도 은거생활을 한 적이 있으며, 50세 이후
에는 隱逸에 대한 추구가 더욱 강렬했음을 보여주고 있다. 또한 실
제로 "천하가 반드시 어지럽게 될 줄 알고 中條山 王官谷에 은거했
다."[4]라는 기재로 알 수 있듯이 司空圖는 51세에 王官谷에서 은거생
활을 시작하였다. 결국 사공도의 생애에 있어서 隱逸을 추구하는 심
리는 隱逸生活을 시작하기 전부터 있었음을 알 수 있다.

　따라서 본 고는 우선 그의 전 생애에 공통적으로 가지고 있으며,
분량에 있어서도 가장 많은 비중을 차지하는 隱逸心理를 표현한 시
가[5]를 대상으로 隱逸生活의 情趣, 隱逸詩의 禪趣 그리고 隱逸과 現

---

3) 呂慧鵑·劉波·盧達編, 『中國歷代著名文學家評傳』, 山東敎育出版社, 1987, 756
　　쪽. "如果說司空圖五十歲以前的思想還是徘徊於出處行藏之間, 那么五十歲後,
　　他的消極退隱的願望就更加深了."
4) (唐)司空圖撰, 『司空表聖詩集』, 1쪽. "知天下必亂, 歸隱中條山王官谷"(『四部叢
　　刊』初編縮本, 169冊.)
5) 『四部叢刊』初編縮本의 『司空表聖詩集』에 384首가 전하는데, 그중 隱逸詩는
　　128首가 있다. 司空圖의 隱逸詩는 「秋思」·「華下」1·「江行二首」·「下方二首」·
　　「退棲」·「浙川二首」·「丁未歲歸王官谷有作」·「歸王官次年作」·「重陽山居」·
　　「山中」1·「卽事二首」·「卽事九首」·「漫書二首」·「漫題三首」·「退居漫題七首」·
　　「偶題」·「雜題」·「雜題九首」·「獨坐」·「獨望」·「閑步」·「休休亭」·「借居」·

實과의 矛盾心理 세 부분으로 나누어 고찰하고자 한다.

Ⅱ. 隱逸生活의 情趣

科擧를 통하여 관리가 된 司空圖는 당시의 사대부들과 마찬가지로 儒家思想에서 비롯된 현실참여의 精神을 가지고 있었다. 그러나 극도의 사회혼란에 대한 시인의 처세는 "窮則獨善其身"의 길을 택하였으며, 그렇기 때문에 사회혼란과의 직접적인 충돌보다는 개인의 안위에 더욱 관심을 가지게 되었다. 비록 그의 시가 중에 현실을 반영하는 시가가 적지 않다고 하더라도 그의 시가에 반영된 唐末의 현실은 그다지 직접적이지 못하다. 오히려 그의 시가 대부분은 이러한 혼란에서 벗어나고자 하는 隱逸의 심리를 표현하는데 주력하고 있다. 따라서 정국의 혼란 속에서도 隱逸生活의 情趣를 표현한 시가 적지 않다. 또한 51세에 은거를 시작한 후에 거의 대부분의 시간을 王官谷이나 華陰에 머물면서 隱逸生活을 표현하는 시가를 창작했다. 이러한 시가들은 개인심리의 평안과 한가함을 보여주고 있다.

우선 「卽事九首」其一[6]을 보기로 하자.

宿雨川原霽, 憑高景物新.

　　　　　　장마 비가 내려 내를 이루어서야 그쳤는데, 높은 곳

「河上二首」·「漫書」·「偶題三首」·「雜題二首」·「狂題十八首」·「漫書五首」·
「偶書五首」·「偶詩五首」·「寓居有感三首」·「華下二首」·「閑夜二首」·
「山中」2·「華下」2·「王官二首」·「與伏牛長老偈二首」·「偈」·「力疾山下吳村
看杏花十九首」·「早春」 등이다.
6) (唐)司空圖撰, 『司空表聖詩集』卷二, 7쪽. (『四部叢刊』初編縮本, 169冊.)

에서 바라보니 사방이 새롭다.

陂痕侵牧馬, 雲影帶耕人.

> 연못에 물이 괴어 말들의 그림자 비치고, 구름은 농사꾼을 따라 움직인다.

이 시는 시인이 만년에 王官谷에 머물며 지은 연작시 중의 한 수이다. 시인이 隱逸生活 중에 느끼던 신선한 느낌을 표현하고 있다. 기나긴 장마 비가 냇가를 만들어서야 그쳤는데 주위의 경물을 바라보니 한없이 맑고 모두 새롭다. 또한 마른 연못에 물이 괴어 그림자를 만들고, 청명한 하늘에는 비의 여운이 남긴 구름이 떠있다. 시인은 마치 근심 없는 농부와 같고 아름다운 풍경 속에 사는 듯하다. 그러므로 이러한 산수화 같은 정취에 대하여 劉永濟 역시 "비가 그친 새로운 풍경을 확실하게 보여주고 있다."[7]라고 풀이하고 있다. 시인의 눈에 비친 풍경을 통하여 시인의 마음이 한없이 한가로우며 평화스러움을 알 수 있다.

다음에는 「下方」其二[8]을 보기로 하자.

昏旦松軒下, 怡然對一瓢.

> 아침저녁 처마 밑에서 즐거이 술을 마셨다네.

雨微吟足思, 花落夢無憀.

> 비가 잦아들면 생각에 잠겨 시를 읊고, 떨어진 꽃을 보노라니 꿈 같이 한가롭다네.

細事當棋遣, 衰容喜鏡饒.

7) 劉永濟著, 『唐人絶句精華』, 人民文學出版社, 1981, 265쪽. "確是新霽景象"
8) (唐)司空圖撰, 『司空表聖詩集』卷一, 4쪽.

　　　　　　　　　　작은 일은 가볍게 떨치며, 늙은 얼굴이라도 즐거이
　　　　　　　　　　거울을 대했네.
溪僧有深趣, 書至又相邀.
　　　　　　　　　　고승과 왕래하며 지내는데, 또 만나자는 서신이 왔
　　　　　　　　　　다네.

　이 시 역시 만년의 은거생활 중에 쓴 시이다. 시가 전체에 한가함
과 여유가 나타나 있으며, 시가에 나타난 시인의 심정은 마치 자연
과 하나가 된 듯 한없이 고요하며 근심이 없다. 아울러 禪師와의 왕
래는 그의 隱逸生活의 고상함을 보여주고 있다. 그러므로 이러한 고
상한 생활정취와 心境을 "淸淡하며 한가로운 韻味를 추구하며, 淸高
하며 은거하는 심정을 표현하고 있다."[9]라고 풀이할 수 있다. 이러
한 사공도의 은거생활의 정취 및 교류는 또한 역사서 『舊唐書』에
기록된 "司空圖에게는 中條山의 王官谷에 조상의 별장이 있는데, 돌
위로 물이 흐르고 숲 속에는 정자가 있다. 이곳은 그윽한 정취로 매
우 유명하였다. 한가한 생활을 즐기며 매일 유명한 승려나 인사들과
그곳에서 시를 지으며 지냈다."[10]라는 내용을 통해서도 쉽게 알 수
있다.
　다음에는 「退居漫題七首」其一과 其三[11]을 보기로 하자.

---

　9) 楊世明著, 『唐詩史』, 重慶出版社, 1996, 696쪽. "追求淸淡閑遠的韻味, 多寫淸高
　　 恬退的心境"
10) 『舊唐書』卷190, 5083쪽. "圖有先人別墅在中條山之王官谷, 泉石林亭, 頗稱幽棲
　　 之趣. 自考槃高臥, 日與名僧高士遊咏其中."
11) (唐)司空圖撰, 『司空表聖詩集』卷二, 8~9쪽.

其一

花缺傷難綴, 鶯喧奈細聽.

> 떨어진 꽃을 되돌릴 수 없어 마음이 아프지만, 어느
> 덧 다시 아름다운 꾀꼬리 울음소리에 귀 기울이게
> 되었네.

惜春春已晚, 珍重草靑靑.

> 아름다운 봄 경치 사라져 애석하지만, 오히려 눈앞
> 의 푸릇푸릇한 풀들의 귀중함을 알게 되었네.

其三

燕語曾來客, 花催欲別人.

> 제비의 울음소리가 들리더니 객이 찾아 왔네.
> 이에 꽃 피길 재촉했는데 도리어 길손과 이별을 재
> 촉하는 것이 되었네.

莫愁春已過, 看着又新春.

> 봄이 지나가더라도 다시 새로운 봄이 오니 슬퍼할
> 필요가 없다네.

이 두 편의 시 역시 시인이 만년에 王官谷에서 머물면서 지은 시
들이다. 시가의 제목 중에서 "退居"란 바로 은거를 나타내고 있다.
또한 "漫題"란 수필식으로 가볍게 써 내려간 시라는 의미를 가지고
있는데 바로 자연과 동화된 시인의 심정을 보여주는 것이다. 이 시
에서 시인은 자연의 이치에 따라 변화하는 자연물을 빌어 자신의 정
취를 표현하고 있다. 은일생활을 구가하는 시인의 심정이 이렇게 한
가롭고 담담하기에 이러한 시를 창작할 수 있는 것이다.

첫 수는 낙화에 대한 슬픔이 저절로 생겼지만 이를 대신할 만한
다른 자연물인 꾀꼬리의 아름다운 울음소리가 자신의 서운한 마음
을 위로하고 있음을 표현하고 있다. 또한 아름다운 봄이 사라져 역
시 안타깝지만 이를 통하여 다시 푸름의 귀중함을 깨닫게 되었음을
보여주고 있다. 이렇듯 자연물이 시인의 마음에 와 닿아 있기에 시
인이 느끼는 정취를 시로써 표현할 수 있었던 것이다. 두 번째 시가
역시 첫 수와 유사한 내용을 담고 있다. 한편으로는 아름다운 봄 경
치가 빨리 오기를 재촉하지만 또 다른 한편으로는 그 화사함이 사라
질 것을 염려하며 함께 꽃을 감상하던 사람과 이별하게 됨을 안타까
워하고 있다. 그러나 시인은 자연의 섭리에 순응하여 사계의 변화를
생각하기에 다시 또 다시 봄이 오는 것을 알고 있다. 그러므로 시인
은 자신이 가진 걱정을 마음 속에서 잊을 수 있음을 또 다시 보여주
고 있다. 이러한 자연에 대한 느낌은 자신의 마음을 비우고 자연과
동화되어야만 느낄 수 있는 것이다. 이러한 느낌이 있었기에 隱逸生
活 중의 정취를 느낄 수 있으며 시로써 표현할 수 있는 것이다.

그의 시가 「獨望」12)는 隱逸生活의 정취를 가장 심도 깊게 표현하
고 있는 대표적인 시이다.

綠樹連村暗, 黃花入麥稀.
　　　　길게 늘어선 푸른 나무들이 촌락을 그늘지게 하고,
　　　　노란 꽃들이 보리 속에 드문드문 보이네.
遠陂春早滲, 猶有水禽飛.
　　　　저쪽 먼 비탈에 봄이 먼저 왔고, 새들은 물 위를 날
　　　　고 있네.

12) (唐)司空圖撰, 『司空表聖詩集』卷二, 11쪽.

"홀로 바라본다."는 제목의 이 시는 그야말로 근심과 걱정이 없는 사람의 심정을 그대로 옮겨 놓은 듯 하다. "이 시는 한 폭의 색조가 우아하고 담박한 풍경화로 시인이 閑逸의 사대부임이 확실하다."13)라는 평가와 같이 세속을 멀리한 한가한 사람만이 창작할 수 있는 시이다. 특히 전반부의 구절에 대하여 宋代의 蘇軾은 『東坡志林』에서 "司空圖는 스스로 자신의 시를 논하여 韻致를 능가하는 특별한 韻致를 얻었다고 했는데 '綠樹連村暗, 黃花入麥稀'구가 가장 뛰어나다."14)라고 평가하고 있다. 이는 宋代의 저명한 시인의 평가를 통하여 이 시가 가진 운치를 확인한 것이라고 할 수 있다. 또한 사공도가 스스로 "味外味"라고 여겼던 것은 바로 사공도의 시가이론 중에서 「與李生論詩書」에 기재된 "味外之旨"를 가리키는 것이며, 이것이 바로 "韻外之致"이니 이 시가 가진 깊은 韻味를 짐작할 수 있다. 근인 劉永濟도 "二十字로 한 폭의 田園의 아름다운 경치를 만들었다."15)라고 그 境界를 칭찬하고 있다. 시인의 정취가 자연스럽게 표현되었기에 한 폭의 풍경화를 연상하게 한다.

사공도의 隱逸生活의 情趣는 완전히 현실과 떨어진 개인적인 느낌을 표현하는 데에서 나타나고 있다. 독립된 한 편의 시가 속에서는 한적한 정취만이 존재한다고 할 수 있다. 그러나 동일한 시기에 창작된 시가를 분석해보면 비록 같은 장소이지만 그 내용은 현실을 반영하는 데에 치우쳐있기도 하다. 또한 한 편의 시가 내부에 隱逸

---

13) 祖保泉·陶禮天箋校, 『司空表聖詩文集箋校』, 安徽大學出版社, 2002, 55쪽. "這是一幅色調淡雅的風景畵, 顯是它的作者是個閑逸之士."
14) (宋)蘇軾著, 『東坡志林』, 中華書局, 1981, 32쪽. "司空表聖自論其詩, 以爲得味外味. '綠樹連村暗, 黃花入麥稀', 此句最善."
15) 劉永濟著, 『唐人絶句精華』, 264쪽. "二十字構成一幅田園佳景."

의 정취와 隱逸에 대한 추구를 나타내면서도 동시에 국가를 생각하
는 憂國이나 현실을 반영하는 내용이 표현되고 있다. 즉 시인은 隱
逸生活에 대하여 만족하는 듯 하면서도 隱逸생활에 완전히 심취했
거나 심취하길 원한 것은 아니기 때문에 항상 현실에 대한 관심을
나타내고 있다. 이는 바로 그의 상반된 사상적 모순이라고 할 수 있
는데 이러한 부분이 당시의 기타 시인들보다 더욱 복잡하게 혼재되
어 그의 창작에 표현되고 있다. 이러한 부분은 제IV장에서 "隱逸과
現實과의 矛盾心理"에서 다시 언급하기로 한다.

Ⅲ. 隱逸詩에 나타난 禪趣

司空圖의 隱逸生活은 많은 부분에서 禪宗과 관련이 되어있다. 그
러므로 그의 시가에는 은일생활의 정취와 함께 선종의 禪理나 禪趣
에 대한 관심이나 체득이 표현되고 있다. 禪宗에 대한 관심은 그의
문장인 「觀音贊」·「十會齋文」·「香岩長老贊」 등을 통해서도 쉽게
찾아 볼 수 있다. 사공도의 은일시가가 가지고 있는 韻致나 情趣는
"사공도의 작품이 특별한 韻味나 그 이상의 韻致를 가지게 된 까닭
은 禪宗의 교리를 얻어서이다."[16]라는 평가가 있듯이 禪宗과 관련되
어 있음을 알 수 있다. 더욱이 은거생활 중에 많은 禪師들과 왕래했
기 때문에 그의 시가창작과 禪宗은 불가분의 관계가 있다고도 할 수
있다. 그러므로 그가 은거생활 중에 창작한 시가에는 선종에 대한
관심에서 시작하여 禪理에 대한 깊이 있는 체득이 드러나고 있다.

---

16) 王水海著, 『禪魂詩魂』, 知識出版社, 2000, 294쪽. "其作品之所以具味外味, 得韻
外之致, 是因爲大得禪意緣故"

宋代의 저명시인 蘇東坡는 司空圖의 시가에 대하여 "苦吟 속에 禪宗의 모습이 있어서 안타깝다."[17]라고 평하고 있다. 비록 이러한 평가가 단점을 지적한 것이지만, 또 다른 한편으로는 그의 시가가 선종과 많이 관련되었음을 증명한다고 할 수 있다.

隱逸詩에 나타난 禪趣는 은일생활을 구가하는 중에 禪理에의 체득을 표현한 것이다. 은일생활이 시인에게 준 고요함이나 심리적 평안은 다시 또 선종의 교리와 합해져 고고한 境界를 형성하였다.

우선, 禪宗에 대한 관심을 표현하고 있는 시가 「早春」[18]을 보기로 하자.

> 傷懷同客處, 病眼卽花朝.
>> 외로운 객지생활에 병까지 났지만, 시절은 아름다운 봄이로구나.
>
> 草嫩侵沙長, 冰輕著雨銷.
>> 부드러운 풀이 냇가에 돋고, 얼음조각은 봄비에 녹았네.
>
> 風光知可愛, 容髮不相饒.
>> 아름다운 경치를 알지만, 네 몸은 이미 늙었구나.
>
> 早晚丹丘伴, 飛書肯見招.
>> 아침저녁으로 신선의 사는 곳을 생각하며, 나를 부르는 서신을 기다린다.

---

17) (宋)胡仔纂集, 廖德明校點, 『苕溪漁隱叢話』前集, 人民文學出版社, 1962, 34쪽. "恨其寒儉有僧態."
18) (唐)司空圖撰, 『司空表聖詩集』卷一, 3쪽.

이 시는 隱逸生活 중에 겪은 봄의 경치와 자신의 傷心을 대조적으로 표현하고 있다. 시인은 봄을 통하여 그 아름다움과 만물의 생동을 느끼면서도 다시 자신을 돌아보고 있다. 자신이 어쩔 수 없는 세상의 혼란은 결국 시인으로 하여금 신선세계 "丹丘"를 찾게 한다. 이 "丹丘"란 비록 신선세계이지만 이 당시 시인이 찾아간 세계는 바로 불교이며 구체적으로는 禪宗이다. 그러므로 이 시에 대하여 何義門은 "시는 여기에 이르러 진실로 佛心을 갖게 되었다."[19]라고 해석하고 있다. 시인은 선종에 심취하여 심리적 안위를 찾고자 하였던 것이다. 이러한 선종에 대한 관심은 그의 시가 「山水」중 "명예가 없어지지 않으니 신선의 세계를 가볍게 여기고, 無念無想의 이치를 깨달으니 佛心에 가까이 간 것이네"(名應不朽輕仙骨, 理到忘機近佛心)[20]의 구절을 통해서도 알 수 있다. 시인은 "近佛心"으로써 자신의 관심을 직접적으로 표명하고 있을 뿐만 아니라 불교용어인 "忘機"를 사용하여 자신의 깨달음을 나타내고 있다. "忘機"의 의미란 바로 "禪宗에서는 '無念으로써 祖宗으로 삼는다.'라고 하였다. 이는 일체의 집착을 배제하는 것을 요구하는 것이며, 無念無想의 경지에 도달하는 것을 말하는 데 이것이 바로 '忘機'인 것이다."[21]

다음에는 禪宗思想을 표현하고 있는 시 「偈」[22]를 보기로 하자.

19) 『瀛奎律髓滙評』, "詩至此眞近佛心"(『唐詩滙評』, 陳伯海主編, 浙江教育出版社, 1995, 2751쪽. 재인용)
20) (唐)司空圖撰, 『司空表聖詩集』卷二, 7쪽.
21) 王鎭遠等編委, 『古詩海』, 上海古籍出版社, 1992, 1047~1048쪽. "禪宗以無念爲宗, 要求破除一切執着, 達到無思無慮之境, 卽所謂忘機"
22) (唐)司空圖撰, 『司空表聖詩集』卷四, 22쪽.

人若憎時我亦憎, 逃名最要是無能.
　　　　　증오하는 마음이 생길 때 나 역시 증오하는 마음이
　　　　　생기고, 명예를 떨치고자 하였지만 마음대로 되지
　　　　　않네.
後生乞汝殘風月, 自作深林不語僧.
　　　　　다시 태어나면 풍월을 읊기보다는 깊이 은거하여
　　　　　禪理를 깨우치고 싶네.

　이 시는 선종사상에 대한 지식을 바탕으로 쓴 시라고 할 수 있다.
비록 시인이 오묘한 禪理에 체득하지는 않았지만 자신의 만년 隱逸
生活과 禪理를 잘 조화하여 시로써 표현하고 있다. 즉 시인은 인간
의 삶 속에서 존재하는 증오나 명예에 대한 느낌을 선종을 빌어 나
타내고 있는 것이다. 사람의 마음속에 있는 증오나 사회생활 속에서
추구하는 명예는 모두 결국은 사람으로 하여금 迷妄을 만들어 내는
것이며, 또한 이들을 의도적으로 떨쳐 버리려는 자체 역시 迷妄에
빠지는 것임을 지적하고 있다. 이러한 깨달음은 바로 마음의 집착을
버려야 한다는 선종의 사상에서 비롯된 것이다. 그렇다면 시인은 어
떻게 했는가? 시인은 이러한 迷妄을 떨치고자 隱逸生活을 하고 있는
것이다. 즉 시인은 시를 짓거나 명예를 구하기보다는 선사들이 은거
하여 깨달음을 추구하듯이 자신도 隱逸生活을 하고 싶은 심정을 드
러내고 있다.
　다음에는 선종에 대하여 간단한 관심을 표현하는 것을 넘어 禪理
에 대한 깨달음을 표현하고 있는 시를 살펴보겠다. 예를 들면, 「與
伏牛長老偈」23) 其一과 其二 두 首가 있다.

23) (唐)司空圖撰, 『司空表聖詩集』卷四, 22쪽.

其一

不算菩提與闡提, 惟應執着便生迷.

　　　　　깨우쳤든 깨우치지 않았든 단지 집착이 있다면 迷
　　　　　妄이 생긴다네.

無端指個淸凉地, 凍殺胡僧雪嶺西.

　　　　　무심히 서늘한 땅을 가리켰건만 서쪽에 사는 승려
　　　　　가 얼어 죽고 눈이 내린다네.

其二

長繩不見繫空虛, 半偈傳心亦未疏.

　　　　　아무리 긴 줄이라도 공허함을 묶을 수는 없는 것이
　　　　　고, 偈頌을 지을 수는 있지만 깨달음을 전할 수는
　　　　　없다네.

推倒我山無一事, 莫將文字縛眞如.

　　　　　내 마음의 산에 밀어내 無念無想의 경지를 이르려
　　　　　면 문자로써 깨달음을 속박해서는 안 된다네.

　이 시들은 사공도가 禪師 伏牛長老에게 증여한 시이다. 시인은 이
두 수를 통하여 자신이 깨달은 禪理를 표현하고 있는데, 禪師의 偈
頌과 매우 흡사하다.

　우선, 첫 번째 시를 보기로 하자. 이 시의 전반부는 선종이 중시
하는 인간의 마음에 대한 내용을 나타내고 있다. 즉 깨달음은 마음
의 집착과 관련 있음을 강조하고 있으며, 진정한 깨달음은 마음속에
얻고자 하는 집착이 없어야 함을 표현하고 있다. 후반부에서도 역시
심령에 대한 부분을 강조하며, 세상만물의 조화는 결국 마음에서 일

어난다는 선종의 교리를 비유적으로 설명하고 있다. 두 번째 시가
역시 인간이 가진 심성의 중요성을 강조하고 있지만 선종의 교리를
더욱 직접적으로 묘사하고 있다. 이 시는 선종의 "不立文字"를 들어
깨달음은 문자로 전해지지 않음을 비유적으로 표현하고 있다. 전반
부는 진정한 깨달음은 "頓悟"하는 것으로 어떤 특별한 방법이 없으
며 또한 인위적으로 전해지는 것이 아님을 말하고 있다. 후반부 역
시 같은 내용이지만 인간이 가진 집착이나 욕망이 깨달음을 방해하
는 것이며 문자 역시 그 방해의 한 요소임을 나타내고 있다. 이 두
시는 제목에서 보이듯이 사실상 일반적인 시가라기보다는 선사들의
깨달음을 표현한 "偈頌"이라고 할 수 있다. 승려의 시가나 시인의 시
가나 모두 시의 형태를 가지지만 승려의 시는 기본적으로 종교적인
깨달음을 보여주는데 그 목적이 있다. 그러므로 이 시는 사공도 자
신이 "偈"라고 명명했으며, 그 내용 역시 禪理에 대한 상당한 깨달음
을 나타내고 있다. 사실상 이러한 내용의 시가는 선종에 대한 깊이
있는 깨달음이 없다면 창작할 수 없기 때문에 도리어 司空圖라는 시
인과 禪宗과의 관련성을 짐작할 수 있다. 따라서 隱逸生活의 정취를
표현한 시가와는 다른 측면을 가지고 있음을 알 수 있다. 다만, 만일
隱逸生活 자체를 영위하고 있지 않거나 시인 스스로가 隱逸生活 속
에서 고요함과 심리적 평안을 얻지 못했다면 이러한 깨달음은 불가
능했을 것이다.

그러나 간과해서는 안 될 부분은 이러한 禪宗의 禪趣를 표현한 시
가들이 과연 실제로 깊이 깨닫고 쓴 것인가 하는 문제이다. 인용한
시가자체만을 가지고 본다면 상술한 설명이 가능하리라 생각한다.
그러나 禪宗의 禪趣를 표현한 시들의 배경을 살펴보면 무조건적으
로 선종사상에 심취한 것이 아님을 짐작할 수 있다. 시가에 나타난

표면적인 내용은 시인의 심리와 禪趣이지만 사실상 사공도가 이러
한 시가를 창작하게 된 이유는 당시의 혼란현실을 도피하려는 심정
에서 비롯된 부분이 많다. 즉 「偈」나 「狂題十八首」에서 언급하는
"憎"·"名"·"是非" 등이 혼란한 현실사회의 산물임을 감안하면 새로
운 시각으로 상술한 시들을 이해할 수 있다. 그러므로 사공도의 은
일시가 중에 보이는 禪趣 역시 본고 제IV장 隱逸과 現實과의 矛盾心
理 부분과 연관 지어 생각해야 할 것이다.

IV. 隱逸과 現實과의 矛盾心理

앞에서도 언급하였듯이 사공도의 隱逸詩는 전 생애에 걸쳐 창작
되었다. 그러나 그의 隱逸詩 중에는 隱逸과 관련된 내용만이 표현된
것이 아니라 국가의 안위를 걱정하는 내용이나 전란의 참상이 함께
표현되고 있다. 이렇게 두 가지 주제가 한 시가에서 함께 나타나고
있는 것은 그의 사상적 모순으로 그의 시가창작의 수준과 관련되는
중요한 부분이라고 할 수 있다. 즉 그의 한 수의 隱逸詩歌가 한편으
로는 隱逸의 고요함과 한적함을 잘 표현하고 있지만, 또 다른 한편
으로는 국가의 혼란한 현실에 대한 憂國情緒를 드러내고 있다. 이러
한 이중적인 주제가 함께 나타나는 것은 바로 그의 시가창작이 가진
창작상의 모순점이라고 할 수 있다. 그러한 원인은 시인의 개인사상
의 이중성에 있다고 할 수 있다. 그의 문장 「休休亭」 중에 인용된
"너는 隱居하고 있음에도 여전히 무도한 무리들을 미워하고 있는데,
마땅히 치욕을 참고 스스로 경계해야 한다."24)는 내용을 보면 그의

24) (唐)司空圖撰, 『司空表聖文集』卷二, 10쪽. (『四部叢刊』初編縮本, 169冊.) "汝雖

사상적 모순을 알 수 있다. 이 언급은 한 스님이 사공도에게 한 말로 은거 중이니 치욕을 참아야 한다는 내용이다. 결국 이 의미는 사공도가 은거생활 중이며 국운이 쇠해 가는 것에 대한 치욕을 느끼고 있다는 것을 지적한 것이다. 이 내용은 한편으로는 은거 중이지만 늘 국가를 생각하는 애국심리를 가지고 있다는 것이 되기도 하지만, 또 다른 한편으로는 시인이 어떤 중심을 잡지 못하고 늘 은일과 현실 간에 방황하고 있음을 나타낸다고도 할 수 있다.

다른 측면에서도 그의 이러한 모순점을 엿볼 수 있다. 사공도는 관직생활을 하고 있는 중에도 수차례에 걸쳐 王官谷에 머물렀다. 예를 들면, 33세 과거에 급제한 그 해에도 잠시 王官谷에서 머물렀으며, 44세와 46세에도 王官谷에서 머물고 있었다. 또한 49세에도 王官谷에 머물다가 잠시 中書舍人으로 관직을 옮겼다가 병으로 사직했다. 아울러 은거를 시작한 51세 이후에도 중간 중간 관직을 받았다. 예를 들면, 53세 中書舍人의 관직에 임명되었고 이를 받아들였다가 다시 병으로 사직했으며, 57세에는 잠시 戶部侍郎의 관직을 맡다가 역시 사직했다.[25] 이러한 관직생활과 은일생활의 반복은 시인의 실제 행동방면의 이중성을 보여주는 것이다. 따라서 자연히 그의 창작에는 관직생활 중에 토로했던 국가에 대한 憂國정신이 나타나면서도 閑寂과 平安을 추구하는 은일생활 중의 개인적인 심리가 함께 드러나고 있다.

그의 시가에서 이러한 모순점이 어떻게 표현되고 있는 가를 살펴보도록 하자. 우선, 그의 시가 「退棲」[26]를 보기로 하자.

退, 亦嘗爲匪人之所嫉, 宜以耐辱自警"
25) 陶禮天著, 『司空圖年譜匯考』, 華文出版社, 2002, 56·86~87·105·118쪽

宦遊蕭索爲無能, 移住中條最上層.

　　　　관직생활의 고난은 자신의 무능 때문이니, 中條山
　　　　가장 높은 곳으로 옮겨왔다네.

得劍乍如添健僕, 亡書久似失良朋.

　　　　보검을 얻은 것이 잠깐 이였지만 마치 건장한 호위
　　　　를 얻은 듯 했는데, 서적을 잃어버린 것이 오래되니
　　　　마치 좋은 벗을 잃은 듯하네.

燕昭不是空憐馬, 支遁何妨亦愛鷹.

　　　　燕나라 昭王은 쓸데없이 말을 사랑하였던 것이 아
　　　　니고, 고승 支遁이 매를 사랑하는 것이 무슨 방해가
　　　　되었겠는가?

自此致身繩檢外, 肯教世路日兢兢.

　　　　나 자신이 구속받지 않은 곳에 있거늘, 어찌 세속의
　　　　관직생활 중에서 전전긍긍하며 생활할 수 있겠는
　　　　가?

　이 시는 제목이 시사 하 듯이 시인이 隱逸生活을 하고 있음을 보
여주고 있다. 즉 시인은 은거하는 있는 장소인 中條山을 직접적으로
언급하고 있다. 시의 내용을 보면 시인의 고고한 품격을 나타내고
있으며, 동시에 자신은 구속이나 제약을 받는 곳 밖에 있다고 표현
하며, 도리어 세속에서 전전긍긍한 생활을 하지 않고 있음을 표현하
고 있다. 둘째 연과 셋째 연은 은일심정을 토로하는 것과 다른 내용
을 가지고 있다. 우선 둘째 연에서는 보검을 통하여 관직생활에서의
든든함을 표현하면서, 다시 세상의 근심을 떨쳐버린 은일생활 자체
가 친한 벗을 잃은 듯 하다는 심리적 모순성을 드러내고 있다. 셋째

---

26) (唐)司空圖撰,『司空表聖詩集』卷一, 6쪽.

연의 경우는 고사를 빌어 국가를 생각하는 자신의 심정을 은근하게
표현하고 있다. 燕나라 昭王이 널리 인재를 구하는 고사를 이용하여
당시의 인재를 중시하지 않는 정치적인 불합리를 지적했으며, 또한
고승 支遁이 매를 기르는 고사를 이용하여 자신이 비록 현재는 은거
하고 있지만 자신이 가지고 있는 뛰어난 능력은 국가에 보탬이 될
수 있다는 국가를 생각하는 심정을 나타내고 있다.[27] 이 시 역시 결
국은 은일생활에 대한 추구를 위주로 하되 더불어 시인의 애국정신
이 함께 드러나고 있다고 할 수 있다.

다음에는 「漫書」[28]를 보기로 하자.

> 樂退安貧知是分, 成家報國亦何慚?
>> 분수를 알아 은거하여도 즐겁고 가난해도 평안하지
>> 만, 집을 이루고 국가에 보답하지 못했으니 이 얼마
>> 나 부끄러운가?
> 到還僧院心期在, 瑟瑟澄鮮百丈潭.
>> 다시 산사로 돌아가 경건하게 깊은 연못 같은 맑은
>> 마음을 갖기를 희망한다.

---

27) 燕 昭王과 관련된 고사는 이러하다. 燕 昭王이 널리 인재를 구하자 郭隗라는
인물이 와서 고대의 어떤 사람이 국왕을 위하여 많은 돈으로 죽은 천리마의
머리를 사자, 천하에 사람들이 이 국왕이 천리마을 구한다고 생각하였고, 일
년이 되지 않아 국왕은 세 마리의 살아 있는 천리마를 구하게 되었다. 라는
천리마의 고사를 이야기하며, 만일 자신을 중용하면 천하의 인재가 모일 것이
다 라고 하였다. 昭王이 郭隗를 중용하자 정말로 인재들이 몰려들었다.
高僧 支遁과 관련된 고사는 이러하다. 高僧 支遁이 매와 말을 길렀는데 날리
지도 않고 타지도 않기에 어떤 사람이 왜 그런 가를 물었다. 그가 그 걸출함
을 좋아한다 라고 대답하였다.

28) (唐)司空圖撰, 『司空表聖詩集』卷三, 14쪽.

이 시에서는 "慚"과 "澄"이 확연히 대비가 되고 있다. 시인이 부끄러운 이유는 무엇인가 바로 "報國"을 하지 못하는데 있다. 이 시는 시인은 王官谷에서 머물면서 지은 시지만 사실상 시인은 국가의 혼란한 국면을 알고 있다. 그러므로 부끄럽게 느끼고 있는 것이다. 또 한편으로 맑다는 것은 무엇인가 바로 시인 자신의 심리적인 안정과 평안을 추구하는 것을 말한다. 국가의 혼란을 알지만 자신이 택한 길은 결국 은거였음을 보여주고 있다. 이렇게 극단적으로 이중적인 모순된 심리가 한 首의 시가에 존재하기에 "'報國'하면서 '退隱'하려는 모순이 마음속에 잠복되어있다."[29] 시인은 이 두 개의 사상에서 늘 중심을 잡지 못하고 있기에 시가창작에 그대로 드러나고 있는 것이다.

禪宗의 교리에 대한 깨달음을 표현한 시가 「狂題十八首」중 其十六[30]을 보기로 하자.

有是有非還有慮, 無心無跡亦無猜.
　　　　세상일에는 是非가 있어 늘 고민하지만, 이곳에는
　　　　마음과 자취가 없고 또한 시기하는 것도 없다네.
不平便激風波險, 莫向安時稔禍胎.
　　　　평탄하지 않으면 풍파가 생기니, 평화로울 때화가
　　　　오지 않기를 빌 뿐이네.

---

29) 祖保泉·陶禮天箋校, 『司空表聖詩文集箋校』, 安徽大學出版社, 2002, 76쪽. "想
'報國'又'退隱'的矛盾潛伏在心"
30) (唐)司空圖撰, 『司空表聖詩集』卷三, 16쪽.

이 시는 이 시는 시인이 62세에 華陰에서 은거하고 있을 때 지었다. 시인은 은거하는 중에 禪宗의 이치를 깨닫고는 이를 현실의 정치에 관련시켜 자신의 심정을 표현했다. "有是有非"는 현실정치사회에서 늘 존재하는 것이며, 또한 시비 자체도 불분명한 것이기에 시인은 마음이 평탄할 수 없었다. 그러나 시인은 은거한 후에 체득한 "無心無跡"의 심정으로 이러한 고민과 번뇌를 벗어날 수 있었다. 禪宗에서 강조하는 "無心無跡"에 대한 깨달음은 바로 시인의 심리를 안정적으로 만들고 있는 것이다. 이러한 시가창작은 바로 사공도의 禪宗에 대한 심취를 알 수 있게 한다. 그러나 이 시의 후반부에서는 갑자기 현실로 돌아와 풍파가 끊이지 않아 국가의 안위가 걱정된다는 심정을 표현하고 있다. 이는 은일생활 중에 느낀 "無心無跡"과 다시 또 현실에 대한 우려가 함께 표현된 시가라고 할 수 있다. 이 시 역시 이렇게 이중적인 내용을 가지고 있기에 "이 연작시는 司空圖의 생애와 사상을 연구하는 중요한 작품이며, 당시 사공도 사상의 복잡하며 모순된 면을 반영하였다."[31]라는 지적을 받고 있다.

위의 시가들은 은일과 현실의 이중적인 내용을 가지고 있는 시가 중에서 은일생활을 표현하는 것을 위주로 하면서 현실을 생각하는 심정을 드러내고 있는 시가들이다. 즉 반대로 현실을 반영하는 것을 위주로 표현한 시가들 중에서도 당연히 은일심정을 표현하는 시가들이 있다고 생각 할 수 있다. 이러한 시가들은 혼란한 현실을 표현하고 있지만 역시 隱逸의 심리를 숨기지 못하고 있다.

唐末의 시풍과 문인사대부에 대한 기록 중에 "晚唐의 시는 綺靡하

---

31) 陶禮天著, 『司空圖年譜匯考』, 134쪽. "該組詩也是研究司空圖生平思想的重要作品, 反映了其時司空圖思想的矛盾複雜性."

여 風骨이 부족하였다 … 그러나 의기와 절개가 있는 사대부가 왕왕
이 시기에 나타났다 … 司空圖는 초기에 禮部員外郎이 되었으나 관
직을 버리고 王官谷에 은거하여 오랫동안 관직에 나가지 않았다."32)
라는 언급이 있다. 여기에서 지적하는 "氣節之士"란 바로 혼란한 현
실에 대한 관심을 가지며 유가사상을 잃지 않은 시인들을 가리킨다.
그러한 인물로 羅大經은 韓偓이나 羅隱과 더불어 司空圖를 지적하
고 있다. 역사서 『新唐書』에 기재된 "朱全忠이 황권을 찬탈하고는
(사공도를) 禮部尙書에 봉하고자 했으나 司空圖는 듣지 않았다. 哀
帝를 시해했다는 소식을 듣고 사공도는 음식을 끊고 생을 마쳤다.
72세였다."33)라는 내용을 통해서도 사공도의 절개를 알 수 있다. 이
러한 절개를 가지고 있었기에 사공도는 당시의 현실을 반영하는 시
를 많이 창작하였다. 그러나 직접적인 폭로보다는 感傷적인 심정으
로 戰亂이 가져다준 참상을 묘사하고 있을 뿐이며, 물론 은일과 관
련 없이 현실을 반영하는 시가도 있지만, 일부 시가는 혼란한 현실
을 반영하는 중에 개인적인 심리 즉 隱逸生活에서의 느낌과 정취를
표현하고 있다.

  사공도가 비록 사회현실을 잊지 않았지만 스스로 은일을 추구하
거나 혹은 은일생활을 하고 있는 상태에서 사회현실을 잊지 않으려
는 태도를 가지고 있었기에 결국 그로 하여금 은일과 현실을 함께
표현하고자하는 모순된 심리를 형성하게 하였다.

---

32) (宋)羅大經撰, 『鶴林玉露』卷十二, 上海書店, 1990, 5쪽. "晚唐詩綺靡乏風骨 …
    然氣節之士, 亦往往出於其間 … 司空圖初爲禮部員外郎, 棄官隱居王官谷, 累征
    不起."(涵芬樓影印本)

33) (宋)歐陽修, 宋祁撰, 『新唐書』卷194, 中華書局, 1975, 5574쪽. "朱全忠已簒, 召
    爲禮部尙書, 不起. 哀帝弑, 圖聞, 不食而卒, 年七十二."

그의 시 「秋思」34)는 黃巢起義로 인하여 은거하는 중에 쓴 시이다.

身病時亦危, 逢秋多慟哭.
　　　　　병환도 수시로 악화되는데, 가을되자 戰亂으로 인
　　　　　한 통곡소리가 더욱 진동하는구나.
風波一搖蕩, 天地幾翻覆.
　　　　　전쟁의 풍파가 한 차례 요동쳐도, 세상천지는 여러
　　　　　차례 뒤집어지네.
孤螢出荒池, 落葉穿破屋.
　　　　　외로운 반딧불 황폐한 연못에서 나오고, 낙엽은 부
　　　　　서진 집을 덮고 있네.
勢利長草草, 何人訪幽獨.
　　　　　전란을 일으킨 세력은 날로 높아만 가 우울한데, 그
　　　　　누가 이 외진 곳을 방문하랴.

　황소기의라는 국가적인 위기를 맞이하여 시인은 백성들의 고통과 국토의 참상을 표현하고 있다. 이 때에 자신의 병환도 더욱 악화되지만, 전란으로 인한 백성들의 고통에 시인의 마음은 더욱 아프다. 이 시에서 표현된 "多慟哭"이나 "幾翻覆"은 그 참상의 정도가 어떠한가를 충분히 짐작하게 한다. 아울러 "出荒池"나 "穿破屋"은 직접적으로 참상을 묘사하고 있는데 그 형상이 눈에 선하다. 이 시를 창작하는 시인의 참담한 심정은 자신의 문장 「與李生論詩書」에서 "허전하고 공허한 것에는 '외로운 반딧불 황폐한 연못에서 나오고, 낙엽은 부서진 집을 덮고 있네.'가 있다."35)라고 지적한 것을 통하여 쉽게

---

34) (唐)司空圖撰, 『司空表聖詩集』卷一, 2쪽.
35) (唐)司空圖撰, 「與李生論詩書」"得於寂廖, 則有'孤螢出荒池, 落葉穿破屋'."

알 수 있다. 그러나 표면상 전란을 반영하고 있지만 전체 시가를 살펴보면 직접적으로 참상을 보면서 지은 시가 아님을 알 수 있다. 즉 "何人訪幽獨"의 구절을 통하여 시를 창작한 장소가 참상의 현장에서 벗어나 은일생활 혹은 도피생활을 하는 곳임을 알 수 있으며, 심리적 안위를 얻고자 하는 시인의 심정이 엿 보인다. 그러므로 혼란한 현실을 반영하면서도 늘 은일생활에서 가질 수 있는 심리적 안정을 추구하고 있음을 알 수 있다. 즉 한 편의 시가 속에 이러한 두 심리가 혼재되어있다.

다음에는 七言絶句로 창작한 「華下」其一36)을 보기로 하자.

故國春歸未有涯, 小欄高檻別人家.
故國에는 봄이 다시 오지 않을 듯하고, 집집마다 울타리에서 서로 이별을 고하네.
五更惆悵回孤枕, 猶自殘鐙照落花.
깊은 밤 홀로 자다 깨어 한없는 슬픔에 잠겼는데, 등잔 불빛에 낙화가 눈에 들어오네.

이 시는 唐 제국이 멸망하기 10여 년 전에 창작된 시로 역시 隱逸生活을 하던 시기에 창작된 시이다. 이 시의 전반부는 전란으로 인하여 국토가 황폐하게 되고, 사람들이 흩어지는 정황을 비유적으로 표현하고 있다. 또한 후반부에서는 "殘鐙"과 "落花"로써 자신의 슬픈 심정과 더불어 唐 제국의 멸망을 암시하고 있다. 그러므로 兪陛雲은 "司空圖는 唐末에 덕행이 훌륭한 사람이다. 이 시는 특히 국가와 군

(『司空表聖文集』, 『四部叢刊』初編縮本, 169冊.)
36) (唐)司空圖撰, 『司空表聖詩集』卷四, 19쪽.

주를 생각하고 있다. 첫 구는 수도를 수습할 희망이 없음을 말하고
있다. 둘째 구는 나라의 주인을 바뀌는 것을 말하고 있다. 세 번째
와 네 번째 구는 국운이 쇠퇴하여 돌이킬 수 없음을 분명하게 알면
서도 오히려 군대를 모아 다시 부흥할 수 있지 않을 까하는 생각을
한다. 그러나 감히 기운차게 말할 수 없기에 타다만 등잔과 떨어진
꽃으로 비유하였다. 또한 주위의 곡식을 바라보며 배회하다가 참지
못하고 돌아간다."[37]라고 이 시를 해석하고 있다. 이 시에 나타난
국가의 운명을 되돌릴 수 없다는 내용과 은일생활에서의 쓸쓸한 개
인 심정을 토로하는 내용은 모두 시인이 가진 은일에 대한 욕구와
현실에 대한 관심과의 모순심리를 보여주는 내용이라고 할 수 있다.

사공도의 시가창작경향은 유가사상을 가지고 국가를 위하는 심리
가 존재하기는 하지만 결국은 개인적인 안위를 중시하는 은일의 심정
을 주로 나타내고 있다고 할 수 있다. 예를 들어, 그의 시 「亂後」[38]를
보기로 하자.

羽書傳棧道, 風火隔鄕關.
　　　급한 전갈이 棧道에 전해지자, 고향에서는 전쟁이
　　　일어났다.
病眼那堪泣, 傷心不到閑.
　　　눈병은 갈수록 심해지는데도, 한가로움을 얻지 못
　　　하니 마음이 슬프구나.

<hr>

37) 兪陛雲著, 『詩境淺說續編』, 上海書店, 1984, 147쪽. "表聖爲唐末完人, 此詩殊有
君國之感. 首句言收京之無望. 次句言河山之易主. 三四句, 明知積運難迴, 猶冀一
旅一成, 儻能興夏, 不敢昌言, 以殘燈落花爲喩, 顧周原之禾黍, 徘徊而不忍去也."
38) (唐)司空圖撰, 『司空表聖詩集』卷二, 10쪽.

　　이 시는 비록 전란에 대하여 언급하고 있지만 사실상 혼란 속에
개인의 평안을 추구하는 태도를 보여주고 있다. 이 시가 나타내고자
하는 것은 과연 무엇일까 생각해 보면 전쟁이라는 현실보다는 개인
의 한가로움에 비중이 많을 듯하다. 특히 "黃巢起義 후에 전쟁이 빈
번하자, 사공도는 화를 두려워하여 은거했다."39)라는 지적도 있듯이
그의 은거는 도피이며, 현실보다는 개인의 한가로운 심리적 안정을
더 추구하고 있음을 알 수 있다. 이러한 개인 사상은 결국 은일과
현실 간에 방황하게 하였으며, 그의 시가창작 역시 이 괴리를 극복
하지 못했다. 이러한 평가로 말미암아 이중적인 내용을 가지지 않은
시가 역시 깊은 체험과 깨달음을 통하여 창작되었을까하는 의구심
마저 자아내게 한다.

　　상술한 시가 이외에도 「華下」·「亂後」·「避難」·「浙上」·「河望
有感」·「丁巳重陽」·「華上」 등의 시가들은 같은 내용을 가지고 있
다. 이러한 시가들은 비록 전란의 참상을 묘사하고 있지만 사실상
시가창작 자체는 은거한 상태에서 자신이 목도했던 상황을 생각하
면서 지은 시가들이다. 사공도의 시가에 대한 평가 중에 "그의 시집
을 보면 여전히 깊은 감동을 주는 역량이 부족하다. 그 원인을 나는
그의 인생행로에 있어서의 방황에 있다고 생각한다. 그가 관원의 신
분일 경우에 몸이 동란의 가운데에 있을 때면 그는 도망을 갔으며,
감히 고난을 바로 보거나 정면에서 직시하지 못했다. 그러므로 고난
의 시대를 반영하지 못한 것이다."40)라는 지적이 있다. 그의 인생에

---

39)　祖保泉著, 『司空圖詩文硏究』, 10쪽. "黃巢起義後, 戰亂頻仍, 他懼禍隱退."
40)　祖保泉著, 『司空圖詩文硏究』, 55쪽. "從他的詩集看, 還缺乏沁人心脾的藝術力
　　量. 這原因我以爲在於他在人生道路上的彷徨. 說他是個官員吧, 身處動亂之際,
　　他逃跑了, 不敢正視苦難, 正面感受苦難, 因而無緣反映苦難的時代."

있어서의 선택은 현실에 대한 도피로 일관되었음을 알 수 있다. 이는 바로 시인의 은일에 대한 추구가 강렬했음을 지적하는 것이며, 그렇기 때문에 고난에 대한 반영이 철저하지 못했던 것이다. 즉 고난을 반영하는 가운데 은일의 심리가 나타나는 모순점이 발생했음을 알 수 있다. 또한 이미 은거를 시작한 후에도 완전한 은일을 구가하지 못하고 "그의 인생 후반 사상방면에 있어서 항상 出仕와 歸隱 간의 모순이 있었다."41)라는 지적에서 알 수 있듯이, 그는 出仕에 대한 관심 즉 국가에 대한 우려를 하고 있다. 그러므로 은거 전후에 늘 가지고 있는 상반된 은일과 현실과의 모순점은 결국 그의 시가창작의 수준에 지대한 영향을 주었다고 할 수 있다.

V. 結論

사공도의 시가 중 隱逸詩를 중심으로 살펴보았다. 그의 은일시는 고요하고 한적한 情趣를 표현하고 있으며, 또한 禪宗의 영향으로 禪宗의 철학적인 禪趣가 드러나고 있다. 이는 시인이 한적한 隱逸生活을 하면서 느낀 정감을 표현한 것이다.

그러나 시가를 평가하는데 있어서는 표면적인 내용만을 보아서는 안 되며 시인의 人生歷程과 연결시켜 분석을 해야 한다고 생각한다. 사공도 역시 그의 인생에서의 변화가 그의 사상 및 시가창작에 지대한 영향을 주었다고 할 수 있다. 우선, 그의 隱逸生活은 그의 생애 중 가장 큰 변화이다. 그의 隱逸生活에 대한 추구는 은거생활을 하

---

41) 祖保泉·陶禮天箋校, 『司空表聖詩文集箋校·前言』, 安徽大學出版社, 7쪽. "他的後半生, 在思想方面, 都有出仕與歸隱的矛盾."

기 전인 관직생활 중에서도 수시로 은거 혹은 도피를 했던 사실로써
알 수 있다. 이는 기본적으로 그가 전 생애에 걸쳐 은일을 갈구하였
음을 말하고 있는 것이다. 다만 중요한 것은 이러한 은일을 추구하
는 심리의 형성이 현실도피에 있다는 점이며, 그럼에도 불구하고 여
전히 국가의 안위를 걱정하며 현실을 잊지 않으려는 태도도 가지고
있었다는 것이다. 즉 관직생활 중에 드러낸 은일의 심정과 은거생활
중에 나타난 현실에 대한 우려는 그로 하여금 사상적 모순을 형성하
게 하여, 결국 수준 높은 시가창작을 하기 어렵게 만들었다고 할 수
있다.

사공도의 시가에서 은일생활의 情趣을 표현하고 있는 시가가 비
록 풍경화 같은 운치를 표현하기도 했지만 같은 시기에 창작한 다른
시가의 내용을 보면 전란의 참상이 드러나기도 하는 등 이중적인 경
향을 가지고 있다. 또한 禪宗에 대한 관심을 가지고 禪趣가 담긴 시
가를 창작했지만 사실상 역시 이중적인 심리로 말미암아 요소요소
에 현실에 대한 관심이 나타나 있다.

만일 은일과 현실간의 모순심리를 드러내는 시가들이 존재하지
않는다면 사공도의 隱逸시가 가진 가치는 결코 낮지 않다고 생각한
다. "五言律詩는 새롭고 출중하며 한가하고 담박하다, 비록 조탁이
있지만 흔적이 없으며 七言絶句는 깊은 운치가 있다."[42]라는 지적과
같이 그의 隱逸詩의 긍정적 측면도 있기 때문이다. 이러한 긍정적인
평가가 있지만 여전히 그의 은일시가 가진 큰 한계점은 역시 이중적
인 사상의 모순에 있다고 할 수 있다. 즉 은일시의 일부의 특징보다

---

42) (淸)胡壽芝撰, 『東目館詩見』. "五律新雋閑澹, 雖刻劃而無迹, 七絶有遠致" (陳伯
　　海主編, 『唐詩彙評』, 浙江敎育出版社, 1996. 2749쪽.)

는 은일시 전체에 스며들어있는 모순점이 결국 그의 은일시를 수준 높은 시가의 위치까지 끌어올리지 못했다고 생각한다. 심지어는 이러한 이중적인 심리가 나타나는 시가들이 적지 않기 때문에 기존의 그렇지 않은 시가들마저도 시인이 어떤 깊은 깨달음으로써 창작했다기보다는 순간적인 느낌을 표현하는데 그치지 않았나 하는 의구심마저 들게 한다. 아울러 일부 戰亂의 현실을 반영하고 있는 시가들조차 직접 보고 느낀 시가가 아니며, 또한 그 중에 隱逸心理를 추구한다든가 혹은 隱逸生活 중에 창작했다는 점 등은 그의 시가창작이 일관성이 없음을 알게 한다.

결국 사공도의 시가에 비록 은일생활의 情趣나 禪趣가 드러나기는 하지만 전반적이며 더욱 주도적인 창작경향은 "隱逸"과 "現實"과의 모순심리를 표현하는데 있다고 할 수 있다. 이러한 "隱逸"과 "現實"이라는 두 상반된 사상적 모순에 대한 표현은 당시의 시인들이 보편적으로 가지고 있는 문제점이지만 사실 사공도의 시가에 나타난 모순점은 더욱 극명하고 더욱 흔히 나타나고 있다. 이는 사공도 시가가 가진 한계이며, 이러한 모순이 바탕에 있었기에 결국 자신의 시가를 수준 높은 경지까지 끌어올릴 수 없었다고 생각한다.

● 참고문헌 ●

(宋)司馬光撰,『資治通鑑』, 中華書局, 1956.

(後晋)劉昫等撰,『舊唐書』, 中華書局, 1975.

(宋)歐陽修, 宋祁撰,『新唐書』, 中華書局, 1975.

(淸)翁方綱撰,『石洲詩話』(『淸詩話續編』 本)

(宋)胡仔纂集, 廖德明校點,『苕溪漁隱叢話』前集, 人民文學出版社, 1962.

(唐)司空圖撰,『司空表聖詩集』(『四部叢刊』初編縮本, 169冊.)

郭紹虞編選, 富壽蓀校點,『淸詩話續編』, 上海古籍出版社, 1983.

祖保泉·陶禮天箋校,『司空表聖詩文集箋校』, 安徽大學出版社, 2002.

陶禮天著,『司空圖年譜滙考』, 華文出版社, 2002.

祖保泉著,『司空圖詩文硏究』, 安徽敎育出版社, 1998.

王宏印著,『詩品註譯與司空圖詩學硏究』, 北京圖書館出版社, 2002.

呂惠鵑·劉波·盧達編,『中國歷代著名文學家評傳』, 山東敎育出版社, 1987.

兪陛雲著,『詩境淺說續編』, 上海書店, 1984.

劉永濟選釋,『唐人絶句精華』, 人民文學出版社, 1981.

富壽蓀選注, 劉拜山·富壽蓀評解,『千首唐人絶句』, 上海古籍出版社, 1985.

許總著,『唐詩史』, 江蘇敎育出版社, 1995.

楊世明著,『唐詩史』, 重慶出版社, 1996.

吳庚舜·黃乃斌主編,『唐代文學史』, 人民文學出版社 1995.

陳伯海主編,『唐詩彙評』, 浙江敎育出版社, 1996.

毛水淸著,『隋唐五代文學史』, 廣西人民出版社, 2003.

王水海著,『禪魂詩魂』, 知識出版社, 2000.

田耕宇著,『唐詩餘韻』, 巴蜀書社, 2001.

二、

道教文化와 시가

唐末詩歌와 道敎文化

Ⅰ. 序論

唐末이라는 혼란 시기는 시인들의 창작에 많은 영향을 주었다. 唐末에 성행했던 종교 역시 당시의 시인들에게 적지 않은 영향을 주고 있었다. 당시에 道敎가 비록 불교의 禪宗만큼 성행하지는 않았지만 唐初의 도교에 대한 숭상정책이 여전히 유지되었듯이 비교적 성행했다고 할 수 있다. 그러므로 唐末 사회에서 수많은 시인들이 현실을 떠나 은거하면서 도사와 왕래하거나 도교의 교리에 관심을 갖게 되었다. 아울러 통치 집단의 도교에 대한 숭상은 도교가 종교라기보다는 사회의 한 문화로 인식되게 하였으며, 실제로 도교는 점차 세속화되면서 道敎文化가 형성되었다고 할 수 있다. 이 시기의 시인들은 이러한 도교문화의 영향을 받으면서 시가 창작 속에서 쉽게 도교문화를 표현하였다.

道敎文化가 唐末사회에서 시인들에게 지대한 영향을 주었음에도 불구하고 도교문화와 관련된 시가창작에 대한 연구는 그다지 많지 않다. 이러한 점에 착안하여 唐末 시인들의 도교문화에 대한 관심과 그들의 시가에 나타난 도교문화를 크게 세 가지 측면에서 연구하고자 한다. 우선 唐末의 도교문화의 정황을 살펴보고자 한다. 다음에는 시가에 반영된 道敎文化와 道敎文化의 영향 하에 나타난 시인들의 心理로 나누어 고찰하고자 한다.

Ⅱ. 唐末의 道敎文化

1. 唐末道敎의 흥성

唐末은 모든 방면에서 불안하며 안정되지 않은 혼란시기이다. 비록 道敎가 盛唐시기에 비해서는 성행했다고 할 수 없지만, 唐末이라는 혼란사회 속에서 기타 종교에 비하여 상대적으로 성행했다고 할 수 있다. 이는 두 가지 측면에서 엿 볼 수 있다. 하나는 唐初 황제들의 崇道政策이 唐末에 이르기까지 큰 변화가 없다는 점이고, 다른 하나는 당시 道學家에 의한 道敎에 대한 연구가 활발했다는 점이다.

唐 高祖는 자신의 姓이 老子와 同姓임을 들어 도교를 중시했다. 또한 『續高僧傳』에 기록된 "천자가 조서를 내려 '道敎와 儒敎는 전통종교이며, 佛敎는 후에 흥성했다. 道敎가 우선이며 儒家가 다음이며 마지막이 佛敎이다.'라고 말씀하셨다."[1]라는 내용을 통하여 고조가 三敎 중에 道敎를 최우선으로 강조하였음을 알 수 있다. 이러한 중시는 唐末에 이르기까지 계속되었으며, 唐末의 대부분 황제들은 모두 도교를 숭상했다. 예를 들면, 武宗은 도교의 열렬한 신봉자로 法籙까지 받은 황제였다. 역사서 『舊唐書』"제왕이 번진에 있을 때, 도교의 술법이나 수련과 관련된 일을 매우 좋아하였다."나 "道士 趙歸眞을 左右街道門 敎授先生으로 삼고는 수시로 신선술을 배우면서 趙歸眞을 스승으로 모셨다."[2]라는 기재는 그의 도교에 대한 관심을

---

1) (唐)道宣撰, 『續高僧傳』卷二十四, 「釋慧乘傳」, 928쪽. (『中華大藏經』, 61冊.) "天子下詔曰:'老敎, 孔敎, 此土先宗, 釋敎後興, 宜崇客礼. 令老先, 次孔, 末後釋.'"
2) 『舊唐書』, 601쪽. "帝在藩時, 頗好道術修攝之事." · "以道士趙歸眞爲左右街道門

보여준다. 이렇듯 황제들의 도교에 대한 숭상은 도교의 煉丹術이나 神仙術에 대한 지대한 관심에서 비롯되었다. 또한 당시의 많은 통치 집단의 관리 역시 도교에 대한 관심이 많았기에 도사들과 빈번한 왕래가 있었다. 이러한 통치 집단과의 교류를 통하여 도교는 이들의 지지를 쉽게 얻을 수 있었으며, 唐末 도교의 성행을 만들었다고 할 수 있다. 또한 실제로 唐末 도교의 盛行은 唐末의 대표적인 도학가인 杜光庭이 쓴『歷代崇道記』의 "만들어진 宮觀이 대략 一千九百餘이고, 도사를 헤아려 보면 一萬五千餘人이다. 왕이나 공주 그리고 公卿 士大夫들이 집을 버리고 道觀에서 생활하는 사람은 그 수에 포함되지 않았다."[3]라는 기록을 통하여 알 수 있다.

다음은 道學家들의 활동과 唐末의 도교 성행을 알아보기로 한다. 소위 道學家란 도교의 사상이나 이론을 연구하는 道士이자 道教 研究家라고 할 수 있다. 唐初의 王遠知나 中唐시기의 司馬承禎 등은 황제와 왕래하면서 인정을 받은 도사들로 도교 자체의 神仙思想ㆍ道教思想ㆍ方術ㆍ道教儀式 등 방면에 대한 연구를 해왔다. 唐末에 이르러서도 역시 이러한 방면의 노력이 적지 않았다. 예를 들면, 이 시기의 대표적인 도학자에는 杜光庭ㆍ閭丘方遠ㆍ譚紫霄ㆍ彭曉 등이 있다. 그 중 杜光庭은 가장 대표적인 도학가로 도교교리의 總結者로 불리고 있다. 그러므로 도교서적을 집대성한『道藏』에 그의 저서『道德眞經廣聖義』ㆍ『太上老君說常淸靜經注』ㆍ『歷代崇道記』 등이 수록되어 전해지고 있다. 이러한 저술활동은 바로 唐末 도교의 수준을

教授先生, 時帝志學神仙, 師歸眞."

3) (五代)杜光庭撰,『歷代崇道記』, 7쪽. (『道藏』, 上海書店等, 1988, 11冊.) "所造宮觀約一千九百餘, 所度道士計一萬五千餘人, 其親王貴主及公卿士庶或捨宅捨莊爲觀並不在其數."

높이는데 지대한 영향을 주었다. 그의 업적은 "杜光庭의 도교 발전
에 대한 공헌은 다방면이다. 老子를 신격화했으며,『道德經』의 가르
침을 드높였으며, 도교신앙을 선양하고, '洞天福地'를 정리하며 도가
의 齋醮의식 등 방면을 수정하였는데 모두 현저한 성취가 있다."⁴⁾라
는 언급으로 알 수 있다. 이러한 성과는 도교 자체의 발전에 기여한
것이며, 당시의 도사들에게 사상적 기초를 제공해 주었다고 할 수
있다. 또한 황제를 포함한 상층의 통치 집단의 관리들에게 도교에
대한 관심은 물론 실제적으로 도교의 신비한 부분인 神仙術이나 煉
丹術에 대하여 심취하게 하는데 중요한 역할을 했다고 할 수 있다.

2. 詩人과 道士의 교류

唐末사회에서 통치 집단의 도교에 대한 관심과 道學家의 노력으
로 성행하게 된 道敎는 점차 광범위하며 보편적으로 전파되었으며
세속화되었다. 문학방면에 있어서 이러한 도교문화는 문인들과 도
사들의 교류를 촉진시켰다. 즉 도교의 흥성과 도교문화의 세속화에
따른 도사들의 사회활동은 점점 일반적인 것이 되었으며, 동시에 혼
란사회에서 현실을 도피하여 은거한 문인들 역시 쉽게 선사나 도사
와 교류할 수 있었다. 唐代에 이르러 발전한 送別詩나 贈與詩의 창
작은 唐末에 있어서도 보편적인 주제였으므로 시인들과 도사들 간
의 送別詩나 贈與詩창작 역시 당연히 적지 않았다. 이들 중 대표적
인 시인에는 李商隱 · 許渾 · 溫庭筠 · 皮日休 · 陸龜夢 · 韓偓 · 羅隱 ·

---

4) 卿希泰主編,『中國道敎史』第二卷, 四川人民出版社, 1992, 477쪽. "杜光庭對道
敎建設的貢獻是多方面的, 在系統神化老子, 宏揚『道德經』敎, 宣揚道敎信仰, 整
理洞天福地', 修訂道門齋醮科儀等方面, 都有顯著成就."

司空圖 등이 있다.

李商隱은 어릴 적 도교의 성지 중의 하나인 王屋山에 머물면서 道敎를 배운 적이 있는 시인이다. 그러므로 그의 시가 중에는 도사와의 송별시나 증여시가 많다. 예를 들면, 「贈白道者」·「玄微先生」·「贈華陽宋眞人兼寄淸都劉先生」·「寄永道士」 등이 있다. 그의 시가 「贈白道者」5)를 보기로 하자.

　　十二樓前再拜辭, 靈風正滿碧桃枝.
　　　　　　　十二樓 앞에서 또 한 차례 인사 하는데, 마침 신령
　　　　　　　스런 바람이 仙桃나무를 휘돌아 쌓네.
　　壺中若是有天地, 又向壺中傷別離.
　　　　　　　호리병 속에 천지가 있다면, 호리병을 향해 다시 한
　　　　　　　번 슬픈 이별을 고해야하네.

　이 시는 姓이 白씨인 道士와의 送別을 표현한 시이다. 첫 구에서는 신선이 사는 "十二樓"로써 이별하는 장소를 나타내고 있다. 둘째 구에서는 신령스런 바람이 불어야 열리는 "碧桃"를 통하여 결국 이별하는 시기를 표현하고 있다. 둘째 연에 언급된 "壺中"이란 도사의 신통술을 말하는 것이다. 세상천지를 호리병 속에 넣을 수 있는 신비스런 능력을 가지고 있음을 언급한 것이다. 즉 시인은 이러한 사실을 빌어 만약 세상이 호리병 속에 있다면 현재와 호리병 속에 든 세상에서 두 번 슬픈 이별을 해야 한다고 표현하고 있다. 이는 시인의 심정이 그만큼 슬프다는 것을 강조하는 표현이라고 할 수 있다. 시인은 신비스런 도교적인 분위기를 만들면서 다시 또 도교의 전설

5) (唐)李商隱撰, (淸)朱鶴齡注, 『李義山詩集注』, 上海古籍出版社, 1994. 31쪽.

을 이용하여 도사와의 이별의 슬픔을 교묘하게 표현하고 있다.

佛敎와 道敎思想에 대한 저작인『兩同書』와『讖書』를 저술한 羅隱
은 도교와 관련이 깊은 시인이다. 그러므로 그의 시가 중에는 도사와
의 왕래를 나타내는 시가가 많다. 예를 들면, 「送程尊師之晉陵」·「送
程尊師東游有寄」·「寄程尊師」·「送楊煉師却歸眞詰岩」·「寄西華黃
煉師」·「寄西華黃煉師」·「寄第五尊師」 등이 있다. 여기에서는 그의
시가 「送程尊師東游有寄」6)를 보기로 하자.

> 華蓋峰前擬卜耕, 主人無奈又閑行.
> > 華蓋峰에서 점치며 밭 갈고자 하다가, 주인은 어쩔
> > 줄 몰라 다시 또 산보를 나간다.
> 且憑鶴駕尋滄海, 又恐犀軒過赤城.
> > 학이 끄는 수레를 타고 푸른 바다로 가는데, 수레가
> > 赤城山을 지나칠까 저어된다.
> 絳簡便應朝右弼, 紫旄兼合見東卿.
> > 진홍색 서신은 아침에 보호자에게 줄 테니, 자주색
> > 깃발은 그대가 가지고 가게나.
> 勸君莫忘歸時節, 芝似螢光處處生.
> > 香草가 반딧불처럼 여기저기에 피어 날 테니, 그대
> > 여 돌아올 날을 잊지 말게나.

이 시는 시인이 程씨 성을 가진 도사와 송별하는 내용이다. "尊師"
란 도사에 대한 경칭이다. 이 시에 언급된 "華蓋峰"은 도교에서 말하
는 "第十八洞天"이며, "赤城山" 역시 도교에서 말하는 "第六洞天"이
다. 시인은 "鶴駕"나 "犀軒" 등 도교의 환상적인 내용을 바탕으로 이

---

6)『全唐詩』, 7599쪽.

별을 아쉬워하며 돌아올 날을 기약하고 있다.

　시인들과 도사들의 교류 중에 창작된 시가들은 자연히 도교와 관련된 용어가 많이 사용되었다. 아울러 도가사상이나 신선에 대한 사상 등도 많이 언급되기 때문에 이들의 시가가 단순히 送別이나 贈與 등의 교류만을 표현하고 있는 것은 아니겠지만, 기본적으로는 唐末 사회에 있어서 도교문화 형성의 한 측면을 보여주는 것이라 할 수 있겠다.

Ⅲ. 詩歌에 나타난 道敎文化

　시가에 나타난 도교문화는 다양하다. 그렇지만 도교문화를 대표하는 도교사상이나 문화 활동은 바로 "불로장생과 신선이 되고자하는 것은 도교에서 추구하는 최종적인 목표이다."[7]라는 언급에서 알 수 있듯이 환상적인 神仙思想에 그 핵심이 있다고 할 수 있다. 아울러 신선이 되기 위한 수련이 필요하였는데, 그러한 수련에는 주로 "外丹"과 "內丹"의 방법이 있었다. "隋・唐代에 이르러 신체의 精・氣・神을 수련하는 것을 위주로 하는 內丹과 서로 구별하기 위하여 煉丹術과 黃白術은 다시 外丹術이라고 불렀다."[8]라는 기재를 통하여 唐代이전에는 丹藥을 복용하는 "外丹"의 방법이 성행했지만, 唐代에 이르러서는 "外丹"의 방법과 함께 신체 내부의 精・氣・神이라는 생

---

7) 卿希泰・唐大潮著, 『道敎史』, 中國社會科學出版社, 1994, 385쪽. "長生成仙是道敎追求的終極目標."
8) 『中國道敎史』, 493쪽. "到隋唐時代, 爲了能與以煉養體內精氣神爲主的內丹相區別, 煉丹術和黃白術又通稱爲外丹術."

명의 주요 요소를 단련하는 "內丹"의 방법이 성행했음을 알 수 있다. 도교문화 자체는 다양한 내용을 가지고 있다. 예를 들면, 앞서 언급한 도사와의 송별시나 증여시 그리고 道觀과 관련된 내용이나 도교의식과 관련된 내용 등이 있다. 이러한 내용을 모두 고찰하기는 너무 광범위하므로 시가에 가장 많이 표현되고 있는 부분을 우선적으로 고찰하고자 한다. 즉 여기에서는 시가창작에 표현된 도교문화를 크게 신선사상에 대한 묘사와 신선이 되기 위해 필요한 수련인 煉養의 방법에 대한 표현으로 구분하고 한다.

1. "神仙"에 대한 묘사

신선에 대한 묘사는 도교문화 중에 가장 중요한 부분이다. 신선에 대한 묘사에는 직접적으로 신선을 묘사하는 것도 있지만 신선세계를 묘사하는 것도 있으며, 또한 신선과 관련시켜 신선에 대한 흠모나 신선에 대하여 느끼는 감정을 표현하기도 한다. 이러한 경향을 가진 시가를 일반적으로 游仙詩9)라고 한다. 즉 游仙詩란 신선을 제재로 삼은 시가창작을 말하며 "신선을 꿈꾸는 것·신선을 생각하는 것·신선을 배우는 것·신선이 되고자 하는 것·신선을 찾아가는

---

9) 游仙詩의 기원은 漢代이전으로 『楚辭』에 이미 신선과 관련된 내용이 기록되어 있다. 그러나 游仙詩 자체의 성행이나 명칭의 정립은 魏晉南北朝 시기이다. 즉 그 명칭 자체가 蕭統의 『文選』이나 鍾嶸은 『詩品』에 나타나고 있다. 특히 『詩品』에는 郭璞의 游仙詩를 내심의 慷慨한 심정을 드러내고 있는 것으로 평하고 있다. 이는 유선시가 단순히 신선과 관련된 내용만을 기록하는 것이 아니라 시인의 감정을 기탁하여 표현하는 것임을 보여주는 것이다. 이로써 많은 시인들이 신선과 관련된 내용을 표현하면서도 또한 이를 이용하여 자신의 심정을 표현하였다. 본 고 역시 제4장에서 이러한 심리적인 부분을 다루지만 본 장에서는 우선 신선과 관련된 부분만을 언급하였다.

것 · 신선과 만나는 것 · 신선을 노래하는 것 등등 종류의 시가"[10]를 가리킨다.

불교에서 승려가 불교사상에 대한 감수를 묘사한 시가가 "偈頌"이라면 도교에서는 "步虛詞"가 있다고 할 수 있다. 즉 불교와 관련된 시가제목에 偈라는 용어가 많이 사용되듯이 步虛詞 역시 시가의 제목으로 많이 사용되었다. 步虛詞는 도교문화양식의 하나로 음악과 관련되어 있기에 『樂府解題』에서는 "步虛詞란 도가의 곡조이다. 신선들이 어렴풋하면서도 가볍게 움직이는 아름다움을 지극하게 잘 표현한 것이다."[11]라고 정의하고 있다. 즉 步虛詞는 도사가 종교의식을 거행할 때 부르는 道教音樂이며, 내용은 신선에 대한 묘사임을 알 수 있다. 그러므로 음악적인 부분에 있어서 游仙詩와 차이점이 있지만 신선을 제재로 했다는 측면은 같다. 이러한 游仙詩나 步虛詞를 창작한 唐末의 시인과 도사에는 李商隱 · 許渾 · 溫庭筠 · 羅隱 · 皮日休 · 陸龜夢 · 司空圖 · 曹唐 · 施肩吾 · 杜光庭 등이 있다.

唐末의 저명한 시인인 李商隱은 어릴 적에부터 도교와 관련이 많다. 그는 두 번째 과거에서 낙방한 이후에 도교 성지인 王屋山의 지류 玉陽山에서 머물면서 도교와 관련을 맺게 되었다. 그의 시가 중에 "玉陽山의 동쪽에서 신선술을 배웠다."[12]는 바로 이 시기의 내용이다. 아울러 이미 이 시기에 시인이 신선에 대한 관심이 있었음을 알 수 있다. 그는 이후로 지속적으로 도사들과 왕래하였고, 더 나아

10) 楊建波著, 『道教文學史論考』, 武漢出版社, 2001, 119쪽. "夢仙, 懷仙, 學仙, 求仙, 尋仙, 會仙, 咏仙一類的詩."
11) (宋)郭茂倩, 『樂府詩集』, 中華書局, 1991, 1099쪽. "「步虛詞」, 道家曲也, 備言衆仙縹緲輕擧之美."
12) 『李義山詩集注』, 128쪽. 「李肱所遺畵松詩書兩紙得四十韻」 "學仙玉陽東."

가 자신이 스스로 養煉의 실천까지도 시도했던 시인이다. 그의 시가
중에 신선을 제재로 삼은 시가가 적지 않다. 예를 들면,「海上」·「瑤
池」·「碧城」·「題道靜院院在中條山故王顔中丞所置虢州刺史捨官居
此今寫眞存焉」·「海上謠」·「謁仙」·「漢宮」·「一片」·「聖女祠」·「重
過聖女祠」 등이 있다. 신선과 더불어 신선세계를 묘사하고 있는 시
가「碧城三首」其一[13]을 보기로 하자.

> 碧城十二曲闌干, 犀辟塵埃玉辟寒.
>> 신선이 사는 碧城 十二樓에는 구불구불한 난간이
>> 있고, 뿔과 옥을 두어 塵埃와 추위를 막고 있네.
> 閬苑有書皆附鶴, 女床無處不棲鸞.
>> 신선 사는 閬苑에는 학이 가져다 준 仙書가 있고,
>> 女床山에 여기 저기에는 아름다운 새가 살고 있네.
> 星沉海底當窓見, 雨過河源隔座看.
>> 별이 진 새벽이라 창가에서 바다 밑이 보이는데, 雲
>> 雨와 雙星이 눈앞에 마주보고 있는 듯하네.
> 若是曉珠明又定, 一生常對水精盤.
>> 만약 해가 지지 않고 영원히 빛난다면, 수정쟁반을
>> 마주하며 일생을 늘 쓸쓸하게 살게 되리라.

이 시에 대한 후인의 평가 중에서 "시가에 小序가 있다면 해석할
수 있지만, 없는 것은 억지로 해석해서는 안 된다."[14]라고 지적하듯
시인이 의도하는 바가 명확하게 드러나지 않은 시이다. 그러므로 연

---

13)『李義山詩集注』, 38쪽.
14) (淸)屈復,『玉谿生詩意』. "詩有小序者可解, 無者不可强解."(劉學鍇·余恕誠著,
　　『李商隱詩歌集解』, 中華書局, 1992, 1670쪽. 재인용)

구자에 따라 女道士와의 艶情詩나 楊貴妃와 관련된 시가라는 견해
가 있으며, 또한 단순한 游仙詩라는 견해가 있다. 다만 이를 풀이하
면서 "이상은 시는 왕왕 仙境을 빌어 艶情을 표현했다."[15]라는 평가
를 하듯이 어쨌든 이 시가 표현하고 있는 것은 신선과 신선세계라는
점이다. 시인은 신선이 살고 있는 전설 속의 장소와 典故를 빌어 기
묘한 분위기를 만들고 있다. 첫째 연과 둘째 연은 바로 신선세계를
형용하고 있다. 세 번째 연은 우선 寂廖한 분위기를 만든 후에 "雨
過"와 "河源"의 典故를 이용하여 함축적으로 신선의 이야기를 풀어
내고 있다. "雨過"란 巫山의 女神仙과 楚 懷王이 꿈속에서 사랑을 나
누었다는 전설을 말하는 것이고, "河源"이란 견우와 직녀의 만남을
의미하는 것이다.

許渾 역시 도교와 관련이 깊은 시인이다. 『本事詩』에 기재된 "詩
人 許渾이 일찍이 꿈속에서 산에 올랐는데 구름 속에 궁전이 있었
다. 어떤 사람이 말하길 '여기는 崑崙이다.'라고 하였다. 들어가니 몇
사람들이 술을 마시고 있는데 그를 불러 함께 마시게 하였다. 날이
저물어서야 파했다. 이때 '새벽에 맑은 기운 가득 찬 신선 사는 곳에
들어가니, 자리에는 오로지 許飛瓊만 보이네. 속된 마음으로 세속의
인연을 버리지 못하고, 멀리 하산하여 헛되이 명월만 바라보네.'라는
시를 지었다. 다른 날 다시 꿈속에서 그곳에 갔다. 飛瓊이 '그대는
어찌하여 나의 이름에 인간세계에 알렸는가? 하고 물었다. 그 자리
에 바로 '허공에 바람이 부는데 신선의 걸음소리 같네.'로 바꾸니,
'좋다'라고 말했다."[16]라는 내용을 보면 쉽게 알 수 있다. 기재된 시

---

15) (淸)朱鶴齡, 『李義山詩集箋注』. "義山詩, 往往借仙境作艶語."(『李商隱詩歌集
解』, 1666쪽. 재인용)

가는 「記夢」이란 시로 꿈을 통하여 西王母의 시녀인 許飛瓊과의 연
분을 표현하고 있다. 역시 신선과 관련된 제재로 창작되었음을 알
수 있다. 또한 "步虛聲"은 "이러한 곡조는 상상 중에서 신선이 허공
을 걸어갈 때 노래하는 소리에 대한 모방이므로 '步虛聲'이라고 불렸
다."[17]라고 풀이되는데 도교적인 색채가 짙은 표현이라고 할 수 있
다. 허혼의 游仙詩는 상술한 시가 이외에 「學仙二首」·「無題」 등이
있다.

　唐末이라는 혼란시기에 국가를 생각하는 애국과 개인적인 不遇로
말미암은 고통을 해소하려는 시인들은 당시에 널리 유행하며 세속
화되어있던 불교와 도교에 쉽게 접근할 수 있었다. 그러므로 상술한
이상은 역시 과거에서 두 번째 낙방한 후에 은거한 곳이 도교의 성
지였던 것이다. 그 외에 상당 부분의 시인들 역시 이러한 이유로 도
교와 관련된 시가를 창작하고 있다. 즉 사실상 원래부터 도교에 대
한 관심으로 스스로 도사와 왕래하며 도에 대한 깨우침을 얻고자했
던 문인은 드물다고 할 수 있다. 다만 曹唐같은 시인은 원래 도사의
신분이었다가 환속했는데 수준 높고 환상적인 游仙詩를 다량으로
창작하여 이름을 얻었다. 『唐才子傳』에 "唐代에 처음 淸流가 시작하
였고, 취향이 담담하고, 세속을 초월하는 기개가 있었다. 옛 신선의
고고한 정서를 흠모하였으며, 왕왕 기이한 상상력이 있고, 재기와

---

16) (唐)孟啓著, 『本事詩』, 廣益書局, 1930, 37쪽 "詩人許渾, 嘗夢登山, 有官室淩雲.
　　人云;'此崑崙也'旣入, 見數人方飲酒, 召之. 至暮而罷, 賦詩云;'曉入瑤臺露氣淸,
　　坐中唯有許飛瓊. 塵心未斷俗緣在, 十里下山空明月.' 他日復夢至其處. 飛瓊曰;
　　'子何故顯余姓名於人間?' 座上卽改爲'天風吹下步虛聲.' 曰:'善.'

17) 『道敎文學史論考』, 125쪽. "這種曲調是對想像中神仙步行虛空時吟誦之聲的模
　　倣, 故又名'步虛聲.'"

사고가 뛰어났다. 옛 사람은 마침내 「大遊仙詩」五十篇과 「小遊仙詩」
등을 지었는데, 슬픔과 기쁨 그리고 헤어짐의 정취를 잘 서술하여
이때에 널리 유행되었다.”[18]라는 기록이 있다. 비록 「大遊仙詩」의
일부와 「小遊仙詩」만이 남아 있지만 游仙詩 방면에 있어서는 가장
대표적인 시인이라고 할 수 있다. 그의 「小遊仙詩」중 其十七을 보기
로 하자.

　　玉詔新除沈侍郎, 便分茅土鎭東方.
　　　　　　황제의 명령을 받은 沈侍郎은 오색 흙을 나누어 東
　　　　　　方에 눌러 놓았네.
　　不知今夕游何處, 侍從皆騎白鳳凰.
　　　　　　오늘 저녁에는 어느 곳을 유람하는지 모르지만 시
　　　　　　종들이 모두 흰 봉황을 타고 있네.

　이 시에 언급된 沈侍郎은 황제의 신하라기보다는 사실 신선의 형
상을 한 인간이라고 할 수 있다. 그러므로 둘째 연에서 봉황을 타고
다닌다는 표현을 하고 있는 것이다. 아울러 둘째 연에 대하여 “神仙
과 흡사하다”[19]라는 평가를 하고 있다.
　皮日休와 陸龜蒙은 唐末의 현실주의 시인이다. 그러나 이들 역시
은거하며 도교에 대한 관심을 가지고 있었으며 신선을 제재로 창작
한 시가가 적지 않다. 이들의 도교에 대한 관심은 도교의 第九洞天
에 해당하는 四明山을 시의 제목으로 삼은 육구몽의 「四明山詩九首」

18) (元)辛文房撰, 『唐才子傳』卷八, 280쪽. “唐始起淸流, 志趣澹然, 有凌雲之骨; 追
　　慕古仙子高情, 往往有奇遇之思, 才思不滅, 古人遂作「大遊仙詩」五十篇, 又「小
　　遊仙詩」等, 紀其悲歡離合之致, 大播于時.”(《叢書集成新編》本)
19) 洪亮吉撰, 『北江詩話』, “逼眞神仙.” (『唐詩彙評』, 2774쪽. 재인용)

와 피일휴의 「奉和魯望四明山九題」를 통하여 쉽게 알 수 있다. 또한 피일휴의 「太湖詩」 20수 역시 모두 도교와 관련된 시가이다. 피일휴의 시가 「奉和魯望四明山九題」 중 「樊榭」[20]를 보기로 하자.

> 主人成列仙, 故榭獨依然.
>> 주인이 신선이 되었기에 정자는 홀로 의연하구나.
>
> 石洞哄人笑, 松聲驚鹿眠.
>> 석굴에는 웃음소리로 떠들썩하고, 소나무 소리가 잠자는 사슴을 놀라게 한다.
>
> 井香爲大藥, 鶴語是靈篇.
>> 우물의 향기는 丹藥이고, 학 울음소리는 도교의 경서라네.
>
> 欲買重棲隱, 雲峰不售錢.
>> 돈을 내고 다시 머물고 싶지만 신선 사는 곳은 돈으로 팔 수 없는 것이라 하네.

이 시는 육구몽과의 唱和詩로써 모두 사명산의 仙境을 표현하고 있다. 그곳에 있는 정자를 제목으로 삼고는 주위의 신비스런 환경을 묘사하고 있다. 특히 세 번째 연의 "井香"이나 "鶴語"는 그야말로 정자의 주인이 신선이 될 만한 신비스런 곳임을 나타내고 있다.

唐末 도사의 신분을 가지고 시가를 창작했던 인물로는 杜光庭과 施肩吾가 가장 대표적이다. 두광정이 신선과 관련된 傳記를 주로 창작했다면 시견오는 시가를 주로 창작했다. 施肩吾는 820년 과거에 급제한 인물로 후에 출가하여 도사가 되었다고 한다. 이러한 출신경

---

20) (唐)皮日休撰, 蕭滌非, 鄭慶篤整理, 『皮子文藪』 海古籍出版社, 1981, 167쪽.

력 때문에 그는 비록 도사이지만 시인들과 마찬가지로 많은 시가를
창작하였다. 그 시가들은 대부분 전해지지 않지만 일부가 『全唐詩』
에 수록되어 있다. 특히 『全唐詩』에 기재된 "詩가 奇麗하다"[21]의 내
용은 그의 시가가 가진 도교적 풍격을 지적하고 있다. 그의 시가 중
에 步虛詞에 해당하는 시가 「聞山中步虛聲」[22]를 보기로 하자.

> 何人步虛南峰頂, 鶴唳九天霜月冷.
> > 누가 남쪽 산봉우리에 步虛의 소리를 내는지 학이
> > 울고 하늘의 달이 맑아졌다.
> 仙詞偶逐東風來, 誤飄敎聲落塵埃.
> > 신선의 소리가 우연히 동풍을 따라 떠다니다가 세
> > 상에 내려왔네.

이 시는 步虛의 음악을 듣는 느낌을 나타내고 있다. 신선의 소리
란 인간이 알 수 없는 것이다. 그러나 이 시에서는 그 신비스러운
주위 환경과 조화된 신선의 소리가 세상에 내려왔음을 표현하고 있
다. 하강한 신선의 소리는 바로 시인으로 하여금 저절로 成仙의 욕
구를 생기게 한다. 도교의식 중에 신비스런 음악이 바로 步虛詞의
곡조이며, 이 곡조에 맞추어 지어진 시가가 步虛詞의 내용이므로 이
러한 시가들은 도교적인 특징이 두드러진 시가라고 할 수 있다. 이
시는 전체적으로 자연스러우면서도 기이한 신비스러움이 있다. 그
러므로 이 시에 대하여 "상상이 기묘하면서도 적절하다. 문장이 平
淡하면서도 形象적이다."[23]라는 평가를 내리고 있다. 步虛詞는 원래

---

21) 『全唐詩』, 5283쪽. "爲詩奇麗."
22) 『全唐詩』, 5322쪽.
23) 『道家文學史論考』 219쪽. "想像奇妙又貼切, 造語平淡又形象."

도사들의 창작이 주를 이루지만 도교문화의 형성으로 말미암아 자
연히 어느 정도 도교에 관심이 있는 시인들의 손의 의해서도 창작되
었다. 그중 司空圖의 「步虛詞」와 高騈의 「步虛詞」가 있다.

황제나 통치계급의 허황한 求仙에 대한 풍자 역시 신선을 제재로
한 시가라고 할 수 있다. 唐末의 시인들은 한편으로 도교에 대한 관
심으로 游仙詩를 창작했지만, 이들이 도교에 대한 심취했던 것이 아
니었기 때문에 허황된 신선관념을 객관적으로 바라볼 수 있었다. 그
렇기 때문에 풍부한 상상력으로 기이한 신선이나 신선세계를 묘사
하면서도 도교문화가 가진 허황됨을 풍자하고 있다. 예를 들면, 이
상은의 「海上」·「漢宮」·「瑤池二首」·「華岳下題西王廟」 등이 그렇
다. 그의 시가 「海上」[24]을 보기로 하자.

石橋東望海連天, 徐福空來不得仙.
　　　　　　石橋의 동쪽으로는 바다가 하늘에 닿은 듯 보이지
　　　　　　만, 徐福은 헛되이 신선을 찾지 못했구나.
直遣麻姑與搔背, 可能留命待桑田.
　　　　　　신선 麻姑가 도와주더라도 어찌 桑田碧海할 만큼
　　　　　　장수할 수 있겠는가!

이 시의 첫 연에서는 秦始皇이 불로장생을 위하여 石橋를 만들어
신선을 찾고자 하던 고사와 徐福에게 불로초를 구하도록 시킨 고사
를 빌어 몽매함을 풍자하고 있다. 둘째 연에서는 설령 신선인 麻姑
가 진시황을 도와주어도 역시 불로장생은 할 수 없음을 강조하고 있
다. 이 시는 신선을 제재로 한 시가지만 역시 그 주된 의의는 "이 역

---

24) 『李義山詩集注』, 76쪽.

시 신선이 되고자하는 것을 풍자하는 작품이다."[25]라는 부분에 있다.

유선시의 대표적인 시인 曹唐 역시 신선이나 신선세계를 묘사하면서도 한편으로는 역대 황제들의 우매하고 황당함을 풍자하였다. 그의 시가 「小游仙詩」중 第三十四[26]를 보기로 하자.

天上邀來不肯來, 人間雙鶴又空回.
　　　　　　天上에서 초대해도 원하지 않고, 인간세계에 두 마리 학은 또다시 헛되이 돌아왔네.
秦皇漢武死何處, 海畔紅桑花自開.
　　　　　　秦始皇과 漢武帝는 어느 곳에서 죽었나? 바닷가에는 붉은 뽕나무꽃이 저절로 피었네.

이 시는 秦始皇이 불로초를 구하기 위해 동해로 徐福을 파견한 일과 漢武帝가 신선이 되고자했던 사실들을 풍자하고 있다.

唐末에 성행한 도교문화는 시인들로 하여금 신선을 제재로 한 시가를 창작하게 하였다. 소위 游仙詩나 步虛詞로 불리는 창작은 시인들의 도교문화에 대한 관심의 정도를 보여주고 있다. 즉 당시의 시인들이 비록 도교에 심취하여 관심을 표명한 것 아니지만 시가창작 중의 주요한 제재가 되었다는 점에서 시가창작에 지대한 영향을 주고 있다는 것을 알 수 있다. 아울러 神仙術에 대한 풍자는 시인들이 단순히 맹목적이거나 혹은 시류에 따라 도교에 대한 관심을 가진 것이 아님을 알 수 있다. 이러한 풍자는 시인의 도교에 대한 객관적인 시각이 있음을 보여주는 것이다.

---

25) 葉葱奇疏注, 『李商隱詩集疏注』, 人民文學出版社, 1998, 380쪽. "這也是譏諷求仙之作."
26) 『全唐詩』, 6348쪽.

2. "煉養"에 관한 서술

唐代에 성행한 外丹과 內丹의 방법은 당시의 제왕 및 통치 집단에서 상당히 성행했다. 예를 들어, 武宗은 도교의 外丹에 심취하여 丹藥을 복용하였는데 이것이 그의 수명을 단축시킨 결과가 되었다. 『資治通鑑』 "도사의 金丹을 먹고는 성격이 더욱 조급해졌으며 기쁨과 노여움이 한결같지 않았다."27)라는 기록은 바로 唐末 무종이 丹藥을 복용했다는 내용이다. 이러한 기풍에 문인들 역시 스스로 丹藥을 만들거나 복용하기도 하였다. 그러나 唐末에 이르러 단약에 심취하기보다는 그간의 폐해가 드러남에 따라 점차 唐末의 煉養은 內丹에 대한 중시로 바뀌게 되었다. 내단이란 "인체 내의 精·氣·神 세 가지가 변화한 후에 만들어진 결합물"28)을 말하는데 이를 복용하면 단약을 복용한 것과 같은 효능을 얻을 수 있다고 하였다. 즉 成仙이 실제로 당시의 문인들의 최종목표는 아닐지라도 이들은 은거하면서 煉養의 방법에 대하여 많은 관심을 가지게 되었으며, 실제로 이들의 시가창작에 적지 않게 표현되어 있다.

李商隱은 도교에 심취한 시인은 아니지만 그의 도교에 대한 관심은 그로 하여금 자연스럽게 煉養에 대한 관심으로까지 발전하게 하였다. 그의 시가 「戊辰會靜中出貽同志二十韻」29)의 일부를 보기로 하자.

---

27) (宋) 司馬光撰, 『資治通鑑』, 中華書局, 1956, 8020-8021쪽. "餌方士金丹, 性加躁急, 喜怒不常."
28) 牟鍾鑑·胡孚琛·王葆玹主編, 『道敎通論』, 齊魯書社, 1993, 622쪽. "人體內精氣神三者轉化後的結合物."
29) 『李義山詩集注』, 121쪽.

大道諒無外, 會越自登眞.

　　　　큰 도는 분명 밖에 있는 것이 아니니, 자신을 넘어
　　　　서면 신선이 될 수 있다네.

丹元子何索, 在己莫問鄰.

　　　　그대는 丹元을 어디에서 찾는가? 자신의 마음속에
　　　　있을 뿐이라네.

……중략……

丹泥因未控, 萬劫猶逡巡.

　　　　丹泥를 아직 제어하지 못했으니 塵埃에서 벗어나지
　　　　못하네.

荊蕪旣已薙, 舟壑永無堙.

　　　　마음속의 塵埃를 제거하면, 언덕 속에 배를 숨기듯
　　　　영원히 매몰되지 않는다네.

相期保妙命, 騰景侍帝宸.

　　　　서로 생명을 잘 보호하고, 태양에 올라 신선이 되길
　　　　기약하네.

이 시는 신선을 되기 위한 심신의 수련에 대하여 말하고 있다. 첫
연에서는 道가 비록 무한히 높지만 자신을 망각할 수 있다면 신선이
될 수 있다고 말하고 있다. 이러한 수련은 바로 "內丹"의 방법이다.
"登眞"이란 "升仙"을 뜻하고 있다. 즉 도교에 관심 있는 인간들의 꿈
이라고 할 수 있다. "丹元"은 "道教에서 소위 마음을 뜻한다."[30]라는
언급과 같이 마음을 가리킨다. 이러한 마음은 바로 成仙하고자 하는
마음인데, 이는 자신이 마음의 수양을 강조하고 있음을 말하는 것이

---

30) 張志哲主編, 『道教文化辭典』, 江蘇古籍出版社, 1994, 801쪽. "道教所謂心神之名."

다. "丹泥"란 丹元과 泥丸을 말하며 결국 마음과 뇌를 뜻한다. 여기
에서는 아직 마음을 다스리지 못하기에 塵埃에서 벗어나지 못한다
고 말하고 있다. 이러한 塵埃를 벗어나 자신의 마음을 잘 보전하여
함께 신선을 되길 기원하고 있다. 즉 이 시는 신선이 되기 위한 정
신적인 수련의 방법을 강조하고 있다.

　陸龜蒙은 甫里에 은거한 시인으로 이때 스스로 道室을 짓고 煉養
을 하였다. 그의 시 「秋日遣懷十六韻寄道侶」[31]중의 일부를 보기로
하자.

　　　且把靈方試, 休憑吉夢占.
　　　　　　　　신령스런 약을 시험해보고자 한다면, 길몽에 의거
　　　　　　　　해 점을 쳐서는 안 된다.
　　　夜然燒汞火, 朝煉洗金鹽.
　　　　　　　　밤에는 수은 불을 태우고, 아침에는 쇠를 단련하여
　　　　　　　　소금물에 담근다.

　이 시는 시인이 직접 丹藥을 시험해보고 만들려는 과정을 표현하
고 있는데, 이는 은거한 시인의 도교에 대한 관심이 어느 정도인지
를 알게 한다. 그의 다른 시가 「四月十五日道室書事寄襲美」 역시 丹
藥과 관련된 내용이다. 그중 "한 주먹 물이 하늘에서 비가 되고, 몇
근의 철 성분은 서리로 변한다."[32]라는 내용 역시 丹藥을 만드는 과
정을 표현하고 있다. 陸龜蒙은 煉養에 대한 수련에 있어서 丹藥에
대한 관심이나 丹藥을 만들었던 "外丹"의 경험과 더불어 신체와 정

31) 宋景昌·王立群點校,『甫里先生文集』, 河南大學出版社, 1996, 43쪽.
32)『甫里先生文集』, 114쪽. "一掬陰泉堪作雨, 數銖秋石欲成霜."

신적인 수련인 "內丹"에도 관심을 가지고 있다. 즉 「寄茅山何威儀二首」 중 "해마다 黃庭敎를 받들었는데, 저녁에는 더러운 혼을 불사르고 아침에는 노을의 기운을 마신다."[33]라는 내용은 바로 정신적인 수련방법을 말하고 있다.

육구몽과 벗하며 많은 唱和詩를 창작했던 皮日休 역시 자연스럽게 煉養에 대한 관심이 많을 수밖에 없었으며, 실제로도 煉養과 관련된 시가 적지 않다. 예를 들면, 「奉和魯望四月十五日道室書事」 중 "소나무 숲 우거지고 해를 등져 돌 비탈길에 구름이 엉켜있는데, 丹藥 가루가 수년에 걸쳐 돌 평상을 물들였네."[34]가 있다. 이 시는 우선 단약을 만드는 장소의 그윽한 주위 환경을 묘사하고 있다. 그리고는 단약 가루로 물들은 돌 평상을 통하여 시인이 얼마나 오랜 기간 단약에 빠져있었는가를 알게 한다. 피일휴의 또 다른 시 「肱詞下第感恩謝兵部侍郞」 중 "궁전의 신선호적에 분명 오를 수 있었는데, 환단을 만드는데 미미한 부족이 있듯이 낙제하였다."[35]가 있다. 이 시는 시인이 博學宏詞科 시험에 낙제한 이후에 자신을 돌봐준 兵部侍郞에 대한 은혜를 표현한 시가이다. 이 부분은 도교용어를 이용하여 자신의 낙제에 대한 심정을 표현하고 있다. 시인의 창작의도가 도교에 대한 감수를 표현하는 것은 아니지만 만약 도교문화에 대한 깊은 이해가 없다면 이러한 창작을 할 수는 없는 것이다. 당시에 과거급제자의 戶籍을 일반적으로 "仙籍"이라고 불렀으며, "淸虛"란 달의 궁전을 뜻하므로 역시 신선이 사는 곳이다. 『雲笈七籤』에 "이름

---

33) 『甫里先生文集』, 125쪽. "年來已奉黃庭敎, 夕煉腥魂曉吸霞."
34) 『皮子文藪』, 191쪽. "松膏背日凝雲磴, 丹粉經年染石牀."
35) 『皮子文藪』, 178쪽. "分明仙籍列淸虛, 自是還丹九轉疏."

이 仙籍에 오르다"36)라는 기록이 있으므로 당시에 과거급제는 결국 成仙을 의미했다. "還丹"이란 복용하면 신선이 되는 仙丹을 말한다. 도교에서 말하는 "九轉"이란 "金丹이 여러 차례 精練을 거친다는 의미이다. 정련하는 시간이 오래될수록, 반복의 횟수가 많을수록 즉 약의 효력은 충분하게 되고 변화도 묘하여 복용하면 신선이 되는 것도 더욱 빠르다고 생각하였다. 그러므로 아홉 번 반복하는 것을 귀하게 여겼다."37)라고 한다. 시인은 이러한 도교문화의 내용들을 빌어 자신은 당연히 博學宏詞科에 합격했을 것인데, 완전한 "九轉"에서 약간 부족하여 낙제하였음을 나타내고 있다. 이러한 내용들은 바로 당시에 도교의 세속화가 된 한 가지 예가 되며 아울러 피일휴의 도교에 대한 심취를 알게 한다.

唐末의 도교 成仙의 방법은 外丹의 방법에서 內丹의 방법으로 변화하였다. 그 이유는 외단의 허황됨과 비과학적 그리고 그 폐해 때문이다. 따라서 외단의 방법을 실천하거나 관심이 많았던 시인들은 오히려 외단의 방법 즉 단약에 대한 위험성을 지적하면서 비판하거나 회의하는 시가도 창작하였다. 曹唐의 시가「小游仙詩」중 第九首를 보자.

武帝徒勞厭暮年, 不曾淸淨不精專.
　　　武帝는 늙지 않기 위해 헛된 노력을 했지만, 마음이 청정해지지 않고 精氣도 한결같지 않았네.
上元少女絶還往 滿灶丹成白玉煙.

---

36)『道敎文化辭典』, 604쪽. "名上仙籍." 재인용.
37)『道家文化辭典』, 733쪽. "謂金丹經反復燒煉之意. 認爲燒煉時間愈久, 反復次數愈多, 則藥力愈足, 變化愈妙, 復用成仙愈速. 且以九轉爲貴."

女神仙은 다시 돌아오지 않고, 가득 쌓인 단약은 흰
구름이 되어 버렸네.

이 시는 漢代 武帝의 허황된 꿈을 풍자하고 있다. 武帝의 丹藥을
통한 불로장생의 노력은 사실상으로는 절대로 이루어질 수 없는 것
이었다. 그러므로 둘째 연에서 그러한 사실을 직접적으로 표현하고
있다.

司空圖는 관직에 있다가 중년에 王官谷에서 은거를 시작한 시인
이다. 그 역시 은거 중에 佛道에 관심을 가지고 있었다. 특히 도교에
대한 관심으로 단약을 복용했던 시인으로 그의 시가 「五十」38)에는
丹藥에 대한 의심을 표현하고 있다. 그중 전반부를 보기로 하자.

閑身事少只題詩, 五十今來覺陡衰.
　　　　　한가한 생활에 일도 적어 단지 시를 지을 뿐인데,
　　　　　오십 세가 된지금 불현듯 노쇠함을 느낀다.
淸秩偶叨非養望, 丹方頻試更堪疑.
　　　　　관직을 탐하거나 위신을 높이려 하지 않았지만 丹藥
　　　　　을 수차 시험해 보았는데 할수록 의심하게 되었다.

사공도는 50여세에 은거를 시작하지만 이미 그전부터 은일의 심
정을 가지고 있었다. 이 시는 은거 직전에 쓴 시로 황제가 제의한
관직을 단념하고 은거하려는 심정을 가질 즈음에 창작한 시가이다.
첫째 연은 한가한 생활 속에 불현듯 자신의 쇠약함을 느끼고 있다.
둘째 연은 도교 煉養에 대한 관심으로 수련하면서 관직과 명예를 멀

---

38) (唐) 司空圖撰, 『司空表聖詩集』, 5쪽. (『四部叢刊初集縮本』, 169冊)

리하려는 청정한 마음을 가지려는 노력을 보여주고 있다. 아울러 시
인 스스로 丹藥을 복용하는 생활을 했었음을 보여주며, 다시 그 丹
藥의 허무함을 토로하고 있다. 사공도 역시 도교 단약에 대한 맹신
을 가지고 있었던 것은 아닌 듯 하지만 그 관심과 실천은 시인의 도
교에 대한 기본적인 심취를 알게 한다.

　　도교문화의 한 내용인 煉養의 방법은 唐末에 있어서 외단과 내단
의 형식으로 나타나고 있다. 唐末에 이르러 외단보다는 내단에 더욱
관심을 가졌지만, 내단의 경우는 사실상 시가에서 명확하게 드러나
지 않는다고 할 수 있다. 심신의 수련을 무조건적으로 내단의 수련
방법으로 볼 수는 없기 때문이다. 즉 唐末에서도 오히려 외단의 수
련방법이 시가에서는 명확하게 드러나고 있다고 할 수 있다. 외단의
경우 이전에 성행했던 것을 이어서 唐末에도 많은 시인들이 단약에
관심을 가지고 스스로 만들어보고 복용하는 등의 실천이 있었다. 다
만 신선에 대한 관심과 같이 완전히 심취했다고는 할 수 없으며 당
시 사회기풍의 영향을 받아 시험 삼아 해 본 경우가 대부분이라고
할 수 있다. 그러므로 煉養의 수련에 대한 관심과 더불어 煉養의 수
련이 가져다주는 成仙 혹 不老長生에 대한 허망함을 비평하며 회의
하는 내용의 시가도 창작되었다는 측면을 주의해야 할 것이다.

Ⅳ. 詩人心理에 반영된 道敎文化

　　唐末에 이르러 外丹의 방법보다는 內丹의 방법에 대한 관심이 증
가되었다는 것은 인간의 心性에 대한 관심이 많아졌음을 나타내는
것이다. 즉 창작에 있어서도 도교문화의 반영은 개인적인 심리와 관

련이 많아졌다는 것을 알 수 있다. 이러한 측면에 대하여 "唐代 대부분 문인들의 外丹에 대한 懷疑와 批判은 道教歷史에 변화를 가져다 주었다. 반면에 內丹觀念은 그들의 창작에 영향을 주었다. 예를 들면, 작품 속에 주관적인 精·氣·神의 煉養을 자각적 혹은 비 자각적으로 표현하였고, 또한 개인 심성의 수양과 표현을 강조하였는데 이는 역시 막 발전하고 있는 內丹觀念과 서로 상응한 것이다."39)라는 지적은 內丹관념과 관련된 인간의 심리와 수양에 대한 중시를 보여주고 있다. 즉 煉養의 방법 중에서 內丹의 방법은 점차 시인들의 개인 심리의 표현으로까지 영향을 주었음을 알 수 있다. 그렇게 때문에 이러한 도교문화의 반영은 단순한 표면적인 반영에서 그치는 것이 아니라 당연히 시인의 심리와 관련이 많다는 점을 알 수 있다.

도교문화의 영향으로 형성된 시인들의 심리에는 크게 두 가지로 나눌 수 있다. 즉 도교문화를 통하여 혼란한 현실과 개인불우에 대한 심리적 안위를 얻으려는 것 즉 超脫隱逸을 추구하는 심리와 도교문화 속에서 안위를 추구하지만 여전히 떨쳐버리지 못하는 혼란사회나 개인불우로 말미암은 感傷심리가 있다.

우선, 超脫隱逸을 추구하는 심리와 관련된 시가창작을 보기로 하자. 이러한 심리는 사실상 도교문화만 관련된 것은 아니다. 당시에 성행했던 禪宗文化의 영향이 더욱 크다고 할 수 있다. 즉 당시의 시인들은 어느 특정 종교에 심취했다기보다는 사회상에 영향을 주고 사회의 일부가 되어버린 불교 선종과 도교에 관심을 가지고 있었을

39) 孫昌武著, 『道教與唐代文學』, 人民文學出版社, 2001, 122쪽. "唐代許多文人對外丹的懷疑和批判, 也對道教史的這一演變起了推動作用; 內丹這一些觀念影響到他門的創作, 例如在作品里自覺或不自覺地表現主觀精氣神的養煉, 強調個人心性的修養和抒跋, 也都與正在興起的內丹觀念相呼應."

뿐이다. 그러므로 이러한 심리는 사실상 불도의 영향으로 형성되었다고 할 수 있다. 다만 여기에서는 도교문화의 영향과 관련된 시가를 통하여 그러한 심리를 고찰하고자 한다.

許渾의 시가 「思天臺」[40]를 보기로 하자.

赤城雲雪深, 山客負歸心.

　　　　赤城山에는 구름과 눈으로 심원한 정취가 있으니,
　　　　나그네들에게 은거하고픈 마음을 생기게 하네.
昨夜西齋宿, 月明琪樹陰.

　　　　어제 밤 서쪽 방에서 묵었는데, 옥 같은 달빛이 나
　　　　무 그림자를 만들었다네.

"赤城"은 도교의 성지로 靑城이라고도 부르며, "靑城山은 천하에서 가장 고요하다."[41]라는 미칭을 가지고 있다. 이 시는 적성의 구름과 눈이 만들어낸 고요함을 나타내면서 이를 보면 자연히 歸隱심리가 생길 것이라 표현하고 있다. 이 곳에서 머무는 시인 역시 그러한 정취에 빠져 있다. 도교의 성지에서 보이는 구름과 눈 그리고 달빛은 시인으로 하여금 세속을 잊고 신선의 세계로 빠져들게 한다.

다음에는 陸龜蒙이 자연 속에서 느낀 감정을 표현한 시가 「自遣詩三十首」[42]중 其一을 보기로 하자.

五年重到舊山村, 樹有交柯犢有孫.

　　　　오 년 만에 다시 옛 산촌으로 오니, 나무가 무성해

---

40) 『丁卯詩集』卷下, 50-51쪽.
41) 『道敎文化辭典』, 1091쪽. "靑城天下幽."
42) 『全唐詩』, 7207쪽.

지고 소는 크게 자랐네.

更感卞峰顔色好, 曉雲才散便當門.

　　　　　卞峰의 아름다움을 다시 느끼는 데, 새벽 구름이 흩
　　　　　어지며 문을 마주 대하네.

　이 시는 육구몽이 太湖에서 머물 때 지은 것이다. 오랜만에 온 이
곳에 나무와 소가 많이 변했지만, 시인이 늘 좋아하던 산의 아름다
운 경색은 변하지 않았음을 표현하고 있다. 특히 마지막 구의 내용
은 신선세계와 유사한 그윽한 무엇인가를 느끼게 한다. 육구몽과 함
께 은일생활을 하던 皮日休의 시가에는 그의 현실주의시가와는 다른
閑寂하며 고요함을 보이는 시가들이 많다. 그의 시 「陳先輩故居」[43]
를 보기로 하자.

杉桂交陰一里餘, 逢人渾似洞天居.

　　　　　삼나무 계수나무의 綠陰이 한없이 펼쳐져 있으니,
　　　　　陳先輩는 그야말로 신신세계에서 사는 듯 하네.

千株橘樹唯沽酒, 十頃蓮塘不買魚.

　　　　　수많은 귤나무가 있으니 술을 사오기만 하면 되고,
　　　　　넓은 연못이 있으니 고기를 살 필요가 없네.

藜杖閑來侵徑竹, 角巾端坐滿樓書.

　　　　　지팡이 짚고 한가로이 대나무 숲길을 거닐고, 머리
　　　　　수건 단정히 메고 앉아 책을 읽는다.

襄陽無限煙霞地, 難覓幽奇似此殊.

　　　　　襄陽에는 산수가 무한하더라도, 이처럼 幽靜한 곳
　　　　　은 찾기 어려우리라.

---

43) 『皮子文藪』, 180쪽.

이 시는 시인이 襄陽에서 잠시 머무를 때 쓴 시이다. 陳先輩의 幽
靜한 은거생활을 신선의 생활처럼 살고 있다고 표현하고 있다. 비록
이 시가 젊은 시절에 쓴 것이지만 이미 고요한 은일생활에 대한 추
구가 있었음을 알 수 있다. 실제로 그는 만년에 은거하며, 陸龜蒙과
의 唱和를 통하여 閑寂을 나타내는 시가를 많이 창작했다. 이 시는
은일생활을 "洞天"에 비유했다는 점이 특이하다고 할 수 있다. 唐末
의 일반적인 시인들이 불교를 통하여 자신의 隱逸生活을 주로 묘사
했기 때문이다.

杜光庭에 대한 『全唐詩』의 "天臺山에 들어가 道士가 되었다… 후
에 靑城山의 白雲溪에서 은거하였다… 『廣成集』一百卷이 있다. 『壺
中集』三卷이 있다. 오늘날 시집 한 권이 전한다."[44]라는 내용은 그
가 도사 및 시인이라는 신분을 가지고 있었음을 쉽게 알게 한다. 또
한 그의 散逸된 시집의 제목이 『壺中集』이란 명칭을 보아도 그의
시가가 도교와 밀접한 관련이 있음을 짐작하게 한다. 그의 시가 「山
居三首」[45]중 其二를 보기로 하자.

冥心棲太室,　散髮浸流泉.
　　　　　그윽한 마음은 太室山에 깃들어 있고, 산발한 머리
　　　　　흐르는 샘물 속에 담근다.
採柏時逢麝,　看雲忽見仙.
　　　　　잣을 따면서 노루를 만나고, 구름을 보니 우연히 신
　　　　　선이 보이는 듯하다.

---

44) 『全唐詩』, 9663쪽. "入天臺山爲道士……後隱靑城山白雲溪………有『廣成集』
一百卷. 『壺中集』三卷. 今存詩一卷."
45) 『全唐詩』, 9667쪽.

夏狂衝雨戲, 春醉戴花眠.

　　　　　여름에는 미친 듯 비를 맞으며 노닐고, 봄에는 취하
　　　　　여 꽃 속에서 잠든다.

絶頂登雲望, 東都一點煙.

　　　　　높은 산에 올라 구름을 보고 있는데, 東都가 한 점
　　　　　연기처럼 보인다.

　이 시는 산에 기거하는 정취를 표현하고 있다. 세속의 塵埃나 인
위성을 배제하며, 자유분방하며 자연과 일체가 되어 사는 모습이 시
인을 신선처럼 여기도록 만들고 있다. 실제로 도사였던 시인은 시가
를 통하여 자신이 느끼던 脫俗의 경지를 보여주었다고 할 수 있다.

　이러한 현실과 동떨어진 신선 세계 같은 은일생활은 시인들로 하
여금 심리적 평안과 안정을 가져다주었다고 할 수 있다. 이 시기의
시가에 대하여 "이 시기 시가창작의 주요 경향은 淡泊한 심정과 淡
泊한 境界를 추구하는 것이다. 많은 시인들은 혼란한 생활환경에서
平靜의 心境을 추구했다. 그들은 마치 精神적인 寄託을 찾는 듯 했
으며, 그들이 처한 시대의 분위기와 조금도 부합되지 않았다. 그러
므로 그들의 시중에는 늘 정신적인 空虛가 표현되었다."[46]라는 평가
가 있다. 이 평가 중에서 당시 시인들의 은일생활에 대한 추구는 전
반부에 언급한 "淡泊한 심정과 境界를 추구했다."라는 평가와 들어
맞는다. 그러나 후반부에 언급된 "精神적인 空虛"라는 표현은 바로
시인심리의 感傷심리와 관련된다고 할 수 있다. 그러므로 비록 안위

---

46) 羅宗强著, 『隨唐五代文學思想史』, 上海古籍出版社, 1986, 404쪽. "這個時代詩
歌創作的主要傾向, 是追求淡泊情思與淡泊境界. 大量的詩人, 在亂離的生活環
境中, 追求一種平靜的心境, 他們好象是在尋求精神寄託, 與他們所處時代的氣氛
是格格不入的. 因此, 他們的詩中, 便常常表現爲精神的空虛."

를 얻고자 했지만 사회적인 불안정과 개인의 불우에 대한 개인의 심
리는 결국 그들로 하여금 완전히 脫俗의 경지까지는 이르게 하지는
못했다. 그러므로 『石園詩話』에서도 "唐 大中에서부터 국가가 나약
해지고 기운 역시 쇠하자, 사람들은 대부분 처량함을 토로했으니 역
시 傷感을 노래한 것이다."[47]라고 지적하고 있는 것이다.

다음에는 感傷心理가 드러나는 시가창작을 보기로 하자. 도교문
화를 반영하는 중에 시인의 感傷심리를 표현하고 있는 시가는 唐末
시인의 창작에서 비교적 흔히 찾아 볼 수 있다.

李商隱의 시가에는 신선이나 신선세계를 묘사하는 중에 자신의 感
傷심리를 함께 표현하고 있다. 그의 시가 「常娥」[48]를 보기로 하자.

> 雲母屛風燭影深, 長河漸落曉星沉.
>> 운모를 장식한 병풍이 있는 방에 촛불은 어둑어둑
>> 적막하고, 은하가 점점 멀어지니 새벽 별 역시 사라
>> 지네.
>
> 常娥應悔偸靈藥, 碧海靑天夜夜心.
>> 常娥는 靈藥을 훔친 것을 후회하면서, 낮에는 푸른
>> 하늘을 바라보고 밤마다 수심에 잠기네.

이 시는 도교에서 말하는 女神仙인 常娥의 고사를 이용하여 창작
하였다. 시인은 상아의 슬픔을 빌어 자신의 신세를 한탄하고 있기에
"靈藥은 才華를 비유한다. 詩人은 스스로 才華가 시기를 받게 되고
불우하게 된 것을 탄식하고 있다. 언어가 含蓄적이며 寄託하는 바가

---

47) (淸)余成敎撰, 『石園詩話』, "唐自大中間, 國體傷變, 氣候改色, 人多商聲, 亦愁
思之感."
48) 『李義山詩集注』, 75쪽.

심원하다"[49]라는 평가가 있다. 이 시는 신선의 고고함을 표현한 것
이 아니라 오히려 신선인 상아가 토로하는 슬픔을 묘사하고 있다.
즉 시인은 자신의 재능이 오히려 화를 불러일으켰다는 설정으로 자
신의 불우한 신세를 교묘하게 개탄하고 있다. 바로 상아의 傷感이
시인의 傷感인 것이다. 위와 같이 도교문화의 반영 중에 이상은의
感傷심리를 표현한 시가가 적지 않다. 예를 들면, "신세의 대한 심정
을 기탁하고 있다."[50]라는 평가를 받는 「重過聖女祠」, 또한 "꿈속의
환상세계를 빌어 신세의 조우를 비유했다."[51]라고 해석한 「七月二十
八日夜與王鄭二秀才聽雨夢後作」 등이 있다.

曹唐의 시가에도 李商隱과 같은 내용의 시가가 있다. 그의 시가 「小
游仙詩」중 第三十八[52]을 보기로 하자.

> 忘却敎人銷後宮, 還丹失盡玉壺空.
>> 궁전이 소멸된 것을 잊어버렸고, 환단이 없어지자
>> 옥으로 만든 호리병 속의 세상도 없어졌다네.
> 嫦娥若不偸靈藥, 爭得長生在月中.
>> 상아가 만약 영약을 훔치지 않았더라도, 달에서 불
>> 로장생을 얻으려고 했을까?

이 시는 西王母에게 還丹을 훔쳐 먹고 달에 가서 불로장생하게 된
상아의 고사를 이용하여 쓴 시이다. 불로장생은 인간이 추구하는 목

49) 『李商隱詩集疏注』, 370쪽. "靈藥比才華, 詩人自慨以才華遭嫉, 反致流落不偶,
措語含蓄而興寄遙深."
50) 兪陛雲著, 『詩境淺說』丙編, 上海書店, 1984, 68쪽. "借以寓身世之感."
51) (淸)馮浩箋注, 『玉溪生詩集箋注』卷一, 上海古籍出版社, 1979, 192쪽. "假夢境之
變幻, 喩身世之遭逢也."
52) 『全唐詩』, 9348쪽.

적이지만 시인은 오히려 반어법의 형식으로 상아의 적막한 심정을
교묘하게 표현하고 있다. 시인이 비록 도사의 생활을 했었지만 역시
"일생의 뜻한 바는 높았지만 관직에 나아가기 어려웠기에 스스로 매
우 수심에 차있었다."[53]라고 한 기재로 알 수 있듯이 李商隱과 유사
한 인생을 겪었음을 알 수 있다.

다음에는 羅隱의 시가 「水邊偶題」[54]를 보기로 하자.

> 野水無情去不迴, 水邊花好爲誰開?
>> 물은 무정하게 흘러가 다시 오지않고, 물가의 꽃은
>> 또한 누구를 위해 피는가?
> 只知事逐眼前去, 不覺老從頭上來.
>> 단지 세상사가 눈앞에 지나가는 것만을 알고, 늙음
>> 이 머리부터 오는 것을 알지 못하는구나.
> 窮似丘軻休歎息, 達如周召亦塵埃.
>> 孔子와 孟子와 같이 궁하더라도 탄식하지 말아야하
>> 며, 周公와 召公처럼 세상을 다스리더라도 역시 塵
>> 埃 속에 있는 것이라네.
> 思量此理何人會, 蒙邑先生最有才.
>> 이러한 이치를 누가 이해할까 생각하다가 莊子가
>> 가장 현명함을 알게 되었네.

이 시는 나은이 唐末 사회에서 자신의 불우한 신세를 한탄하며
은일에 대한 추구를 나타낸 시이다. "蒙邑先生"이란 장자를 가리키

---

53) 傅璇琮主編,『唐才子傳校箋』第三冊, 中華書局, 1990, 493쪽. "平生之志激昂, 至
   是薄宦, 頗自鬱悒."
54)『全唐詩』, 7548쪽.

는 것으로 현실에 대한 참여와 개인의 안위를 위한 도피 중에서 고
뇌하며 차라리 장자를 따르리라는 은일심정을 나타내고 있다. 그러
나 이 시에 나타난 주된 심리는 은일의 閑寂自在에 대한 추구보다는
은일을 할 수밖에 없는 "沉痛"[55]한 심정을 드러내고 있다고 할 수
있다.

司空圖는 관직생활 후에 隱逸을 시작한 시인이다. 특히 黃巢起義
라는 사회적 혼란으로 말미암아 현실을 도피하게 되며 후에는 결국
王官谷에서 은거생활을 하게 된다. 그러나 그의 隱逸은 사실상 入世
와 出世간의 모순을 벗어나지 못한 隱逸이다. 그러므로 隱逸을 표시
하는 시가 중에 국가를 생각하는 심정이 드러나고 唐末의 혼란을 반
영하는 가운데 늘 隱逸과 관련된 심정이 드러나는 모순이 함께 존재
하고 있다. 이러한 모순이 바로 그의 感傷심리를 이끌고 있는 것이
다. 그의 시가 「秋思」[56]를 보기로 하자.

身病時亦危, 逢秋多慟哭.
　　　　병환도 수시로 급하지만 가을이 되자 통곡소리가
　　　　더욱 많아졌구나.
風波一搖蕩, 天地幾翻覆.
　　　　전란이 한번만 일어나도, 천지는 수차례 뒤집어지네.
孤螢出荒池, 落葉穿破屋.
　　　　황폐한 연못에서 반딧불이 날고, 부서진 집에는 온
　　　　통 낙엽만 뿌려져있네.
勢利長草草, 何人訪幽獨.

55) (元)方回選評, 李慶甲集評校點, 『瀛奎律髓彙評』卷三, 上海古籍出版社, 1986,
　　124쪽.
56) (唐)司空圖撰, 『司空表聖詩集』卷一, 2쪽.

전란의 세력은 우세할수록 더욱 우울해지는데, 그
누가 외로운 이곳을 찾으랴.

이 시는 시인이 은거하는 중에 쓴 시이다. 시인은 黃巢起義로 인
한 참상을 표현하면서 자신의 처지를 한탄하고 있다. 특히 마지막
연의 내용은 현재 자신은 은거하고 있음을 보여주고 있다. 즉 은거
하는 중에 국가의 혼란에 대한 참담한 심정을 표현하고 있는 것이
다. 사실상 이 시가는 심리적 안위를 위하여 은거하는 측면과 여전
히 황폐한 국토를 반영하며 슬픈 심정을 토로하는 측면에서 모순이
되고 있다. 그러나 이 역시 이 당시의 시인들이 개인적인 불우나 국
가의 현실에 대하여 토로하던 感傷심리의 한 표현이라고 이해할 수
있다. 즉 비록 시인이 은거 중이기는 하지만 이 시에 나타난 정조는
국가를 생각하는 침통한 심정에서 비롯된다고 할 수 있다.
　신선이나 신선세계에 대한 묘사는 심리적 안식처를 찾고자 하는
심정에서 비롯되었지만 결국은 찾지 못하기에 感傷적인 심리를 표
현할 수밖에 없었다. 혼란현실과 개인적 불우를 벗어나려는 혹은 잊
으려는 시인들에게 도교의 신선세계는 좋은 도피처이며 안식처였던
것이다. 그러나 결국은 안식을 얻지 못했기에 도교문화를 표현하는
시가에도 시인들의 感傷이 드러나고 있는 것이다.

V. 結論

도교문화의 형성과 도교문화에 대한 흡수 그리고 도사들과의 왕
래는 당시의 시인들의 창작에 지대한 영향을 주었다. 비록 당시의

시인들이 도교에 완전히 심취하지는 않았지만 그들의 창작 속에 드
러난 도교문화는 그들의 시가창작의 중요한 역할을 하고 있다. 신선
을 제재로 한 시가와 煉養과 관련된 시가는 모두 도교문화의 반영이
라고 할 수 있다. 그러나 단순한 반영에서 그치는 것이 아니라 도교
문화를 사회문화와 연관시켜 풍자의 제재로 삼고 있다는 점을 간과
해서는 안 될 것이다. 또한 도교문화와 시인심리에 있어서 일반적인
超逸隱逸의 심정만을 표현하는 것이 아니라 시인들의 일반적인 심
리에도 영향을 주었다는 점도 중요하다. 즉 개인 심리의 토로에 자
극을 주어 感傷心理를 표출하게 한 것은 도교문화의 중요한 영향이
라고 할 것이다.

　도교문화가 시가에 가져다 준 영향과 의의를 정리하면 다음과 같
다. 우선, 도교문화가 풍부한 제재를 제공했다는 점이다. 즉 도교문
화의 用語나 故事는 시가창작에 풍부한 제재가 되어 시인들로 하여
금 다채로운 표현을 구사할 수 있게 하였다. 둘째는 도교문화의 신
비함은 시가창작에 있어서 풍부한 상상력을 만들게 했다는 점이다.
신선이나 신선세계에 관한 전설이나 고사를 이용하면서 이들에 대
한 시인 개개인의 감수는 결국 상상력의 폭을 넓게 하며 새로운 시
가의 창작을 가능하게 하였다. 셋째는 도교문화가 가져다 준 개인
심리의 중요성에 대한 자각이다. 이는 超脫한 隱逸심리나 感傷심리
를 형성하게 하였다. 특히 感傷심리는 "晚唐 시대심리와 시가 풍격
의 특징을 진정으로 대표하는 것은 '感傷'이다."[57]라는 지적이 있듯
도교문화가 唐末시가의 창작경향상의 한 특징을 형성하는데 주요한

---

57) 田耕宇著, 『唐詩餘韻』, 巴蜀書社, 2001, 56쪽. "眞正代表晚唐時代心理和詩歌風
　　格特徵的是'感傷'."

역할을 했음을 알 수 있다.

　唐末에 있어서 道敎文化는 사회문화의 일부분이며, 당시의 시인
들은 이러한 문화를 흡수하고 소화하여 더욱 다채로운 시가를 창작
할 수 있었다.

● 참고문헌 ●

(元)方回選評, 李慶甲集評校點, 『瀛奎律髓彙評』, 上海古籍出版社, 1986.

(唐)李商隱撰,(淸)朱鶴齡注, 『李義山詩集注』, 上海古籍出版社, 1994.

(唐)孟啓著, 『本事詩』, 廣益書局, 1930.

(元)辛文房撰, 『唐才子傳』. (《叢書集成新編》本)

(唐)皮日休撰, 蕭滌非, 鄭慶篤整理, 『皮子文藪』, 上海古籍出版社, 1981.

　宋景昌 · 王立群點校, 『甫里先生文集』, 河南大學出版社, 1996.

田耕宇著, 『唐詩餘韻』, 巴蜀書社, 2001.

卿希泰主編, 『中國道敎史』第二卷, 四川人民出版社, 1992.

孫昌武著, 『道敎與唐代文學』, 人民文學出版社, 2001.

楊建波著, 『道敎文學史論考』, 武漢出版社, 2001.

葛兆光著, 『道敎與中國文化』, 上海人民出版社, 1991.

王明著, 『道家與傳統文化研究』, 中國社會科學院出版社, 1995.

李生龍著, 『道家及其對文學的影響』, 岳麓書社, 1998.

陳伯海主編, 『唐詩彙評』, 浙江敎育出版社, 1995.

劉學鍇 · 余恕誠著, 『李商隱詩歌集解』, 中華書局, 1992.

卿希泰 · 唐大潮著, 『道敎史』, 中國社會科學出版社, 1994.

張志哲主編, 『道敎文化辭典』, 江蘇古籍出版社, 1994.

牟鍾鑑 · 胡孚琛 · 王葆玹主編, 『道敎通論』, 齊魯書社, 1993.

羅宗强著, 『隨唐五代文學思想史』, 上海古籍出版社, 1986.

傅璇琮主編, 『唐才子傳校箋』, 中華書局, 1990.

李商隱 詩歌와 道敎文化

Ⅰ. 序論

唐末이라는 혼란한 시기에 있어서 도교문화는 사회문화의 한 측면으로서 자리잡고 있었다. 唐初 황제들이 老子와 동성임을 이용하여 도교를 중시했던 정책이 唐末까지 이어져 내려왔다. 또한 황제들의 도교문화에 대한 관심은 불로장생이라는 허황된 부분까지 이르게 되었지만, 이 역시 사회 전반적으로 도교문화에 대한 관심 자체가 증가되었음을 알게 한다. 실제로 唐代의 많은 문인들은 도교문화의 영향을 받으면서 그들의 창작 중에 반영하거나 창작의 제재로 사용하였다. 심지어는 스스로 도사가 되고자 한 문인들도 있었다. 唐末에 이르러 도교는 여전히 황제들의 중시를 받아 도사나 道觀이 늘어나면서 발전을 거듭하게 되었다. 또한 도가 자체에 있어서도 道學家들의 노력은 도교의 수준을 높여주었다. 이러한 도교의 흥성은 道敎文化를 더욱 대중화하며 세속화하는데 영향을 주었다.

李商隱은 분명 도사는 아니다. 그러나 다른 시인들과 마찬가지로 그는 자연스럽게 唐末의 사회문화로 자리잡은 도교문화의 영향을 받았다. 그의 시가창작에 스며들어 있는 도교문화는 어떤 내용을 가지고 있으며, 어떻게 반영되었는가를 연구하고자하는 것이 본 연구의 동기라고 할 수 있다. 다양하면서도 특이한 경지를 보여주고 있는 李商隱의 시가는 완벽하게 그 내용을 이해하기는 힘들다. 그렇기 때문에 많은 학자들이 다각도로 연구를 해 왔으며 그 원인을 각자

지적하고 있다. 본 고에서는 그러한 시각 중의 하나로 도교문화와
李商隱의 시가를 접목하여 고찰하고자 한다.

 본 고는 크게 李商隱 시가를 이상은 시가에 描寫된 道敎文化와 李
商隱 시가에 活用된 道敎文化 두 부분으로 나누어 연구하고자 한다.
도교문화에 대한 묘사는 비교적 직접적으로 도교문화의 일면이 그
의 시가에 드러나는 것을 말한다. 도교문화에 대한 활용이란 도교문
화가 시인이 표현하고자 하는 의도와 어떻게 접목되어 나타나고 있
는 가를 말한다.

Ⅱ. 李商隱과 道敎文化

 李商隱을 道敎文化에 심취한 시인이라고는 할 수 없으며, 또한 道
敎에 대한 수준 높은 지식을 가진 道學家라고도 할 수 없다. 그러나
그는 唐末에 도교가 성행하면서 도교가 세속화되고 대중화된 사회
문화 속에서 자연스럽게 도교문화의 영향을 받았다. 즉 젊은 시절
두 번의 낙방을 경험한 시인이 실의 차 잠시 은거했던 곳은 다름 아
닌 道敎의 聖地 王屋山의 지맥인 玉陽山이었던 것이다. 이는 그의
시 「李肱所遺畵松詩書兩紙」 중 "玉陽山 동쪽에서 신선을 배웠다.(學
仙玉陽東)"을 통하여 알 수 있다. 여기에서의 경험은 결국 시인으로
하여금 도교문화와 관련을 맺게 하였다고 할 수 있다. 그러므로 시
인은 도사와의 왕래, 도교 문화 활동에 대한 관심, 여자 도사와의 염
문, 道觀에 대한 느낌 등을 표현하였던 것이다. 이상은 시가 중 「送
從翁從東川弘農尙書幕」[1]의 일부를 보기로 하자.

---

 1) (唐)李商隱撰, (淸)朱鶴齡注, 『李義山詩集注』, 上海古籍出版社, 1994. 127쪽.

心懸紫雲閣, 夢斷赤城標. 마음은 紫雲閣에 걸렸고, 늘 赤城山을 꿈꾸 었다네.

이 시는 送別詩의 일부이지만 위의 내용은 모두 紫雲閣이나 赤城山이라는 道敎聖地에 대한 언급으로, 이를 통하여 시인의 道敎에 대한 관심을 알 수 있게 한다. 즉 "仙境으로써 (道觀에) 오르고자하는 마음을 표현하고 있다."[2]라는 평가가 있듯이 시인은 도교에 대한 관심으로 道觀에 자신의 마음을 기탁하고자하는 심정을 나타내고 있다.

李商隱이 玉陽山에 머물렀던 시기는 그의 나이 24세 때 이지만, 사실상 그 전부터 도교문화의 영향으로 도사와의 왕래가 있었다. 그러한 왕래를 통하여 시인은 道나 仙에 대한 흠모를 표시하고 있는데, 역시 도교문화와 시인과의 관계를 알게 하는 한 증거라고 할 수 있다. 그중 「寄永道士」[3]를 보기로 하자.

共上雲山獨下遲, 陽臺白道細如絲.
　　　　함께 구름 낀 玉陽山에 올랐다가 혼자 천천히 내려오는데, 仙界의 왕래 많아 흰색이 된 길은 실과 같이 좁구나.
君今併倚三珠樹, 不記人間落葉時.
　　　　그대는 지금도 신선세계의 三珠樹에 의지하고 있으니, 인간세계에서의 좌절할 때를 알지 못하리라.

---

2) (唐)李商隱著, (淸)馮浩箋注, 『玉谿生詩集箋注』, 上海古籍出版社, 1998, 74쪽. "以仙境寓登進之望."
3) 『李義山詩集注』卷一下, 51쪽.

이 시는 이상은이 과거에 낙방한 이후 도교 성지인 玉陽山에서 생활하던 시기에 쓴 시이다. 永道士란 아마도 이상은과 함께 玉陽山에 學仙하던 도사인 듯하다. 시인은 이 永道士와 자신을 비교하면서 자신의 실의를 표현하고 있다. 첫 연은 玉陽山의 仙境을 묘사하고 있다. 둘째 연에서는 永道士는 아직도 玉陽山에서 도를 공부하고 있으므로 자신처럼 낙방으로 인한 실의를 모르리라는 것을 표현하며 부러움을 나타내고 있다.마지막 구에 대하여 馮浩가 "낙엽은 낙방을 비유한다"[4]라고 한 것에서도 이러한 해석이 가능하다는 것을 알 수 있다.

상술한 이상은의 도교에 대한 관심은 우선은 사회문화에 자리잡은 도교문화의 대중화에서 찾을 수 있다. 그러므로 젊은 시절부터 도사와의 왕래가 있었다. 다음에는 개인의 역정 속에서 찾을 수 있다. 즉 두 차례의 낙방을 계기로 말미암아 잠시 은거한 玉陽山에서의 경험에서 비롯된다고 할 수 있다. 그 외에 그의 도교문화에 대한 관심은 그의 시가에서 찾을 수 있다. 도교용어의 사용, 도교문화의 일면에 대한 언급, 지속적인 도사와의 왕래 등이 그러하다.

Ⅲ. 李商隱 시가에 描寫된 道教文化

도교문화에 대한 묘사란 시가창작 속에 도교문화와 관련된 내용이 표현된 것을 말한다. 즉 도교의 신선이나 신선세계에 대한 고사 그리고 煉養[5]과 관련된 내용들이 시가에 표현된 것을 말한다.

---

4) 『玉谿生詩集箋注』, 552쪽. "落葉, 比下第."
5) 煉養이란 內丹의 丹藥 등 약물의 복용을 통하여 불로장생을 추구하는 것과 外丹

　　이상은의 시가에 나타난 도교문화 중에서 가장 일반적인 것은 바로 신선과 관련된 내용이다. 이는 인간이 가진 욕망이나 환상 중의 하나인 不老長生을 다름 아닌 신선이나 신선세계에서 찾을 수 있기 때문이다. 그러므로 이전부터 많은 시인들이 관심을 가지고 신선과 관련된 시가를 창작하였는데, 이를 일반적으로 游仙詩라고 불렀다. 소위 "游仙詩는 形象・環境・時空의 묘사에 있어서 자신의 명확한 특징이 있으며, 신선의 群像・그윽한 仙境・無限한 時空은 다른 종류의 詩歌意境을 구성하며 독특한 美學風格을 형성했다."[6] 이상은 역시 신선과 신선세계에 관심을 가지고 있었으며, 실제로 그의 도교 문화를 표현하는 시가 중에서 가장 많은 부분을 차지한다. 이상은은 도교의 신선이나 신선세계에 관한 다양한 내용을 이용하면서 자신의 풍부한 상상력을 발휘하여 신비하면서도 독특한 意境을 가지고 있는 시가를 창작하였다.

　　李商隱의 시가 중에 神仙에 대하여 묘사하고 있는 것이 적지 않다. 예를 들면, 「聖女祠」・「重過聖女祠」・「華山題王母祠」・「華岳下題西王母廟」・「瑤池」・「曼倩辭」・「玉山」・「海上」・「碧城」・「題道靜院院在中條山故王顔中丞所置虢州刺史捨官居此今寫眞存焉」・「海上謠」・「謁仙」・「漢宮」 등이 있다. 그 중 七言律詩로 창작된 「聖女祠」[7] 전반부를 보기로 하자.

　　의 수양 등 심신단련을 통하여 불로장생을 추구하는 도교문화 활동을 말한다.

6) 楊建波著, 『道敎文學史論考』, 武漢出版社, 2001, 18쪽. "游仙詩在形象, 環境, 時空的描寫上有自己明顯的特點, 仙人的群像, 飄緲的仙境, 無限的時空構成了別一種詩歌意境, 形成了獨特的美學風格."

7) 『李商隱詩集注』卷二上, 55쪽.

松篁臺殿蕙香幃, 龍護瑤窓鳳掩扉.
>> 소나무 대나무로 둘러싸인 聖女祠에는 향기나는 장
>> 막이 쳐져있고, 창문에는 용무늬가 새겨 있고 문에
>> 는 봉황무늬가 그려져 있네.

無質易迷三里霧, 不寒長著五銖衣.
>> 아스라한 안개가 사방에 있어 실체가 없는 듯하고,
>> 추위에 아랑곳하지 않고 가벼운 옷을 걸치고 있네.

이 시와 같은 제목의 시가 두 首 더 있다. 비록 각각의 시에서 표
현하고 있는 작가의 심정은 다르지만 신선을 제재로 삼아 표현했다
는 것이 공통점이다. 『水經注』 "가지런한 벽 위에 그림과 같은 神像
이 있는데, 부인의 모습을 하고 있다. 위는 붉은 색이고 아래는 흰색
의 형태인데 세상에서 聖女神이라 불렀다."[8]라는 기재에 따르면 聖
女란 바로 선녀임을 알 수 있다. 이 시는 여자 신선이 살고 있는 사
당으로 제목을 삼고 있으며, 사당의 아름다운 주위 환경과 여자 신
선의 의복을 묘사하고 있다. 신선이 있는 사당이기에 주위 환경 역
시 아름답고 사방에 자욱한 안개는 신비감을 불러일으키고 있다.
다음에는 신선세계를 묘사하고 있는 「一片」[9]의 일부분을 보기로
하자.

一片非煙隔九枝, 蓬巒仙仗儼雲旗.
>> 한 줄기 연기가 수많은 가지를 휘감고 있고, 봉래
>> 신선세계의 의장은 장엄하고 깃발이 구름 속에 날

---

8) 『水經注』 "列壁之上, 有神像若圖, 指狀婦人之容, 其形上赤下白, 世名指曰聖女神."
9) 『李商隱詩集注』卷二上, 65쪽.

리고 있네.

天泉水暖龍吟細, 露晩春多鳳舞遲.

　　　　따뜻한 하늘의 온천에서는 용 울음소리가 가늘게
　　　　들리고, 이슬 사라지는 완연한 봄에는 봉황이 천천
　　　　히 춤을 추고 있네.

　이 시는 蓬萊의 신선세계에 대한 묘사이다. 첫 두 구에서는 연기
인 듯하면서도 연기가 아닌 듯한 신비한 것이 사방에 자욱한 가운데
의장대의 장엄한 모습을 묘사하고 있다. 둘째 두 구에서는 용과 봉
황을 이용하여 신선세계의 신비한 모습을 표현하고 있다. 이 시에
묘사된 내용은 모두 인간세계에서는 볼 수 없는 것으로 시인은 풍부
한 상상력으로 몽롱하면서도 신비한 경지를 표현하고 있다.

　역시 신선과 더불어 신선세계를 묘사하고 있는 시가 「碧城三首」
중 其一10)을 보기로 하자.

碧城十二曲闌干, 犀辟塵埃玉辟寒.

　　　　구불구불한 난간이 있는 碧城 十二樓에는 신비한
　　　　뿔과 옥으로 정결함을 유지하고 추위를 막고 있네.

閬苑有書皆附鶴, 女床無處不棲鸞.

　　　　閬苑의 仙書는 학이 가져다 준 것이고, 女床山 곳곳
　　　　에는 아름다운 새가 살고 있네.

星沉海底當窓見, 雨過河源隔座看.

　　　　새벽이 되자 창가에서 바다를 바라보는데, 선녀와
　　　　懷王 그리고 견우와 직녀의 사랑이야 기가 눈에 선

──────────
10) 『李義山詩集注』卷一下, 38쪽.

하네.

若是曉珠明又定, 一生常對水精盤.

만약 해가 영원히 지지 않고 빛난다면, 수정쟁반을
마주하며 평생 혼자서 쓸쓸하게 살아 가게 되리라.

이 시는 신선의 일생을 표현하면서 신선이 살고 있는 仙境을 잘
묘사하고 있다. 첫째 연과 둘째 연은 신선이 사는 신비한 장소의 환
경과 사물을 묘사하고 있다. 碧城·閬苑·女床山 등은 모두 신선이
사는 장소이다. 셋째 연과 넷째 연은 바다의 적막한 분위기를 형성
한 후에 "雨過"와 "河源"의 고사를 이용하여 교묘하게 신선의 이야기
를 표현하고 있다. "雨過"란 巫山의 女神仙과 楚 懷王이 꿈속에서 사
랑을 나누었다는 전설을 말하는 것이고, "河源"이란 견우와 직녀의
사랑이야기를 의미한다. 이 시는 신선과 신선세계 그리고 도교의 고
사를 통하여 도교문화를 잘 표현한 시라고 할 수 있다.

이 시가 신선과 관련된 도교문화를 잘 표현하고 있는 것은 사실
이다. 그러나 이 시를 해석하는 시각은 다양하다. 이 시에 대하여
혹자는 "이상은 시는 왕왕 仙境을 빌어 艶情을 표현했다."[11]라고 말
하며 선녀와의 愛情詩라고 말하며, 혹자는 또한 선녀의 쓸쓸한 심정
으로 이상은의 불우한 처지를 비유하고 있다고도 말하고 있다. 그러
므로 이상은의 시가에 대하여 "시가에 小序가 있다면 해석할 수 있
지만, 없는 것은 억지로 해석해서는 안 된다."[12]라는 지적이 있다.

---

11) (淸)朱鶴齡注, 『李義山詩集箋注』, 1666쪽. "義山詩, 往往借仙境作艶語."(『李商
隱詩歌集解』, 재인용.)

12) (淸)屈復, 『玉谿生詩意』. "詩有小序者可解, 無者不可强解"(劉學鍇·余恕誠著,
『李商隱詩歌集解』, 中華書局, 1992, 1670쪽. 재인용)

이러한 다양한 시각이 있기 때문에 표면과 더불어 그 이면을 보아야
만 이상은 시가의 진면목을 알 수 있다. 그러한 이면에 대한 부분은
제4장 道敎文化의 反映에서 고찰하고자 한다.

李商隱은 비록 도사의 신분이 아니지만 당시 많은 시인들이 도교
의 煉養에 관심을 가지고 실천했듯이 그 역시 관심을 가지고 있었다.
그의 시가 「戊辰會靜中出貽同志二十韻」[13]의 일부를 보기로 하자.

> 托質屬太陰, 煉形復爲人.
>> 본질이 太陰에 속하여 陰間에 있더라도, 煉養을 하
>> 면 다시 사람이 된다네.
>
> ……
>
> 丹泥因未控, 萬劫猶逡巡.
>> 丹泥가 아직 남아 있기 때문에, 세상의 塵埃에서 벗
>> 어 날 수 없네.
> 荊蕪旣已薙, 舟壑永無堙.
>> 塵埃가 마음속에 남아 있지 않다면, 배를 언덕 속에
>> 숨길 수 있듯이 못할 일이 없네.
> 相期保妙命, 騰景侍帝宸.
>> 귀한 생명을 잘 보호하며, 하늘에 올라 신선이 되길
>> 기약하네.

이 시를 통하여 시인이 인간세계를 벗어난 신선들에 대하여 관심
을 가지고 있음을 알 수 있다. 즉 "작가는 스스로 奪胎換骨하며 羽化

---

13) 『李商隱詩集注』卷三上, 121쪽.

登仙 하고자하는 신념을 표시하였다."¹⁴⁾라고 평가하듯 신선이 되고
싶은 심정을 표현하고 있다. 唐末에 이르러 煉養의 방법은 변화가
발생했는데, 바로 이전의 丹藥을 통하여 불로장생을 추구하는 外丹
의 방법은 점차 그 허황함이 증명되었다. 따라서 "唐代에 있어서 새
로이 흥성한 外丹術이 이미 끊임없이 발전했으며, 唐末 五代에 이르
러 外丹術은 마침내 종말을 맞이하고 자리를 내주게 되었다."¹⁵⁾ 즉
唐末에 이르러 심신수양을 강조하는 內丹의 방법이 중시되었음을
알 수 있다. 이 시 역시 시인이 추구하는 신선이 되기 위한 심신의
수련에 대하여 말하고 있다. 시인은 우선 신선이라는 신비감을 묘사
하면서 스스로 신선이 되기 위한 방법과 신선이 되었으면 하는 심정
을 표현하고 있다. 이 시에서 '丹泥'란 丹元과 泥丸을 말한다. 丹元이
란 "道敎에서 소위 마음을 뜻한다."¹⁶⁾ 또한 泥丸란 뇌를 뜻하고 있
다. 즉 시인은 羽化登仙을 위해서는 자신의 마음을 잘 다스려야 한
다고 스스로 인식하고 있다. 이러한 정신적 수련방법은 신선이 되고
자 하는 마음에 대한 수련이지만 사실상 인생을 살아가면서도 당연
히 필요한 수양이다. 시인이 비록 직접적으로 신선이 되고자 하는
심정을 표현하고 있지만 실제로는 심신수양의 차원이 강하다고 할
수 있다. 그 이유는 李商隱의 생애를 보면 실제로 신선을 되고자 할
만큼 도교에 심취하지 않았기 때문이다.

비록 위에 인용한 시가들이 묘사하는 것이 대부분 도가문화의 표

---

14) 卿希泰主編,『道敎與中國傳統文化』, 福建人民出版社, 1992, 239쪽. "在唐代, 新
興的內丹術已在不斷發展, 到晚唐五代外丹術終於破産而被取代了."
15) 孫昌武著,『道敎與唐代文學』, 人民文學出版社, 2001, 115쪽. 在唐代, 新興的內
丹術已在不斷發展, 到晚唐五代外丹術終於破産而被取代了."
16) 張志哲主編,『道敎文化辭典』, 江蘇古籍出版社, 1994, 801쪽. "道敎所謂心神之名."

면적인 부분이지만 이러한 형상을 만들게 된 배경은 바로 단순히 도교문화의 영향을 받은 것에서 그치지 않는다. 즉 道家적인 상상력이 바탕이 되었어야 하기 때문에 이렇게 묘사할 수 있는 것이다. 道敎文化는 이상은에게 신선 및 煉養과 관련된 시가를 창조하게 했으며, 아울러 이를 통하여 시가창작상의 풍부한 상상력을 배양시켰다고 할 수 있다. 또한 도교문화의 신비한 부분은 이상은 시가에 나타난 몽롱·적막·기묘 등의 예술적 意境의 창조에도 지대한 영향을 주고 있다고 할 수 있다.

　더욱 중요한 것은 도교문화에 대한 표현이 단순히 표면적인 내용으로 그치는 것이 아니라는 점이다. 李商隱은 도교문화를 이용하여 자신의 마음 속에 간직하고 있는 심정을 표현하고 있다. 그러므로 한편으로는 도교문화의 허황된 측면을 빌어 諷刺의 제재로 사용하고 있으며, 또 다른 한편으로는 자신의 생애에서의 변화에 따른 실의나 타격 등으로 생긴 感傷의 정조를 표현하고 있다.

Ⅳ. 李商隱 시가에 活用된 道敎文化

　道敎文化란 일종의 사회문화 중의 하나이다. 道敎의 일반화와 세속화는 바로 사회문화의 하나로써 자리 잡았다고 할 수 있다. 즉 李商隱은 도교에 심취하지는 않았지만 사회문화의 하나인 도교문화의 영향을 자연스럽게 받았던 것이다. 젊은 시절에 도교의 성지에서 생활하였던 것 역시 그전에 이미 도인들과의 왕래가 있었기 때문이다. 이러한 경험은 그의 시가에 영향을 주어, 도교용어나 신선과 관련된 내용을 시를 통하여 표현하게 하였다.

또한 중요한 것은 李商隱에게 있어서 도교문화는 새로운 시가창
작의 재료로 사용되었다는 점이다. 즉 도교문화를 이용하여 개인적
심리의 안위를 추구하거나, 도교문화의 허황된 丹藥이나 신선술에
대하여 비평하거나, 혹은 도교문화 속에 나오는 고사를 이용하여 자
신의 不遇나 국가의 운명에 대한 感傷을 표현하였던 것이다. 이러한
부분은 이상은이 도교 자체에 심취하지 않았다는 증명이 된다고 할
수 있다. 사회문화로 자리잡은 도교문화는 이상은의 시가에서는 단
순한 이용의 차원을 넘어 크게 심리적 안위를 추구하는 내용을 표현
하거나 諷刺의 제재 그리고 感傷의 심정을 표현하는 제재로 사용되
었다.

1. 心理적 安慰의 追求

이상은은 자신이 생활하던 시대적인 배경으로나 개인의 정치적
배경으로나 늘 평탄하지 않은 삶을 보냈다고 할 수 있다. 그러므로
그 현실 속에서 투쟁하기도 했지만 사실상 전반적으로 본다면 자신
의 불우나 상실감을 시에 표현하는데 주력했다고 할 수 있다. 그가
비록 완전히 현실을 등지고 은거하지는 않았지만 은거한 경력을 가
지고 있기에 잠시 현실을 도피한 가운데 자신이 겪은 고통과 실의에
서 벗어나길 희망했다. 그렇기 때문에 그의 시가에는 개인 심리의
평안과 안정을 추구하는 내용이 드러나고 있다. 이러한 경향을 가진
시가는 사실상 도교에서 말하는 신선세계인 '洞天'과 신선에 대한 흠
모에서 쉽게 찾아 볼 수 있다. 구체적으로는 道觀에서 생활하는 도
사에 대한 묘사나 도사와의 왕래 중에 느꼈던 심정을 표현하는 데에
서 나타나고 있다. 그의 시가「題道靖院」의 전반부를 보기로 하자.

紫府丹成化鶴群, 靑松手植變龍文.

> 道靖院에서 丹藥으로 신선이 되어 학으로 변한 후
> 에 멀리 갔다네. 손으로 심은 푸른 소나무 세월 흘
> 러 구불구불하게 변했네.

壺中別有仙家日, 嶺上猶多隱士雲.

> 단지 속에 다시 신선세계의 해가 있고, 산 높은 곳
> 에서는 은사들이 한없이 많다네.

이 시는 程夢星이 "이 시는 退居하여 永樂에 있을 지었다."[17])라고
지적하듯 잠시 은거하는 중에 지은 시이다. 현실이라는 고통을 벗어
나고자 시인은 도사가 거주하는 道觀에 들러 잠시 머물렀던 것이다.
시에 언급된 "紫府"난 "壺中"은 모두 道靖院을 가리키는 것으로 신선
세계를 뜻하고 있다. 첫 구는 이곳에서 신선이 되어 학으로 변화하
였으며, 푸른 소나무가 구불구불하게 변할 만큼 장구한 세월이 흘렀
음을 표현하고 있다. 둘째 구는 "壺中"에 다시 신선세계의 해가 있다
고 표현하여 이곳이 영험한 곳이기에 많은 은사들이 모여 있음을 표
현하고 있다. 결국 이 시는 일시적인 은거를 통하여 신선이 되고 신
선이 될 만한 장소를 언급함으로써 자신의 심리적 고통을 잊고자하
는 심정을 표현한 시라고 할 수 있다.

그의 시가 「玄微先生」에 나타난 도사의 세속을 초월한 생활에 대
한 흠모는 바로 그의 심리적 안위를 추구하는 한 측면으로 이해할
수 있다. 그중 일부를 보기로 하자.

---

17) (淸)程夢星撰, 『李義山詩集箋注』. "此退居永樂時作也"(『李商隱詩歌集解』, 455쪽.)

仙翁無定數, 時入一壺藏.

> 도사는 천만변화를 부릴 줄 알아 때때로 단지 속으로도 들어가네.

夜夜桂露濕, 村村桃水香.

> 밤마다 사방은 계수나무 이슬에 젖고, 마을마다 도화꽃 향기 가득하네.

醉中抛浩劫, 宿處起神光.

> 취한 듯 오래도록 구속받지 않고, 자는 곳에서는 신비스런 빛이 나오네.

이 시는 도사인 玄微先生에 대한 시인의 느낌을 쓴 시이다. 시인은 도사가 가진 영험한 능력을 묘사하면서 자신의 포부를 실현하지 못하는 신세를 한탄하고 있으며, 또한 도사가 생활하는 화려하면서 고요한 장소를 묘사하면서 자신이 처한 현실과 다름을 표현하고 있다. 셋째 구에서는 도사의 세상에 구속받지 않고 자유롭게 살아가는 것을 흠모하며 그렇지 못한 자신을 돌아보고 있다. 이 시는 비록 직접적으로 시인의 심리적 안정을 표현하고 있지는 않지만 도사에 대한 흠모와 부러움을 통하여 시인이 추구하는 것이 무엇인지를 알 수 있다.

2. 諷刺의 題材

道敎文化를 이용하여 諷刺의 제재로 삼은 시가는 도교문화에 등장하는 신선이 되고자하는 것이나 불로장생을 추구하는 것을 풍자하는 내용을 가지고 있다. 주로 역대 제왕들이 不老長生을 꿈꾸었던 역사사실을 이용하여 唐末의 상황을 풍자하고 있다. 우선, 그의 시가 「瑤池」[18]를 보기로 하자.

瑤池阿母綺窓開, 黃竹歌聲動地哀.
西王母가 瑤池에서 화려한 창문을 열어도, 「黃竹歌」
의 노래 소리 애절하게 천지에 진동하네.
八駿日行三萬里, 穆王何事不重來?
여덟 마리 준마가 삼 만리를 갈 수 있건만, 穆王은
왜 다시 돌아오지 않았는가?

이 시는 西王母의 고사를 이용하여 이전 황제가 신선이 되고자 하
는 행위를 비판하고 있다. 실제로 이 시를 창작한 의도는 唐末의 현
실에서 황제가 불로장생을 꿈꾸는 허황된 행위를 풍자하는데 있다.
즉 "이것은 武宗 李炎을 警戒하기 위한 창작한 것이다. 그 요지는 설
령 周나라 穆王과 같이 西王母를 보더라도 역시 죽음을 면치 못한다
는 것을 말하고자 한 것이며, 신선이 되고자 하는 것이 아무런 의의
가 없음을 충분히 보여주고 있다."[19]라고 지적하듯이 이 시는 唐末
도교에 심취한 武宗의 허황된 꿈을 警戒하고자 하는 목적을 가지고
있는 시이다.

이 시에 표현된 瑤池는 西王母가 사는 곳이다. 『穆天子傳』에 전하
는 내용을 보면 周 穆王과 西王母가 瑤池에서 만나 헤어질 때 西王
母가 말하길 불로장생하려면 3년 후 다시 와야 한다고 하였다. 시인

---

18) 『李商隱詩集注』卷三上, 101쪽.
19) 葉蔥奇疏注, 『李商隱詩集疏注』, 人民文學出版社, 1998, 258쪽. "這是想警悟武
宗李炎之作, 大意說卽使像周穆王那樣見到西王母, 也依舊會死, 足見求仙毫無意
義."

은 이러한 내용을 이용하여 穆王에게 왜 돌아오지 않았는가를 반문
하면서, 다시 또 아무리 좋은 준마라 할지라도 결국 불로장생을 이
룰 수 있는 그곳까지는 갈 수 없음을 지적하여 불로장생은 이룰 수
없는 것임을 강조하고 있다. 시인은 이렇듯 唐末 武宗의 행위를 교
묘하게 풍자하였던 것이다. 그러므로 紀昀은 "말과 의미를 다 표현
한 듯하다. 그러나 詰問하는 단어로써 삼키고는 다시 토해내므로 다
표현해 내려고 해도 다 표현되지 않고 여운이 남는다."20)라고 이 시
를 칭찬하고 있다.

상술한 시가와 같은 목적으로 武宗이 신선미신에 빠진 것을 警戒
하는 시가 「漢宮詞」21)를 보기로 하자.

> 靑雀西飛竟未回, 君王長在集靈臺.
>> 서신을 전달하는 새는 서쪽으로 날아가 다시 오지
>> 않고, 황제는 오래도록 集靈臺에 머물고 있네.
> 侍臣最有相如渴, 不賜金莖露一杯.
>> 신하 司馬相如가 병환이 위급한데도 銅人이 받은
>> 이슬 한 잔을 보내지 않네.

이 시 역시 武宗이 몽상을 가지고 불로장생을 꿈꾸는 것을 교묘
하게 풍자하고 있다. 그러므로 "武帝가 신선이 되고자하는 것을 나
무라고 있다."22)라고 직접적으로 이 시의 창작의도를 지적하고 있

---

20) 紀昀撰, 『玉谿生詩說』, 569쪽. "盡言盡意矣, 以詰問之詞呑吐出之, 故盡而不盡"
　　(劉學鍇, 余恕誠著, 『李商隱詩歌集解』, 中華書局, 1988. 재인용.)
21) 『李商隱詩集注』卷一下, 32쪽.
22) (宋)羅大經撰, 『鶴林玉露』, 2436쪽. "譏武帝求仙也"(陳伯海主編, 『唐詩彙評』,
　　浙江敎育出版社, 1995. 재인용.)

다. 전반부의 내용은 상술한 시가와 같은 내용으로 『穆天子傳』에서 언급된 西王母와의 약속을 어긴 것을 말한다. 그럼에도 불구하면 제왕은 정사를 멀리하고 여전히 신선이 내려오길 기원하는 集靈臺에서 쓸데없이 장기간 머무는 것을 표현함으로써 武宗이 신선술에 빠진 것을 풍자하고 있다. 후반부에서는 한편으로는 인재를 중시하지 않는 것을 비평하면서 또 한편으로는 역시 황제의 욕심을 지적하면서 힐난조로 신선이 되고자 하던 武宗을 풍자하고 있다. 과연 이슬로써 사마상여의 병을 고칠 수 있을까? 이 자체도 허황한 이야기가 아닐 수 없다. 시인은 이중 삼중으로 武宗의 '求仙'을 지적하고 있는 것이다. 그러므로 沈德潛은 "신선이 되고자하는 것이 무익함을 말하고 있다. 혹은 신선을 좋아하는 것을 풍자하고 인재를 소홀히 하는 것을 언급하고 있다."[23]라고 하였다.

다음에는 「海上謠」[24]를 보기로 하자.

桂水寒於江, 玉兎秋冷咽.
　　　　계수나무 아래의 물은 강보다 찬데, 달 속 토끼는 가을의 찬 물을 마시네.
海底覓仙人, 香桃如瘦骨.
　　　　바다 밑에서 신선을 찾고, 신선의 복숭아를 먹고자 했지만 뼈같이 말라버렸네.
紫鸞不肯舞, 滿翅蓬山雪.
　　　　鸞鳥의 날개에는 봉래산 눈에 가득 덮혀 춤을 출 수

23) (淸)沈德潛編, 『唐詩別裁集』, 上海古籍出版社, 1979, 682쪽. "言求仙無益也. 或謂刺好神仙而疏賢才."
24) 『李義山詩集注』卷二下, 95쪽.

없다네.

借得龍堂寬, 曉出搵雲髮.

　　　궁궐의 문턱은 낮아 새벽에도 도사가 나오네.

劉郞舊香燭, 立見茂陵樹.

　　　漢 武帝 劉郞이 옛날 香燭을 西王母에게 받았다지
　　　만 지금은 茂陵에 그의 무덤만 있다네.

雲孫帖帖臥秋煙, 上元細字如蠶眠.

　　　유랑의 자손 역시 무덤 속에 누워있고, 신선이 준
　　　도교경전은 잠자는 누에처럼 소용이 없다네.

　이 시는 다양한 도교문화의 고사를 빌어 신비한 신선세계를 묘사
하고 있다. 그러나 그 이면에는 한 무제가 미신에 심취하여 불로장
생하려고 했던 사실로써 唐末 武宗의 허황된 죽음을 표현하고 있다.
즉 이 시는 무왕의 죽음을 보면서 쓴 시로 시인은 왜 무왕이 죽었는
가를 역사사실을 빌어 풍자하고 있는 것이다. 첫 연은 달 속의 신선
세계를 묘사하고 있다. 둘째 연과 셋째 연은 신선을 만나고자 했지
만 만나지 못한 것을 비유적으로 표현하면서 신선이 되고자하는 것
이 허황된 것임을 지적하고 있다. 넷째 연은 무종이 도사를 가까이
하는 것을 힐난하고 있다. 다섯째 연은 한 무제의 고사를 빌어 신선
이 되고자 했지만 결국은 죽음에 이른 사실로써 무종을 풍자하고 있
다. 마지막 연 역시 같은 내용으로 무종이 한 무제와 같이 신선이
되고자 했지만 죽음에 이르렀고, 도교경전 역시 쓸모없었음을 지적
하고 있다. 이 시는 교묘한 분위기를 조성하면서 도교문화의 고사를
이용하여 武宗을 풍자하고 있기에 "신선이 되고자하는 것을 풍자했
다. 달 속의 계수나무는 차갑고, 바다 밑의 복숭아는 말랐으니 신선
이 어디에 있단 말인가?"[25]라는 평가를 받고 있다.

　　상술한 시가와 유사하게 풍자의 의의를 가지고 있는 시가에는 「海上」·「華岳下題西王母廟」·「漢宮」·「瑤池二首」 등이 있다. 이들 시가 역시 목적은 武宗이 도교에 현혹되어 도사를 가까이하며 허황하게 불로장생을 꿈꾸는 것을 풍자하는데 있다. 특히 과거의 황제들이 불로장생을 추구하는 것과 그 결말을 예로 들어 詠史詩의 수법으로 교묘하게 풍자하였다. 이상은 역시 도교문화의 영향을 받았지만 그 영향은 모든 것을 멀리하며 현혹되었던 것은 아니며 상술한 시가와 같이 오히려 시가의 제재로 사용하고 있다. 그의 시가 속에 드러난 신선이나 신선세계 그리고 도교의 고사들은 자신의 시 창작 의도를 표현하는데 생명력을 실어주고 있다.

3. 感傷心理의 寄託

　　도교문화는 이상은의 시가 속에서 작가의 심리를 표현하는 데에도 사용되었다. 이상은은 도교문화에 나타나는 다양한 상황 중에서 자신의 심리를 대신할 수 있는 소재를 찾아내어 묘사하고 있다. 唐末이라는 현실에서 국가의 쇠퇴에 대한 憤慨와 鬱憤 그리고 개인적인 不遇는 당시의 시인들이 대부분 가지고 있는 공통적인 정서이다. 이상은 역시 그의 생애에서 맞이한 것은 화려하고 안정된 모습이라기보다는 쓸쓸하고 괴로운 상황이 많았다. 그러므로 그의 시가에는 感傷적인 정조가 다분히 묻어 나오고 있다. 이러한 感傷적인 정조는 "晚唐 시대심리와 시가 풍격의 특징을 진정으로 대표하는 것은 '感傷'이다."[26]라고 지적하듯이 唐末의 기본적인 특성이다. 이상은은

---

25) (淸)姚培謙撰, 『李義山詩集箋注』, 653쪽. "諷求仙也. 月中桂冷, 海底桃枯, 神仙何在?"(『李商隱詩歌集解』, 재인용.)

도교문화를 이용하여 이러한 感傷적인 정조를 잘 表現하고 있다.
우선, 그의 시가 「聖女祠」의 전반부를 보기로 하자.

杳靄逢仙迹, 蒼茫滯客途.
　　　　　어둑어둑 아지랑이 필 때 신선의 유적을 만났지만,
　　　　　오히려 장래가 막혀 아득하구나.
何年歸碧落? 此路嚮皇都.
　　　　　신선은 어느 시절 하늘에 오를 수 있을까? 이 길은
　　　　　조정을 향하고 있건만.
消息期靑雀, 逢迎異紫姑.
　　　　　파란 새야 좋은 소식을 전해다오. 나는 紫姑와는 다
　　　　　른 인연을 맞이하고 싶구나.
腸回楚國夢, 心斷漢宮巫.
　　　　　초왕이 꿈속에서 신선을 만난 것을 부럽고, 장래는
　　　　　祀官에 의지해야 할 듯하구나.

　시가의 창작배경은 시가의 情調를 결정하는데 중요한 역할을 한
다. 이 시는 시인이 자신을 지지하던 令狐楚의 죽음을 본 직후 聖女
祠를 지나던 중이라는 창작배경을 가지고 있다. 그러므로 그 정조는
자연스럽게 感傷적이며 低沉의 경향을 가지고 있다. 시인은 자신의
슬픔을 도교문화를 이용하여 표현하였던 것이다.
　이 시는 주로 자신의 장래에 대한 암담함으로 말미암은 개탄과
실의를 표현하고 있다. 첫 연에서는 어둑한 환경으로 분위기를 조성
하면서 비록 신선을 모시는 사당을 지나지만 시인에게 떠오르는 생

---

26) 田耕宇著, 『唐詩餘韻』, 巴蜀書社, 2001, 56쪽. "眞正代表晩唐時代心理和詩歌風
　　格特徵的是'感傷'."

각은 자신의 어두운 장래이다. 시인에게 있어서 신선이 하늘에서 귀
양 왔다는 측면이 더욱 중요하게 인식되었기 때문이다. 그러므로 둘
째 연과 셋째 연에서는 비교적 직접적으로 자신의 처지와 미래를 걱
정하고 있다. 이 시를 창작하던 시기는 이상은이 막 과거에 급제한
이후이므로 세상을 경영하겠다는 포부가 가득 차 있었다. 그런데 자
신을 지지하던 영호초가 죽자 갑자기 미래가 암울하게 느껴졌던 것
이다. 시인은 조정에서의 자신의 미래를 신선이 때를 만나 하늘에
오르는 것으로 비유하면서 신선 紫姑처럼 되지 않기를 바라고 있다.
자고는 비록 신선이지만 인간일 때에 미움을 받아 죽음에 이르고 하
늘의 동정을 받아 신선이 되었기 때문이다. 마지막 연에서는 자신의
불우를 개탄하면서 신선에게 의지하려는 심정을 토로하고 있다. 이
시에 배어있는 感傷의 정조에 대하여 葉葱奇는『李商隱詩集疏注』에
서 "悵惘"·"傷歎"·"感慨"·"悲愴"27) 등의 용어를 이용하여 해석하고
있다.

다음에는 「常娥」28)를 보기로 하자.

雲母屏風燭影深, 長河漸落曉星沉.
　　　　　운모장식의 병풍에 촛불이 적막하게 비추는데, 銀河
　　　　　는 점차 서쪽으로 기울고 啓明星 역시 사라져 가네.
常娥應悔偸靈藥, 碧海靑天夜夜心.
　　　　　常娥는 불사약을 훔쳐 먹은 것을 후회하며, 밤마다
　　　　　푸른 하늘을 바라보며 수심에 잠기네.

---

27)『李商隱詩集疏注』, 366~377쪽.
28)『李義山詩集注』卷二下, 75쪽.

嫦娥는 남편 羿가 西王母로부터 훔쳐온 불사약을 먹고 달에 가서 신선이 되었다. 이 시는 바로 이 고사를 이용하여 시인의 정감을 표현하고 있다. 신선이 되어 불로장생을 하는 것은 인간이 가진 최고의 희망이다. 그러나 시인은 이러한 일반적인 사실을 거꾸로 상정하여 이 시를 창작하고 있다. 즉 인간세계를 떠나 고독하게 살아가는 상아는 오히려 행복할 수 없으며 늘 수심에 잠길 수밖에 없다고 표현하고 있다.

이 시에 대하여 "嫦娥를 빌어 외로움과 不遇 그리고 수심을 나타냈다."29)라는 지적은 바로 이 시가 단순히 상아에 대한 묘사가 아님을 알 게 한다. 바로 시인 자신의 感傷을 표현하기 위한 목적으로 상아의 고독과 수심을 만들어낸 것이다. 시인이 感傷의 정조를 갖게 된 이유는 "스스로 재능이 있지만 오히려 유랑하며 때를 만나지 못했음을 비유하고 있다."30)라는 해석을 통하여 짐작할 수 있다.

다음에는 「重過聖女祠」31)를 보기로 하자.

> 白石巖扉碧蘚滋, 上淸淪謫得歸遲.
>> 흰 돌로 만든 문에는 푸른 풀이 자라고, 聖女는 上淸宮에서 인간세계로 귀양 와서 오래도록 돌아가지 못했네.
>
> 一春夢雨常飄瓦, 盡日靈風不滿旗.
>> 봄 내내 아스라한 비가 늘 기와에 내렸고, 영험한

---

29) (淸)王士禛輯, 『唐人萬首絶句選評』, 2469쪽. "借嫦娥抒孤高不遇不感." (『唐詩彙評』, 재인용.)

30) (淸)沈厚爆輯, 『李商隱詩集輯評』, 1695쪽. "自比有才調, 飜致流落不遇也." (『李商隱詩歌集解』, 재인용.)

31) 『李義山詩集注』 卷一上, 5쪽.

바람이 종일 깃발을 날렸다네.

萼綠華來無定所, 杜蘭香去未移時.

　　선녀 萼綠華가 오고갔지만 머무는 곳은 일정하지
　　않았고, 杜蘭香이 하늘로 갈 때는 짧은 시간이었네.

玉郞會此通仙籍, 憶向天階問紫芝.

　　玉郞은 여기에서 聖女를 만나 신선이 되었는데, 지
　　금 聖女는 오히려 귀양 오기 전 천상의 계단에서 영
　　지 먹던 것을 회상하네.

　이 시는 표면적으로는 여자 신선에 대한 묘사이다. 그러나 내용을
자세히 보면 단순히 묘사가 아니라 여자 신선의 심리가 표현되고 있
음을 알 수 있다. 즉 첫째 연 둘째 구를 보면 이 시에 묘사된 여자
신선은 바로 하늘에서 귀양 와서 아직 돌아가지 못한 신선임을 알
수 있다. 둘째 연에서는 비와 바람으로 쓸쓸한 분위기를 조성하고
있다. 이는 바로 귀양 온 여자 신선의 심정을 대신하고 있다. 셋째
연에서는 자신과 같이 귀양 왔던 신선들이 돌아간 사실을 묘사하고
있다. 이러한 비교를 통하여 신선의 슬픈 심정을 표현하였다. 마지
막 연에서는 자신이 천상에 있을 때를 회상하면서 감상적인 심정을
드러내고 있다. 이 시에는 시인과 관련된 부분이 드러나지 않고 있
다. 그러나 "이를 빌어 身世에 대한 심정을 표현하고 있다."[32]라고
지적하듯 단순히 여자 신선에 대한 묘사가 아니라 결국은 시인 자신
의 처지와 심정을 표현하고 있음을 알 수 있다. 즉 귀양 온 신선이
오래도록 천상으로 돌아가지 못하는 심정과 불우한 인생을 보냈던
시인의 심정이 합치되고 있다. 그러므로 시인의 감상적인 심정이 생

---

32) 兪陛雲著, 『詩境淺說』丙編, 上海書店, 1984, 68쪽. "借以寓身世之感."

기게 된 이유에 대하여 "상대방의 零落한 처지를 보면서 자신의 신세의 沈淪을 절절히 느끼고 있다. 그러므로 이 시를 빌어 하늘 저 끝에서 유랑하는 同病相憐적인 심정을 토로하고 있다."[33]라고 지적하고 있다.

   이상은의 시가에 나타난 신선의 형상은 영원한 삶을 구가하거나 행복한 나날을 보내는 모습으로 창작되어 있지 않으며, 신선세계의 묘사 역시 화려한 듯하지만 몽롱하며 적막한 분위기가 많다. 이는 唐末이라는 사회에서 시인의 생애가 밝지 않았기 때문이다. 우선, 시인은 유가사상을 가지고 국가와 백성을 생각하는 시인이었기 때문에 국가의 혼란에 대하여 분노와 개탄의 심정을 가지고 있었다. 그러나 결국 시인의 그러한 '濟蒼生'의 염원은 이루어지지 않았기에 그의 시가에는 感傷정조가 드러나고 있다. 또한 黨爭의 와중에 겪었던 고초와 喪妻의 고통은 그의 시가를 感傷적인 경향을 갖게 만들었다. 李商隱이 비록 도교문화에 대하여 관심을 가지고 있었지만 그의 시가에서는 도교에 대한 심취보다는 역시 시인의 심정을 표현하는 제재로 사용되었던 것이다. 이러한 경향을 가진 시가에는 「海上謠」·「常娥」·「七月二十八日夜與王鄭二秀才聽雨夢後作」·「玉山」·「贈華陽宋眞人兼寄淸都劉先生」·「月夜重寄宋華陽姊妹」 등이 있다.

Ⅴ. 結論

   李商隱의 시가에 표현된 도교문화는 광범위하다. 이는 시인이 도

---

33) 劉學鍇·余恕誠著, 『李商隱詩歌集解』, 中華書局, 1988, 1337쪽. "目睹對方淪落不歸之境遇, 彌感己身世之沉淪, 故借'重過'而一抒'同是天涯淪落人'之感也."

교문화에 대하여 상당한 관심이 있었기 때문이다. 도교문화가 가진 신선이나 신선세계와 관련된 고사 그리고 丹藥이나 심신수련의 煉養 등에 대하여 이상은은 풍부한 지식을 가지고 있었다. 그러므로 기본적으로는 이러한 도교문화가 그의 시가창작에 스며들어 있다. 즉 도교문화가 가진 신비함이나 상상 그리고 도교문화 활동이 그의 시에 묘사되어 있다. 그렇지만 더욱 중요한 부분은 도교문화가 그의 시가 속에서 단순하게 묘사된 것이 아니라는 점이다. 실제로 그의 시가에 묘사된 도교문화는 시인 자신의 목적을 표현하기 위한 의도적이거나 작가의 개인 심리를 반영하는 도구로 사용되었다. 우선, 가장 개인적인 심정으로 자신의 실의나 불우에 대한 심리적 안정을 추구하는 내용을 표현하고 있다. 둘째로 시인은 국가와 백성을 생각하는 심정으로 도교문화의 내용을 諷刺의 제재로 이끌었다. 시인은 유가사상의 훈독과 젊은 시절의 현실을 개조하겠다는 포부를 바탕으로 도교의 불로장생의 허황됨에 빠진 황제를 警戒하는 현실주의 시가를 창작했다. 그 다음은 개인의 심리적 타격으로 형성된 感傷심리를 도교문화를 통하여 寄託하고 있다. 인간세계에 귀양 와서 적막하며 수심에 찬 생활을 하는 신선의 심리는 결국 불우한 처지로 형성된 자신의 심리와 다를 바 없다고 느꼈기에 이를 이용하여 자신의 感傷심리를 토로하고 있다. 도교문화는 이러한 내용적인 측면이외에 시인의 시가 풍격에도 지대한 영향을 주고 있다. 도교문화가 가진 신비함을 시가에 잘 용합시키는 작업은 시인의 능력이라고 할 수 있다. 그러한 측면에서 이상은은 도교문화를 표현하는 시가는 물론 그렇지 않은 시가에서도 풍부한 상상력으로 환상적이며 신비한 경계를 잘 형성한 시인으로 유명하다. 이러한 환상적이며 신비한 분위기는 바로 도교문화를 시가에 묘사하거나 반영하는 가운데 자연스럽게 형성되었다고 할 수 있다.

　결론적으로 李商隱은 비록 도교에 심취한 시인은 아니지만 도교문화를 자신의 시가에 잘 표현한 시인이며, 동시에 도교문화를 다양한 내용이나 새로운 경계를 형성하게 하여 시가창작의 범위를 확장시킨 시인이라고 할 수 있다.

● 참고문헌 ●

(唐)李商隱著, (淸)馮浩箋注, 『玉谿生詩集箋注』, 上海古籍出版社, 1998.

(唐)李商隱撰, (淸)朱鶴齡注, 『李義山詩集注』, 上海古籍出版社, 1994.

葉葱奇疏注, 『李商隱詩集疏注』, 人民文學出版社, 1998.

劉學鍇.余恕誠著, 『李商隱詩歌集解』, 中華書局, 1988.

(淸)沈德潛編, 『唐詩別裁集』, 上海古籍出版社, 1979.

俞陛雲著, 『詩境淺說』, 上海書店, 1984.

田耕宇著, 『唐詩餘韻』, 巴蜀書社, 2001.

陳伯海主編, 『唐詩彙評』, 浙江敎育出版社, 1995.

孫昌武著, 『道敎與唐代文學』, 人民文學出版社, 2001.

卿希泰主編, 『道敎與中國傳統文化』, 福建人民出版社, 1992.

楊建波著, 『道敎文學史論考』, 武漢出版社, 2001.

葛兆光著, 『道敎與中國文化』, 上海人民出版社, 1991.

王明著, 『道家與傳統文化硏究』, 中國社會科學院出版社, 1995.

李生龍著, 『道家及其對文學的影響』, 岳麓書社, 1998.

張志哲主編, 『道敎文化辭典』, 江蘇古籍出版社, 1994.

牟鍾鑑 · 胡孚琛 · 王葆玹主編, 『道敎通論』, 齊魯書社, 1993.

三、 晩唐 僧侶의 시가창작

唐末五代 詩僧의 시 연구

Ⅰ. 序論

詩僧이란 시가를 창작하는 승려를 말한다. 그러나 구체적으로 본
다면 승려이면서 시인이 된 경우와 원래는 시인 이였으나 승려가 된
경우가 있다. 詩僧의 시가와 승려의 시가와의 차이점을 본다면, 詩
僧의 시가는 시가를 예술적 창작으로 여긴다는 것이며, 승려의 시가
는 시가창작의 목적을 교리를 표현하는데 두고 있다는 것이다.[1] 이
러한 詩僧의 출현은 唐代에 가장 성행했는데 그 이유는 사실상 명백
하다. 우선, 시가 자체의 발전이 기초를 제공했다고 할 수 있으며,
그 다음은 불교 禪宗의 발전이라고 할 수 있다. 불교의 발전에 있어
서는 특히 唐末의 정황이 특이하다고 할 수 있다. 唐末에는 불교 자
체에 대한 타격이 있었지만 불교의 한 종파인 선종은 도리어 발전하
였다. 즉 會昌五年(845)七月, 武宗은 毁佛정책을 펴 불교를 탄압했던
사건이 있었는데, "당시 불교를 반대하는 이유는 주로 승려가 기생
생활을 하면서 일하지 않고 향유하였기 때문이다"[2]라는 지적으로
알 수 있듯이 생업과 불교와의 괴리 때문이었다. 그러나 선종은 생
업과 참선을 병행하였기에 경제적인 측면에서 사회에 영향을 주지

---

1) 賈召文著, 『禪月詩魂』, 三聯書店, 1995, 57쪽.
2) 杜繼文, 魏道儒著, 『中國禪宗通史』, 江蘇古籍出版社, 1993, 290쪽. "因爲當時反
   佛者的理由, 主要在僧侶的寄生生活, 不勞而享."

않았다. 즉 "농사와 참선을 함께 한다." · "하루라도 일하지 않으면
먹지 않는다."[3]라는 교리를 가지고 있었기에 탄압의 대상이 되지 않
았으며, 오히려 다른 종파의 불교도 역시 선종에 오게 되어 더욱 발
전할 수 있었던 것이다. 이러한 배경아래 선사들은 다방면의 인물들
과 왕래하는 중에 자연스럽게 시인들과 왕래하면서 시가를 창작하
게 되었다. 결국 唐末의 詩僧은 이전보다 더욱 선종과 밀접한 관련
을 가지면서 발전했으며, 아울러 시가를 창작하는 詩僧도 더욱 많아
졌다. 이러한 詩僧들 중에서 가장 시적인 성취가 뛰어난 詩僧은 바
로 貫休와 齊己이다. 일찍이 蘇軾은 "唐末五代에 文章은 쇠진했지만,
시인에는 貫休와 齊己가 있다."[4]라고 말하여 貫休와 齊己의 시가성
취를 높이 평가하였다.[5] 그러므로 唐末五代의 詩僧詩歌에 대한 연구
에 있어서 이 두 詩僧이 이 시기의 詩僧을 대표한다고 생각하였다.

　본 고는 唐末五代의 詩僧을 대표하는 貫休와 齊己를 중심으로 이
들의 시가창작을 창작활동중의 특징과 시가에 나타난 入世精神 그
리고 시가의 예술적 특징으로 나누어 고찰하고자 한다.

---

3) (宋)普濟著, 『五燈會元』, 「百丈懷海禪師」, 中華書局, 1984, 136쪽. "農禪幷作." ·
　　"一日不作, 一日不食."
4) (淸)王士禛原編, 鄭方坤刪補, 戴鴻森校點, 『五代詩話』, 人民文學出版社, 1989,
　　329쪽. "唐末五代, 文章衰盡, 詩有貫休, 齊己."
5) 唐末五代의 詩僧은 적지 않다. 그러나 언급했듯이 시가의 성취에서의 차별점
　　이 있으며, 또한 수량에 있어서도 다른 詩僧들의 시가창작은 극소수라고 할
　　수 있다. 즉 , 『全唐詩』에 수록된 주요한 詩僧의 시가수량을 살펴보면 다음과
　　같다. 예를 들면, 可止 9首, 歸仁 6首, 尙顔 33首, 虛中 15首, 棲蟾 13首, 可朋
　　4首, 栖一 11首, 修睦 27首 등이다.

II. 詩僧의 창작활동의 배경

詩僧의 신분에 있어서 가장 중요한 것은 佛敎 禪宗과 관련되어 있다는 점이다. 이러한 점을 바탕으로 형성된 詩僧들의 창작배경은 자연히 일반 시인들과는 다른 다양한 특징을 가지고 있다. 아래에 네 가지 측면으로 나누어 보고자 한다.

첫째, 詩僧은 일반 시인과 달리 科擧에 대한 집착이 없다. 이는 우선 대부분의 일반 시인들이 가지고 있는 儒家사상에 대한 교육적인 측면에서 다르다고 할 수 있다. 즉 唐末의 많은 시인들의 기본적인 염원은 儒家사상의 교육아래 형성된 濟世관념의 실천에 있다고 할 수 있으며, 이를 실천하기 위해서는 당연히 科擧를 통하여 관리가 되는 것이 최우선의 일이었다. 그러므로 唐末의 많은 일반 시인들은 科擧에 평생을 바치면서 낙제와 급제 등 과거문화와 관련된 수많은 시가를 창작했다. 그러나 詩僧에게는 이러한 구체적이며 직접적인 목표의 설정자체가 없었기에 과거에 대한 집착이 없었고 자연히 과거와 관련된 시가창작이 극히 적음을 알 수 있다.[6] 이러한 부분이 없다는 것은 당시의 시인들과 확연히 다른 창작배경을 가졌다고 할 수 있으며, 사상적인 측면에서도 당연히 佛敎적인 측면에 치중되어 儒家적인 부분이 상대적으로 적었다는 것을 알 수 있다.

둘째, 詩僧의 활동무대는 南方이다. 唐末五代의 시기는 혼란의 시기로 내부적으로는 黨派간의 혼전과 宦官의 전횡이 있었고, 외부적으로는 藩鎭의 발호가 있었다. 그러므로 많은 시인들은 戰亂과 혼란

---

6) 『全唐詩』에 수록된 貫休나 齊己의 시가 중에서 落第나 及第 등 과거와 관련된 시가의 제목을 보면 각각 7首가 있으며, 이 역시 당연히 자신의 낙제나 급제와 관련된 제목이 아니다.

한 사회 속에서의 개인적 不遇로 말미암아 남방으로 가게 되었던 것
이다. 즉 상대적으로 안정된 남방에서 시인들은 그곳 藩鎭의 비호를
받거나 은거하면서 창작활동을 했던 것이다. 따라서 詩僧 역시 혼란
한 북방을 떠나 남방으로 갔으며 그곳에서 주로 활동하게 되었다.
그러므로 그들의 시에는 南方에 대한 묘사가 많으며 남방으로 온 많
은 일반 시인들과 왕래할 수 있었다.

　셋째, 남방에서의 활동은 詩僧들에게 禪宗과 더욱 밀접한 관계를
만들게 하였다. 이는 禪宗이 원래 남방에서 성행했기 때문이다. 따
라서 이곳에서 활동하는 詩僧들에게는 더욱 유리한 측면이 되었다.
貫休나 齊己는 원래 禪宗에서 출가한 禪師이지만 남방에서 활동하
면서 더욱 禪宗에 관심을 가지게 된 것이다. 또한 그곳에서 활동하
는 일반 시인들 역시 이미 禪宗의 영향을 받았기에 詩僧의 입장에서
이들과 쉽게 왕래할 수 있었다. 그러므로 詩僧들에게 남방은 선종에
더욱 심취할 수 있는 터전이 되었으며, 그곳에 와 있는 시인들과의
왕래를 통하여 자신들의 시가창작을 더욱 수준 높게 만들 수 있었으
며 일반 시인들에게도 영향을 줄 수 있었던 것이다.

　넷째, 詩僧들은 唐 제국의 멸망을 직접 겪었으며, 五代시기까지
활동했다. 당 제국의 혼란과 남방으로의 도피 그리고 藩鎭들의 비호
를 받으면서 생활했던 詩僧이지만 어쨌든 이들에게 당 제국의 멸망
은 중대한 변화를 가져왔다고 할 수 있다. 멸망과 분열의 시대는 이
시기에 활동했던 시인들에게 새로운 경험을 주었다고 할 수 있다.

　상술한 창작배경은 자연히 그들의 시가창작에 많은 영향을 주었
다. 특히 禪宗이라는 종교를 바탕으로 하면서 일반 시인들과 왕래
중에 습득했던 시가창작의 방법이나 사상적인 영향은 詩僧들에게
새로운 이들만의 시가를 창작하게 했다고 할 수 있다. 그러므로 詩

僧들의 시가는 일반 시인들의 시가와 유사하면서도 다른 특징을 가
지고 있다.

Ⅲ. 詩僧詩歌에 나타난 入世精神

入世精神이란 현실을 반영하는데 있어서 사회에 관심을 가지고
현실에서 발생하는 다양한 일에 대한 시인 자신의 사상을 표현하는
것을 말한다. 이러한 入世精神은 자연히 현실주의 시가창작과 밀접
한 관련이 있으며, 시가 속에서는 안정되지 않은 사회와 부패한 통
치집단의 모습 및 백성들의 고통을 표현하고 있다. 詩僧이라는 신분
자체가 사실상 이러한 현실주의 시가창작과는 그다지 어울리지 않
는다는 느낌을 가질 수 있다. 그러나 그들 역시 현실적인 사실을 직
접 보면서 외면할 수는 없었으며, 일반 시인들과의 왕래 중에 자연
스럽게 儒家思想의 영향을 받았기에 이들의 창작에도 入世精神에
입각하여 현실을 반영하는 시가가 창작된 것이다.

貫休에 대한 여러 평가 중에서 禪宗의 저작물인 『宋高僧傳』에 기
록된 "시가창작에 뛰어났으며 풍자가 은근하며 敎化하려는 의도가
있다."[7]라는 내용은 비록 미약하나마 諷刺를 목적으로 하는 시가창
작을 하고 있음을 지적했다고 할 수 있다. 이는 바로 儒家적 入世精
神을 가지고 있음을 말하는 것이다. 또한 辛文房도 『唐才子傳』에서
"貫休의 곧은 기질은 세상에 견줄 자가 없고, 의도하는 바가 높고 학
문은 넓고 세밀하다. 천부적인 민첩한 재능으로 맹렬한 기세를 표현

---

7) (宋)贊寧撰, 范祥雍點校, 『宋高僧傳』, 中華書局, 1993, 750쪽. "所長者歌吟, 諷
刺微隱, 存于敎化."

하였다. 樂府와 古詩 그리고 律詩로써 종사가 되었다."[8]라고 평가하
였는데, 그의 곧은 기질이나 예리한 기세는 바로 현실에 대한 관심
으로 만들어진 入世精神을 가지고 있음을 보여준다. 특히 악부시의
창작은 『樂府詩集』에 54首가 실려 있는데, 역시 그의 현실주의시가
는 악부시의 전통을 이어 받고 있음을 짐작할 수 있다.

　우선, 그의 연작시 중「行路難」其二의 후반부를 보기로 하자.

大道冥冥不知處,	큰 도리는 어두워 어디 있는지 모르겠거늘,
那堪頓得羲和轡.	하늘에 조아려 羲和 神의 고삐를 구할 수 있다고 생각하네.
義不義兮仁不仁,	의롭기 바라지만 의롭지 않고 어질기 바라지만 어질지 않고,
擬學長生更容易.	불로장생을 흉내 내는 것이 쉽다고 생각하네.
負心爲爐復爲火,	마음으로는 화로를 끼고 또 다시 불을 만들고 있는데,
緣木求魚應且止.	緣木求魚는 마땅히 그쳐야 한다네.
君不見燒金煉石古帝王,	그대는 보지 못했는가! 丹煉하던 고대 제왕들이
鬼火熒熒白楊裏.	鬼火가 되어 백양나무 속에서 熒熒하게 빛나고 있는 것을.

　이 시는 통치집단이 백성을 돌보지 않고 미신에 빠져있음을 폭로
하고 있다. 큰 도리를 멀리하며 신선을 생각하고, 백성을 위해 의롭
고 어질기를 바라지만 오히려 불로장생을 구하는 것이 더 중요하다

---

8) 傅璇琮主編, 『唐才子傳校箋』, 中華書局, 1990, 442쪽. "休一條直氣, 海內無雙, 意度高疏, 學問叢脞. 天賦敏速之才, 筆吐猛銳之氣, 樂府高律, 當時所宗."

고 여기는 통치집단을 풍자하고 있는 것이다. 셋째 구와 넷째 구에서는 이러한 행위에 대하여 직접적으로 허황함을 지적하고 있다. 마지막 "君不見"으로 시작하는 부분에서는 이전의 황제들이 이와 같은 허황된 꿈을 꾸다가 귀신이 되지 않았는가 하며 질책하면서, 동시에 이러한 작태에 대한 慨歎을 드러내고 있다. 이러한 풍자는 바로 국가와 현실 그리고 백성에 대한 관심이 없다면 창작하기 어려운 入世精神의 발로라고 할 수 있다.

다음에는 邊塞詩 「古塞上曲七首」其二를 보기로 하자.

> 中軍殺白馬,　중앙의 군대는 백마를 잡아,
> 白日祭蒼蒼.　한낮의 창창한 하늘아래에서 제사를 지낸다.
> 號變旗幡亂,　진격소리에 깃발이 어지럽게 날리고,
> 鼙乾草木黃.　진격북소리 울리더니 초목이 누렇게 변했네.
> 朔雲含凍雨,　겨울의 구름은 겨울비를 머금고 있는데,
> 枯骨放妖光.　바짝 마른 뼈들은 괴이한 빛을 발하네.
> 故國今何處,　고국은 어디에 있는가.
> 參差近鬼方.　아마도 귀신 사는 곳이 더 가까운 듯하네.

이 시는 전쟁을 좋아하는 장군에 대한 폭로와 병사에 대한 동정과 연민을 비장한 심정으로 표현하고 있다. 첫 연은 전쟁을 하기 전에 제사를 지내는 상황을 묘사하였다. 둘째 연은 제사가 끝난 후 진격하는 모습과 더불어 '草木黃'이라고 표현하여 전쟁의 결과를 암시하고 있다. 셋째 연은 邊塞의 스산한 모습과 더불어 전쟁으로 인하여 수많은 병사들이 죽고 남은 소위 '妖光'을 발하는 뼈들을 묘사하고 있다. 마지막 연에서는 전쟁이 가져온 결과가 어떤 가를 침울하고도 비통한 심정으로 표현하고 있다. 돌아가지 못하는 고향보다는

오히려 죽음이 가깝다는 표현은 전쟁의 참상을 생생하게 느끼게 해
준다. 唐末五代의 邊塞詩는 많지 않은데 詩僧인 貫休의 창작에서 보
이는 대량의 邊塞詩는 貫休만의 독특한 특징이며, 동시에 그의 樂府
詩와 더불어 현실주의 시가창작의 주요한 부분이라고 할 수 있다.
그러한 邊塞詩에는 「古塞上曲七首」·「古塞下曲四首」·「塞上曲二首」·
「古出塞曲三首」·「古塞曲三首」·「胡無人」·「邊上作」·「戰城南」 등
이 있다.
　다음에는 그의 시가 「酷吏詞」를 보기로 하자.

霰雨瀰瀰,	진눈깨비 내리자 물결은 찰랑찰랑하고,
風吼如劇	바람소리는 나무를 자를 듯 거세네.
有叟有叟, 暮投我宿	노인은 해가 지자 우리 집에서 머물었다네.
吁嘆自語, 云太守酷	탄식하며 스스로 태수가 얼마나 가혹한 가를 말하네.
如何如何, 掠脂斡肉!	어찌할거나? 음식은 다 약탈당하고 노역도 해야 하니!
吳姬唱一曲,	吳나라 기녀가 노래하니
等閑破紅束,	마음대로 상으로 비단을 주네.
韓娥唱一曲,	漢나라 기녀가 노래해도
錦緞鮮照屋	비단을 상으로 주어 집을 아름답게 치장하게 하네.
寧知一曲兩曲歌?	편안하게 노래만 듣고 있으니
曾使千人萬人哭！	천만인을 통곡하게 하는구나!
不惟哭, 亦白其頭,	통곡하지 않아도 이미 머리를 희게 만들고
飢其族!	식구들을 굶기고 있다네!
所以祥風不來,	그러니 상서로운 바람이 불어올 리가 없고,
和風不復	따스한 바람도 다시 불지 않는구나.

蝗兮蟊兮, 東西南北! 벌레들아 너희들은 동서남북에 다 있구나!

　이 시를 쓰게 된 동기는 시인이 직접 이 시의 序에서 밝히고 있다. 즉 "唐末에 도적의 무리가 어지럽혔다 … 아뢰려고 모여 기거하는데, 時政이 잘 다스려지지 않는다고 말하기에 이에 酷吏詞를 지어 그것을 풍자했다"9)라고 『全唐詩』에 기록되어 있다. 이 기록은 『五代詩話』에 기록된 「十國春秋」에도 전하고 있는데, 貫休가 난을 피하여 渚宮에 머물렀을 때 그곳의 정황을 듣고 諷刺를 목적으로 창작했음을 밝히고 있다.

　이 시는 거친 날씨에 갑자기 머물게 된 노인의 입을 빌어 태수가 얼마나 가혹한 가를 낱낱이 폭로하는 내용이다. 노인은 약탈당하고 착취당하는데 통치자들은 기녀들과 향락생활에 빠져있음을 드러내고 있다. 이러한 비교는 바로 의도하는 바를 더욱 선명하게 하는데 도움을 준다. 노인은 이미 늙고 굶주려 있기에 따스한 바람 불지 않는 암울한 미래를 생각하고 있다. 마지막 구에서는 농작물을 해치는 해충으로 통치집단을 비유하면서 도처에 이들이 있다고 폭로하고 있다. 이러한 내용은 바로 樂府詩의 현실주의창작의 전통을 그대로 계승한 창작이며, 특히 杜甫의 시와 비견될 수 있기에 후인도 역시 "이는 현실주의 성격이 강한 시가이다. 정말 杜甫의 「三吏」와 비견할 만하다"10)라고 평가하고 있다. 이러한 내용이 담긴 貫休의 樂府詩에는 「少年行其一」·「陽春曲」·「富貴曲」·「行路難」·「偶作五首」·

---

9) 『全唐詩』, 中華書局, 1960, 9308쪽. "唐末寇亂 … 會有謁宿, 話時政不治, 乃作酷吏詞以刺之."
10) 陳耳東編著, 『歷代高僧詩選』, 天津人民出版社, 1996, 139쪽. "這是一首現實主義很强的詩篇, 可與杜甫的三吏相比美."

「偶作」・「了仙謠」 등이 있다.

唐末五代라는 혼란한 현실에서 그 현실을 표현하기는 힘들었을 것이며 풍자 역시 쉬운 일이 아니었다. 이러한 내용을 시가로 창작할 수 있었던 것은 貫休가 그에 걸 맞는 기질을 가지고 있었기 때문일 것이다. 그러므로 孫光憲 역시 『白蓮集・序』에서 "唐末의 詩僧 중에 오로지 貫休禪師만이 骨氣가 혼합되어 있다."[11]라고 貫休의 기질을 지적하고 있다.

齊己는 貫休와 더불어 唐末五代의 대표적인 詩僧이다. 그는 貫休와 마찬가지로 사대부들과의 왕래가 있었으며, 그들의 유가적 入世精神의 영향을 받았다. 그러므로 그의 시가에는 통치집단에 대한 비판이나 전쟁의 참상 및 백성들의 고통을 표현하고 있다. 즉 "그의 시는 대부분 시인들에게 보내거나 기증하는 것을 노래한 작품이지만, 唐末의 전란으로 인한 파괴도 반영하고 있다."[12]라는 평가는 바로 전쟁에 대한 묘사가 있는 시가창작을 지적하고 있다. 唐末五代에 활동한 시인으로 당시의 사회혼란을 직접 목도하면서 그것을 시가에서 표현하지 않을 수 없었던 것이다. 또한 貫休와 마찬가지로 적지 않은 樂府詩를 창작하고 있으며, 역시 樂府詩의 현실주의시가창작의 전통을 계승하고 있다. 이러한 측면은 "모두 첨예하게 사회의 어두운 면을 폭로했으며, 中唐 新樂府運動의 諷諭정신을 계승하여 發揚하였다."[13]라는 지적을 통하여서도 확인되고 있다.

---

11) (五代)孫光憲著, 『白蓮集・序』"唐末詩僧, 惟貫休禪師骨氣混成."(『四部叢刊初編』卷132, 1쪽.)

12) 黃永年著, 『唐代史料學』, 上海書店出版社, 2002, 41쪽. "其詩多寄贈題咏之作, 但對唐末戰亂的破壞有所反映."

13) 孫昌武著, 『禪思與詩情』, 中華書局, 1997, 351쪽. "都尖銳地揭露了社會黑暗, 繼

우선, 통치집단의 부패와 전쟁을 묘사하고 있는 시가 「亂中聞鄭谷吳延保下世」를 보기로 하자.

小諫纔埋玉,　간사한 말에 옥 같은 간언이 매몰되고,
星郎亦逝川.　충신은 세상을 떠났네.
國由多聚盜,　나라에는 도둑들이 수없이 모여드니,
天似不容賢.　하늘이 마치 현인을 용납하지 않는 듯하네.
兵火焚詩草,　전란에 글이 불살라지고,
江流漲墓田.　강물이 무덤과 전답에 흘러넘치네.
長安已塗炭,　장안은 이미 도탄에 빠졌으니,
追想更凄然.　생각할수록 처량해지네.

이 시는 국가가 도탄에 빠지게 된 원인과 황폐해진 국토의 정황을 묘사하면서 시인의 처량한 심정을 드러내고 있다. 전반부는 인재를 중시하지 않고 간언에 빠진 통치집단을 비판하고 있다. 후반부는 전쟁으로 인한 폐허와 자연재해로 인한 혼란 그리고 수도인 長安이 도탄에 빠져있음을 직접적으로 지적하고 있다. 이러한 폭로는 가장 일반적인 현실주의시가라고 할 수 있다. 특히 마지막 연에 표현된 심정은 詩僧답지 않게 일반 儒家 사대부가 국가를 생각하며 비통해하는 모습과 다를 바 없다.

다음에는 樂府詩 「西山叟」를 보기로 하자.

西山中, 多狼虎,　서산에는 이리와 호랑이가 많기도 하여
去歲傷兒復傷婦.　작년에 아이와 며느리가 죽었다네.

承發揚了中唐'新樂府運動的諷諭精神."

官家不問孤老身, 관가에서는 홀로 남은 노인에게 여전히 산 아래에
　　　　　　　　　서 사느냐고
還在前山山下住. 묻지도 않네.

　이 시는 관리들이 백성을 돌보지 않는 정황을 묘사하고 있다. 백
성들의 고통을 알고 이를 해결해야 하는 관리들이 백성의 안위에 무
심한 것을 폭로하며 비통한 심정을 드러내고 있다. 사실상 전쟁과
착취가 직접 묘사되지 않았을 뿐 산 아래에서 사는 백성의 고통은
단지 산 아래에 살기 때문은 아닐 것이다. 그러기에 이 시를 보다보
면 자연스럽게 '가혹한 정치는 호랑이보다 무섭다(苛政猛於虎)'라는
말이 생각난다. 이렇게 현실주의시가창작의 전통을 계승하고 있는
樂府詩는 「古熱行」·「古寒行」·「猛虎行」·「日日曲」·「善哉行」 등
이 있으며, 역시 『樂府詩集』에 수록되어 있다. 또한 인용한 시가와
유사한 내용을 가진 시가에는 「耕叟」가 있는데, 그중 "관가의 창고
에 있는 쥐와 참새 같은 탐관오리들은 무리 지어 새로 들어올 세금
만 기다리네."(官倉鼠雀輩, 共待新租入)라는 구절은 바로 唐末 현실
주의 시가창작의 대표적인 시인인 聶夷中의 「田家」 중의 "유월이라
아직 추수도 하지 않았는데, 관가는 이미 창고를 수리하네."(六月禾
未秀, 官家已修倉)라는 내용과 아주 흡사하다.
　다음에는 「看金陵圖」를 보기로 하자.

六朝圖畵戰爭多, 六朝시대에는 전쟁을 많이 일으켰는데,
最是陳宮計數訛. 陳나라의 계책이 가장 잘못된 것이리라.
若愛蒼生似歌舞, 백성을 사랑하기를 가무를 사랑하듯 했다면,
隋皇自合恥干戈. 수나라 황제는 전쟁을 벌인 것을 수치로 여길 것이네.

이 시는 교묘한 필치로 현재의 황제를 풍자하고 있다. 우선 陳나라를 예로 들어 전쟁의 결말은 결국은 멸망으로 연결됨을 지적하였다. 후반부는 백성을 안중에 두지 않고 전쟁만을 일삼는 나라가 어떻게 되는 가를 보여주고 있는 것이다. 특히 가무를 벌이며 방탕한 생활을 즐기는 것처럼 백성을 사랑했다면 수나라가 멸망하지 않았으리라는 표현은 그 의미를 전달하는데 있어서 마치 비수처럼 가슴에 다가온다. 또한 짧은 절구이지만 그 의미는 깊어 현실에 대한 첨예한 반영으로 국가의 운명을 생각하게 만든다. 즉 현재의 상황이 바로 사방에서 전쟁이 난 상황이므로 곧 국가가 멸망하리라는 예언과 같은 시라고 할 수 있다. 이러한 내용을 가진 齊己의 시가에는 「亂後經西山寺」·「送人赴官」·「看金陵圖」·「謝炭」·「讀峴山碑」 등이 있다.

儒家의 入世精神에 입각하여 현실에 대한 폭로를 목적으로 현실을 반영하고 있는 시가는 詩僧들의 시가창작과는 거리가 있는 듯하지만, 의외로 많이 창작되었음을 알 수 있다. 특히 樂府詩의 창작수법을 이용한 창작은 역시 현실주의시가창작의 전통을 계승했다고 할 수 있으며, 이를 바탕으로 근체시에서도 많은 현실주의시가를 창작하였다고 할 수 있다. 이런 종류의 시가가 貫休와 齊己의 시가창작의 주류는 아닐 것이다. 그러나 唐末의 일반 시인들이 무조건적으로 현실주의 시가창작만을 한 것이 아니며 대개는 出世와 入世 사이에서 고민한 흔적이 역력한 것을 생각한다면, 詩僧들의 시가가 가진 현실성은 결코 적은 비중이 아닐 것이다. 또한 비록 唐末五代의 詩僧만이 현실을 반영하는 시가를 창작한 것은 아니지만 시대적인 특징을 고려하면, 다른 시기의 詩僧보다는 더욱 직접적이며 많은 양의 현실성 짙은 시가를 창작했다고 할 수 있다.

Ⅳ. 詩僧詩歌의 藝術特徵

詩僧의 시가창작이 가지고 있는 예술적 특징은 일반 시인들이 가진 것과는 약간 다르다. 그것은 역시 禪宗이라는 종교적인 부분이 많이 작용하기 때문이며, 詩僧들의 시가창작의 원천이 일반 시인들과는 달리 禪宗의 이론과 사상이기 때문이다. 또한 선종이 가지고 있는 것 자체가 어쨌든 出世적 경향이 강하기 때문이다. 이들의 시가 특징은 우선 종교적 색채로 말미암아 형성된 隱逸의 경향을 보여주는 시가가 가진 淸淡, 창작과정 중에 中唐 孟郊와 賈島의 영향으로 형성된 苦吟, 그리고 선종의 순수한 이론과 사상을 표현한 禪理 등 세 가지 측면으로 나누어 볼 수 있다. 사실상 이 세 가지는 독립되어 표현되는 것은 아니다. 한 편의 시가에서 두 가지, 혹은 세 가지 측면이 혼합되어 나타나는 것이 일반적이다. 예를 들면, 苦吟의 창작으로 禪理나 淸淡을 표현하는 시가가 있을 것이다. 이러한 예술특징은 詩僧의 보편적인 특징인 것은 사실이지만 일부일부는 일반적인 隱逸詩人의 특징도 될 수 있다. 다만, 이러한 특징이 詩僧이기 때문에 더욱더 쉽게 형성될 수 있을 것이다.

1. 淸淡의 追求

詩僧들은 세속을 멀리하며 참선과 구도를 위하여 고요하며 한적한 생활을 추구했기에 자연스럽게 淸淡의 境界를 나타내는 시가가 창작되었을 것이다. 또한 이러한 시가가 창작될 수 있었던 것은 바로 詩僧들이 기본적으로 出世적 경향이 강하기 때문일 것이다. 이러한 시가는 마치 山水田園詩人들의 시가 風格과 거의 흡사하며, 역시 현실을 잊고 자연 자체의 靜謐하고 고요한 분위기를 만끽하면서 느낀 감정을 표현하고 있다.

　우선, 貫休의 시가 「山居詩二十四首」其十二를 보기로 하자.

翠竇煙巖畵不成,	깊은 동굴 있는 암벽 그리기도 어려운데,
桂華瀑沫雜芳馨.	계수나무 꽃향기는 폭포 속으로 스며들었네.
撥霞掃雪和雲母,	노을 걷히자 적설이 녹아 운모가 빛나고,
掘石移松得茯笭.	돌을 파내어 소나무를 옮기다 茯笭을 얻었네.
好鳥傍花窺玉磬,	아름다운 새는 꽃 옆에서 玉磬을 엿보고,
嫩苔和水沒金缾.	어린 이끼는 물 따라 물병 속으로 들어가네.
從他人說從他笑,	다른 이를 따라 말하고 다른 이를 따라 웃으니,
地覆天飜也只寧.	천지가 뒤바뀌어도 나의 심정은 평안하다네.

　이 시는 參禪하기 위하여 산중에 기거하면서 느낀 심정을 표현하였다. 山寺의 고요한 境界와 시인의 한가하며 고요한 心境이 드러나고 있다. 첫 연에서는 주위의 수려한 환경을 묘사하고 있다. 둘째 연은 자연과 벗 삼아 생활하는 모습을 표현하였다. 셋째 연 역시 자연의 모습과 자연과 더불어 사는 생활을 표현하고 있다. 마지막 연에서는 이렇게 자연에 동화되어 사는 시인의 담담하고 맑은 심정을 '寧'자로써 나타내었다. 자연과 더불어 구애받는 것이 없고 또한 근심도 없는 편안한 생활을 표현하고 있기에 소위 淸淡한 경계가 느껴진다고 할 수 있다. 사실상 이러한 境界는 바로 參禪을 위한 境界이므로 다른 시인들이 단순히 隱逸시기에 느끼는 境界와는 다른 측면이 있다고 할 수 있다.

　貫休의 다른 시가 「春晚書山家屋壁二首」其一을 보기로 하자.

柴門寂寂黍飯馨,	사립문 밖은 고요한데 밥 짓는 향기 전해오고,

山家煙火春雨晴.　산간 집집마다 연기 올라가는 것은 바로 봄비가
　　　　　　　　　개어서이네.
庭花蒙蒙水泠泠,　정원의 꽃들은 무성하고 맑은 물소리 듣기 좋은데,
小兒啼索樹上鶯.　꼬마아이는 울음소리 듣고서 꾀꼬리를 쫓고 있네.

　이 시는 사실상 한 수의 田園詩라고 해도 무방할 것이다. 陶淵明
이나 王維를 흉내낸듯하지만 역시 이러한 생활의 운치를 표현하려
면, 시인 자신이 그러한 생활 속에서 얻은 깊은 느낌이 있어야 할
것이다. 이 시는 비록 직접적으로 禪宗의 종교적인 측면을 언급하지
는 않았지만 전체적으로 세속을 멀리하고자 하는 심정이 스며들어
있다. 그러므로 전체 시가에 흐르는 분위기가 자연스럽고 淸淡하다.
　齊己의 시가 역시 상당 부분이 淸淡의 境界를 표현하고 있다. 孫
光憲은 齊己의 시집 『白蓮集』의 序에서 "禪師의 취향은 매우 高潔하
다. 詩歌의 韻이 淸潤하며, 平淡하면서도 의미가 깊다."[14]라고 말하
고 있는데, 이는 바로 제기의 시가 가진 淸淡의 境界를 지적한 것이
다. 齊己의 시가 「秋江」을 보기로 하자.

兩岸山淸映,　양쪽 언덕의 산이 강물에 맑게 비쳐있는데,
中流一櫂聲.　강 한 가운데에서 노 젓는 소리 들리네.
遠無風浪動,　아득하여 바람 불지 않아도 물결은 흔들리는데,
正向夕陽橫.　마침 석양이 비껴있네.
島嶼蟬分宿,　섬에는 매미 소리 들리고,
沙州客獨行.　모래밭에는 객이 홀로 걷고 있네.
浩然心自合,　한없이 넓은 마음 저절로 생기는데

---

14) 앞의 책, 『白蓮集·序』. "師趣尙高潔, 詞韻淸潤, 平淡而意遠." (『四部叢刊初編』
　　卷131, 1쪽.)

何必濯吾纓. 어찌 나의 갓끈을 씻겠는가!

이 시는 가을 강가에서의 느낌을 표현한 것이다. 전반부는 맑은 강물과 노 젓는 소리, 그리고 흔들리는 물결과 석양으로 담담하면서도 고요한 분위기를 만들고 있다. 셋째 연에서는 매미소리와 모래밭을 홀로 걷는 객을 통하여 시인의 한가로움을 표현했다고 할 수 있다. 마지막 연에서는 근심과 걱정이 없는 편안한 심정을 얻었음을 드러내면서 다시 세속에 발을 들여놓고 싶지 않다는 의지를 나타내고 있다.

齊己는 그의 시가이론서인『風騷旨格』에서 '淸奇'나 '淸潔'을 언급하고 있는데, 이는 淸淡과 매우 밀접한 연관성이 있다고 할 수 있다. 즉 齊己는 이미 스스로 淸淡의 경계에 대하여 이해하고 있었음을 알 수 있다. 제기의 다른 시가「夏日草堂作」을 보기로 하자.

沙泉帶草堂, 냇물은 초가집 옆을 흐르고 있는데,
紙帳卷空牀. 휘장은 빈 침상 앞에 말려있네.
靜是眞消息, 고요하다는 것은 진정 모든 것이 사라진 듯한 것이고,
吟非俗肺腸. 시를 읊으니 세속의 소란함에서 벗어나네.
園林坐淸影, 정원 숲에는 선명한 그림자가 내려앉아 있는데,
梅杏嚼紅香. 매화와 살구나무를 씹으니 붉은 빛 나고 또 향기도 난다.
誰住原西寺, 누가 原西寺에 머무르기에
鐘聲送夕陽. 석양 무렵에 종소리를 보내는가.

이 시 역시 세속과는 거리가 먼 고요하고 靜謐한 境界를 표현하고 있다. 첫 연은 집 주위에 흐르는 물과 휘장이 말려진 침상으로 주변 환경과 자신의 생활을 묘사하고 있다. 둘째 연은 세속을 떠난 시인

의 느낌을 '非俗'으로 표현하고 있다. 셋째 연은 주위의 清雅한 분위기를 표현하고 있다. 마지막 연은 고요하고 한가한 시인의 심정을 더욱 쉽게 이해하게 만들고 있다. 즉 석양의 종소리는 세속을 멀리한 시인의 清淡한 境界를 잘 표현했다고 할 수 있다. 그러므로 후인역시 "실제로 역시 清麗하다."15)라고 평가하고 있다. 또한 胡震亨이『唐音癸籤』에서 "齊己의 시는 清潤하고 平淡하다."16)라고 평가한 것과도 부합한다고 할 수 있다.

詩僧의 시가에 나타난 清淡은 분명 가장 일반적인 승려의 생활경험의 결과일 것이다. 늘 깨달음을 위해 고요함을 찾으며 參禪하는 승려들에게 清淡의 境界는 당연히 필요한 부분이기 때문일 것이다. 그러므로 이러한 境界는 일반 시인들이 隱逸시기에 느꼈던 清淡의 境界나 山水田園詩에 나타난 자연에의 동화를 나타낸 境界보다는 더욱 깊이 있는 境界라고 할 수 있다. 또한 동시에 詩僧의 이러한 境界는 은거 중의 시인의 창작이나 산수전원시의 창작에 당연히 많은 영향을 주었다고 할 수 있다.

2. 苦吟의 創作

詩僧들의 시가에 나타난 苦吟의 면모를 찾기란 그리 쉬운 일이 아니다. 그러나 이들은 唐代의 苦吟시인으로 유명한 孟郊와 賈島의 시가를 좋아했으며, 자신들의 시가에 苦吟의 창작수법에 대한 어려움을 직접적으로 묘사하고 있기에 그 관련성을 비교적 쉽게 알 수 있

---

15) (元)方回編, 『瀛奎律髓』, 上海古籍出版社, 1993, 522쪽. "實亦清麗." (《四庫文學總集選刊》影印本)
16) (明)胡震亨著, 『唐音癸籤』, 古典文學出版社, 1957, 69쪽. "齊己詩清潤平淡."

다. 또한 이를 바탕으로 詩僧들의 시가를 분석하여 본다면, 이들이 苦吟에 얼마나 관심을 가지고 있는 가와 실제로 창작에 어떻게 이용 했는가를 알 수 있다. 우선, 詩僧들은 孟郊나 賈島의 苦吟수법을 배우고자 했기에 시가에 직접적으로 맹교나 가도에 대하여 언급하고 있다. 예를 들면, 貫休 시에는 「讀賈區賈島集」나 「讀孟郊集」, 齊己 시에는 「讀賈島集」나 「經賈島舊居」 등이 있다. 소위 孟郊나 賈島의 苦吟이란 시가표현대상이나 내용 및 시가창작중의 인공의 미, 시인 의 창작태도 그리고 예술운용과 시가언어의 精鍊 등을 말하고 있 다.17) 그러므로 苦吟이란 언어의 조탁만 있는 것이 아니라 이를 포 함하여 삶과 창작의 고통을 포함하며, 독특한 사물로 독특한 境界를 창조하는 것 역시 그 범위에 해당하는 것이다. 貫休나 齊己 역시 이 러한 의미로 맹교나 가도의 시가를 좋아한 것이며, 그들의 苦吟수법 을 배워 시가를 창작했던 것이다. 아울러 詩僧들이 고음의 창작수법 을 선호한 이유는 바로 선종에서의 구도의 길과도 관련이 깊다고 할 수 있다. 즉 깨달음을 위한 苦行과 苦吟이라는 시가창작의 고통이 일맥상통 하다고 할 수 있다. 그러므로 이들의 시가에는 苦吟의 시 가창작에 대한 언급을 직접적으로 하고 있으며, 동시에 禪理의 체득 과 시가창작의 어려움을 함께 표현하고 있다.

貫休의 시가 「寄匡山紀公」는 시가창작의 어려움을 말하고 있다.

錦繡谷中人,   아름다운 계곡에서 사는 이,
相思入夢頻.   서로 생각하니 꿈속에서 자주 보네.
寄言無別事,   별다른 일이 없다고 연락하려고 하지만,

---

17) 肖占鵬著, 『韓孟詩派硏究』, 南開大學出版社, 1999, 153쪽.

琢句似終身.　어떤 말이 좋을 까 하는 고민으로 평생 걸릴 것 같네.
書卷須求旨,　글에는 반드시 뜻이 담겨야 하기에
鬚根易得銀.　수염뿌리까지 금방 하얗게 변해버렸네.
斯言如不惑,　훌쩍 불혹의 나이가 되고,
千里亦相親.　천리에 떨어져 있어도 여전히 서로 친근하게 느낀다네.

이 시는 원래 紀公을 생각하며 쓴 시이다. 그러나 곳곳에 시가창
작의 어려움을 직접적으로 묘사하고 있다. 즉 둘째 연에서는 '琢句'
의 고민이 평생 걸릴 것이라고 말하고 있으며, 셋째 연에서는 글을
쓰는 의도에 부합하기 위한 노력으로 수염이 하얗게 변해버렸다고
표현하고 있다. 이러한 고음에 대한 노력을 직접적으로 언급하고 있
는 시가는 적지 않다. 예를 들면, 「寄西山胡汾吳樵」의 "좋은 문장을
찾느라 근력이 쇠한 것이 부끄럽구나.(覓句句好, 慚予筋力衰)"나 「偶
作」의 "다섯 글자를 찾느라 글자마다 귀밑 털이 성성해져서야 만들
어졌다.(無端爲五字, 字字鬢星星)" 등이 있다.

貫休의 시가 중에서 독특한 景物을 이용하고 독특한 意境을 형성
한 시가에는 「秋末入匡山船行八首」其六이 있다.

島香思賈島,　섬의 향기는 賈島를 생각나게 하고,
江碧憶淸江.　강의 푸름은 淸江을 추억하게 하네.
囊橐誰相似,　그릇은 누구와 서로 비슷하겠는가,
饞慵世少雙.　탐욕과 나태함도 세상에서 짝을 구하기 어렵네.
鼉驚入窟月,　악어는 놀라 달빛 어린 굴속으로 들어가고,
燒到繫船樁.　불은 배를 매어놓은 말뚝을 태우고 있네.
謾有歸鄕夢,　게으름 속에 고향으로 돌아가는 꿈을 꾸었는데,
前頭是楚邦.　바로 앞에 楚나라 땅이 보이네.

이 시는 늦가을 배를 타고 가면서 보고 느낀 것을 표현한 시이다. 첫 연에서는 섬과 강으로서 갑자기 賈島와 淸江을 생각하고 있다. 사실 문자만 같을 뿐 특별한 의미가 없지만 순간적으로 평소에 존경하는 인물을 떠올린 독특한 발상이라고 할 수 있다. 둘째 연은 주머니와 전대, 그리고 탐욕과 나태함이란 독특한 시어를 이용하여 인물의 크기를 교묘하게 비교하면서 자신이 처한 상황을 표현하고 있다. 셋째 연에서의 악어나 악어의 행동 및 말뚝이 불타고 있다는 상황은 일반 시인들이 상상하기 힘든 표현이다. 조금은 기괴한 모습으로 다음 연의 꿈과 관련되며, 꿈속에서 본 상황을 묘사했다고 할 수 있다. 마지막 연에서는 이런 환상과 같은 상황이 끝나고 목적지에 도달하였음을 나타내고 있다. 전체적으로 약간은 괴이한 境界를 형성하고 있는데, 이것 역시 苦吟시풍의 한 일면이며 "貫休의 詩는 기이한 생각과 기이한 구절이 있다."[18)라는 평가에 부합하고 있다.

貫休는 자신의 시가창작이 바로 苦吟의 결과임을 말하고 있는 작품이 있는데, 그것은 바로 「山居詩二十四首」이다. 이 작품은 禪理가 풍부한 시가인데, 그 창작을 위하여 "나날이 조금씩 찾아 고쳤다. 혹은 남기고 혹은 잘라내고 혹은 수정하고 혹은 보충하여 二十四首를 만들었다."[19)라고 밝히고 있다. 결국 貫休의 시가창작은 쉽게 이루어진 것이 아니며 끊임없는 노력의 결과라고 할 수 있다. 그러므로 孟郊와 賈島를 계승하고 발전시켜 宋初의 晩唐派의 시가창작에 영향을 주었다고 할 수 있다.

---

18) 앞의 책, 『唐音癸籤』, 69쪽. "貫休詩奇思奇句."
19) 앞의 책, 『全唐詩』, 9425쪽. "日抽毫改之, 或留之, 除之, 修之, 補之却成二十四首."

齊己 역시 孟郊와 賈島의 苦吟시풍을 좋아하며 그들을 따라 배우려는 열정이 강했다. 특히 제기는 苦吟이라는 측면에 있어서 貫休보다 더욱 많은 언급이 있다. 예를 들면, 賈島의 시가에서 '推敲'라는 고사가 있듯이 齊己에게도 소위 '一字師'라는 苦吟과 관련된 유명한 고사가 전한다. 이는 『五代史補』에 전하는데, "鄭谷이 袁州에 머물고 있었는데, 齊己는 자신의 시를 가지고 찾아가고자 하였다. 「早梅」시의 시구에 '前村深雪裏, 昨夜數支開'이 있는데, 이에 대하여 鄭谷은 웃으며 '많은 나뭇가지에 일찍 피는 매화가 빨리 피었다는 것보다는 한 나뭇가지에 라고 하는 것이 아름답다'라고 말했다. 齊己는 놀라며 무릎을 꿇고는 예의를 표했는데, 이로부터 사대부들끼리 鄭谷을 齊己의 한 글자 스승으로 여겼다."[20]라는 내용이다. 이러한 내용은 바로 齊己가 시가창작에 있어서 얼마나 많은 노력을 기울이고 있는가를 알게 한다. 그 노력이란 바로 苦吟을 말하는 것이다. 이러한 苦吟을 표현하는 시 구절은 매우 많다. 예를 들면, 「寄謝高先輩見寄」중의 "고치고 찾느라 뼈가 상하고, 시가를 짓느라 오래도록 마음이 아팠네.(穿鑿堪傷骨, 風騷久痛心)"나 「自題」중의 "參禪이외에 시의 오묘함을 찾느라 해마다 귀밑 털이 하얗게 되었다.(禪外求詩妙, 年來鬢已秋)" 등이 있다.

齊己의 시가 「自遣」을 보기로 하자.

了然知是夢, 분명히 꿈인 줄 알고 있건만,
旣覺更何求? 이미 깨어있으니 더더욱 무엇을 구하겠는가?

---

20) (宋)陶岳撰, 『五代史補』"鄭谷在袁州, 齊己因携所爲詩往謁焉. 有《早梅》詩曰: '前村深雪裏, 昨夜數支開.' 谷笑謂曰:'數枝非早也, 不如一枝則佳.' 齊己矍然, 不覺兼三衣印地膜拜, 自是士林以谷爲齊己一字之師." (『四庫全書』, 407冊.)

死入孤峯去,　죽어서는 외로운 산봉우리로 가고,
灰飛一爐休.　재로 사라지는 것이 쉬는 것이라네.
雲無空碧在,　구름이 없으니 하늘은 한없이 파랗고,
天靜月華流.　고요한 하늘에는 달빛이 흐르는 듯하네.
免有諸徒弟,　제자의 신분을 털어 버리고
時來弔石頭.　때때로 石頭화상을 조문 가네.

　禪宗에서 말하는 깨달음은 인위적으로 할 수 없으며, 고행과 고심의 결과로 얻어지는 것이다. 이러한 깨달음의 경지를 시가로 표현하는데 있어서도 마찬가지이다. 시인은 고심을 통하여 자신이 표현하고자 하는 境界를 표현하는 것이다. 이 시는 인생무상에 대한 깨달음을 표현하고 있다. 깨달음은 바로 선종에서 말하는 '以心傳心'으로 전해지는 것이기에 시인 역시 "雲無空碧在, 天靜月華流"라는 그 고고한 경계로 나타내고 있다. 이러한 경계가 어떻게 쉽게 표현되겠는가? 분명히 선종에 대한 깊은 心得과 시가에 대한 조예가 합쳐지고 시인의 苦心의 결과로 표현될 것이다. 그러므로 "전체 시는 글자를 잘 이용하여 의미를 나타내고 있는데, 지극히 精練되어 있다."21)라고 이 시를 평가하고 있다.
　齊己의 시가 중에서 禪의 體得과 시가창작의 어려움을 함께 말하고 있는 「逢詩僧」을 보기로 하자.

　禪玄無可示,　禪은 玄妙하여 가히 나타낼 수 없고
　詩妙有何評.　시도 묘한 것이니 어찌 평할 수 있을까.
　五七字中苦,　五言 七言 창작이 고통스럽지만

---

21) 앞의 책, 『歷代高僧詩選』, 162쪽. "全詩入意用字, 極爲精煉."

百千年後淸.　백년 천년 후에는 고결하게 남으리라
難求方至理,　이치에 체득하여 깨달음을 구하는 것은 어렵지만
不朽始爲名.　불후의 명성을 남길 수 있네
珍重重相見,　너무나 귀중한 만남이지만,
忘機話此情.　마음을 잃어버려 표현할 길이 없다네.

　시인은 시가창작이 마치 禪宗의 깨달음만큼이나 어렵고 힘든 작업이라고 말하고 있다. 첫 연에서는 선의 심오함과 시의 기묘함을 비교하고 있다. 둘째 연과 셋째 연에서는 깨달음이 어렵지만 그 깨달음은 영원한 것처럼 시가창작이 어렵지만 역시 고결함을 지적하고 있다. 넷째 연에서는 다시 또 이 모든 것을 詩僧과의 만남으로 비유하여 그 만남의 중요성을 강조하고 있다. 결국 제기에게 있어서의 '苦吟'의 시가창작은 바로 禪宗의 깨달음을 얻고자하는 노력과 같은 것이라고 할 수 있다. 이러한 의미를 가진 시가가 적지 않다. 예를 들면,「寄鄭谷郎中」중의 전반부에서는 "詩心은 어떻게 전해지는 것인가? 禪宗의 깨달음을 얻으면 증명될 것이네. 詩語를 찾는데 고통을 두려워해서는 안 되니 이를 만나면 마치 신선이 되는 것과 같을 것이네.(詩心何以傳? 所證自同禪. 覓句如探虎, 逢知似得仙.)"라고 말하고 있다. 제기의 이런 苦吟의 창작에 대하여『隋唐五代文學批評史』에서도 "『白蓮集』중에 있는 수많은 시구들이 苦吟과 찾기 어려움을 말하고 있다. 비록 賈島를 말하지 않았지만 사실 바로 賈島의 苦吟精神에 대한 肯定과 찬양인 것이다"[22]라고 언급하고 있다.

---

22) 王運熙·楊明著,『隋唐五代文學批評史』, 上海古籍出版社, 1994, 758쪽. "『白蓮集』中更有難以枚數的詩句, 以苦吟冥搜爲言: 雖未言及賈島, 其實正是對賈島苦吟精神的肯定, 推崇."

貫休와 齊己의 시가창작 중의 苦吟은 분명 孟郊와 賈島의 영향아래 형성된 것이다. 그러나 詩僧들은 선종의 깨달음을 얻기 위한 고행과 시가창작의 어려움을 이해하면서 더욱 깊이 있는 苦吟의 창작을 중시하며 실천했다고 할 수 있다. 그러므로 이들은 詩語의 精練을 통하여 수준 높은 시가를 창작했으며, 동시에 일반 시인들과는 다른 독특한 境界를 형성한 시가를 창작할 수 있었던 것이다.

3. 禪理의 表現

詩僧의 시가에는 다양한 내용이 표현되고 있지만, 사실상 가장 詩僧에게 합당한 내용은 바로 禪理의 표현이라고 할 수 있다. 이들은 이미 禪宗에 귀의하여 깨달음을 위해 늘 참선하며 선종의 이론과 사상을 공부하는 승려의 신분이기 때문이다. 그러므로 이들의 시가를 살펴보면 늘 禪理에 대한 관심과 체득이 표현되고 있다.

우선, 貫休의 시가「野居偶作」을 보기로 하자.

高淡淸虛卽是家,　담담하고 맑으면서 텅 빈 듯한 곳이 바로 참선하는 집인데,

何須須占好煙霧.　어째서 반드시 아름다운 안개가 있어야 하는가?

無心於道道自得,　깨달음을 얻고자하는 마음이 없어야 도리어 깨달을 수 있으니,

有意向人人轉賒.　인위적으로 누군가를 깨우치려면 더욱 깨달음과 멀어진다네.

風觸好花文錦落,　바람이 불면 채색 비단 같은 꽃이 떨어지고,

砌橫流水玉琴斜.　섬돌 가로지르며 비껴 흐르는 물은 거문고 소리가 나는 듯하네.

但令如此還如此,	오로지 깨달음을 얻으려면 자연에 맡겨 이렇게 해야 하니,
誰羨前程未可涯.	누가 나아갈 미래가 부러워하랴? 가히 끝이 없는 것이거늘.

이 시는 禪理에 대한 體得을 표현한 시이다. 첫 연에서는 세속과 멀리 떨어진 고요한 곳이 바로 득도를 위한 참선을 할 만한 곳임을 표현하면서 굳이 아름다운 연기는 필요하지 않다고 말하고 있다. 이는 수도하는 데는 형식이 필요하지 않다는 점을 지적한 것이다. 둘째 연에서는 깨달음을 얻는데 있어서 형식과 더불어 인위적인 것을 멀리해야한다고 말하고 있다. 셋째 연은 주변의 분위기를 표현한 것으로 자연과의 일체를 암시하고 있다. 마지막 연은 깨달음이란 자연과 동화되어 인간의 욕망을 제거해야만 하는 것이라고 말하고 있다. 이러한 깨달음을 위한 마음가짐은 바로 禪理에 대한 體得으로서 얻어지는 것임을 생각하면, 이 시는 제목이 말하듯 단순히 우연히 지은 시가가 아님을 알 수 있다.

다음에는 禪理에 대한 깨달음을 貫休의 시가 「道情偈三首」其二를 보기로 하자.

非色非空非不空,	실체란 없는 것이고 보이는 것과 보이지 않는 것도 없는 것이니
空中眞色不玲瓏.	하늘 속에 있는 참된 깨달음은 영롱한 것이 아니라네.
可憐盧大擔柴者,	가련한 장작 파는 慧能은
拾得驪珠橐籥中.	불 때는 가운데 깨달음을 얻었다네.

원래 偈란 禪師들이 자신의 깨달음을 표현한 시가이다. 비록 시의 형태를 가지고 있지만 내용은 오로지 깨달음을 나타내는데 있기에 시가 가진 구체적인 형식의 틀이나 수사적 효과 등에 심혈을 기울이지는 않는다. 그러나 詩僧들의 偈頌이나 시인들의 偈頌은 선사와 깨달음에 있어서 정도의 차이점은 있겠지만 시의 형식을 빌어 자신의 깨달음을 더욱 교묘하게 표현하고 있다고 할 수 있다. 즉 禪師들의 너무 철학적이며 직접적인 딱딱한 偈頌과 달리 近體詩의 格律이나 수사적 효과 등이 고려된 偈頌인 것이다. 이 시의 첫 구에서는 色과 空을 구분하면서 그 구분이 없다고 표현하였다. 禪宗에서 色은 현상이고 空은 진실을 뜻하는데, 이 시에서는 이러한 구분 자체를 부정하고 있다. 결국, 禪宗에서 말하는 깨달음이란 자신의 마음속에 있다는 이치를 설명한 것이다. 둘째 구에서는 그 깨달음은 실체가 없기에 영롱할 수 없다고 말하고 있다. 둘째 연은 禪宗 六祖 慧能을 예로 들어 깨달음을 설명하고 있다. 불쌍한 慧能은 비천한 생활을 하면서도 깨달음을 얻었다고 말하면서, 깨달음이란 귀천이 없고 누구나 얻을 수 있다는 이치를 보여주고 있다. 이러한 이치는 바로 "깨달음이 없다면 佛도 즉 중생이고, 일념으로 만약 깨닫는다면 중생도 바로 佛이다."[23]라는 禪宗의 敎理인 것이다.

齊己의 시가에도 역시 禪理를 표현한 시가가 적지 않다. 齊己의 시가 「寄文浩百法」을 보기로 하자.

當時六祖在黃梅,　옛날 六祖 慧能은 黃梅縣에 있었는데,

---

23) 楊曾文校寫, 『敦煌新本六朝壇經』, 上海古籍出版社, 1995, 31쪽. "不悟, 卽佛是衆生, 一念若悟, 卽衆生是佛."

五百人中眼獨開, 오백 제자 중에 홀로 눈을 떴다네.
入室偈聞傳絶唱, 깨달음을 나타낸 慧能의 게송은 絶唱이 되어 전해
                  졌지만,
昇堂客謾恃多才. 이미 昇堂에 있던 神秀는 게으르고 재능만 믿었다네.
鐵牛無用成眞角, 쇠로 만든 소는 뿔이 있어도 소용이 없고,
石女能生是聖胎. 石女는 아이를 가질 수 없는 것이네.
聞說欲抛經論去, 듣자하니 經典을 떨쳐 버리고 참선한다고 하니
莫教惆悵却空回. 슬퍼하며 헛되이 돌아가지 말았으면 한다네.

　이 시에서는 깨달음을 얻는 방법을 교묘하게 설명하고 있다. 깨달음이란 눈에 보이는 것이 아니며 마음속에서의 느낌과 체득으로 전해지는 것이라는 점을 강조하고 있다. 첫 연과 둘째 연은 禪宗의 六祖 대사인 慧能을 예로 들어 재능보다도 오묘한 깨달음이 중요함을 말하고 있다. 셋째 연에서는 '鐵牛'와 '石女'로써 아무리 불경경전을 많이 읽고 고행을 하더라도 역시 근본적인 깨달음만 못하다는 것을 지적하고 있다. 마지막 연에서는 文浩가 깨달음을 얻기를 바라는 마음에서 나온 격려를 표현하고 있다. 이 시는 비록 제기 자신의 어떤 깨달음을 나타내는 것은 아니지만 경전에 대한 공부를 위주로 하는 文浩에 대한 격려와 더불어 마음으로 전해지고 오묘한 깨달음을 더욱 중시하는 禪理를 말하고 있다.
　다음에도 선의 이치를 설명하는 齊己의 시가 「渚宮莫問詩一十五首」其三을 보기로 하자.

莫問休行脚, 행각을 하지 않느냐고 묻지 말아라,
南方已遍尋. 이미 남방을 두루 돌아다녔다네.
了應須自了, 깨달음은 반드시 스스로 깨달아야 하는 것이고,

心不是他心.　마음은 타인의 마음일 수 없는 것이네.
赤水珠何覓,　赤水의 구슬을 어찌 찾을 수 있으랴?
寒山偈莫吟.　寒山처럼 偈頌을 읊지 않으리라.
誰同論此理,　누가 나와 함께 이 이치를 논하고자 한다면,
杜口少知音.　입을 막고 말하지 않아도 알아주는 이가 있으리라.

　이 시는 齊己가 만년에 四川으로 가던 중 渚宮에서 머물면서 쓴
연작시이다. 대개 선종의 이치에 대한 체득을 표현하고 있다. 첫째
연에서는 도를 구하기 위한 자신의 행각생활을 나타내고 있다. 둘째
연에서는 선종에서 말하는 깨달음의 이치를 자신의 마음으로 깨달
아야 함을 직접적으로 표현하고 있다. 셋째 연의 첫째 구에서는 赤
水에 빠진 귀한 구슬은 이미 찾을 수 없다는『莊子』에 나오는 고사
를 이용하여 깨달음의 어려움을 설명하였고, 둘째 구에서는 말로 표
현할 수 없는 깨달음을 寒山처럼 偈頌으로 지나치게 많이 시가로 표
현해서는 안 됨을 지적하고 있다. 결국은 깨달음이란 자신의 체득으
로 얻어지는 것임을 말하고자 하는 것이다. 마지막 연은 禪宗의 이
치가 말로 전해질 수 없음을 설명하듯 말하고 있다.
　詩僧 시가 중에 나타난 禪理는 일반 시인들이 느끼는 것과는 다르
다. 이들은 직접적으로 禪師의 신분이기도 했기에 禪宗의 이치에 대
한 기본적인 이해가 바탕이 되어 있기 때문이다. 이러한 禪理가 드
러난 시가를 보면, 사실 시가 전체에 담겨 있는 淸淡의 분위기와 밀
접한 관련이 있다. 이는 바로 대개 禪理를 표현하고자 하는 시가창
작의 마음이 생기려면 淸淡한 분위기가 필요하기 때문일 것이다.
　詩僧들의 禪理에 대한 표현은 詩僧과 교유한 시인들의 시가에 禪
理를 표현하게 하는데 영향을 주었다. 당시에 사회에는 이미 선종이

문화로서 형성되었기 때문에 기본적인 영향을 주었겠지만 詩僧과
시인과의 왕래를 통하여 더욱 심화되고 쉽게 영향을 받았을 것이다.
예를 들면, 齊己와 鄭谷의 경우는 수많은 唱和詩가 있으며, 실제로
이들의 시가제목을 보면 직접적으로 성명 자체가 언급된 시가가 상
당히 많다. 그러므로 일반 시인들의 시가에 나타난 禪理에 대하여
方回 역시 "불교가 중국에서 번성한 것은 이미 오래되었다. 사대부
들은 빠져들 듯 불교를 쫓았으며, 기거하는 곳으로 가거나 그 승려
와 왕래하였다 … 시인들의 무리 역시 그 理趣의 오묘함을 표현하
는데 능했다."[24)]라고 영향 관계를 지적하였다.

V. 結論

貫休와 齊己는 唐末五代의 대표적인 詩僧으로 유명하며, 실제로
많은 수준 높은 시가창작을 남기고 있다. 이들은 詩僧이라는 특수한
신분을 바탕으로 하여 科擧에 얽매이지 않고, 南方에서 禪宗의 영향
을 받으며, 시대적으로도 唐의 멸망과 혼란의 五代시기에 활동했다
는 창작배경을 가지고 다양한 시가를 창작했다. 이들의 시가창작의
내용을 보면 詩僧의 신분답지 않게 儒家적인 入世精神을 가지고 현
실을 반영하고 폭로하는 시가가 있으며, 동시에 詩僧답게 세속을 멀
리하며 맑고 탈속한 境界를 표현한 시가도 있다. 또한 그들의 예술
적 특징을 보면 苦吟의 창작기풍을 바탕으로 淸淡한 분위기를 가진
부분과 禪理에 대한 체득을 시가에 표현하는 부분이 있음을 알 수

---

24) 앞의 책, 『瀛奎律髓』, 503쪽. "釋氏之熾於中國久矣, 士大夫靡然從之, 適其居,
友其徒, … 詩家者流, 又能精述其趣味之奧."

있었다.

　결국, 詩僧 貫休와 齊己는 詩僧이라는 특수한 신분이면서도 일반 시인들이 가진 시가창작의 특징도 함께 가지고 있다고 할 수 있다. 이러한 결과를 바탕으로 정리하면, 이들의 시가창작은 唐末五代에 있어서 몇 가지 의의를 가지고 있다. 첫째, 唐末五代의 시단에서 이들은 일반 시인들과 함께 南方지역에서 시가활동의 주역으로 시단을 이끌었다. 이들의 시가에 나타난 현실성이나 苦吟을 바탕으로 한 淸淡의 창작수법은 시인들의 시가와 다를 바 없다. 또한 그 수준 역시 긍정적인 평가를 받는 바 이 시기의 주요한 시인임을 부정할 수 없을 것이다. 그러므로 "이곳 시단은 활동이 활발했는데, 貫休와 齊己는 엄연한 일방의 맹주가 되었다."25)라고 평가하고 있는 것이다. 둘째, 詩僧은 일반 시인들에게 선종의 이론과 사상을 통하여 새로운 시각을 갖도록 하는데 영향을 주었다. 시인들의 시가에 나타난 禪理나 禪趣는 당시에 성행한 선종의 광범위한 전파의 영향을 받기도 했지만, 詩僧들과 교유하면서 더욱 깊은 영향을 받았다고 할 수 있다. 즉 시승과 일반 시인들과의 교유는 일반 시인들에게 선종 자체에 대한 관심을 갖게 했을 뿐만 아니라 더 나아가 禪宗이 가진 이치를 시가에 표현하는데도 지대한 영향을 주었던 것이다. 그러므로 宋初의 九僧같은 詩僧들의 출현에도 영향을 주었으며, 자연히 哲理적인 詩風의 유행에도 영향이 있었다고 할 수 있다. 셋째, 詩僧 시가에 나타난 淸淡이나 苦吟의 예술특성은 宋初 晩唐派의 형성에 가교역할을 했다고 할 수 있다. 일반적으로 宋初의 晩唐派란 賈島를 종사로 받

---

25) 앞의 책, 『禪思與詩情』, 339쪽. "這些地方詩壇相當活躍, 貫休與齊己儼然成爲一方盟主."

들며 平易나 苦吟을 중시하는 집단을 말한다. 聞一多 역시 『唐詩雜論』에서 晩唐派의 특성은 직접적으로 賈島로부터 영향을 받아 시작되었다고 했는데, 사실상 그 중간에 詩僧들이 없었다면 그 영향의 지속이 쉽지 않았을 것이다. 즉 賈島(779~843), 貫休(832~913), 齊己(860~937), 林逋(967~1028) 등의 시기를 보면 시대적으로 貫休와 齊己의 詩僧이 중간에 자리잡고 있음을 알 수 있다.

정리하면, 詩僧들의 시가창작이 가진 특성과 의의를 통하여 이들이 唐末五代의 시단에서 주요한 지위를 가지고 있을 뿐만 아니라 唐末五代의 시인들에게 다양한 영향을 주었으며, 또한 宋代의 시가창작에도 지대한 영향을 주었음을 알 수 있다.

● 參考文獻 ●

(宋)贊寧撰, 范祥雍校點, 『宋高僧傳』, 中華書局, 1987.

(明)胡震亨著, 『唐音癸籤』, 上海古籍出版社, 1981.

(元)方回編, 『瀛奎律髓』, 上海古籍出版社, 1993.

『全唐詩』, 中華書局, 1960.

楊曾文校寫, 『敦煌新本六朝壇經』, 上海古籍出版社, 1995.

范文瀾著, 『唐代佛敎』, 人民出版社, 1979.

周裕諧著, 『中國禪宗與詩歌』, 上海人民出版社, 1992.

杜繼文, 魏道儒著, 『中國禪宗通史』, 江蘇古籍出版社, 1993.

孫昌武著, 『禪思與詩情』, 中華書局, 1997.

陳伯海主編, 『唐詩彙評』, 浙江敎育出版社, 1996.

王樹海著, 『禪魄詩魂』, 知識出版社, 2000.

賈召文著, 『禪月詩魂』, 三聯書店, 1995.

陳伯海主編, 『唐詩學史考』, 河北人民出版社, 2004.

田耕宇著, 『唐音餘韻』, 巴蜀書社, 2001.

傅璇琮主編, 『唐才子傳校箋』, 中華書局, 1990.

黃永年著, 『唐代史料學』, 上海書店出版社, 2002.

陳耳東編著, 『歷代高僧詩選』, 天津人民出版社, 1996.

肖占鵬著, 『韓孟詩派硏究』, 南開大學出版社, 1999.

王運熙 · 楊明著, 『隋唐五代文學批評史』, 上海古籍出版社, 1994.

貫休詩歌의 內容考察

Ⅰ. 序論

貫休는 唐末의 대표적인 詩僧이다. 시승이란 일반적으로 승려의 신분이면서 시인이거나 혹은 이전에 승려였던 시인을 지칭한다. 시승의 출현은 비록 魏晉시기에도 있었지만 그 당시 시승들의 시는 여전히 불교교리를 찬양하는 偈頌의 성격이 강했다. 그러므로 실제적인 시승의 출현은 禪宗이 시인들의 관심을 끄는 中唐이후이다. 특히 唐末에 禪宗이 다른 종파가 쇠퇴한 것과는 달리 번성하며 중국화 된 종교로 자리 잡게 되자 선종의 영향을 받은 시승들이 대량으로 출현했다. 貫休 역시 선종의 영향을 받은 시승이다.

이러한 시승들의 대량 출현은 唐代詩歌의 역사상 특이한 사실임에도 불구하고 이들에 대한 연구는 극히 드물다. 선종이라는 종교의 시가창작에 대한 영향과 시승이라는 독특한 계층은 唐末의 시가를 규정하는데 분명 일정한 위치를 점하고 있으리라는 생각을 하였다. 이 시기의 시승으로는 貫休와 齊己가 가장 대표적이며, 그 외에 栖隱·虛中·修睦 등이 있다. 본 고에서는 貫休의 시가를 분석하고 고찰하고자 한다.

貫休의 시는 『禪月集』에 전하는 칠백 사십여 수가 있다. 貫休가 생활했던 시기는 唐帝國이 점차 망국으로 향해가는 전반적인 혼란 시기였다. 또한 그는 출가와 환속을 거듭했으며, 農民起義로 인하여 전국을 유랑했고, 말년에는 蜀에 기거하는 등 다채로운 인생경험을 가지고 있다. 그러므로 그의 시가도 다양한 내용을 가지고 있다. 그의 시가를 내용에 따라 분류하면 세 가지로 구분할 수 있다. 첫째, 禪師의 풍격을 가진 寧靜의 意境을 표현한 시가이다. 둘째, 시승의 신분이지만 일반 시인들로부터 儒家入世思想의 영향을 받아 현실을 반영하는 시가를 창작하고 있다. 셋째, 邊塞지방의 경험을 표현한 시가가 있다.

Ⅱ. 寧靜의 意境表現

貫休는 자신이 어린 시절 직접 선종에 출가했던 시인이므로 자연스럽게 그의 시가에는 禪理나 禪趣가 스며들어 있다. 이러한 理趣를 표현한 시가는 고요하며 그윽한 경계를 만들고 있다. 이는 盛唐시기 산수시파 王維나 孟浩然의 산수시와 유사하며, 불교교리를 찬양하려는 목적으로 창작된 偈頌과는 다르다.

예를 들어, 그의 시 「山居詩」其十九[1]를 보기로 하자.

이슬방울 붉은 난에 떨어진 것을 보며, 한가로이 산의 서쪽을 걷는다.
오로지 마음을 연꽃같이 정결하게 하면 되는데, 어찌하여 몸이 반드시 고요함 속에 있어야 하는가?
물가에는 은은한 향기가 나고 붉은 나무가 있고, 산 중턱에는 눈이 약간 보이고 멀리 흰 원숭이 소리 들려온다.
비록 도화원은 아니지만 봄에 도화 꽃 피면 다시 걸으리라.

---

1) (唐)貫休撰, 『禪月集』. (『四庫全書』, 1084冊, 515쪽.)

　　(露滴紅蘭玉滿畦, 閒拖象屨到峯西. 但令心似蓮花潔, 何必身將槁木齊.
古壇細香紅樹者, 半峯殘雪白猿啼. 雖然不是桃源洞, 春至桃花亦滿蹊.)

　　이 시는 시인과 자연이 일체가 되었음을 나타내고 있다. 산에 기
거하는 한가함과 세속에 물들지 않은 시인의 심정을 쉽게 엿볼 수
있다. 선종이 가진 교리에 따르면 어느 곳에서나 깨달음을 얻을 수
있다고 하였기에, 시인은 고요함 속에서만 깨우침을 얻을 수 있는
것이 아님을 말하고 있다. 그러나 시인은 이미 空寂寧寂의 자연 속
에 있다. 그러기에 시인은 더더욱 마음이 한가로우며 자연과 하나가
될 수 있는 것이다. 자연스러운 생활 속에 禪理를 보여주며, 淡泊한
심경을 표현하고 있다. 그러므로 『中國歷代禪詩選』에서도 이 시를
"오로지 마음이 물과 같고 그 정감이 담박하면, 고요한 대 자연 중에
서 대 자연의 무한한 생명과 향기로운 선의 기운을 깨달을 수 있다."[2]
라고 평하고 있다.
　　다른 시 「寄山中伉禪師」[3]를 보기로 하자.

　　　속세에서는 늘 번뇌를 만나지만 선사는 홀로 초연하네.
　　　만 가지 인연이 있어도 마음은 청정하고 깊이 구하고자 하나 마
　　음으로 전해질 뿐이네.
　　　산불이 바위를 태우고 노을이 수풀을 비추네.
　　　가을바람 부는 냇가에서 찾고자 하는 것을 결국은 찾으리라.

─────────────

　2) 於朝貴選編, 『中國歷代禪詩選』, 西南師範大學出版社, 1995, 279쪽. "只要心淸
　　如水, 其情淡泊, 就可以在這空寂寧靜的大自然中, 感悟到大自然無限的生命和芬
　　芳的禪的氣息."
　3) (唐)貫休撰. (『四庫全書』, 1084冊, 476쪽.)

(舉世遭心使, 吾師獨使心. 萬緣冥目盡, 一句不言深. 野火燒禪石, 殘霞照栗林. 秋風溪上路, 終願一相尋.)

이 시는 산에서 보는 황혼의 경상을 표현하고 있다. 전반부는 선리에 대한 칭송을 나타내고 있으며, 후반부에는 청정한 풍경을 그리면서 자신이 추구하는 이상을 나타내고 있다. 이 시는 伉禪師의 覺悟를 통하여 禪理가 무엇인가를 보여주며, 자신의 이에 대한 갈망을 나타내고 있다. 이러한 풍격을 가진 시가는 적지 않다. 예를 들면,「春晚書山家屋壁二 首」·「漁者」·「野居偶作」·「馬上作」·「終南僧」 등이 있다.

이 중에 禪師의 생활과 깨달음을 빌어 자신의 마음을 표현한 시「終南僧」[4])을 보기로 하자.

　명성과 부귀가 넘쳐도 들리지 않고, 거친 옷과 거친 음식으로 하루를 보내네.
　눈 덮인 산속에서 깊은 생각에 잠겨있는데, 불현듯 선인이 문을 두드리네.

(聲利掀天竟不聞, 草衣木食度朝昏. 遙思山雪深一丈, 時有仙人來打門.)

禪師는 사방이 온통 눈으로 덮인 깊은 산속에서 명상에 잠겨있다. 눈으로 가득 찬 세계는 바로 속세와 멀리 떨어져 있음을 시사하며, 명상에 잠겨 있는 것은 깨달음을 위한 수양이다. 갑자기 仙人이 문

4) (唐)貫休撰. (『四庫全書』, 1084冊, 502쪽.)

을 두드리는 것은 깨달음을 의미한다. 이러한 경지는 바로 세속의 명리를 멀리하고 소박한 생활을 통하여 얻어지는 것이다. 이러한 禪師의 경계는 바로 시인이 추구하는 경지이다. 그러므로 "시인은 종남승의 고아한 풍격과 절개에 대한 칭송과 흠모를 나타냈다. 또한 시인 자신의 심지와 정취를 표현했다."5)라고 해석하고 있다.

Ⅲ. 混亂現實의 反映

현실을 반영하는 시가는 詩僧의 시가풍격과는 차이가 있는 듯하지만 실제로 시승의 창작 중에도 적지 않은 현실주의시가가 있다. 이러한 경향은 唐末 시승만의 특징은 아니다. 盛唐이나 中唐시기의 寒山이나 王梵志 등의 시승의 시에서도 쉽게 찾아 볼 수 있다. 그러나 이들이 시가를 창작했던 시기는 唐末시기의 사회배경처럼 전반적인 혼란시기가 아니므로 폭로하거나 질책하는 정도가 다르다. 儒家入世精神의 영향을 받은 唐末시기의 시승들은 대체적으로 현실을 반영하는 시가를 창작하고 있다. 그 중 貫休는 가장 대표적인 시승이라고 할 수 있다. 그의 수많은 시가는 현실에 대한 관심을 표현하여 인민의 고통을 동정하며, 어두운 현실을 비판하거나 폭로하고 있다. 그러므로 『唐才子傳』에서 그의 풍격을 "貫休는 곧은 절개를 가지고 있는데, 사방에 견줄만한 사람이 없다. 기도가 높고 글이 분명하며, 학문은 세밀하다. 타고난 민첩한 재능을 가지고 예리한 기세를 글로 표현했다. 그가 창작한 樂府와 古詩 및 律詩는 당시에 존경

---

5) 陳耳東編著, 『歴代高僧詩選』, 天津人民出版社, 1996, 147쪽. "表達了詩人對終南僧高風亮節的稱頌和羨慕, 同時也表達了詩人自己的心志和情趣."

을 받았다."6)라고 표현하고 있다. 이를 통하여 그의 시가창작의 형
식이 다양함을 알 수 있다. 그러나 그의 풍격에 대한 서술을 보면
그의 현실주의시가는 바로 악부의 현실주의 창작경향의 영향을 많
이 받았음을 알 수 있다. 또한 宋代 郭茂倩의 『樂府詩集』에도 실제로
54수가 실려 있다. 악부시를 포함한 그의 현실반영의 시가에는 「少年
行」·「富貴曲」·「行路難」·「陽春曲」·「酷吏詞」·「偶作」·「了仙謠」
등이 있다. 그 중 우선 「少年行」其一7)을 보기로 하자.

　　아름답고 화려한 옷에 손에는 매를 높이 들고, 할 일없는 모습이
　얼마나 한심하고 나태한지.
　　씨 뿌리고 수확하는 것이 얼마나 어려운지 모르니, 三皇五帝는 무
　엇 하는 자들인가?

　(錦衣鮮華手擎鶻, 閒行氣貌多輕忽. 稼墻艱難總不知, 五帝三皇是何
物?)

　이 시는 일반 백성들의 고통을 동정하면서 귀족들의 경망스러움
과 나태함을 풍자하고 있다. 즉 『蜀檮杌』의 "(王建)이 龍華禪院을 유
람했을 때, 貫休을 불러 약차와 채색비단을 하사하면서 시를 읊어
달라고 명했다. 이때 제왕과 친척들이 모두 함께 앉아 있었다. 관휴
는 풍자하고 싶은 마음이 생겨 「少年行」을 지었다."8)라는 기재에 따

---
6) (元)辛文房撰, 李立朴譯注, 『唐才子傳全譯』, 貴州人民出版社, 1994, 670쪽. "休
　一條直氣, 海內無雙, 意度高疏, 學問叢脞. 天賦敏速之才, 筆吐猛銳之氣, 樂府
　高律, 當時所宗."
7) (唐)貫休撰. (『四庫全書』, 1084冊, 426쪽.)
8) 『蜀檮杌』"游龍華禪院, 召僧貫休坐, 賜藥茶彩緞, 仍令口誦近詩. 時諸王貴戚皆

르면 貫休의 풍자의도를 알 수 있다. 관휴는 76세인 서쪽 蜀 지방에 가서 王建의 총애를 받았는데, 사실 이 시기는 당이 멸망한 직후로 전 국토가 혼란스러운 상황이었다. 그러기에 관휴는 귀족들의 안일한 태도를 풍자한 것이다.

다음에는 통치집단의 사치와 안일한 생활을 폭로하고 비판하는 시가「陽春曲」9)을 보기로 하자.

> 阮籍과 같이 시시비비를 가리지 않는 것을 배우지 말라고 말하네.
> 朱雲처럼 직언을 하는 것을 반드시 배워야 함을 가리키네.
> 사내가 자라 군주를 모시게 되면, 이전의 현인이 얼마나 비분강개했는가를 배워야 한다.
> 역대의 태평세월에는 房玄齡이나 杜如晦 같은 재상이 있었고, 또한 魏公과 姚公 그리고 宋開府가 있었다네.
> 천상의 선궁에서 한가롭기만을 생각하니 어찌 사직하지 않고 도리어 제왕의 자리에서 굽어보는가.
> 참고 백성들의 고통을 보아야 하네.

(爲口莫學阮嗣宗, 不言是非非至公. 爲手須似朱雲輩, 折檻英風至今在. 男兒結髮事君親, 須學前賢多慷慨. 歷數雍熙房與杜, 魏公姚公宋開府. 盡向天上仙宮閒處坐, 何不辭却上帝下下土, 忽見蒼生苦苦苦!)

이 시는 樂府古題로 분류된 시로써 漢代 樂府의 현실주의 전통을

賜坐. 貫休欲諷." (陳伯海主編,『唐詩彙評』, 浙江敎育出版社, 1995, 3112쪽, 재인용.)
9) (唐)貫休撰. (『四庫全書』, 1084册, 424~425쪽.)

보여주고 있다. 일반 백성들이 겪는 고통을 알지 못하는 군주는 자리를 보존할 가치가 없음을 직접적으로 지적하고 있다. 시인은 이전의 태평세월이 그냥 이루어진 것이 아니고 수많은 의기롭고 자신을 돌보지 않는 직언하는 신하에 의하여 이루어졌음을 명백하게 밝히고 있다. 관휴가 비록 관직을 가진 신하는 아니지만 이러한 사상을 가지고 있기에 그를 단순한 시승으로만 평가하지 않고 있다. 그러므로 孫光憲은 『白蓮集序』에서 그의 풍격을 "오로지 貫休禪師만이 骨氣가 混成하고 意境이 뛰어나 대적할 사람을 찾기 어렵다."[10]라고 평하고 있다.

다음에는 「酷吏詞」[11]를 보기로 하자.

> 눈비오니 찰랑찰랑 물결소리 들리고, 바람소리는 나무를 자를 듯거세네. 한 노인이 날 저물자 우리 집에서 머무네.
> 탄식하며 태수의 가혹함을 말하네.
> 어찌하나? 어찌하나?
> 먹을 음식 다 빼앗기고 부역도 나가야 하니!
> 오나라 기녀가 노래하니 비단을 상으로 주네.
> 한나라 기녀가 노래하니 역시 비단을 상으로 주네.
> 향락에 빠져 있으니 수많은 백성들이 통곡할 뿐이네
> 통곡하지 않아도 머리는 희어지고 식구들은 굶주리리라!
> 그러니 상서로운 바람이 불리가 없고, 따스한 바람이 다시 불지 않는구나.
> 벌레야! 벌레야! 너희들이 동서남북으로 있구나!

---

10) 孫光憲著, 『白蓮集序』. (『四部叢刊初編』卷131, 1쪽.) "唯貫休禪師骨氣混成, 意境卓異, 殆難儔敵."
11) (唐)貫休撰. (『四庫全書』, 1084冊, 429쪽.)

(霡雨灒灒, 風吼如劊. 有叟有叟, 暮投我宿. 吁嘆自語, 云太守酷. 如
何如何? 掠脂幹肉! 吳姬唱一曲, 等閑破紅束, 韓娥唱一曲, 錦段鮮照屋.
寧知一曲兩曲謳, 曾使千人萬人哭! 不惟哭, 亦白其頭·飢其族! 所以祥
風不來, 和風不復. 蝗兮蝥兮, 東西南北!)

　　이 시는 노인의 입을 빌어 태수의 가혹한 행위를 폭로하며, 백성
들의 고통을 묘사하고 있다. 통치집단이 기녀와 더불어 향락생활을
하는 것과 수탈을 당하고 부역을 끌려가 고통 받는 백성들을 비교하
면서 선명하게 시인의 의도를 보여주고 있다. 이러한 시는 사실 李
白이나 白居易의 시풍과 아주 흡사하며, 또한 晚唐의 皮日休나 聶夷
中의 현실주의시가와 유사하다. 시인은 격한 감정으로 표현하고 있
으며, 특히 마지막 연에서는 통치집단을 해충으로 비유하며 그러한
해충이 사방에 있음을 폭로하였다. 『五代詩話』에 기록된 『十國春秋』
에 의하면 이 시는 관휴와 왕래가 있던 왕씨와 관련된 내용이다. 왕
씨는 원래 관휴와 좋은 유대관계를 가지고 있었지만 실제상 백성에
게 고통을 주는 관리였기에 이를 풍자하고자 이 시를 지었다고 한
다. 즉 『十國春秋』에 "마침 時政을 잘 다스리지 못하고 있다고 말해
주는 자가 있었다. 貫休는 이에 「酷吏詞」를 지어 그를 풍자했다."[12]
라는 기록이 있다.

　　貫休의 많은 고시와 악부시는 유가입세정신을 가진 시인의 시와
다를 바 없다. 이러한 정신은 시대적인 환경과 더불어 시인이 가진
강직한 성격에서 그 원인을 찾을 수 있으며, 또한 시승의 신분으로

---

12) 王士禎原編, 鄭方坤刪補, 戴鴻森校點, 『五代詩話』, 人民文學出版社, 1998,
　　313~314쪽. "會有謁宿者, 言時政不治, 貫休乃作「酷吏詞」刺之."

많은 시인들과 왕래하면서 유가입세정신의 영향을 받아서 형성된
것이다.

Ⅳ. 邊塞生活에 대한 描寫

貫休의 시가 중에서 邊塞지방과 관련된 시가는 唐末의 시인들 중
에서 수량이 가장 많다. 그는 다양한 경험을 쌓은 시인으로 薊北이
나 西北 등지의 변방에서 기거하면서 자신이 느끼고 겪은 邊塞의 정
황과 병사들의 고통을 표현하고 있다. 이러한 변새시는 唐末에 있어
서 매우 특이한 창작이라고 할 수 있다. 변새지방의 시가가 많은 이
유는 사실상 樂府詩에 영향 받은 현실주의시가와 관련이 있다. 즉 3
장에서 상술한 시가와 같은 현실의의를 가지고 있다. 다만 지역상
변새인가 아닌가의 차이가 있을 뿐이다. 관휴의 변새시는 대부분 漢
代의 악부시의 옛 제목을 빌어 표현하고 있다. 이러한 변새시에는 「古
塞上曲七首」·「胡無人」·「古塞下曲四首」·「古出塞曲三首」·「入塞
曲三首」·「邊上作三首」·「戰城南」 등이 있다.
  우선, 「古塞下曲」其三13)을 보기로 하자.

    해가 모래펄을 향하여 나오더니 모래펄을 향하여 지네.
    연꽃이 날라 와 군영에 떨어지고, 놀란 독수리는 하늘 끝으로 갔네.
    제왕들이 사는 궁궐은 하늘에 닿을 듯 높고, 꽃과 달에 마주하며
    부르는 노래 소리는 멀리 퍼지네.
    변방에서 고향을 그리워하는 사람들이 매일 두 눈에 피눈물 적시

---

13) (唐)貫休撰. (『四庫全書』, 1084冊, 439쪽.)

는 것을 어찌 알랴!

(日向平沙出, 還向平沙沒. 飛蓬落軍營, 驚鵰去天末. 帝鄉靑樓倚霄
漢, 歌吹掀天對花月. 豈知塞上望鄉人, 日日雙眸滴淸血.)

이 시는 전반부에서는 邊塞의 독특한 경색을 묘사하고 있으며, 후
반부에서는 향락에 빠진 통치집단의 황음과 병사들이 고통스럽게
고향을 그리워하는 심정을 비교하여 통치집단을 질책하고 있다. 변
방에서의 고통을 외면하고 향락을 일삼는 통치집단에 대한 직접적
인 풍자시로 中唐시기의 白居易의 시풍과 매우 유사하다. 그러므로
시승의 면모보다는 혼란현실을 걱정하는 애국자적인 면모가 더욱
농후하다.
다음에는 「邊上作」 其二[14)를 보기로 하자.

　　진영의 먼지구름은 갑자기 모래사막을 향하여 일어나는데, 遼나
라 병사를 찾으며 遼나라 강을 건너네.
　　고통 속에 탄식하며 변방을 지키는 병사들은 끝임 없는 전쟁 속
에 아마도 귀신이 될 것이다.

(陣雲忽向沙中起, 探得遼兵過遼水. 堪嗟護塞征戍兒, 未戰事疑身是鬼.)

이 시는 오랑캐와 싸워야만 하는 상황을 표현하면서, 한편으로는
변방을 지키느라 고생하는 병사들의 고통을 표현하고 있다. 즉 끝날

---

14) (唐)貫休撰. (『四庫全書』, 1084册, 440쪽.)

줄 모르는 전쟁에 병사들의 몸이 귀신이 되듯 죽어서야 변방을 벗어나게 됨을 표현하고 있다. 이들의 비참한 운명을 목도한 시승 관휴는 이러한 현실의의를 지닌 시가를 창작하지 않을 수 없었던 것이다.

Ⅴ. 結論

貫休의 시가는 상당 부분이 현실세계보다는 山寺에서의 한가함이나 고요한 경계를 추구하는 내용들이다. 그러므로 山寺에서 기거하면서 창작한 시가 많으며, 동시에 禪師와의 왕래 중에 보이는 理趣가 많이 보인다. 그러나 그가 비록 시승의 신분이지만 唐末이라는 혼란현실에 직면하여 일반 시인들의 시가정신과 같은 儒家入世精神을 가지고 현실반영의 시가를 창작하고 있다는 점은 두드러진 특징이라고 할 수 있다. 특히 樂府詩의 전통을 이어받아 樂府의 옛 제목을 가지고 적지 않은 현실주의시가를 창작하였다. 唐末이라는 시기에 많은 일반 시인들이 원래 가지고 있던 儒家入世精神을 버리고 현실을 등지는 반면에 貫休는 詩僧이지만 현실을 망각하지 않고 직접 뛰어들어 현실의 불합리를 폭로하거나 백성들의 고통을 동정하고 있다. 아울러 현실의의를 가진 邊塞詩의 다량 창작 역시 또 하나의 특징이라고 할 수 있다.

결국 貫休는 시승의 면모를 잃지 않은 시인이며, 동시에 唐末의 현실을 잊지 않은 현실주의시인임을 알 수 있다. 그러므로 唐末의 시인들 중에 비교적 높은 평가를 받고 있다.

● 參考文獻 ●

(唐)貫休撰, 『禪月集』. (『四庫全書』, 1084册.)

于朝貴選編, 『中國歷代禪詩選』, 西南師範大學出版社, 1995.

陳耳東編著, 『歷代高僧詩選』, 天津人民出版社, 1996.

(元)辛文房撰, 李立朴譯注, 『唐才子傳全譯』, 貴州人民出版社, 1994.

陳伯海主編, 『唐詩彙評』, 浙江敎育出版社, 1995.

王士禎原編, 鄭方坤刪補, 戴鴻森校點, 『五代詩話』, 人民文學出版社, 1998.

吳庚舜·董乃斌主編, 『唐代文學史』, 人民文學出版社, 1995.

毛水淸著, 『隋唐五代文學史』, 廣西人民出版社, 2003.

王樹海著, 『禪魄詩魂』, 智識出版社, 2000.

田耕宇著, 『唐音餘韻』, 巴蜀書社, 2001.

周裕鍇著, 『中國禪宗與詩歌』, 上海人民出版社, 1992.

張晶著, 『禪與唐宋詩學』, 人民文學出版社, 2003.

古代 韓中詩僧의 시가 비교연구

- 高麗와 唐代 詩僧의 시가를 중심으로 -

Ⅰ. 序論

佛敎는 중국의 漢代에 전래된 이후 중국의 문화와 접하면서 발전
하게 되었다. 특히, 魏晉南北朝의 東晉에 이르러 흥성했던 玄學은
儒佛道의 三敎를 융합하면서 발전했는데, 이때에 소위 승려와 문인
사대부의 왕래가 시작되었다. 이러한 왕래는 승려로 하여금 시가를
창작하게 하는데 중요한 계기가 되었으며, 실제로 당시의 승려들은
시가를 통하여 자신의 불교적 이치를 표현하였다. 唐代에 이르러 儒
佛道 三敎에 대한 중시로 인한 불교의 발전과 시가 자체의 발전은
승려로 하여금 더욱 왕성하게 시가를 창작하게 하였으며, 자연히 많
은 詩僧들이 출현하게 되었다.[1]

한국에 불교가 전래된 것은 삼국시대이다. 신라의 입장에서 중국
으로부터 전래된 불교는 삼국통일의 위업을 달성하는데 중요한 역
할을 하였으며, 또한 많은 고승이 배출되어 불교국가의 면모를 갖추
었다. 그러나 불교 자체의 흥성은 역시 불교국가인 고려시기에 최고

---

[1] 魏晉南北朝시기나 唐代에 詩僧이라고 할 만한 승려는 상당히 많다. 그러나 시
가가 능한 승려는 사실상 그다지 많은 것은 아니다. 일반적으로 魏晉南北朝시
기에 명성을 떨친 저명한 詩僧에는 支遁과 慧遠이 있으며, 唐代에는 王梵志·
寒山·拾得·皎然·貫休·齊己 등이 있다.

조에 달했다고 할 수 있다. 즉, 고려는 불교국가라고 칭하면서 국가
적인 차원에서 불교를 중시했던 것이다. 그러나 고려시대에는 불교
가 唐代와 같이 사회 전반에 광범위하게 전파된 것은 아니었고, 승
려라는 신분은 특수한 것이며 국가의 인정을 받는 높은 지위였다.
그러므로 "高麗는 불교국이었던 만큼 僧侶가 많았고, 그들은 모두
지식계급이었으므로 文僧 또한 적지 않았다. 따라서 高僧으로서 詩
한 수 못 짓는 이 없었고, 당대의 일류 文人碩學들과 교류하지 않은
이도 드물었다. 그리하여 수많은 詩僧이 배출되어 麗朝詩壇을 풍요
롭게 하였다."[2]라는 언급과 같이 승려는 대부분 당시의 지식인 계층
이었으며, 이들 자체가 詩僧이라고 할 수 있다.[3]

이렇듯 양국에는 불교와 관련되어 형성된 詩僧들이 존재하고 있
었으며, 또한 그들의 방대한 시가작품이 존재하고 있다.[4] 그러나 불
교에 뿌리를 둔 동일한 詩僧의 신분이라 하더라도 개개인의 처지나
주위 환경 등에 따라 시가 창작배경이나 창작 자체의 모습은 다를
것이다. 즉, 중국과 한국이라는 공간적인 차이점과 唐代와 高麗라는
시간적인 차이점이 존재하고 있다.[5] 이러한 차이점을 바탕으로 唐

---

2) 印權煥著,『高麗時代 佛教詩의 研究』, 高麗大學校民族文化研究所, 1983, 55쪽.
3) 신라시기의 저명한 詩僧에는 元曉大師, 慧超大師가 있으며, 고려시대에는 大
   覺國師 義天, 眞覺國師 慧諶, 普覺國師 一然, 圓鑑國師 沖止, 太古國師 普愚
   등이 있다.
4) 중국의 唐代의 시가를 수록한『全唐詩』에 詩僧은 115명이며, 이들의 시가는
   2800여수가 전하고 있다. 조선 초에 엮은『東文選』에는 23명의 詩僧이 수록되
   어 있으며, 이들의 시가는 82수가 전하고 있다. 그러나『東文選』이외에 기타
   문헌에 전하는 내용을 보면, 詩僧은 약 100여명에 이를 것이며, 그 시가의 수
   량도 훨씬 많을 것으로 추측하고 있다.
5) 시간적인 차이점에서 唐代는 신라와 동일한 시기이지만 고려는 이미 상대한
   시간적인 차이가 있다. 본고에서 唐代의 詩僧의 시가와 고려까지의 詩僧의 시

代와 高麗시기의 詩僧들의 시가를 비교하며 고찰하여 각각의 특징
을 살펴보고자 한다. 唐代와 高麗시기의 詩僧의 시가창작을 고찰하
는데 있어서 우선적으로는 창작배경상의 특징을 살펴보고자 하며,
이어서 시가창작에 나타난 내용을 고찰하고자 한다.

Ⅱ. 詩僧의 창작배경의 양상

　詩僧의 가장 일반적인 개념은 시를 창작하는 승려를 의미한다. 그
러나 중국의 경우 일부 학자들은 각각의 견해를 피력하며 詩僧의 개
념을 더욱 구체화하기도 한다. 예를 들어, 중국학자 孫昌武는 "그들
은 일반적인 불교 저술가가 아니며, 또한 일반적으로 시를 잘 짓는
승려도 아니며, 唐宋시기 禪宗의 영향 하에 대량으로 출현한 전문적
인 승려의 형태를 가진 시인이다 … 禪宗이 크게 흥성하여 만들어
낸 독특한 사회 환경의 산물이다."[6]라고 唐宋이라는 시대와 禪宗이
라는 종파를 강조하여 그 개념을 정의하고 있다. 그러나 다른 중국
학자는 시대나 禪宗과 관련시키지 않고 魏晉南北朝 東晉시기의 支
遁이나 惠遠 등도 詩僧이라고 말하고 있어 일반적인 詩僧의 개념을
따르고 있다.[7] 한국의 경우에는 『東文選』에 승려의 시가를 수록하

　　가를 고찰대상으로 삼은 이유는 불교의 발전과정에서 유사한 맥락을 가지고
　　있기 때문이다. 즉, 唐代의 초기 詩僧의 면모는 신라시대의 詩僧과 유사하며,
　　唐代의 中·末期의 詩僧의 면모는 고려시대의 詩僧과 유사하다. 이는 불교가
　　신라에 전래된 이후 고려시대에 이르러 당대의 中·末期처럼 저변 확대되고
　　중시 받았기 때문이다.
6) 孫昌武著, 『禪思與詩情』, 中華書局, 1997, 333쪽. "他們不是 一般的佛敎著作家,
　　也不是普通的能詩的僧人, 而專指唐宋時期在禪宗思想影響下出現的一批僧形的
　　詩人 … 是禪宗大興所造成的獨特社會環境的産物."

고 있지만 詩僧이라는 개념에 대한 정의를 내리고 있지 않다. 또한 洪萬宗 역시 개념에 대한 구체적인 언급이 없이 단순히 "고려시대에는 詩僧이 많았다."[8]라고 말하는 것을 보면 일반적인 개념을 따르고 있다고 할 수 있다. 양국 간의 詩僧에 대한 개념이 다소간 차이가 있더라도, 본 고는 비교를 통한 고찰의 측면이므로 넓은 의미로 접근하는 것이 타당할 듯하다. 즉, 詩僧의 개념을 시가를 창작하는 승려라는 보편적인 정의를 따르고자 한다. 아래에 唐代와 高麗의 詩僧들이 가지고 있는 배경의 양상을 살펴보고자 한다.

첫째, 禪宗이 양국의 불교종파 중에서 중심이 되었다는 측면이다. 불교가 중국에 전래되고 중국화 되는 과정을 살펴보면, 禪宗이라는 종파가 소위 중국화 된 불교로 자리 잡았음을 알 수 있다. 漢代에 불교가 전래되고, 魏晉南北朝시기 達摩가 인도로부터 선종을 전해준 이후 선종은 꽃을 피우기 시작했다. 그 중 제6대 조사인 慧能에 이르러 불교 종파 중에서 가장 흥성하였다. 즉, 달마가 선종을 전해 준 후 唐代 중기의 慧能과 唐代 후기 그 제자들이 활동하는 시기에 대하여 "대략 350년 동안 達摩의 禪은 끊임없이 발전했으며, 점차 적응하면서 중국적인 禪의 시대를 만들었다."[9]라고 평가하고 있는데, 이는 唐代 중기와 후기에 이르러 禪宗이 중국화 된 불교로써 자리 잡게 되었음을 보여주는 것이다. 詩僧들의 활동 역시 이러한 禪宗의 역사와 그 맥을 함께 하고 있다. 唐代 초기의 詩僧들에는 王梵志·寒山·拾得 등이 유명하지만 이들과 선종과의 관련성은 분명하지

---

7) 覃召文著, 『禪月詩魂·中國詩僧縱橫談』, 三聯書店, 1995, 36쪽.

8) 洪萬宗著, 「小華詩評」『洪萬宗全集』下, 太學社, 1980, 168쪽. "麗朝 詩僧多."

9) 印順著, 『中國禪宗史』, 江西人民出版社, 1993, 1쪽. "約有三百五十年, 正是達摩禪的不斷發展, 逐漸適應而成爲中國禪的時代."

않다. 또한 宋代 姚勉이 "梁과 魏에서 唐初까지 승려들이 禪을 시작
했지만 시가 지어지지는 않았다. 唐代 말기에 禪宗이 대성하자 시
역시 크게 발전했다."[10]라고 말한 언급을 보면, 唐代 중기와 후기에
선종의 승려에 속하는 詩僧들이 대거 등장하고 왕성한 활동을 하였
음을 알 수 있다.

한국의 경우도 중국과 상당히 유사한 선종의 발전 과정이 있다.
한국에 불교가 전래된 것은 삼국시대이다. 고구려는 소수림왕 2년
(372), 백제는 침류왕 원년(384), 신라는 가장 늦어 법흥왕 15년(528)
에 불교를 수용하였다. 선종의 전래에 대하여서는 의견이 분분하지
만 대개는 신라 선덕왕 5년(784)에 道義禪師가 唐에 들어가 馬祖의
제자에게 禪思想을 배운 후에 돌아와 전했으며, 그 후에 많은 승려
들이 唐에 가서 六祖 慧能의 禪을 배우고 온 이후라고 말하고 있
다.[11] 선종이 전래된 후에 신라 말기에 이르러 각 파를 형성하였으
며, 소위 九山禪門을 이루게 되었다. 그러나 신라 말기에 선종이 흥
성한 것은 아니며, 특히 당시에 이미 전래되어 지배계급과 밀접한
관련이 맺고 있던 涅槃・戒律・華嚴・法相 등의 종파와 대립하고 있
는 상황이었다. 고려시대에 이르러서도 大覺國師 義天은 선종이 신
라를 망하게 한 종파라고 생각하고 선종을 天台宗에 수용하려고 하
였다. 이러한 과정을 거치면서 선종은 고려시대 중기에 普照國師인
知訥에 이르러 발전하기 시작하였다. 지눌은 소위 慧能의 曹溪의 宗
風을 발전시켰으며, 선종을 한국불교의 主脈이 되게 하였을 뿐만 아

---

10) (宋)姚勉撰, 『雪坡舍人集』, "梁魏至唐初, 僧始禪, 猶未詩也. 唐晚禪大盛, 詩亦
    大盛"(周裕鍇著, 『中國禪宗與詩歌』, 上海人民出版社, 1992, 38쪽. 재인용)
11) 韓基斗著, 『韓國佛教思想研究』, 一志社, 1980, 184~185쪽.

니라 한국적 불교의 開創을 열었다고 할 수 있다.[12] 지눌의 뒤를 이
은 인물은 慧諶과 普愚는 선종을 더욱 발전시켜 오늘에 이르게 만들
었다. 고려시대의 詩僧 역시 중국 唐代의 詩僧과 유사한 측면이 있
다. 즉 신라와 고려초기의 시승이라고 할 수 있는 圓光·元曉·慧
超·義天 등이 선종과 무관하기 때문이다. 고려시대 중기와 후기의
知訥·慧諶·一然·普愚 등은 모두 선종의 승려에 속하는 詩僧인 것
이다.

　불교가 중국에 전래된 이후, 唐代에 점차 禪宗이 중국화 된 불교
로 자리 잡아 중심이 되었으며, 詩僧 역시 선종의 승려로써 형성되
었다. 이러한 과정이 묘하게도 한국에 불교가 전래되고 고려시기에
선종이 主脈이 되는 과정과 유사하며, 또한 고려시기의 詩僧 역시
점차 禪宗의 승려로 발전했던 측면도 아주 흡사하다.

　둘째는 詩僧들의 활동영역에 대하여 살펴보고자 한다. 중국의 경
우 魏晉南北朝라는 시대는 혼란한 시기에 직면하여, 많은 일반 사대
부나 문인들은 혼란의 중심인 중원을 벗어나 강남지역으로 피신하
여 거주하였다. 실제로 남북조에서 北朝보다는 南朝가 오히려 문화
의 중심지가 되었으며, 자연히 문인들이 오히려 남방에 많이 거주하
면서 새로운 문화를 형성하였던 것이다. 이 시기의 대표적 詩僧들
역시 이러한 사회적인 혼란으로 남방에서 주로 거주하게 되었다. 예
를 들어, 慧遠은 盧山에서 주로 활동했고, 支遁은 天台山일대에서 활
동했다. 또한 唐 초기의 寒山이나 拾得 역시 支遁과 마찬가지로 天台
山일대에서 주로 활동했는데, 이곳은 모두 長江의 이남지역이다.

　唐代 中期와 後期에 활동하던 詩僧도 대부분의 남방에서 활동했

---

12) 앞의 책, 『韓國佛教思想研究』, 88쪽.

는데, 주된 이유는 남북조의 상황과 흡사하다. 비록 唐代가 안정된
국가이지만 사실상 安史之亂 이후 唐은 쇠퇴의 길을 걸었다. 소위
당쟁과 환관의 전횡 그리고 지방관의 발호는 唐 자체를 지속적인 혼
란으로 몰고 갔으며 결국 멸망에 이르렀던 것이다. 그러므로 이러한
혼란을 피하여 문인사대부들이 자연스럽게 남방으로 갔으며, 시승
들 역시 이곳에서 주로 활동했던 것이다. 그러므로 劉禹錫 역시 "세
간에서 말하는 詩僧은 대부분 江南에서 나왔다."[13]라고 詩僧들이 남
방에서 활동하였음을 지적하면서 皎然과 靈澈 등을 예로 들고 있다.
실제로 皎然과 靈澈은 주로 浙江지역에서 활동했다. 또한 唐 말기에
대표적인 시승인 貫休나 齊己 각각 益州나 江陵에서 주로 활동했는
데, 모두 역시 長江이남이거나 그 일대에 해당한다. 남방에서 詩僧
의 활동이 두르러졌던 이유는 시대적 배경이외에 몇 가지 더 중요한
이유가 있다. 우선, 魏晉南北朝시대에 성행했던 玄言詩나 山水詩의
창작과 맥락을 같이 하는 隱逸기풍이 만연한 것과 밀접한 관련이 있
다. 왜냐하면 詩僧의 시가창작의 주요 내용 중의 하나가 현언과 산
수의 기풍을 가지고 있기 때문이다. 본래 사회적인 활동보다는 구도
의 길을 걸었던 詩僧들에게 신비함과 산수는 이들의 성격과 잘 어울
린다고 할 수 있다. 실제로 支遁이나 慧遠은 바로 詩僧이면서 玄言
詩나 山水詩의 鼻祖로까지 인정받고 있다.[14] 이러한 기풍은 唐代 詩
僧들에게도 그대로 계승되어 많은 은일 기풍이 담긴 시가를 창작하
였다. 두 번째는 禪宗과 관련된 부분이다. 비록 魏晉南北朝 및 唐 초

13) 劉禹錫著, 『劉賓客文集·澈上人文集紀』卷十九. "世之言詩僧, 多出江左."
14) 앞의 책, 『禪月詩魂』, 36쪽. "前者(支遁)顯示了玄言詩的風范, 後者(慧遠)開啓了
山水詩的先河."

기의 詩僧들과는 큰 관련이 없지만 당대 중기와 후기의 시승들에게
는 중요한 영향을 주었다. 즉, 선종의 六朝 慧能은 禪宗을 더욱 발전
시켜 선종을 중국화된 불교로 정립하였는데, 그의 禪宗은 바로 남종
禪인 것이다. 결국 선종의 고향은 바로 남방이기에 詩僧들은 더욱
자연스럽게 남방에 거주하였다고 볼 수 있다. 이들은 남방에 거주하
면서 이곳에 피신하여 온 많은 문인사대부와 접촉하게 되었으며, 따
라서 시가창작의 기회가 더욱 많아지고 자연스럽게 자신의 시가창
작의 수준을 높일 수 있었다고 할 수 있다. 이러한 상황은 바로 이
시기의 詩僧 貫休와 齊己에 그대로 적용되고 있다.

고려시대에 활동한 詩僧들은 唐代의 詩僧처럼 특정한 지역에 국
한되지는 않았다. 그러나 활동의 영역에는 唐代의 詩僧과는 다른 특
징이 있다. 우선, 불교 자체가 국가적인 차원에서 장려되었기에 詩
僧들은 기본적으로 唐이나 宋 및 元에 유학 간 경험이 있었다. 예를
들면, 고려의 大覺國師 義天은 宋에, 園監國師 沖止는 元에 유학한
경험이 있었다. 유학 자체가 활동영역을 의미하는 것은 아니지만 그
일부라고는 할 수 있다. 또한 고려의 시승들은 특정 지역에서 활동
하지는 않았지만 대개는 유학의 경험과 더불어 國師로써 수도에서
의 활동경험이 있었으며, 후에는 특정지역에 국한되지 않으며 각지
의 절에서 일정 기간 머물거나 혹은 장기간 머물렀다. 예를 들면, 大
覺國師 義天은 靈通寺에서 머물다 수도에서 생활하였으며, 후에는
興王寺에 머물렀다. 眞覺國師 慧諶 역시 수도에서 머물다가 斷俗寺
로 간 후에 다시 月燈寺에 가서 머물다 입적했다. 園監國師 沖止 역
시 甘露寺 및 定慧寺 등에서 머물렀었다.

중국의 경우 남방에서 詩僧들의 활동이 많았다는 사실은 詩僧들
의 활동 범위가 비교적 한정되었다는 것을 보여주는 것이라 할 수

있다. 그러나 특정지역의 한계는 이들의 유랑생활로 보충이 되었다
고 할 수 있으며, 오히려 남방에서 머물면서 일반 문인과의 왕래의
폭을 넓힐 수 있었을 것이며, 남방의 문학적 기풍에 대한 영향을 받
았다는 측면을 생각할 수 있겠다. 이에 반하여 고려의 시승들의 활
동영역은 전체적으로는 폭이 넓지만 유학이나 수도에서의 활동은
자유로운 창작에는 소극적인 영향을 주었을 것이다. 또한 각각 특정
지역에서만의 수도생활 역시 唐代에 詩僧들이 일반 문인들과 쉽게
왕래하는 기회와 비교할 때 차이점이 존재한다고 할 수 있다.

   셋째는 詩僧들의 사회적 지위인 신분상의 차이점을 살펴보고자
한다. 중국의 경우에 魏晉南北朝는 불교의 전파시기에서 발전시기
로 향해 가는 시기라고 할 수 있다. 이 시기는 혼란시기였으므로 승
려들 역시 확고한 지위를 가지고 있지는 않았다. 예를 들어 대표적
인 詩僧이라고 말할 수 있는 晉의 支遁이나 慧遠은 불교계에 있어서
인정을 받았을 뿐 사회적인 지위는 높지 않았다. 또한 南朝의 惠休
智藏 등이 비록 황제의 비호를 받으며 영향력이 있었지만 국가의 정
책적인 측면에서의 지위를 부여받은 것은 아니었다. 불교의 성행시
기인 唐代에 활동했던 시승들의 지위는 오히려 이전보다 훨씬 못하
여, 고통스런 생활을 보내다 불교에 귀의하거나 혹은 농사짓는 신분
에서 출발하기도 하였다. 예를 들어, 唐 초기의 저명한 詩僧인 王梵
志에 대한 "부유한 가정의 따뜻함을 향유했을 뿐만 아니라 또한 궁
벽한 생활의 辛酸을 맛보았다."[15]라는 언급을 통하여 그가 비록 부
유한 집안에서 태어났으나 만년에는 고통스런 생활을 하였음을 알

---

15) 喬象鐘·陳鐵民主編, 『唐代文學史』, 人民文學出版社, 1995, 166쪽. "旣享受過
   富裕家庭的溫暖, 也嘗到了窮苦生活的辛酸."

수 있다. 동 시기의 詩僧인 寒山은 더욱 비천한 신분으로 원래 농사
를 짓고 있었는데, 재능이 있어 과거를 보았으나 여러 차례 낙방하
면서 실의에 빠져 비참한 생활을 하게 되었다.[16] 唐 중기의 대표적
인 詩僧인 皎然의 경우는 唐代의 다른 시승들 보다는 신분상 높았지
만 역시 魏晉南北朝의 詩僧들과 마찬가지로 국가의 전폭적인 지지
를 받은 것도 아니며 높은 관직에 있지도 않았다. 唐 말기의 詩僧인
貫休나 齊己 역시 신분이 낮았으며, 일생을 거의 유랑하며 살았다.
특히 齊己 같은 경우는 어릴 적에 절에서 소를 치는 아이였다가 귀
의하였다.

  중국의 詩僧들이 가지고 있던 신분과는 달리 신라와 고려의 詩僧
들의 신분은 상당히 높았다. 예를 들면, 신라의 원효대사는 무열왕
의 딸인 요석공주와 동침하여 설총을 낳은 스님으로 불교학을 정리
한 고승으로 평가받으며, 후에 고려 숙종은 그를 國師로 시호하였
다. 또한 더욱 완벽한 불교국가였던 고려시대의 시승들의 신분은 훨
씬 더 높았다. 大覺義天은 바로 고려 문종의 넷째 아들이었으며, 불
교계에 있어서도 國師라는 신분을 가지고 있었다. 眞覺慧諶은 고려
신종 때 진사에 급제한 후에 관직에 나가지 않고 승려가 되었으며,
역시 후에 國師가 되었다. 沖止의 집안은 비교적 높은 관직에 있던
사대부집안이며, 자신도 이미 19세에 과거에 장원한 경력이 있는 승
려이다. 후에 귀의하여 불교에 몸담았으며, 역시 國師의 칭호를 받
았다. 이렇게 신라나 고려의 시승들의 신분이 높았던 이유는 국가적
인 정책과 관련이 있다. 우선, 신라의 경우 법흥왕(528년)에 불교를

---

16) 呂慧鵑等編, 『中國歷代著名文學家評傳(續編一』, 山東敎育出版社, 1997, 603~
    604쪽.

공인하여 공식적으로 불교를 중국으로부터 수입하면서, 많은 승려들을 유학승으로 선발하여 중국 남조의 양나라에 보내 불교문화를 배워오게 하였다. 소위 유학승의 선발이라는 것은 바로 평범한 일반인이 아니라는 점이다. 즉, 중국의 경우 민간적인 차원에서 불교가 전파되고 발전한 것과는 근본적인 차이점이 있는 것이다. 고려의 태조는 고려의 건국 자체를 불교의 힘이라고 생각하였기에 불교를 국교로 정하고 스스로도 독실한 불교신자가 되었다. 그러므로 불교 자체를 중시하여 저명한 승려에게 國師라는 시호를 주었으며, 대부분의 詩僧은 國師라는 신분을 가지고 있기에 중국의 경우와는 다른 신분으로써 시가를 창작했음을 알 수 있다.[17] 이러한 신분상의 차이는 분명 시가창작에 있어서도 차별점이 있을 것이다.

唐代와 고려시대의 詩僧들이 가지고 있는 禪宗이라는 공통점과 활동영역에서의 차이점, 그리고 詩僧들의 신분상의 다른 점은 이들의 시가창작에 당연히 큰 영향을 주었을 것이다. 그러므로 시가 창작에 있어서도 공통점과 차이점이 존재하리라 생각한다.

Ⅲ. 시가내용에 대한 고찰

唐代 詩僧의 시가나 고려 詩僧의 시가는 모두 기본적으로는 불교의 교리가 주된 내용이다. 이는 이들이 시가에 능하지만 원래의 신분이 역시 승려이기 때문일 것이다. 특히 불교가 발전하는 시기에는

---

17) 고려시대에 시가에 능하여 詩僧이라고 할 만한 승려들은 대부분 大覺國師 義天, 眞覺國師 慧諶, 普覺國師 一然, 圓鑑國師 沖止, 太古國師 普愚 등과 같이 國師의 시호를 받았다.

이런 현상이 더욱 확실하며, 소위 불교의 교리를 표현한 偈頌과 관련이 없을 수 없다. 소위 게송이란 원래 불교의 깨달음이나 이치 등을 표현할 때 창작한 것이지만, 후에 문학적 요소와 결합하면서 특히 시와 유사한 형식을 갖게 된 것이다. 결국, 詩僧들은 게송을 시가로 발전시켜 자신의 불교적 깨달음과 더불어 자신의 감정을 표현한 것이다. 이는 비록 詩僧들이 승려라는 신분이지만 불교교리에만 국한되지 않는 시가창작을 하게 되었음을 말하는 것이며, 시가창작의 내용이 확대되었다고 할 수 있다. 이러한 점은 詩僧에게 있어서 시가 자체의 창작에 대한 관심과 더불어 일반 문인들과의 자연스럽고 넓은 교제로써 가능했다고 할 수 있다.

그러므로 이들의 시가내용을 살펴보면, 단순히 불교 승려로서의 색채만이 있는 것은 아니며, 사실상 당시의 일반 시인과 다를 바 없는 작가이므로 다양한 내용을 시가에 표현하고 있다. 아래에 이들의 시가창작에 드러나고 있는 내용을 佛敎的 色彩와 개인감정의 표현 그리고 사회에 대한 인식 등 세 분야로 나누어 살펴보고자 한다.

1. 佛敎的 色彩

詩僧이라는 특별한 명칭이 가지는 함의는 넓지만, 그 근간은 역시 승려라는 신분과 불교라는 종교일 것이다. 이들이 다양한 내용을 시가에 표현하고 있지만, 사실상 불교 교리를 시가로써 표현하고자 했던 것이 원래의 목적이라고 할 수 있다. 그러므로 시대적인 전후와 관계없이 詩僧의 시가창작에는 늘 불교 교리와 관련된 내용이 있으며, 또는 자신의 깨달음을 직접적 혹은 간접적으로 표현하였다.

新羅나 唐代이전에도 승려의 신분으로 시가를 창작한 詩僧들이 많지만, 불교적 교리나 깨달음이 표현된 시가는 역시 唐代와 高麗시대의 詩僧들이 중심이라고 할 수 있다. 唐代는 魏晉南北朝시기의 불교가 더욱 발전한 시기이며, 高麗의 경우도 신라시대를 바탕으로 불교국가가 되었기 때문이다. 또한 詩僧의 발전과정에 있어서도 唐代가 禪宗계통의 詩僧이 대거 출현하면서 최고조의 발전을 이룩한 시기라도 한다면, 고려시대 역시 禪僧을 위주로 하여 詩僧다운 詩僧이 정식으로 출현했다고 할 수 있다. 아래에 唐代와 高麗시대의 詩僧의 시가 중에서 불교적 이치와 불교적 깨달음을 표현하고 있는 시가를 살펴보고자 한다.

唐代 초기의 王梵志와 寒山은 이전과 비교한다면 가장 시승답다고 할 수 있다. 이는 이전 시기에 승려들이 시가를 창작했지만 사실상 偈頌에 훨씬 가까운 반면, 왕범지와 한산의 시는 게송과 가까운 시와 더불어 唐代의 일반 시인들과 같이 다양한 내용을 표현하고 있기 때문이다. 그러므로 이러한 詩僧의 양상은 이후의 시승들에게 지대한 영향을 주었던 것이다. 그가 다양한 내용의 시가를 창작했더라도 여기에서는 승려의 신분에 중점을 두어 그의 불교적 색채가 보이는 시가를 살펴보고자 한다.

寒山의 시가 「瞋火」를 보기로 하자.

瞋是心中火,　눈을 부릅뜨는 것은 마음속에 화가 되니,
能燒功德林.　이를 태워버려 선한 일을 하면 복을 받을 수 있네.
欲行菩薩道,　부처의 도를 행하고 싶다면,
忍辱護眞心.　치욕을 참으며 진심을 유지해야 한다네.

'瞋'이란 불교용어로써 소위 '三毒'의 하나이다. 그 의미는 남을 해하려는 심리상태를 가리킨다. 또한 '功'과 '德' 역시 불교용어로 선행과 복을 받는 것을 말한다. 셋째 구 '菩薩道'는 부처의 도리이며, 넷째 구 '眞心'은 망념을 떨쳐버린 진실된 마음을 가리킨다. 이 시는 불교용어를 이용하여 부처의 도리를 행하고 하는 詩僧의 불교 수행의 마음가짐을 표현하고 있다.

불교는 唐代에 이르러 점차 사회의 한 문화를 형성할 정도로 저변 확대되었다. 그 중에서 한 종파인 禪宗은 더욱 두드러졌다. 六祖 慧能의 출현으로 말미암아 선종은 더욱 발전을 거듭하면서 중국화된 불교로 자리 잡게 된다. 이러한 선종의 발전과 같은 축으로 교묘하게도 禪宗과 관련된 詩僧들이 대거 출현하였다. 즉, 『全唐詩』에 수록된 詩僧의 시가가 약 2800여 수인데, 그 중 2400여수가 바로 中唐과 晚唐시기에 활동한 詩僧의 작품이다. 이 시기에 활동한 대표적인 禪宗계통의 詩僧은 皎然과 貫休 그리고 齊己가 있다. 다음에는 唐代 말기에 활동했던 禪宗의 詩僧인 貫休의 시가 「道情偈三首」 중 其二를 보기로 하자.

> 非色非空非不空,　실제는 없는 것이고, 빈 것도 없으며 비지 않은
> 　　　　　　　　　　것도 없으니,
> 空中眞色不玲瓏.　텅 빈 가운데의 진실 또한 영롱한 것이 아니라네.
> 可憐盧大擔柴者,　가련한 慧能은 장작을 팔고 있었는데,
> 拾得驪珠橐籥中.　풀무로 불을 지피는 중에 깨달음을 얻었다네.

이 시는 눈에 보이는 것과 보이지 않는 것 자체를 부정하면서 깨달음이란 무엇인가를 표현하고 있다. 즉, '色'과 '空' 자체에 얽매이지 않아야 하며 깨달음은 실제로 볼 수 없는 것이며, 설령 보인다고 하더라도 영롱하지는 않을 것이라고 말하고 있다. 둘째 연에서는 비천

한 태생인 慧能의 깨달음을 빌어, 깨달음은 누구나 어떤 상태에서라
도 얻을 수 있다는 이치를 설명하고 있다. 이 시는 慧能이 말했던
"깨닫지 못하면 佛도 바로 중생이고, 일념으로 깨달을 수 있다면 중
생도 바로 佛이다."[18]라는 禪宗의 이치에 대한 貫休의 心得을 표현
한 것이다.

다음에는 고려시대 詩僧의 작품 중에 보이는 불교적 이치나 깨달
음에 대한 心得을 표현한 시가를 살펴보고자 한다. 고려시대의 詩僧
大覺國師 義天은 宋에 유학한 경험이 있으며, 왕족으로써 정신적 통
일과 사상적 융화를 위해 천태종을 개창하여 고려 초기 불교종파의
융합을 위해 노력했던 승려이다.[19] 그의 『大覺國師文集』은 최초의
승려의 시문집으로 148수가 있지만, 내용을 정확히 알 수 있는 시가
는 107수이다.[20] 역시 다양한 내용을 시가에 표현했지만, 그 중심은
주로 불교와 관련된 내용이다. 그의 시가 「偶作」을 보기로 하자.

> 圓經本足出離緣,　법화경은 본래 인연에서 벗어나는 길인데,
> 末學區區未勉施.　후진들은 구구하게 이에 힘쓰지 않네.
> 依傍求名深有誡　남에게 기대어 명성을 얻는 것을 깊이 경계하였
> 　　　　　　　　거늘
> 可憐終日不知愆.　가엾구나, 끝까지 그 허물을 알지 못하니.

---

18) 慧能著, 楊曾文校寫, 『敦煌新本六朝壇經』, 上海古籍出版社, 1995, 31쪽. "不悟,
　　卽佛是衆生, 一念若悟, 卽衆生是佛."
19) 앞의 책, 『韓國佛敎思想硏究』, 86쪽.
20) 朴在錦著, 『韓國禪詩硏究』, 국학자료원, 1998, 40쪽.

義天이 개창한 天台宗은 바로 法華經을 중심으로 하는 불교이다. 의천은 법화경이야말로 인연과 미망의 속세를 벗어날 수 있다고 생각하였다. 그러므로 첫 연에서는 법화경을 공부하지 않는 후학들을 나무라고 있다. 둘째 연에서는 현실 속에서 정도를 걷지 않고 명성을 얻고자 하는 무리들을 경계하고 있지만, 실상은 속세에서 가지고 있는 욕망에 대한 불교적인 꾸짖음이라고 할 수 있다. 결국, 이 시는 불교의 이치를 깨닫기 위한 기초로써 수행의 길을 제시하고 있다.

고려시대 초기 義天 이후에 불교는 점차 禪宗위주로 발전하기 시작했는데, 특히 普照國師 知訥의 禪思想을 계승한 慧諶은 선종의 기반을 확고히 하였던 고승이자 詩僧으로 문학사적으로도 의미 깊은 인물이다.[21] 慧諶이후에 저명한 선종계통의 詩僧에는 一然·沖止·景閑·普愚 등이 있다. 이들은 다양한 내용의 시가를 창작했지만, 역시 승려의 신분이었기에 禪宗과 관련된 내용의 시가 중심이 되고 있다. 慧諶은 고려시대에서 가장 두드러진 詩僧이라고 할 수 있다. 그의 시집「無衣子詩集」에는 259수의 시가가 수록되어 있는데, 그 중에는 다양한 내용의 시가가 있지만 역시 선종의 교리와 관련된 시가가 적지 않다. 그의 시가「廻向日」의 두 번째를 보기로 하자.

有無坐斷露眞常,　있는 것과 없는 것을 떠나야 참된 모습이 드러나니,
一點孤明若太陽.　한 줄기 밝은 빛 태양과 다를 바 없네.
直下承當猶喫棒,　당장 안다고 해도 오히려 주장자를 맞으리니
那堪冷坐暗商量.　어찌 가만히 앉아 생각만 하고 있고자 하는가.

---

21) 앞의 책,『韓國禪詩研究』, 71쪽.

이 시는 혜심이 대중을 향하여 "모든 법은 원래부터 삶과 죽음·
만남과 헤어짐. 만들어지고 없어지는 모양을 떠나있는 것이니, 오직
하나만의 진리가 있을 때, 가득 차고 맑아지며, 또한 확연해지고 밝
아지니 고금을 통하여 끊어지지도 멸하지 않는 것이다. 그대들은 이
를 보는가?"22)라고 말 한 후에 지은 시이다. 혜심이 말하는 한 가지
진리란 바로 깨달음을 가리키는 것이다. 이 시는 깨달음을 얻기 위
해서는 세속에 존재하는 것들을 떠나야 함을 강조하는 동시에 부단
한 정진을 해야 한다고 하여 수도하는 이들을 깨우쳐주고 있다.

다음에는 景閑의 시가「又作十二頌呈似」의 네 번째 시를 보기로
하자.

> 本心本空寂, 본심이란 원래 비어있고 고요한 것이고,
> 本法本無生. 불법이란 원래 존재하지 않는 것이라네.
> 此作智慧觀, 이런 지혜로 보면,
> 是明見佛性. 그것이 바로 불성을 제대로 보는 것이라네.

이 시는 마치 중국 禪宗의 六朝 慧能의 偈頌 "원래 허무하여 사물
은 존재하지 않는 것이거늘 어디 무슨 진애가 있겠는가?(本來無一
物, 何處惹塵埃?)를 보는 듯하다. 즉, 경한 역시 혜능이 느꼈던 見性
成佛의 오묘한 이치를 깨닫고 있음을 알 수 있다. 이러한 소위 '示法
詩'는 선종의 이치를 직접적으로 설명하는 시가라고 할 수 있다.

---

22) 慧諶, 『曹溪眞覺國師語錄』, "卽知諸法 從本已來 離生滅相 離去住相 離成壞相
唯一眞際 彌滿淸淨 虛徹靈通 亘古亘今 無斷無滅 諸人還着眼也."(『韓國佛敎全
書』第六冊, 동국대학교 한국불교전서편찬위원, 동국대학교 출판부, 1979~2004,
15쪽.)

원래 偈란 禪師들이 자신의 깨달음을 문자로 표현한 것이다. 詩僧
들은 시가를 창작할 줄 알았기에 시가의 형태로 자신의 깨달음을 표
현하고 있지만, 偈頌의 경우에는 시가의 형식이나 수사적 효과 등
문학작품의 가치보다는 내용의 표현에 중점을 둔 것이라 할 수 있
다. 이후 詩僧들은 시가를 偈頌의 창작으로만 이용한 것이 아니라
일반 시인처럼 자신의 감정을 표현하는 등 다방면으로 이용했다고
할 수 있다. 이렇기 때문에 시가를 단순히 게송을 위한 창작으로 이
용한 일반 승려와는 달리 詩僧이라는 이름으로 불리게 된 것이다.
즉, 詩僧의 시가에 드러나는 불교적 내용과 깨달음 등은 게송에서
점점 일반적인 내용을 담은 시가창작으로 변해갔다고 할 수 있다.
그러므로 국문학사에서도 漢詩에 대한 규정에 있어서 "偈頌과 漢詩 일
반이 엄격하게 구별되지는 않는 것도 사실이다."[23]라고 말하고 있다.
　詩僧의 시가에서 불교적인 내용은 사실상 지극히 당연한 것이다.
이들이 일반 시인들과 유사한 시가를 창작했다고 하더라도 그 근본
이 승려이기 때문이다. 또한 실제로 중국의 唐代와 한국의 高麗시기
의 詩僧의 시가창작을 비교해 본 결과 이들의 시가에 담긴 불교의
교리와 관련된 내용은 같은 양상으로 표현되고 있음을 알 수 있다.

2. 개인의 감정표현

　詩僧의 시가 중에 개인적인 감정을 표현하고 있는 시가 없다면,
시승이라는 호칭을 붙일 수 없을 것이다. 불교적 교리나 깨달음을
표현한 시가가 승려라는 신분의 한계를 벗어나지 못한 것이라고 한

---

23) 조동일저, 『한국문학통사1』, 지식산업사, 2000, 194쪽.

다면, 개인적으로 느끼는 다양한 감정을 다양한 내용으로 표현한 시가들은 바로 시승다운 면모라고 할 수 있다. 이러한 개인감정의 표현은 크게 자연과 관련된 내용과 개인의 신변과 관련된 내용이 있다.

우선, 자연과 관련된 시승의 시가를 살펴보고자 한다. 불교와 자연은 가장 깊은 인연을 가지고 있을 것이다. 주로 수도하는 곳이 자연 속이며, 속세를 벗어난 곳이 자연이기 때문이다. 그러므로 많은 시승들은 자연 속에서 불교의 이치를 얻고자 했지만, 자연 그대로가 시승 개인들의 감정에 들어가 일반 시인들과 같은 자연에 대한 느낌을 시가로 창작하기도 하였다. 즉, 詩僧들은 불교의 이치를 자연 속에 조화시켜 철학적이며 심오한 경계가 담긴 시가를 창작하기도 했으며, 동시에 불교적인 이치를 초월하여 개인적인 고요함과 유유자적함을 표현하기도 하였다. 그러므로 앞 절에서 직접적으로 불교적인 교리나 깨달음을 표현하고 있는 것과는 다르다고 할 수 있다.

우선, 자연을 통하여 禪理를 표현하고 있는 시가가 있다. 이러한 시가는 직접적으로 불교적인 내용을 표현하기보다는 이를 융화시켜 심오한 경계로 만들고 있기에 철학적인 색채가 짙다. 唐代 말기의 詩僧 貫休의 시가 「夜居偶作」를 보기로 하자.

高淡清虛卽是家,	담박하고 맑고 고요한 곳이 바로 내가 기거하는 곳이니,
何須須占好煙霞.	어찌 꼭 아름다운 경치가 필요 하겠는가?
無心於道道自得,	깨달음에 무심하니 오히려 깨달음이 저절로 다가오고,
有意向人人轉賒.	의식적으로 깨달으려고 하니 더욱 멀어지네.
風觸好花文錦落	바람이 아름다운 꽃에 닿으니 분분히 흩날리고,
砌橫流水玉琴斜.	섬돌에 가로막혀 흘러가니 거문고소리 나는 같네.

但令如此還如此, 오로지 이와 같고 또 이와 같으니,
誰羨前程未可涯. 누가 속세의 가없는 공명을 부러워하겠는가?

이 시는 자연의 아름다운 모습을 표현하면서 시인의 깨달음에 대한 느낌을 적고 있다. 첫 연에서는 우선 고요한 곳이 바로 수도하기에 적합하며 굳이 아름다운 풍경이 필요한 것은 아니라고 말하고 있다. 둘째 연에서는 무심이야말로 禪의 깨달음을 얻는 바른 길이라고 말하면서 마음속에 있는 禪을 강조하고 있다. 셋째 연은 자연으로 아름답고 청정한 모습이 바로 禪境임을 표현하고 있다. 넷째 연은 詩僧의 心得으로 자연을 벗 삼아 禪을 추구하는 심리를 잘 묘사하고 있다. 이 시는 王維의 山水詩와 아주 유사하며 왕유 시가에 보이는 理趣가 그대로 살아 있는 듯하다. 그러므로 詩僧이 표현하고자 하는 禪理는 자연을 어울려 심오하게 드러나고 있다.

高麗시대의 詩僧 중에 특히 慧心은 일반 시승과 다른 면모가 있다. 우선, 知訥의 뒤를 이어 선종의 발전에 중요한 역할을 했다는 점이며, 다음에는 불교에 출가 전에 일반 사대부로써 과거에 나가 급제했었던 인물이라는 점이다. 이러한 경험이 있었기에 시가 창작에 대한 관심과 조예가 깊다고 할 수 있다. 그러므로 시가창작에 있어서 禪宗의 이치를 시가에 담아 승화시키는 능력이 더욱 뛰어났을 것이다. 혜심의 시가 「池上偶吟」을 보기로 하자.

微風引松籟, 산들바람이 솔바람을 일으키는데,
蕭蕭淸且哀. 쏴 하는 소나무 소리 맑으면서도 구슬프구나.
皎月落心波, 하얀 달 물 한 가운데에 떨어져
澄澄淨無埃. 맑고 맑아 티끌도 없어라.

見聞殊爽快,　보고 들리는 것이 가없이 상쾌하여
嘯詠獨徘徊.　시를 읊으며 홀로 배회하네.
興盡却靜坐,　흥이 잦아들어 고요히 앉아있으니
心寒如死灰.　마음이 차분한 것이 마치 식은 재와 같네.

　이 시는 자연을 벗 삼아 유유자적하며 쓴 시 같지만, 그러한 즐거움을 바탕으로 하여 은근하면서도 심오하게 禪宗의 이치를 드러내고 있다. 특히 둘째 연에서의 물 가운데 떠 있는 한없이 맑은 달빛은 바로 詩僧의 마음이다. 이러한 마음은 깨달음이 없다면 느낄 수 없는 경지라고 할 수 있다. 그러므로 이 시는 자연의 맑은 모습과 마음의 깨끗함을 대비시키고 있으며, 또한 자연을 즐기면서도 無念無想의 상태에서 깨달음을 얻은 詩僧의 모습을 그려내고 있다.

　다음에는 불교적 이치를 표현하기보다는 순수하게 자연에 대한 느낌과 자연과 일치되는 심리를 표현하고 있는 시가가 있다. 이러한 시가는 일반 시인들의 山水詩나 隱逸詩와 아주 유사하며, 유유자적하는 가운데 고요하며 淸淡한 경계를 만들어 내고 있다. 唐代 말기의 詩僧 齊己의 시가「夏日草堂作」을 보기로 하자.

沙泉帶草堂,　시냇물은 초당 옆을 흐르고 있는데,
紙帳卷空牀.　종이 휘장은 빈 침상 옆에 말려있네.
靜是眞消息,　고요하니 진정으로 모든 것이 소멸된 듯한 것이고,
吟非俗肺腸.　시 읊조리니 세속의 소란함에서 벗어나네.
園林坐淸影,　동산 숲에는 선명한 그림자가 드리워져 있고,
梅杏嚼紅香.　매화와 살구나무 맛보니 붉은 빛과 더불어 향기도 나네.
誰住原西寺,　누가 原西寺에 거하기에,
鐘聲送夕陽.　석양 무렵에 종소리를 전해주는가.

이 시는 산의 경치를 묘사하면서 동시에 시승의 고요하고 유유자적하는 심리를 표현하고 있다. 자연과 생활이 조화되어 전체적으로 靜謐한 境界가 형성되어 있으며, 특히 마지막 연의 종소리는 굳이 말하지 않아도 어떤 경계 속에 있는 가를 보여주고 있다. 그 외에 시가에 묘사된 시냇물 흐르는 곳, 한가로운 생활, 아름다운 정원 등등은 바로 이 시를 더욱 맑고 아름다운 시로 만들고 있다. 그러므로 후대의 평가에서도 "실제로 역시 淸麗하다."[24)]라고 이 시를 해석하고 있다.

高麗시대의 沖止는 慧心과 마찬가지로 고려시대의 詩僧 중에서 과거에 급제했던 경력이 있는 詩僧이다. 이러한 면모는 역시 시가창작에 대한 기본적인 지식과 능력이 있다는 것을 의미하는 것이다. 그래서인지 혜심과 충지에게는 불교적 내용의 시가와 더불어 불교가 융화되거나 불교 외적인 내용의 시가가 많다. 즉, 자연과 더불어 담담하고 고요한 경계를 표현하고 있는 시가 역시 적지 않다. 沖止의 「閑中偶書」의 첫 번째 시가 "절은 수많은 봉오리 속에 있으니, 깊고 그윽함을 말로 표현할 수 없구나. 창을 여니 바로 산 빛이 들어오고, 문을 닫아도 시냇물 소리 들리네."(寺在千峰裏, 幽深未易名. 開窓便山色, 閉戶亦溪聲.)는 바로 그러한 좋은 예라고 할 수 있다. 이 시의 제목에서는 한가한 가운데 지었다고 하지만, 승려의 시가라기보다는 오히려 일반 시인이 은거하는 가운데 산사를 보면서 지은 산수시에 훨씬 가깝다. 바로 이러한 일반 시인다운 점이 있기에 詩

---

24) (元)方回編, 『瀛奎律髓』, 上海古籍出版社, 1993, 522쪽. "實亦淸麗." (《四庫文學總集選刊》影印本)

僧이라고 할 수 있을 것이다. 이 시에는 시각과 청각을 이용하여 읽는 이로 하여금 아름다운 산수화를 연상하게 하며, 동시에 담담하면서 청신한 느낌을 저절로 생기게 한다.

다음에는 詩僧의 개인 신변과 관련된 시가를 살펴보고자 한다. 개인 신변과 관련된 내용에는 송별이나 증여 그리고 화답하는 것이 있겠고, 또한 고향이나 가족을 생각하거나 어느 특정 지역에서의 감회를 적은 시가가 있을 수 있다.

우선, 송별이란 주제는 중국 고전시가 중에 가장 일반적인 내용일 것이다. 만나고 헤어지는 일은 다반사이고, 그러한 감정은 쉽게 시로써 표현되었다. 실제로 당대의 수많은 시인들이 송별시를 창작했으며, 시승들의 송별시 역시 적지 않다. 예를 들면, 唐代 시승의 皎然의 송별시 「送靈澈」 "나는 오랫동안 함께 하기를 꿈꾸지만, 無心이 이별의 상심을 해소해주네. 마음이 천리에 있든 만 리에 있든, 늘 눈앞의 달과 같을 것이네.(我欲長生夢, 無心解傷別. 千里萬里心, 只似眼前月.)가 있다. 이 시에 보이는 皎然과 靈哲은 동시대의 저명한 詩僧이자 詩友이다. 교연은 영철과 헤어지면서 이 시를 지었는데, 일반인들이 가지고 있는 헤어지기 못내 아쉬운 상심을 초월하여 詩僧답게 禪으로 승화시키고 있다. 즉, '무심'이 '이별의 상심'을 잊게 한다고 말하고 있으며, 또한 어느 곳에 있더라도 마음은 눈앞의 달과 같다고 표현하고 있다. 이러한 '무심'의 경지와 마음이 세상을 비치는 달과 같다는 의미는 바로 세속에 얽매이지 않는 禪의 경지라고 할 수 있다. 송별시를 통하여 자신의 禪理에 대한 깨달음도 표현했다고 할 수 있다. 그러므로 이 시에 대하여 "깊은 佛心과 禪意를 표현하였는데 정말 쉽지 않은 성취이다."25)라고 평가하고 있다. 고려시대의 詩僧 역시 많은 송별시를 남기고 있다. 특히 義天의 송별시

「送道生僧統歸俗離寺」"말 옆에서 하루 종일 이별의 정에 아쉬워하며, 떠나는 곳에서 소매잡고 한스러워하네. 옛날 어떤 놀이가 마음에 가장 남아 있을 것인가, 수정산 아래 흰 구름은 깊었다네.(停驂竟日情無倦, 摻袂臨岐恨莫任. 何事舊遊偏掛意, 水精山下白雲深)"는 교연의 시가와 유사한 점이 있다. 즉 상심은 있지만 마지막 구의 '흰 구름'은 교연이 말한 '달'과 동일한 心象을 만들어 내고 있다. 교연의 달이 헤어져서 어느 곳을 가든 늘 비출 수 있는 것이라면, 의천의 흰 구름 역시 어느 곳에서나 볼 수 있다는 의미를 가지고 있기 때문이다. 비록 의천의 송별시가 감정을 더욱 직접적으로 표현했지만 굳이 흰 구름을 시어로 선택한 이유는 위와 같은 의도에서 비롯된 것이라 할 수 있다. 표면상, 교연의 시가가 너무 심오하게 송별의 정을 표현했다면, 의천의 송별은 너무나 일반적이라고 할 수 있다.

다음에는 더욱 개인적인 일과 관련된 시가를 살펴보고자 한다. 고려시대의 원감국사 冲止의 시가 「아우에게」는 가족의 일을 시가에 담고 있다.

與君相別十三年, 그대와 십 삼 년 동안 헤어져
洛北江南兩杳然. 그대 있는 洛北과 이곳 江南에서 서로 아득 했었네.
那料鷄峰風雨夜, 어찌 생각이나 했겠는가, 이곳 鷄足山에서 비바람 치는 밤,
白頭今復對床眠. 늙어버린 오늘 자리 맞대고 함께 잘 줄을 …

이 시는 충지 스스로 서문에서 언급했듯이 아우와 십여 년 동안

<hr>

25) 陳耳東編著, 『歷代高僧詩選』, 天津人民出版社, 1996, 68쪽. "表現了深遠的佛心禪意, 實爲難得."

만나지 못했던 회포를 표현하고 있다. 즉, 오늘 이렇게 오래 동안 헤어진 아우와 함께 잠자리를 할 줄은 몰랐다고 언급하면서 형제의 만남에 대한 감개를 영탄조로 표현하고 있다. 이러한 부분은 승려라는 신분과는 동떨어진 느낌을 주며, 일반 시인과 다를 바 없는 면모라고 할 수 있겠다. 충지의 시가 가족과 관련된 신변잡사라면, 唐代의 詩僧 齊己의「登祝融峰」 "원숭이와 새도 모두 이르지 못하지만 내 몸은 붕 뜬 듯이 여기에 왔네. 사방의 하늘은 온통 푸르고, 정상은 가을처럼 맑네. 우주가 얼마나 넓은지 알겠고, 우리와 오랑캐가 미미하게 보이네. 靑玉壇에 홀로 서니 태양이 온 세상을 비추고 있네. (猿鳥共不到, 我來身欲浮. 四邊空碧落, 絶頂正淸秋. 宇宙知何極, 華夷見細流. 壇西獨立人, 白日轉神州.)"는 산행할 때의 느낌을 표현하고 있다. 특히 전반부는 정상에 오른 감회를 표현하고 있으며, 후반부에는 정상에 올라 사방을 바라보며 미미한 자신을 돌아보며 광활한 하늘과 땅이 모두가 한 가지로 보인다고 말하고 있다.

양국 詩僧의 시가에는 불교적인 색채가 주류라고 할 수 있지만 개인 신변과 관련된 수많은 시가는 이들이 '僧'적인 면모와 더불어 역시 '詩僧' 중의 '詩'의 측면도 강하다는 것을 알 수 있다.

3. 사회에 대한 인식

詩僧과 사회와의 관계는 일반적으로 잘 맞지 않는 측면이라고 할 수 있다. 그러나 詩僧의 시가를 보면 현실에 대한 관심과 국가에 대한 관심이 표현된 시가들이 적지 않다. 唐代 초기의 詩僧의 경우 당제국이 만들어지고 발전하던 시기이기 때문에 역시 현실에 대한 관심의 정도가 약하다. 그러나 唐代 말기로 가면서 국가의 내외의 혼

란이 가중되었기에, 詩僧들의 시가에도 일반 시인들처럼 국가를 염
려하고 현실을 폭로하는 내용이 적지 않게 드러나고 있다. 이러한
부분에 있어서는 역시 貫休와 齊己가 대표적이다. 貫休의 시가「古
塞下曲四首」중 其三를 보기로 하자.

日向平沙出,	해는 사막에서 나와,
還向平沙沒.	또 사막으로 지네.
飛蓬落軍營,	바람에 날리는 쑥은 군영에 떨어지고,
驚雕去天末.	노란 독수리는 하늘 저편으로 가네.
帝鄉靑樓倚霄漢,	황제가 있는 靑樓는 하늘에 닿을 듯하고,
歌吹掀天對花月.	노래 소리는 하늘로 향하며 꽃과 달을 마주하고 있네.
豈知塞上望鄕人,	어찌 변방에서 고향 그리워하는 사람들이,
日日雙眸滴淸血.	매일 두 눈에 맑은 피가 떨어지고 있음을 알랴!

辛文房은 『唐才子傳』에서 "貫休의 한 가닥 곧은 기질은 세상에 짝
을 찾을 수 없고 … 타고난 민첩한 재능으로 맹렬한 기운을 토로했
으며, 특히 樂府가 띄어나 당시에 종사라고 할 만하다."[26]라고 평가
하고 있다. 여기에서의 곧은 기질과 맹렬한 기운은 바로 현실 인식
에 있어서의 貫休의 작품을 말하는 것이다. 唐代의 저명한 현실주의
시인들인 杜甫나 白居易와 견주어 손색이 없는 이 시는 황실에서 향
락에 젖어 있는 靑樓와 변방에서 고생하는 병사의 염원을 대비시켜
당시의 상황을 잘 폭로하고 있다. 그러므로 『隋唐五代文學史』에서

---

26) 傅璇琮主編, 『唐才子傳校箋』, 中華書局, 1990, 442쪽. "休一條直氣, 海內無雙,
意度高疏, 學問叢脞. 天賦敏速之才, 筆吐猛銳之氣, 樂府高律, 當時所宗."

도 貫休의 이런 樂府詩에 대하여 "세상의 기풍에 경고했을 뿐만 아니라 악행을 질책했다."[27]라고 지적하면서, 인용한 시가의 내용을 "통치자의 향락과 변방 병사들의 사활에 관심 두지 않는 것을 비평했다."라고 직접적으로 해석하고 있다. 貫休는 비록 詩僧이지만 특이하게도 현실주의 시가전통을 살린 樂府詩의 창작이 많으며, 실제로 『樂府詩集』에 54首가 실려 있다. 貫休의 시가 중에 현실과 관련된 것에는 「行路難」·「古塞上曲七首」·「古出塞曲三首」·「古塞曲三首」·「邊上作」·「戰城南」·「酷吏詞」 등이 있다. 貫休와 더불어 당대 말기의 대표적인 詩僧인 齊己도 역시 이러한 경향의 시가 많다. 예를 들면, 「西山叟」·「古寒行」·「猛虎行」·「難後經西山寺」·「看金陵圖」·「謝炭」 등이 있다.

고려의 경우도 唐代와 비교적 유사하다. 고려초기의 시대적 배경은 詩僧들에게 현실과 관련되어 현실반영의 동기부여를 주지 못했다고 할 수 있다. 그러나 "고려중기이후 禪家 승려들의 구세주의적인 입장에서의 국가사회에 대한 참여와 그 의식을 보더라도 그것은 실로 다양하게 나타난다."[28]라는 지적을 보면, 사회에 대한 인식이 이전과 다름을 알 수 있다. 이러한 인식의 발로는 사실상 고려시대의 시대적 배경과 깊은 관련이 있다. 고려중기와 후기에는 바로 원의 침략과 내부 무신정권이라는 정치·사회적 혼란이라는 內憂外患이 심각하였다. 이러한 사회에 직면하여 詩僧들 역시 이를 시정하고 바로잡기를 바라는 심정으로 사회의 부조리를 폭로하거나 백성들의

---

27) 毛手淸著, 『隋唐五代文學史』, 廣西人民出版社, 2003, 773쪽. "不僅針砭世風, 斥責惡行"·"批評統治者享樂, 不管邊庭戍卒死活."
28) 앞의 책, 『高麗時代 佛敎詩의 硏究』, 231쪽.

고통을 드러내거나 동정하였던 것이다. 특히 慧諶의 시가 「憫世」는 貫休의 시가와 유사한 내용을 표현하고 있다.

服食驕奢德不修, 입고 먹는 것에 교만하고 사치하고 덕행도 닦지
않으며,
農公蠶母見幽囚. 농부와 옷감 짜는 이를 죄인 취급하네.
從妓擧世受寒餓, 이로부터 온 세상이 추위와 기아에 시달리게 되니,
爲報時人信也不. 지금 사람들이 이런 말을 믿겠는가?

慧諶이 이 시를 창작하던 시기는 바로 최씨 무인정권시기이다. 慧諶은 사치를 일삼고 부덕한 통치집단과 추위와 기아로 고통 받는 백성들을 대비하면서 무인정권을 경계하고 있다. 이러한 시는 慧諶이 비록 승려의 신분이라고 할지라도 역시 유교적인 사상을 가지고 있는 현실주의 시인의 면모도 가지고 있음을 보여주는 시가라고 할 수 있다. 이와 유사한 시가에는 「登黃龍塔」·「贈金郎中」·「次黃中使韻」 등이 있다.

沖止의 장편시 「嶺南艱苦狀」은 영남지방의 백성이 겪은 고통과 그 고통의 원인을 잘 표현하고 있다. 그 중 일부분을 보기로 하자.

邑邑半逃戶, 고을마다 집의 반은 도망갔고,
村村皆廢田. 촌락마다 모두 밭을 갈지 않네.
誰家非索爾, 누구 집인들 쓸쓸하지 않으랴,
何處不騷然. 어느 곳인들 소란하지 않으랴.
官稅竟難免, 관청의 세금은 면하기 어렵고,
軍租安家蠲. 군의 부역은 어떻게 면할 수 있으랴!
瘡痍唯日深, 부스럼은 나날이 심해져가고,

疲癃曷由痊. 병든 몸이 어찌 나으랴!

　원나라가 침략한 후에 일본을 정벌하기 위하여 강제로 부역을 일
삼았는데, 이 시는 바로 이것으로 인하여 생긴 영남지역의 백성들의
고통을 묘사한 것이다. 충지는 나라를 빼앗긴 것과 다를 바 없는 상
황에서 소위 대신하는 전쟁으로 고통을 받는 백성들에 대한 동정을
표현했는데, 그 슬픔이 절절히 드러나고 있다. 이 시에는 국토의 피
폐를 우선 묘사하고, 다시 백성들의 세금과 부역에 대한 고통을 표
현하고 있으며, 마지막으로는 병으로 인한 고통까지 가중되어 있음
을 말하고 있다. 그러므로 "이런 작품을 통해 우리는 충지 스님의
나라를 염려하고 백성을 걱정하는 마음을 잘 알게 한다."[29]라고 평
가하고 있는 것이다. 이와 유사한 시가에는 「東征頌」·「憫農黑羊四
月旦日雨中作」 등이 있다.

　詩僧은 사회와 관련성이 적어 보이지만 시인의 측면이 존재하기
에 역시 현실에 대한 관심을 드러내고 있음을 알 수 있었다. 또한
唐代의 전반적인 혼란과 고려에 대한 원의 침략과 무신정권에서의
혼란이라는 유사한 시대적인 상황은 이들에게 사회에 대한 적극적
인 인식을 갖게 만들었으며, 이들은 이러한 인식을 바탕으로 자연스
럽게 현실을 반영하고 국가와 사회를 생각하는 경향의 시가를 창작
했다고 할 수 있다.

Ⅳ. 結論

---

29) 임종욱 지음, 『우리고승들의 禪詩세계』, 보고사, 2006, 63쪽.

唐代의 詩僧과 高麗의 詩僧들은 사실상 시간적인 부분과 공간적인 부분에서 다르다. 그러나 불교가 전래되고 발전해 가는 과정과 맞물린 詩僧의 발전과정을 보면, 唐代와 高麗는 거의 유사한 양상을 가지고 있다. 즉, 양국에서 불교종파가 모두 禪宗이라는 종파로 귀결되어 가면서 詩僧 역시 선종계열이 중심이 되고 있다는 점에서 그러하며, 이를 바탕으로 禪宗이 사회에 침투되면서 詩僧들이 일반 시인들과 다양하게 접촉했다는 측면 그리고 詩僧들 자체가 이미 偈頌의 창작을 통하여 시가를 창작할 수 있는 기초를 쌓았다는 측면이 그렇다.

詩僧에 대한 唐과 高麗의 배경양상에 있어서 禪宗계통의 詩僧이 중심이 되었다는 공통점이외에, 唐의 詩僧이 南方에 치우쳤다는 부분과 高麗의 詩僧이 다양한 장소에서 활동했지만 수도나 지방의 절이라는 특정지역에 한정되었다는 차이점이 있으며, 또한 신분에 있어서도 唐의 詩僧이 평범한 신분이었다면 高麗의 詩僧은 국가의 인정을 받는 높은 이라는 차이점이 있다.

이러한 공통점과 차이점을 가지고 있지만 이들의 시가내용을 살펴보면 상당히 유사함을 알 수 있다. 우선, 기본적으로 승려의 신분이었기에 불교와 관련된 시가가 많다. 이 부분은 詩僧이라는 호칭에서 '僧'의 부분이 강하게 드러났다고 할 수 있다. 둘째, 개인적인 내용을 표현하고 있는 시가가 많다. 이는 역시 '詩'의 부분이 부각되었기 때문이라고 할 수 있다. 사실상 이러한 부분이 없다면 '詩僧'이라고 할 수 없을 것이다. 唐의 詩僧인 경우 신분상 평범한 일반인과 다를 바 없기에 이러한 시가가 고려의 詩僧에 비하여 많은 것은 사실이지만, 고려의 詩僧 역시 개인적인 내용을 가진 시가를 의외로 적지 않게 창작하고 있음을 알 수 있었다. 셋째, 사회에 대한 인식 역시 아주 유사함을 알 수 있었다. 이들이 비록 詩僧이지만 혼란한 국가의 시대상을 반영하는데 있어서는 기본적으로 가지고 있는 儒家적인 사상이 발휘되었기 때문이다. 특히 고려 시승의 경우 국사로써 늘 국가와 사회를 생각하는 인식이 있었을 것이며, 실제로 "바라는 바는 堯風과 禪風이 영원히 나부끼고 堯日과 佛日이 항상 밝으며 바다는 편안하고 강은 맑으며, 세상은 평화롭고 매년 풍년들어 만물이 각각 자신의 자리를 얻고 집집마다 오로지 無爲를 즐기게 하고자 함이니, 변변치 못한 내 생각을 여기에 절절하게 말했을 뿐이다."[30] 라는 慧諶의 글은 그러한 인식을 확인시켜 주고 있다.

　唐의 詩僧과 高麗의 詩僧에게는 禪宗이라는 공통점 및 신분상이나 활동지역에서의 차이점이 있지만, 이들이 모두 공통적으로 시에 능한 승려로써 불교적 색채를 가진 시가뿐만 아니라 일반 시인들과 다를 바 없는 다양한 내용의 시가를 창작하고 있음을 알 수 있었다. 또한 詩僧들의 시가창작이 양국의 시가역사에서 이미 한 부분을 차지하고 있는데, 이는 이들의 시가창작이 시가역사에 적지 않은 영향을 주었음을 시사한다고 할 수 있다.

---

30) 慧諶, 「禪門拈頌序文」『禪門拈頌』, 佛書普及社, 1979, 1쪽. "所翼 堯風與禪風永扇 堯日共佛日恒明 海晏河淸 時和歲稔 物物各得其所 家家純樂無爲 區區之心切切於此耳."

● 참고문헌 ●

印權煥著,『高麗時代 佛敎詩의 硏究』, 高麗大學校民族文化硏究所, 1983.

覃召文著,『禪月詩魂·中國詩僧縱橫談』, 三聯書店, 1995.

孫昌武著,『禪思與詩情』, 中華書局, 1997.

韓基斗著,『韓國佛敎思想硏究』, 一志社, 1980.

印順著,『中國禪宗史』, 江西人民出版社, 1993.

呂慧鵑等編,『中國歷代著名文學家評傳(續編一』, 山東敎育出版社, 1997.

喬象鐘·陳鐵民主編,『唐代文學史』, 人民文學出版社, 1995.

孫昌武著,『佛敎與中國文學』, 上海人民出版社, 1991.

胡遂著,『佛敎與晚唐詩』, 東方出版社, 2005.

朴在錦著,『韓國禪詩硏究』, 국학자료원, 1998.

조동일저,『한국문학통사1』, 지식산업사, 2000.

陳耳東編著,『歷代高僧詩選』, 天津人民出版社, 1996.

呂子都選注,『中國歷代僧詩精華』, 東方出版社, 1996.

毛手淸著,『隋唐五代文學史』, 廣西人民出版社, 2003.

임종욱 지음,『우리고승들의 禪詩세계』, 보고사, 2006.

慧諶,『禪門拈頌』, 佛書普及社, 1979.

배규범저,『불가시문학론』, 집문당, 2003.

金達鎭編譯,『韓國禪詩』, 열화당, 1985.

四、

晚唐 僧侶의 시가이론

詩僧 齊己의 『風騷旨格』과 詩創作

Ⅰ. 들어가는 말

齊己는 唐末五代의 대표적인 詩僧이다. 詩僧이란 출가한 승려의
신분으로 시가 창작에 몰두했던 승려를 말한다. 그러므로 승려이지
만 일반 시인과 마찬가지로 사회현실을 반영하며 자신의 심미창작
능력을 발휘하였기에 詩僧이라고 불렀다. 齊己는 "大潙山 同慶寺에
서 출가한 후 衡嶽 東林寺에서 머물렀다. 이후에 蜀으로 가는 도중
江陵을 경유했는데 高從誨가 그를 僧正으로 삼아 머물게 하여 龍興
寺에서 거했다. 스스로 衡嶽沙門이라 불렀다.『白蓮集』十卷과『外編』
一卷이 있다."[1] 이렇듯 齊己는 기본적으로 출가한 승려이며, 五代의
蜀에 기탁했고 山寺에 거하면서 시가를 창작했던 詩僧이다. 그가
생존했던 시기는 바로 唐帝國의 몰락시기로 그의 나이 48세에 唐 왕
조가 멸망하였다. 그는 唐末의 혼란을 직접 목도하였기에 비록 세속
을 등진 승려의 신분으로 시가를 창작한 詩僧이지만 역시 當時의 혼
란한 사회현실을 시가를 통하여 반영하였다. 그의 생애에 대한 내용
은 앞에서 인용한『全唐詩』를 포함하여『唐才子傳』·『十國春秋』·『宋
高僧傳』 등에 기재되어 있다.

---

1)『全唐詩』卷838, 中華書局, 1960, 9441쪽. "出家大潙山同慶寺. 復棲衡嶽東林,
   後欲入蜀, 經江陵, 高從誨留爲僧正, 居之龍興寺, 自號衡嶽沙門, 白蓮集十卷,
   外編一卷."

唐代의 시가이론에 대한 서적 중에서 詩格과 유사한 종류의 시가
이론서적에는 皎然의 『詩式』과 王昌齡의 『文鏡秘府論』이 대표적이
다. 詩格이란 "중국고대문학비평에서 어떤 한 종류의 서적에 대한
명칭이다 … 그 의미는 시의 형식이나 규칙 혹은 표준을 가리키는
것이다."2) "詩格은 두 차례 흥성했다. 하나는 初唐과 盛唐시기이고,
하나는 唐末五代부터 宋代 초기까지이다."3) 羅根澤의 이러한 지적을
통해서도 알 수 있듯이 시가이론서적은 唐末에도 성행했었다. 齊己
역시 그 영향을 받아 시가 저작 이외에 詩格계열의 시가이론서『風
騷旨格』을 남겼다. 그러므로『歷代詩話續編』에 "齊己의『白蓮集』十卷
을 얻었는데, 말미에『風騷旨格』一卷이 기재되어 있었다 … 湖南 毛
晉이 기록함."4)이라는 기재가 있다. 그러나 "『風騷旨格』은 단지 일부
규율이 없는 자질구레한 공식을 주장했을 뿐이다."5)라는 평가가 있
는데, 그 가치가 높지 않음을 쉽게 알 수 있다. 이렇듯『風騷旨格』에
대한 평가가 전반적으로 높지 않기 때문에 문학사나 문학비평사에서
이에 대한 언급이 약간 있을 뿐, 직접적인 연구가 없다고 생각된다.

하지만 唐末五代시기에 있어서 그의 시가창작이 비교적 좋은 평
가를 받고 있음을 감안하면 그의 이론 역시 무엇인가 가치 있는 부

---

2) 張白偉編撰, 『全唐五代詩格校考』, 陝西人民教育出版社, 1996, 1쪽. "詩格是中
國古代文學批評中某一類書的名稱 … 其含意也不外是指詩的法式、規則或標
準."

3) 羅根澤著, 『中國文學批評史』, 上海書店出版社, 2003, 485쪽. "詩格有兩個盛興
的時代, 一在初盛唐, 一在晚唐五代以及宋代的初年."

4) (唐)齊己撰, 『風騷旨格』. "得齊己『白蓮集』十卷, 末載『風騷旨格』一卷 … 湖南毛
晉識."(丁福保輯, 『歷代詩話續編』, 中華書局, 1983, 112쪽.)

5) 羅宗强著, 『隋唐五代文學思想史』, 上海古籍出版社, 1986, 446쪽. "『風騷旨格』
只是提出了一些并不反映規律的瑣碎公式而已"

분이 있을 것이다. 그러므로 본고는 그의 이론을 그의 시가창작과
접목시켜 창작과의 관계 및 창작에 대한 이론적인 반영 등의 가치를
지적해 보고자 한다. 또한 『風騷旨格』의 내용을 중심으로 하여 전반
적인 의미를 우선적으로 살펴보며, 동시에 이를 실제적인 齊己의 시
가창작과 연관시켜 고찰하고자 한다.

Ⅱ. 『風騷旨格』의 이론과 창작

『風騷旨格』은 唐代의 시가이론 중 詩格계열의 이론서이다. 그 이
론이 비록 체계화되고 완전하지는 않지만, 唐末시기에 범람한 시가
이론 중 비교적 중시되고 있다. 구체적인 내용은 「六詩」·「六義」·「十
體」·「十勢」·「二十式」·「四十門」·「六斷」·「三格」 등 8개 부분으로
되어 있다. 그러나 "唐代 승려 齊己가 『風騷旨格』을 지었는데, 「六詩」·
「六義」·「十體」·「十勢」·「二十式」·「四十門」·「六斷」·「三格」 등
으로 모두 시가로서 연결시켰다."[6]라고 한 것처럼 『風騷旨格』은 그
세부제목에 대하여 자세히 설명하고 있지 않으며, 단지 唐代의 시가
를 인용하여 설명을 대신하고 있다.

『風騷旨格』의 세부제목에 대한 기존의 언급이나 연구는 거의 없다.
다만 "새로운 학설 중 예를 들어, 「十體」·「十勢」·「二十式」·「六斷」
그리고 「三格」은 作詩의 方法이다. 또한 「四十門」은 作詩의 題材이
다."[7]라는 언급이 있는데, 이는 「六詩」와 「六義」를 제외한 나머지

---

6) 薛雪著, 『一瓢詩話』, "唐釋齊己作《風騷旨格》,「六詩」、「六義」、「十體」、
「十勢」、「二十式」、「四十門」、「六斷」、「三格」, 皆繫以詩." (王夫之等撰, 『清
詩話』, 上海古籍出版社, 1963, 707쪽.)

세부제목을 공통적인 항목으로 분류한 것일 뿐이며 구체적인 연구
는 아니다. 아래에 『風騷旨格』의 세부제목에 대하여 새롭고 다양한
시각을 가지고 고찰하면서 또한 이러한 이론을 그의 시가창작과 관
련시켜 살펴보고자 한다.

1. 「六詩」·「六義」중의 "雅"와 현실주의시가 창작

　「六詩」와 「六義」는 傳統 詩敎에서 명칭을 가지고 왔다. 「六詩」나
「六義」의 구분아래 이해를 돕기 위해 시가가 언급되어 있지만, 오히
려 「六詩」나 「六義」 명칭과 부합되지 않는다. 전체적으로 유교의
詩敎를 의미하는 부분은 거의 없으며, 「六詩」 중 正風이나 「六義」
중 比와 頌이 비교적 쉽게 이해 될 뿐이다.

　여기에서는 우선 「六詩」와 「六義」의 내용을 살펴보면서 인용된
시가를 중심으로 주로 "雅"에 대한 해석을 새로운 시각으로 고찰하
고자 한다. 그 다음으로는 齊己의 詩格이론 제목에 "風騷"라는 명칭
을 붙인 이유와 더불어 세부제목을 「六詩」나 「六義」 등 전통 詩敎
의 명목에서 빌려온 이유를 그의 儒家에 대한 관심이라는 측면으로
이해하고 이에 대하여 살펴보고자 한다.

　「六詩」는 大雅·小雅·正風·變風·變大雅·變小雅이다. 『詩經』의
風·雅·頌 중에서 頌을 제외한 風·雅로써 명명한 것이다. 『毛詩序』
에서는 "風이란 諷刺이고 가르침이다."[8]라고 風을 정의하고 있다.
즉 敎化를 중시한 儒家의 이론이다. 「六詩」에서의 正風과 變風은 그

---

7) 羅根澤著, 『中國文學批評史』, 193쪽. "新說中如十體十勢二十式六斷及三格, 是
　作詩的方法; 四十門是作詩的題材."
8) 『毛詩』1쪽. "風, 風也, 敎也."(『四部叢刊初編』本.)

용어와 인용된 시가 모두 敎化와는 부합되지 않는다. 「六詩」의 나머지는 모두 雅와 관련되어 있다. 『毛詩序』에서는 "雅라는 것은 다스리는 것으로 제왕의 정치 興廢의 원인을 말하는 것이다. 다스림에 大小가 있으므로 小雅와 大雅가 있다."9)라고 雅를 설명하고 있다. 이 역시 유가의 傳統詩敎를 강조하는 언급이라고 할 수 있다. 그러나 설명으로 인용한 시가는 자연풍광에 대한 묘사와 자신의 감정을 주로 묘사하고 있어서 상술한 전통 詩敎에서의 의미와는 별 상관이 없다. 다만 그 중에서 大雅에서 인용된 시가의 전문을 보면 정치에 대한 언급이 있어 약간 詩敎와 관련되어 있다고 할 수 있을 뿐이다. 齊己의 「中春感興」10)시를 보기로 하자.

　　春風日日雨時時, 寒力潛從暖勢衰.
　　　　　봄바람 불고 비 오니 온화해지며 차가운 기운이 어
　　　　　느덧 물러났네.
　　一氣不言含有象, 萬靈何處謝無私.
　　　　　하나가 된 기운이 만물을 품으니 만 가지 생명은
　　　　　어디서든 공평하네.
　　詩通物理行堪採, 道合天機坐可窺.
　　　　　詩는 사물이 움직이는 것에 따라 창작되고 道는 天
　　　　　機와 합해져야 보여 지네.
　　應是正人持造化, 盡驅幽細入鑪錘.
　　　　　마땅히 정치하는 사람이 천지조화의 힘을 가지고
　　　　　조심조심 쇠를 화로에 넣듯 다스려야하네.

---

9) 『毛詩』 2쪽. "雅者, 正也, 言王政之所由廢興也. 政有小大, 故有小雅焉, 有大雅焉." (『四部叢刊初編』本.)
10) 『全唐詩』卷844, 9550쪽.

이 시는 禪理를 표현하면서 儒敎의 사상을 함께 표현하고 있다. 생동하는 봄기운, 詩와 "物理"와의 결합, 道와 "天機"와의 소통 등이 표현되었다. 이 시는 사실 "儒敎와 禪宗은 이렇게 대자연의 '物理'와 '天機'를 나타내는 시에서 하나가 되었다."[11]라는 언급과 같이 儒敎와 禪宗의 결합을 표현하는 것이다. 비록 "天機"의 의미를 儒家의 天道觀念으로 인식할 수는 있지만 이 부분을 강조하는 것은 아니기 때문에 이 시는 詩敎관념과는 사실 관련이 없다. 또한 비록 마지막 연에 정치의 중요성을 강조하는 의미가 있기는 하지만 이 시의 전체 의미는 역시 봄날의 감흥으로 체득한 자연과의 일체를 표현하고 있는 부분이다. 즉 大雅에 인용된 전반부가 이 시의 중심이다. 『隨唐五代文學批評史』에서는 「中春感興」과 變大雅에 인용된 齊己 「送僧歸洛中」의 각 둘째 연에 대하여 "비록 봄날 자연스럽고 화창한 풍경을 묘사했지만 역시 황제의 敎化를 상징하는 의미를 가지고 있는 것으로 인식되었다." · "아마도 시인은 時局에 대한 감개를 기탁하는 것을 빌어 매미소리나 낙엽으로 어떤 상징의의를 부여한 것"[12]이라고 평가하면서도 다른 한편으로는 역시 "이러한 비교할 수 없는 것을 비교하는 것은 대부분 억지이다."[13]라고 하여 타당하지 않음을 지적하고 있다.

「六義」 역시 『詩經』의 내용과 형식의 명칭에서 이름을 가져왔다.

---

11) 周裕鍇著, 『中國禪宗與詩歌』, 上海人民出版社, 1992, 58쪽. "儒與禪就這樣在呈現大自然的'物理'、'天機'的詩中融爲一體."
12) 王運熙 · 楊明著, 『隋唐五代文學批評史』, 上海古籍出版社, 1994, 749~750쪽. "雖然是寫春日大自然沖融駘蕩景象, 但也就被認爲具有象徵王化之意" · "或許詩人借以寄託對時局的感慨, 幷賦予鳴蟬落葉以某種象徵意義"
13) 王運熙 · 楊明著, 『隋唐五代文學批評史』, 750쪽. "這種比附大多是牽强的."

「六義」는 風·賦·比·興·雅·頌이다. 순서는 같지 않지만 시경의 "六義"와 같다. 「六詩」에서 인용한 시의 반수가 齊己 자신의 시인 것에 비하여, 「六義」에서는 자신의 시가를 하나도 인용하고 있지 않다. 또한 雅에 대한 설명으로 인용한 시에서 두 편 중 한 편은 賈島의 시 「送賀蘭上人」"遠道擎空鉢, 深山踏落花"(먼 길에서는 빈 바리때를 높이 들고 있고, 깊은 산에서는 떨어진 낙엽을 밟고 간다.)이다. 이 구절은 "자연스럽고 매우 맑다."14)라는 평이 있듯이 禪僧의 고상한 境界를 묘사한 시로 역시 제왕의 정치와는 상관이 없다. 그러므로 『隋唐五代文學批評史』에서는 雅를 "아마도 當時의 사람들은 이러한 高情遠致의 형상을 표현하는 것을 雅라고 부른 듯하다."15)라고 정의하고 있다.

「六詩」나 「六義」에 나타난 시가이론은 명칭과는 부합되지 않지만 "雅"라는 명칭은 사실 儒家의 詩敎이론에만 있는 것은 아니다. 다른 각도로 雅의 정의를 찾는다면, 齊己의 「六詩」나 「六義」에 인용된 시의 의미가 합당할 수 있다. 예를 들면, 王昌齡의 『詩格』에 나타난 「詩有五趣向」은 "첫째는 高格이며, 둘째는 古雅이며, 셋째는 閑逸이며, 넷째는 幽深이며, 다섯째는 神仙이다."16) 그중 "古雅"에 인용된 應德璉의 시가는 "遠行蒙霜雪, 毛羽自摧頹"(아득한 길 저편에 서리와 눈이 덮혔으니, 깃털이 저절로 움추려 드네.)인데 그윽하며 우

14) (元)方回選編, (淸)紀昀刊誤, 諸偉奇·胡益民點校, 『瀛奎律髓』, 黃山書社, 1994, 1004쪽. "天然淸遠"
15) 王運熙·楊明著, 『隋唐五代文學批評史』, 750쪽. "似乎當時人是將此種表現高情遠致的形象稱之爲雅的."
16) (唐)王昌齡撰, 『詩格』. "一曰高格, 二曰古雅, 三曰閑逸, 四曰幽深, 五曰神仙." (張白偉編撰, 『全唐五代詩格校考』, 陝西人民敎育出版社, 1996, 159쪽.)

아하다. 일반적으로 "古雅"란 "幽遠하고 淡泊하고, 또한 雅致가 응결
된 예술풍격이다."[17] 齊己의『風騷旨格』자체가 王昌齡의『詩格』이
론의 영향을 받은 바, "雅"에 대한 해석 역시 왕창령의 "古雅"의 의미
일 가능성이 많다. 특히『隋唐五代文學批評史』에서 當時의 雅에 대
한 해석으로 추측한 "高情遠致"와도 부합된다.

　　결국 명칭에 있어서 齊己의 시가이론이 부합되지 않지만 인용된
시로 그 의미를 살펴본다면 오히려 그의 시가창작을 이해할 수 있
다. 즉 齊己의 詩歌風格에 대하여 "禪師의 취향이 매우 高潔하며, 詩
歌의 韻이 淸潤하며, 平淡하고 의미가 깊다."[18]라고 평가하듯이 정
치적인 의미보다는 王昌齡이 말하는 "古雅"의 경향을 가지고 있다고
할 수 있다. 이러한 경향을 가진 시「夏日草堂作」[19]을 보기로 하자.

> 沙泉帶草堂, 紙帳卷空牀.　초가집 옆에는 물이 흐르고 빈 침상에는
> 　　　　　　　　　　　　　　휘장이 말려있다.
> 靜是眞消息, 吟非俗肺腸.　모든 것이 사라진 듯 고요하고 노래하니
> 　　　　　　　　　　　　　　세속을 벗어났다.
> 園林坐淸影, 梅杏嚼紅香.　정원 숲에는 선명한 그림자가 생기고 매
> 　　　　　　　　　　　　　　화와 살구나무에서는 붉은 빛 나고 또 향
> 　　　　　　　　　　　　　　기가 난다.
> 誰住原西寺, 鐘聲送夕陽.　누가 原西寺에 머무르기에 석양에 종소리
> 　　　　　　　　　　　　　　를 전해주나.

---

17) 成復旺主編,『中國美學範疇詞典』, 中國人民文學出版社, 1995, 333쪽. "幽遠淡
　　泊而又凝重雅致的藝術風格"
18) (五代)孫光憲著,『白蓮集‧序』. "師趣尙高潔, 詞韻淸潤, 平淡而意遠"(『四部叢
　　刊初編』卷131, 1쪽.)
19)『全唐詩』卷838, 9441쪽.

이 시는 고요하고 그윽한 분위기를 나타내고 있다. 禪僧이였던 齊
己는 자신의 유유자적하는 심정을 잘 표현하여 "이것은 齊己가 스스
로 草堂에서의 일을 표현한 것이다⋯⋯실제로 역시 淸麗하다."20)라
는 평가를 받고 있다. 이러한 경향의 시에는 「片雲」·「新秋雨後」·「聽
泉」 등이 있다.

다음에는 왜 齊己가 자신의 시가이론의 저작에서 서두로 「六詩」
나 「六義」 명칭을 선택했는가를 살펴보고자 한다. 비록 내용상 儒家
入世精神이 나타나지는 않지만 혼란시기에 살았던 시인으로써 儒家
의 入世정신이 완전히 없지는 않았을 것이다. 그러므로 이러한 명칭
을 선택한 것은 시인 자신이 가진 현실주의 정신에서 그 원인이 있
음을 추측할 수 있다. 사실 齊己는 비록 기본적으로 현실주의 시인
이라는 평가를 받지 못하는 시인이지만 "그의 시는 대부분 시인들에
게 보내거나 기증하는 것을 노래한 작품이지만 唐末의 전란으로 인
한 파괴도 반영하고 있다."21)나 "貫休나 齊己는 비록 지방의 할거세
력에 기탁했지만 마음 속에는 여전히 현명한 제왕과 신하 그리고 어
진 정치와 백성을 사랑하는 이상을 가지고 있었다."22)의 평가를 통
하여 다른 일면을 살펴볼 수 있다. 또한 그의 창작을 보면 현실을
생각하는 시가가 적지 않다. 그의 시 「耕叟」23)를 보기로 하자.

---

20) (元)方回編, 『瀛奎律髓』, 上海古籍出版社, 1993, 522쪽. "此齊己自賦草堂中事也
⋯ 實亦淸麗." (《四庫文學總集選刊》影印本)
21) 黃永年著, 『唐代史料學』, 上海書店出版社, 2002, 41쪽. "其詩多寄贈題咏之作,
但對唐末戰亂的破壞有所反映."
22) 孫昌武著, 『禪思與詩情』, 中華書局, 1997, 349쪽. "他門(貫休、齊己)雖然投靠地
方割據勢力, 但心中仍保持着聖主賢臣、仁政愛民的理想."
23) 『全唐詩』卷847, 9584쪽.

春風吹蓑衣, 暮雨滴箬笠. 봄바람이 도롱이에 불고 날 저물자 비가
                         모자를 적신다.

夫婦耕共勞, 兒孫飢對泣. 부부가 함께 밭 갈았건만 아들손자는 굶
                         주려 우네.

田園高且瘦, 賦稅重復急. 논밭은 높고 황폐한 곳이지만 세금은 내
                         고 또 내야하네.

官倉鼠雀群, 共待新租入. 창고에는 탐관오리가 무리 지어 새로운
                         세금 기다리네.

이 시는 樂府형태의 시로 역시 樂府의 현실 의의를 가지고 있다.
이와 유사한 시가로는 「猛虎行」·「西山曳」·「苦熱行」 등이 있다.
이 시는 소박하며 평이한 언어로 가혹한 暴政과 과중한 賦稅에 대하
여 직접적으로 폭로하고 있다. 마지막 연은 쥐와 참새가 곡식을 먹
는 것으로써 탐관오리를 비유하며 동시에 과중한 세금에 대한 분노
를 완곡하게 표현하였다. 이 시는 이 시기의 현실주의 시인들의 시
가와 유사한 내용이며, 특히 聶夷中의 「田家」"六月禾未秀, 官家已修
倉."(유월에 벼가 채 익지 않았는데, 관가에서는 창고를 고치네.)와
매우 흡사하다. 이러한 내용을 가진 齊己의 시가에는 「亂後經西山寺」·
「送人赴官」·「看金陵圖」·「謝炭」·「讀峴山碑」 등이 있다.

2. 十體와 시가창작

「十體」는 高古·淸奇·遠近·雙分·背非·無虛·是非·淸潔·覆
粧·闔門 등이다. 열거된 열 가지 분류의 명칭에 있어서 명확한 구
분이 없으며, 또한 인용된 각각의 시가와 분류 역시 명확하게 부합
되지는 않는다. 비록 전체적으로 시가의 내용을 위주로 하면서 十體

와 十勢에 대하여 "시의 體制와 風格을 넓게 논했다."[24]라고 하지만
완전하게 설명했다고는 할 수 없다. 그러므로 "상황은 매우 난잡하
다."[25]라는 지적을 받고 있으며, 이 지적 역시 타당성이 있다. 그러
므로 이론으로서의 자격을 갖춘 분류는 아니지만 개별적으로 그 의
미를 살펴보면 제기의 또 다른 시가이론을 엿 볼 수 있다.

「十體」 중에서 기본적으로 의미를 파악할 수 있는 高古·淸奇·
遠近·雙分·無虛·是非·淸潔만을 고찰의 대상으로 삼았으며, 불분
명한 背非·覆粧·闊門에 대한 고찰은 지속적인 연구의 과제로 남기
고자 한다.

우선 高古·淸奇·淸潔은 風格을 나타내는 용어이다. 司空圖의 『二
十四詩品』에 高古와 淸奇가 언급되어 있다. 司空圖의 高古는 시인의
思想을 논하는 부분으로 思想風格을 나타낸다고 할 수 있다.[26] 사공
도의 『二十四詩品』에서 "淸奇"란 "風格의 분류에서 본다면 淸奇는
淸淡의 美에 속한다. 지나치게 綺麗한 것과는 확연히 다르다."[27]의
해석과 같이 淸淡을 의미하고 있다. 『詩品臆說』에서도 역시 "淸이란
통속적인 것과 탁한 것과 對가 되는 말이며, 奇란 평범하고 庸俗한
것과 對가 되는 말이다."[28]라고 설명하고 있는데 藝術風格을 나타내

24) 孫立著, 『中國文學批評文獻學』, 廣東人民出版社, 2002, 185쪽. "廣論詩的體制
   風格"
25) 王運熙·楊明著, 『隋唐五代文學批評史』, 750쪽. "情況頗爲駁雜."
26) 朱東潤著, 〈司空圖詩論綜述〉 (朱東潤著, 『中國文學論集』, 中華書局, 1983, 9
   쪽.)
27) 成復旺主編, 『中國美學範疇詞典』, 339쪽. "就風格的分類來看, 淸奇屬于淸淡之
   美, 與纖穠綺麗顯然不同."
28) (淸)孫聯奎著, 『詩品臆說』 (孫昌熙·劉淦校點, 『司空圖詩品解說二種』, 齊魯書
   社, 1980, 33쪽.) "淸, 對俗濁言. 奇, 對平庸言"

고 있음을 알 수 있다. 齊己의 "淸潔"은 사공도의 "淸奇"와 유사한 의미라고 추측할 수 있는데, 『卄四詩品淺解』에서 "淸奇"를 "맑고 깨끗하다."[29]로 해석하는 것을 통하여 알 수 있다. 비록 인용된 시가와 명칭이 부합되지는 않지만, "高古"·"淸奇"·"淸潔"은 결국 思想風格과 藝術風格을 의미함을 알 수 있다. 아울러 「六詩」와 「六義」에서 언급한 "古雅"와 유사하다.

둘째, 遠近·雙分·是非는 작법이나 구법을 나타내는 용어이다. 역시 명칭에 있어서는 명확한 이해를 하기 어렵지만 인용된 시가로써 기본적인 의미를 파악할 수 있다. "遠近"에 인용된 시가는 "已知前古事, 更結後人看"인데, "前古事"와 "後人看"으로써 거리를 표시하였기에 "遠近"이라고 한 듯하다. 앞과 뒤가 對가 되는 구법을 나타냈다고 할 수 있다. 또한 "雙分"은 "船中江上景, 晚泊早行時"인데 "船中"과 "江上"이 나누어지고, "晚泊"과 "早行"이 나누어지므로 "雙分"이라고 한 듯하다. 한 구에서 둘로 나누어 한 연이 對를 이루게 한 구법의 방식이라고 할 수 있다. 또한 "是非"는 "須知項籍劍, 不及魯陽戈"인데 "項籍劍"과 "魯陽戈"로 우열을 나타내며, 역시 對를 형성하는 구법의 방식이다.

셋째, 無虛라는 용어 자체는 명확하지 않지만 우선 虛實용법을 생각할 수 있다. "虛實"이란 광범위한 용어로 "그 의미는 有形과 無形·眞實과 虛構·客觀과 主觀·直接과 間接·有限과 無限·形象과 思想 등의 많은 문제들을 언급하고 있다."[30] 또한 "虛實"은 예술창작

---

29) (淸)楊廷芝著, 『卄四詩品淺解』. (孫昌熙·劉淦校點, 『司空圖詩品解說二種』, 齊魯書社, 1980, 110쪽.) "淸潔"

30) 成復旺主編, 『中國美學範疇詞典』 417쪽. "其含意涉及有形與無形、眞實與虛構、客觀與主觀、直接與間接、有限與無限、形象與思想等等許多問題"

에서 "이것은 바로 기타 많은 미학관념과 서로 통하는 측면이 있다.
예를 들면, 神과 形, 情과 景, 心과 物, 顯과 隱, 濃과 淡, 一과 多 등
등이다."31) 즉 "情與景"의 언급을 통하여 다시 "無虛"를 情과 景의 이
론과 연관 지을 수 있다. 또한 "無虛"에 인용된 "山寺鐘樓月, 江城鼓
角風"(산사의 종소리와 누각에 비치는 달, 강 저쪽 성곽의 북소리와
바람.)은 무명씨의 창작이다. 시가의 내용을 보면 幽靜한 경계를 표
현하고 있으며, 景物인 "月"과 "風"이 시인의 정감에 영향을 주고 있
음을 알 수 있다. 그러므로 소위 情景交融의 意境 작법을 표현하고
있다고 할 수 있다. 意境의 이론은 이전에도 언급되었지만 구체적으
로는 盛唐시기의 王昌齡 詩格이론인 "詩有三境"에서 意境에 대한 기
재 "역시 景象에서 그것을 펼쳐내고, 마음속에서 그것을 생각하니
그 진가를 얻게 된다."32)에서 시작한다. 기본적으로 齊己의 『風騷旨
格』은 詩格계통의 한 이론이므로 자연스럽게 王昌齡의 영향을 받았
다고 할 수 있다. 비록 齊己의 시를 설명으로 인용하지는 않았지만
"「秋夕寄諸侄」、「秋夜書懷」、「亂後江西過孫魴舊居因寄」、「林下」
등의 시가는 모두 情과 景이 혼용되어 韻味가 풍부하며 '渾然'에서
'幽境'과 '新意'를 얻었다."33)라는 언급을 통해서 알 수 있듯이 그의
시가 중 이러한 意境을 표현하는 작품이 적지 않다. 예를 들어 「秋
夜聽業上人彈琴」34)을 보기로 하자.

---

31) 成復旺主編, 『中國美學範疇詞典』 419쪽. "這就與其他許多美學槪念有了相通之
   處, 如神與形、情與景、心與物、顯與隱、濃與淡、一與多等等"
32) (唐)王昌齡撰, 『詩格』. "亦張之于意而思之于心, 則得其眞矣." (張白偉編撰, 『全
   唐五代詩格校考』, 陝西人民敎育出版社, 1996, 149쪽.)
33) 吳庚舜·董乃斌主編, 『唐代文學史』, 人民文學出版社, 1995, 687쪽. "《秋夕寄諸
   侄》、《秋夜書懷》、《亂後江西過孫魴舊居因寄》、《林下》等詩都以情景渾融而
   富有韻味, 得'幽境''新意'于'渾然之間.'"

萬物都寂寂, 堪聞彈正聲.	만물이 고요하니 순수한 음악소리를 들을 수 있구나.
人心盡如此, 天下自和平.	인간 마음이 모두 이러하면 천하는 저절로 평화로울 텐데.
湘水瀉秋碧, 古風吹太淸.	湘水에는 가을 푸른 물 흐르고 하늘에서 거문고소리 나네.
往年廬岳奏, 今夕更分明.	예전에 廬山에서도 들었건만 오늘밤은 더더욱 선명하구나.

　이 시는 禪師의 거문고 소리를 듣고 쓴 시이다. 전체적으로 그윽하며 조용한 분위기를 표현하고 있다. 또한 "이 시중에서 '湘水'로 시작되는 연은 강물의 흐름으로 거문고 소리를 비유하여 意境이 새롭고 신선하다."[35]라는 언급과 같이 景物이 거문고를 통하여 결국 시인의 마음속으로 들어오는 情景交融의 경지를 보여주고 있다. 또한 "가슴속에 일단의 한없이 심오한 것이 있다."[36]라는 평가도 받고 있다. 역시 앞에서 언급한 "古雅"나 "淸奇"등과 유사한 창작경향을 나타내는 부분이다.

3. 十勢와 禪宗의 영향

　齊己의 시가이론 중 「十勢」는 獅子返擲勢·猛虎踞林勢·丹鳳啣珠勢·毒龍顧尾勢·孤雁失群勢·洪河側掌勢·龍鳳交吟勢·猛虎投澗勢·

---

34) 『全唐詩』卷840, 9495쪽.
35) 孫昌武著, 『禪思與詩情』, 362쪽. "這首詩中'湘水'一聯以江水流瀉比喩琴聲, 意境新穎而鮮明"
36) (明)鍾惺·譚元春輯, 『唐詩歸』, "胸中有一段淵淵浩浩." (陳伯海主編, 『唐詩匯評』, 浙江敎育出版社, 1995, 3119쪽, 재인용.)

龍潛巨浸勢·鯨呑巨海勢 등인데 매우 특이한 명칭을 가지고 있다.

"勢"라는 용어의 사용은 王昌齡의 "十七勢"에서 찾을 수 있다. 왕창령의 "十七勢"는 비교적 체계적이며 각각의 용어나 설명이 모두 부합된다. 또한 "그 소위 '勢'란 마땅히 태세와 모양을 가리키는 의미이다."[37]라고 하여 "勢"의 의미가 분명하다. 그러나 제기의 "十勢"는 비록 다양한 용어로 표현했지만 "상세한 설명을 하지 않고 다만 시를 예로 들었는데 인용된 시가를 보면 사실 가리키는 바가 왜 그러한가가 명확하지 않다."[38]라고 지적하고 있듯이, 각 명칭들이 인용된 시가와 부합되지 않으며 체계가 없다. 그러므로 사실상 왜 그러한 명칭으로 명명했으며 왜 그런 시가를 인용했는가를 분명하게 밝힐 수 없다. 다만 용어 자체에 있어서 禪宗의 영향을 받았을 가능성이 많다는 것이 일반적이다. "晚唐五代의 詩格 중에서 齊己의 『風騷旨格』은 가장 중요한 서적이다. 또한 그는 '勢'에 각각의 항목을 만들었는데 바로 禪宗 영향의 직접적인 결과이다 … 齊己가 열거한 '十勢' 중에서 첫 번째 '獅子反擲勢'는 禪宗의 話頭로부터 온 것이다."[39] 또한 "獅子返擲勢"에 대하여 "바로 (禪宗) 三關 중의 두 번째 境界로, 땅·물·불·바람이 소리와 함께 어우러지는 것이 本分이고 모두가 깨달음의 경계이다. 그러므로 齊己는 '離情遍芳草, 無處不萋萋'를 들

---

37) 王運熙·楊明著, 『隋唐五代文學批評史』, 752쪽. "其所謂勢, 當卽態勢、樣子之意"

38) 羅宗强著, 『隋唐五代文學思想史』, 上海古籍出版社, 1986, 446쪽. "未加闡述, 只擧例詩, 而從例詩看, 實不明其所指爲何"

39) 張伯偉著, 『禪與詩學』, 浙江人民出版社, 1992, 18~20쪽. "在晚唐五代的詩格中, 齊己的 《風騷旨格》乃是最爲重要的一部. 而他爲'勢'安上種種名目, 則又是禪宗影響的直接結果 … 在齊己所列的'十勢'中, 第一勢獅子反擲勢, 就來自於禪宗話頭."

어 그것을 명확하게 했다."⁴⁰⁾라고 풀이하고 있다. 이는 "獅子反擲은
당연히 급박한 힘의 회전인데 이 시를 보면 이와 같지 않다."⁴¹⁾라는
시각과는 매우 다르다. 禪宗의 話頭가 가진 내용을 감안하여 풀이한
것은 좋은 예이다. 그러나 전체 용어를 禪宗의 화두로 인식하여 인
용된 시와 부합시키는 자체가 무리이며 여전히 불명확한 것은 사실
이다. 그러므로 "十勢라는 명칭이 최악으로 완연히 소림의 나무토막
으로 만든 책자 같다."⁴²⁾라고 하여 용어의 기원은 인정하지만, 용어
의 문제점이 지적되었다. 또한 齊己가 비록 시인이기 전에 승려였다
하더라도 그러한 화두와 시가이론과 완벽하게 접목하기는 쉽지 않
았을 것이며, 앞서 언급된 이론이 철저하지 않음도 하나의 증거일
것이다. 그러므로 다만 이러한 시가이론과 선종과의 접목 자체에서
의의를 찾을 수 있으며, 깊이 있는 시가이론의 연구를 위하여 글자
자체에 나타난 의미를 벗어난 시각이 필요함을 알 수 있다.

　『隋唐五代文學史』에서는 "龍鳳交吟勢"를 交吟이라는 대비로 해석
하여 인용된 시가를 해석하고, "龍潛巨浸勢"는 큰 것에 작은 것이 숨
겨져 있다는 의미로 해석하고, "鯨呑巨海勢"는 작은 것이 큰 것을 용
납한다는 의미로 해석하여 인용된 시와 부합시켰다.⁴³⁾ 비록「十勢」
의 용어의 해석에 근거하여 인용된 시가를 이해하고 있지만 사실 이
러한 이해 역시 선종이라는 종교가 가진 오묘한 부분을 고려한다면

40) 張白偉編撰,『全唐五代詩格校考』, 376쪽."正屬於三關之第二境界, 地水火風, 色
　　聲相味, 盡是本分, 皆是菩提, 故齊己擧離情遍芳草, 無處不萋萋以明之"
41) 王運熙・楊明著,『隋唐五代文學思想史』, 446쪽, "獅子反擲應該是一種急促的力
　　的回旋, 而從此聯詩看, 并非如此"
42) 薛雪著,『一瓢詩話』, "十勢立名最惡, 宛然少林棍譜"(『淸詩話』, 707쪽.)
43) 王運熙・楊明著,『隋唐五代文學批評史』, 752~753쪽.

당연히 새로운 해석이 가능할 것이다. 또 한편으로 "이러한 명칭 중의 많은 '勢'가 말하는 것은 실제로는 시가 창작 중의 句法문제이다. 여기서 말하는 句法이 가리키는 것은 上下兩句가 내용상 혹은 표현수법에 있어서 서로 도와주거나 서로 상반된, 혹은 대립되어 형성된 '張力'이다. 이런 '張力'은 詩句의 節奏나 律動 그리고 구조형태의 힘 사이에 존재하기 때문에 바로 이런 '勢'를 형성할 수 있는 것이다."[44] 라는 지적과 같은 句法의 시각이라면 상술한 세 가지의 해석도 가능하다. 다만「十勢」가 선종의 영향을 받았던 구체적인 내용이 무엇이든지 간에 시가이론으로서의 체계와 명확한 설명이 없기에 완전한 시가이론이 될 수 없다는 한계점이 있다. 또한 용어가 모두 선종의 영향으로 선종이 가지고 있는 어떤 의미가 시가창작과 함께 부합된다면 이해할 수 있지만, 실제적으로「十勢」가 모두 선종의 어느 부분에서 나왔는지는 알 수 없다. 아직 완전한 연구가 어렵고 진행되지 않았지만 아마도 모두 선종의 어떤 연관성을 가지지는 않으리라 생각되며, 이를 바탕으로 齊己가 유사하게 새로이 만들었을 가능성이 많다고 생각한다. 비록 "張力"으로 설명하고는 있지만 그 장력이 만들어낸 "勢"라는 것은 제기가 제시한「十勢」중의 용어만큼이나 여전히 모호하다. 결국 제기의「十勢」는 이론적인 부분을 논했다기보다는 선종과의 관계가 분명함을 밝히는데 중점이 있다고 할 수 있다. 실제로 제기의 시에는 선종과 연관된 시가들이 매우 많다. 앞서 언급하였던 "高雅"나 "淸奇" 등의 시가도 역시 선종과 관련된 부분이

---

44) 張伯偉著,『禪與詩學』, 22쪽. "這些名目衆多的'勢'講的實際上是詩歌創作中的句法問題. 這裏講的句法, 指的是由上下兩句在內容上或表現手法上的互補、相反或對立所形成的'張力', 這種張力由於存在於詩句的節奏律動和構句模式的力量之間, 因而就能形成一種勢."

다. 여기에서는 선종과 시가창작과의 관련성을 언급한 시가 「逢詩僧」[45]을 예로 들어보겠다.

禪玄無可示, 詩妙有何評. 　禪은 심오하니 나타낼 수 없고 시도 기묘하니 어떻게 평할 수 있을까?

五七字中苦, 百千年後清. 　詩作이 고통스러워도 백년 천년 후에는 고결한 시를 얻으리라.

難求方至理, 不朽始爲名. 　깨달음을 추구하는 것은 어렵지만 영원한 이름을 남길수 있게 된다네.

珍重重相見, 忘機話此情. 　서로 만남이 너무 귀중하지만 이 마음을 표현할 수 없네.

이 시는 禪宗의 깨달음과 시 창작의 玄妙함을 함께 표현하고 있다. 아울러 깨달음이 어렵듯이 시 창작의 어려움도 함께 이야기하고 있다. 즉 제기의 "苦吟"기풍은 바로 선종의 깨달음과 관련된 것이다. 이러한 유형의 시는 사실 시라기보다는 시가창작 이론에 더욱 가깝다고 할 수 있다. 이러한 경향의 시가에는 「山中寄凝密大師兄弟」·「寄鄭谷郎中」·「溪齋」·「寄蜀國廣濟大師」 등이 있다.

4. 二十式에 나타난 平淡과 苦吟

「二十式」은 전체적으로는 내용과 관련된 시가이론이다. 齊己 자신의 시 9수를 인용하고 있다. 「二十式」은 出入·高逸·出塵·回避·並行·艱難·達時·度量·失時·靜興·知時·暗會·直擬·返

---

45)『全唐詩』卷842, 9506~7쪽.

本·功勳·抛擲·腹誹·進退·禮義·兀坐 등이다. 「二十式」에서 용어와 인용된 시가가 부합되지 않은 것, 단순히 인용된 시가의 내용이나 구조형태를 가지고 용어의 이름으로 삼은 것, 용어와 인용된 시가가 부합되며 시가이론과 관련된 측면이 있는 것으로 나누어 살펴보고자 한다.

우선, 용어와 인용된 시가가 부합되지 않는 것이 있다. 예를 들면, "並行"에 인용된 시는 "終夜冥心坐, 諸峰叫月猿"인데 並行과는 상관이 없다. 또한 "度量"에 인용된 시는 "還有冥心者, 還尋此境來"인데 역시 度量과는 관련이 없다.

둘째, 단순히 인용된 시가의 내용이나 구조형태를 가지고 용어의 이름으로 삼은 것이 있다. 즉, 기타 용어들은 유사성이 없으며 단순히 인용된 시가의 내용에 따른 용어이다. 예를 들면, "出入"에 인용된 "雨漲花爭出, 雲空月半生."에서는 꽃이 피는 것을 "出"로 달이 변하는 것을 "入"으로 표현했을 뿐이다. 또한 "功勳"에 인용된 "馬曾金簇中, 身有寶刀痕."에는 "오랫동안 전쟁을 겪어 공훈이 현저하다."[46]라는 풀이가 있듯이 단순히 공훈만을 표현한 것이다. 이렇듯 내용과 관련하여 용어의 이름으로 지은 것은 비록 모두가 아주 명확하게 부합되지는 않더라도 기본적으로는 부합되며 앞서 언급한 "並行"이나 "度量"을 제외한 모든 용어가 이에 해당한다.

셋째, 시가이론과 관련된 용어와 인용된 시가가 있다. 「二十式」에는 제기의 시가 특징인 "시가의 韻이 淸潤하며, 平淡하고 意遠하다. 또한 한기가 들어오는 듯 고통스럽고 힘들다."[47]와 관련된 용어가

---

46) 齊文榜校注, 『賈島集校注』, 人民文學出版社, 2001, 101쪽. "久經戰陣, 功勳卓著也."

비교적 많다. 먼저 앞부분의 내용과 관련된 용어에는 "高逸"·"出塵"·"達時"·"靜興"이 있으며, 후반 "苦吟"과 관련된 용어에는 "艱難"이 있다.

우선, "高逸"에서 "逸"이란 "일종의 자유로운 藝術境界"이며, 또한 "일종의 평범과 용속을 벗어난 藝術境界"[48]로 자유나 脫俗적인 예술경계를 말한다. 이는 사공도『二十四詩品』중의 "飄逸"과 유사한 부분이다. 인용된 시가 역시 그러한 풍격을 가지고 있다. 인용된 시「過陳陶處士舊居」의 "夜過秋竹寺, 醉打老僧門"(한 밤중 사찰을 지나며, 취하여 선사의 문을 두드리네.)은 평이한 내용이지만 세속을 벗어나 逍遙自在하는 탈속의 경지를 표현하고 있다. "出塵"에 인용된 齊己의 시「送孫逸人歸廬山」"逍遙非俗趣, 楊柳護春風"(세속을 잊고 소요하는데, 버드나무가 봄바람을 가져다주네.) 역시 그러한 경향을 가지고 있다. 우선 용어 자체가 세속을 벗어나고자 함을 나타내고 있으며, 시가의 내용 역시 세속을 벗어난 자연 속의 경계를 나타내고 있다. 또한 "達時"란 달관의 경계에 도달했음을 나타내는데, 인용된 시가「除夜」"古松飄雨雪, 一室掩香燈"(고송은 비와 눈에 흔들리며, 등불을 이리저리 가리네.)은 평범하면서 고요하며 그윽한 경계를 나타내고 있다. "靜興"에 인용된 시가「落花」"古屋無人到, 殘陽滿地時"(오래된 집에는 인적이 없고, 석양빛만 가득 찼네.), 역시 고요하여 자연과 일체가 된 듯한 분위기를 나타내고 있다. 이러한 경향을 가진 제기의 시는 매우 많다. 그 중 대표적인 시가인「早梅」[49]를 보

---

47) (五代)孫光憲著,『白蓮集·序』. "詞韻淸潤, 平淡而意遠, 冷峭"(『四部叢刊初編』卷131, 1쪽.)

48) 成復旺主編,『中國美學範疇詞典』, 349쪽. "是一種自由的藝術境界"·"是一種超凡脫俗的藝術境界"

기로 하자.

萬木凍欲折, 孤根暖獨迴.   나무들이 얼어 부러져도 뿌리가 따뜻해지
　　　　　　　　　　　니 돌아오네.
前村深雪裏, 昨夜一支開.   마을이 온통 눈에 덮였지만 어제 밤 한 가
　　　　　　　　　　　지 꽃이 피었네.
風遞幽香去, 禽窺素豔來.   바람이 그윽한 향기를 옮기니 짐승들이
　　　　　　　　　　　몰래 매화 숲으로 들어오네.
明年如應律, 先發映春臺.   내년에 매화꽃 피면 경치 좋은 곳에서 먼
　　　　　　　　　　　저 빛나리라.

이 시는 매화라는 景物을 이용하여 시인의 고상하며 탈속한 경계
를 표현하고 있다. 즉 "시에서의 매화는 시골 들판에 뿌리를 내리고
있어 바람과 짐승들과 벗이 되었으며, 서리나 눈에 굴하지 않아 시
인의 완전히 다른 탈속한 風格을 상징하고 있다."50) 元代 方回 역시
그 풍격을 "사실 이십 자가 絶妙하며, 五 · 六 연은 역시 그윽한 운치
가 있다."51)라고 평가하였다. 이러한 경계를 표현한 시에는 「秋夜書
懷」 · 「林下」 · 「夜坐」 · 「書古寺僧房」 · 「新秋雨後」 · 「聽泉」 등이 있다.
　다음에는 "苦吟"과 관련된 용어인 "艱難"을 보기로 하자. "苦吟"과
관련된 용어인 "艱難"은 어렵고 힘들다는 의미이다. 여기에서는 용
어보다는 오히려 인용된 시의 내용이 "苦吟"이라는 특징에 잘 부합

---

49) 『全唐詩』卷843, 9528쪽.
50) 吳庚舜 · 董乃斌主編, 『唐代文學史』, 687쪽. "詩中的梅花植根村野, 以'風'、'禽'
　　爲友, 傲霜斗雪, 象徵着詩人迥異凡俗的品格."
51) (元)方回編, 『瀛奎律髓』, 226쪽. "其實二十字絶妙. 五六亦幽致."(『四庫文學總
　　集選刊』, 影印本)

된다. 인용된 齊己의 시「寄鄭谷郎中」의 "覓句如探虎, 逢知似得仙"은 시가창작의 어려움을 선종에서의 깨달음만큼 어려움을 표현하고 있다. 인용된 시가「寄鄭谷郎中」52)의 전문을 보면 그 의미를 더욱 명확하게 알 수 있다.

詩心何以傳? 所證自同禪.　詩心을 어떻게 전하나? 禪宗의 깨달음과 같으니.

覓句如探虎, 逢知似得仙.　시 구절을 찾는데 고통을 두려워하지 않으니 마치 깨달음을 얻어 신선이 되는 것과 같네.

神淸太古在, 字好雅風全.　맑은 정신은 태고부터 있었으니 우아한 풍격을 잘 표현해야 하네.

曾沐星郞許, 終慚是裵然.　일찍이 은택을 받은 자는 郞許이고 결국 부끄러워하는 자는 裵然이네.

이 시에서는 시가창작의 어려움이 禪宗에서의 깨달음 만큼임을 말하고 있다. 이 시에서 나타내고 있는 것은 시가창작에서의 "苦吟"이다. "『白蓮集』중의 셀 수 없이 많은 시구들은 苦吟과 찾기 어려움을 말하고 있다. 비록 賈島를 언급하지는 않았지만 사실 바로 賈島의 苦吟精神에 대한 肯定과 찬양이다."53)를 통하여 제기 시가창작의 苦吟 특징을 엿볼 수 있다. 이러한 "苦吟"을 표현하는 시 구절은 매우 많다. 예를 들면, "誰見少年人, 低摧向苦吟"(「謝王秀才見示詩卷」),

---

52)『全唐詩』卷840, 9478쪽.
53) 王運熙・楊明著, 『隋唐五代文學批評史』, 758쪽. "《白蓮集》中更有難以枚數的詩句, 以苦吟冥搜爲言: 雖未言及賈島, 其實正是對賈島苦吟精神的肯定、推崇."

"穿鑿堪傷骨,　風騷久痛心."(「寄謝高先輩見寄」),　"天地有萬物,　盡應輸苦心."(「寄詩友」),　"趣極同無迹,　精深合自然."(「謝虛中寄新詩」) 등이 있다.

그러나 孟郊와 賈島가 추구하는 시가창작이 "苦心搜求"와 더불어 "맑고 자연스러우며 고상하고 우아함"[54]을 추구하듯이, 제기 역시 이들의 영향을 받아 단순히 "苦吟"의 특징만을 가지고 있는 것은 아니다. 즉 제기의 "苦吟"은 「六詩」나 「六義」에서 언급된 "雅"의 의미와 「十體」에서 언급된 "淸奇"와도 관련시킬 수 있다. 이러한 의미를 가진 시가들이 적지 않다. 예를 들면, "淸苦日聞新"(「寄監利司空學士」), "五七字中苦,　百千年後淸"(「逢詩僧」), "苦甚傷心骨,　淸還切齒牙."(「寄懷江西僧達禪翁」) 등이 있다. 그러므로 제기의 창작에 대하여 "齊己의 시는 淸潤하고 平淡하다. 또한 高遠하며 冷峭하다."[55]라는 평가를 하고 있는 것이다.

상술한 "苦吟"에 대한 실제적인 예로는 오히려 「二十式」 중 "知時"에 인용된 齊己의 시가 가장 대표적이다. 인용된 제기의 시는 앞에서 인용하였던 「早梅」로 그 일부분인 "前村深雪裏,　昨夜一支開"가 있다. "知時" 자체로는 "시절을 안다."라는 의미로 용어를 사용하였지만 이는 표면적인 내용에 대한 용어이며 사실 晩唐 苦吟의 대표적인 예로 많이 쓰이던 시가이다. 즉 소위 晩唐 苦吟의 대표적인 "一字師"라는 칭호가 제기에서 유래되었다. 『五代史補』의 "鄭谷이 袁州에 있기에 齊己가 시를 가지고 뵙고자 하였다. 『早梅』시에 '前村深雪裏,

---

54) 王運熙 · 楊明著, 『隋唐五代文學批評史』, 759쪽. "淸逸高雅"
55) 胡震亨輯, 『唐音癸籤』卷8, 上海古籍出版社, 1981, 82쪽. "齊己詩淸潤平淡, 亦復高遠冷峭"

昨夜一支開.'가 있는데, 이를 보고 鄭谷이 웃으며 '여러 나무 가지는 이르다는 것과 어울리지 않는다. 한 나무 가지의 어울림만 못하다.' 라고 말했다. 齊己는 놀라며 자신도 모르게 꿇어앉아 예의를 표했는데 이로부터 사대부들은 鄭谷을 齊己의 한 글자 스승으로 여겼다."56) 라는 기재는 바로 苦吟의 한 예를 설명하고 있다. 특히「早梅」는 苦吟의 결과로 만들어진 淸新함을 가진 제기의 시가 특징이 잘 드러나고 있는 대표적인 시이다.

5. 四十門과 시가창작의 내용

「四十門」에서의 용어는 皇道·始終·悲喜·隱顯·憫愴·道情·得意·背時·正風·返顧·亂道·抱直·世情·匡救·貞孝·薄情·忠正·相成·嗟歎·侯時·淸苦·騷愁·睠戀·想像·志氣·雙擬·向時·傷心·鑒戒·神仙·破除·蹇塞·鬼怪·紕繆·世變·正氣·扼腕·隱悼·道交·淸潔이다.

「四十門」은 주로 인용된 시가의 내용과 관련성이 많은 作詩의 제재에 해당하지만 다른 이론과 마찬가지로 체계적이지 않다. 용어 자체로 보면 감정을 표현한 용어가 비교적 많지만 감정과 전혀 다른 내용의 "神仙"이나 "鬼怪" 등이 있고, 또한 "相成"이나 "志氣" 등 분류할 수 없는 용어들이 있어 통일성이 없다. 또한「四十門」은 비록 40개로 분류하고 있지만 "正風"과 "淸潔"은 앞에 인용된 용어와 중복되며, "淸潔"은「十體」의 일부이고, "正風"은「六詩」의 하나이다.

---

56) (宋)陶岳撰, 『五代史補』"鄭谷在袁州, 齊己因携所爲詩往謁焉. 有《早梅》詩曰: '前村深雪裏, 昨夜一支開.' 谷笑謂曰:'數枝非早也, 不如一枝則佳.' 齊己矍然, 不覺兼三衣印地膜拜, 自是士林以谷爲齊己一字之師."(『四庫全書』, 407冊.)

「四十門」의 명칭은 어떤 이유로 그렇게 불렀는지 그 자체로는 알
수가 없다. 단지 齊己 자신이 禪宗의 승려였음을 감안한다면 선종의
교리에 자주 등장하는 숫자나 "門"이라는 용어의 영향을 받았을 것
이라 추측할 수 있을 뿐이다. "'門'은 불교 용어의 하나이며 불교 서
적의 구조 형식 중의 하나이다."57)그러므로 선종의 영향 하에 "四十
門"이라는 명칭이 생겼을 것이다. 다만 이러한 추측은 "門"이라는 용
어가 선종에서의 어떤 구조형식의 영향을 받았을 뿐 제기의 시가이
론과는 별 상관이 없다. 「四十門」의 구체적인 용어는 오히려 작가의
심리나 감정을 표현하는 경우가 많다.

　「四十門」의 용어가 가진 의미와 인용된 시가의 내용에 따라 정리
하면 다음과 같다.

　우선, 용어가 단순히 인용된 시가의 내용을 가리키고 있다. 예를
들어, "皇道"의 인용된 王昌齡의 "明堂坐天子, 月朔朝諸侯"(명당에는
천자가 앉아있고, 매월 첫 날에 제후들과 조회를 본다.)를 보면 단순
히 황제와 관련된 내용이며 시가이론으로서의 용어가 아님을 알 수
있다. 다른 예로, "正風"에 인용된 "一春能幾日, 無雨亦多風"(봄은 며
칠이던가, 비 오지 않고 바람만 부네.)의 내용 역시 단순히 바람과
관련되어 있음을 알 수 있다. 특히 용어가 중복된 「六詩」에서 "正風"
으로 인용된 시가 단순한 바람을 언급한 시가 아님을 감안하면 「四
十門」의 용어는 시가이론이기보다는 시가의 내용을 나열했다고 할
수 있다. 「四十門」의 용어 중에는 그 의미를 알기 어려운 것이 많은
데, 이 역시 인용된 시가의 내용과 비교하여 대체적인 의미를 알 수

---

57) 張伯偉著, 『禪與詩學』, 13쪽. "門是佛學術語之一, 也是佛敎典籍的結構形式之
　　一."

있다. 예를 들어 "背時"는 자체로는 의미를 파악하기 어렵다. 그러나 인용된 賈島의 시 "白髮無心鑷, 靑山去意多"(백발이 되니 저절로 흰 머리털 뽑고, 청산에 가고픈 마음이 더욱 많아지는구나.)의 내용이 나이가 들어 백발이 되자 자신도 모르게 족집게를 이용하여 털을 뽑으며 청산에 살고자하는 심정을 표현하는 것을 감안하며 시간을 거슬러 가는 의미로 背時를 사용하였음을 알 수 있다. 용어 자체가 난해한 "紕繆"는 『詩學指南』에는 원래 "亂道"로 되어있고, "扼腕"은 『詞府靈蛇』에 "嗟歎"이라는 용어로 되어있음을 감안하면 역시 내용을 나타낸 것임을 알 수 있다.[58] 또한 "雙擬"에 인용된 시가는 "冥目冥心坐, 花開花落時"(어두운 곳에서 마음을 닫고 앉았는데, 꽃이 피고 꽃이 떨어질 때이네.)인데 이는 내용이라기보다는 "冥"과 "花" 글자의 중복을 표시하는 것임을 알 수 있다. 결국 「四十門」은 "雙擬"와 의미를 알 수 없는 "破除"·"想像"을 제외하면 모두 내용과 관련된 용어이다.

「四十門」에 인용된 시가가 용어와 관련됨을 알 수 있는 것이 있는데, 이를 세분하여 보면 특징지어지는 분류가 있다. 우선 주로 심리나 감정을 중시하는 특징이 있다. 「四十門」에서 작가의 心理를 표현한 용어는 "悲喜·惆愴·嗟歎·騷愁·睠戀·傷心·隱悼" 등이며, 작가의 감정과 관련된 용어에는 "道情·得意·世情·薄情" 등이 있다. 또한 "鬼怪"와 "神仙"이 유사하며, "志氣"와 "正氣"가 관련이 있으며, "貞孝"나 "忠正"이 유사하다. 기타 명칭들은 통일성을 찾을 수 없으며 각각 단순히 시의 내용을 용어로 사용하고 있다.

심리를 표현하는 용어들인 "悲喜·惆愴·嗟歎·騷愁·睠戀·傷心"

---

58) 張白偉編撰, 『全唐五代詩格校考』, 390~391쪽.

등은 주로 感傷적인 情調를 나타내고 있다. 인용된 시 역시 비교적
부합된다. 예를 들어, "惆愴"에 인용된 戴叔倫의 「早行寄朱山人放」
"此別又千里, 少年能幾時"(이별은 아득한 이전인데, 어릴 적 언제였던
가?)는 이별의 傷感을 표현하였다. 또한 "嗟歎"에 인용된 崔峒의 「江
上書懷」 "淚流襟上血, 髮白鏡中絲"(눈물이 흘러흘러 소매를 피로 적
시고, 백발은 거울 속 실과 같네.)는 눈물과 백발을 통하여 탄식을
표현하고 있다.

「四十門」은 분명 내용을 분류했음에도 불구하고 작가의 감정표현
에 치중된 것과 감정표현 중에서도 感傷적인 경향을 가진 용어를 사
용하고 있는 것은 특이한 측면이라고 할 수 있다. 즉 苦吟을 중시하
는 시인들의 "詩歌는 대부분 哀怨淸苦한 정조가 스며들어있는"[59]것
이 시가창작특징임을 감안하면 제기 역시 이 범주에 속한다고 할 수
있다. 그러나 제기의 시가창작 중에서는 感傷적인 창작경향이 거의
나타나지 않고 있으며 「四十門」의 감정과 관련된 용어에 인용된 시
가에서도 齊己의 시는 한 편도 없다. 그러므로 이 「四十門」에서 일
부 용어들은 특히 시가 창작에서의 감정에 대한 자신의 이론을 피력
한 것일 뿐 자신의 창작과는 관련시키지 않은 부분이라 할 수 있다.

6. 「六斷」에 나타난 卽事와 含蓄

"소위 '斷'이란 바로 「炙轂子詩格」에서의 '斷章'으로 역시 結尾이
다."[60] 그러므로 인용된 시가 역시 모두 그 시의 마지막 聯이다. 「六

---

59) 吳在慶著, 〈略論唐代的苦吟詩風〉. "詩歌多浸染着哀怨淸苦的情調"(『文學遺産』,
   2002년, 第四期, 36쪽.)
60) 王運熙・楊明著, 『隋唐五代文學批評史』, 754쪽. "所謂斷, 卽「炙轂子詩格」所謂

斷」에는 合題·背題·卽事·因起·不盡意·取時 등이 있다. 특이한
점은 여기에 인용된 시는 모두 齊己의 시라는 점이다. 아마도 齊己
의 입장에서 중시했던 부분일 가능성이 많다. 실제로 앞의 시가이론
에 비하여 비교적 중요한 내용이 있다. 즉 "卽事"나 "不盡意"는 이전이
나 이후의 시가이론에서 많이 언급된 부분으로 중시되던 이론이다.

　"卽事"는 사실을 근거로 삼거나 사실에 대한 기록을 말한다. 이는
단순한 사실에 대한 기록일 수도 있지만 시가창작에 있어서 종종 현
실폭로의 의의를 가진 현실주의 시가를 지칭하였다. 齊己의 시「劍
客」은 단순한 역사사실에 의거한 인용인지 아니면 제기 자신의 의
도하는 바가 있어서 인용한 것인지는 불분명하지만 당시의 현실을
감안하면 현실의 혼란을 해결할 인재에 대한 시인의 갈망을 표현했
다고 할 수 있다. 이렇듯 제기는 비록 杜甫와 같은 현실주의 시인이
아닌 詩僧이라고 하더라도 그의 시가창작「月下作」·「耕叟」·「夏雲
曲」·「亂中聞鄭谷吳延保下世」·「古劍歌」·「寓言」·「居道林寺書懷」·
「西山叟」·「苦熱行」·「猛虎行」·「蠹」 등은 현실을 잊지 않거나 현
실을 개조하고자하는 심정을 반영하고 있다. 이는「六詩」나「六義」
에서 용어를 의도적으로 선택했다는 부분과 일맥상통한다고 할 수
있다. 예를 들어 인용된 시가인「劍客」[61]을 보기로 하자.

　　　拔劍遶殘樽, 歌終便出門.　　검을 빼어들고 춤을 추며 노래하다 마침
　　　　　　　　　　　　　　　내 문을 나선다.
　　　西風萬天雪, 何處報人恩.　　서풍은 눈 덮인 사방에 부니 어디에서 은
　　　　　　　　　　　　　　　혜에 보답할까.

　'斷章, 亦卽結尾.'
61)『全唐詩』卷838, 9452쪽.

勇死尋常事, 輕讐不足論.　의를 위해 죽는 것은 당연한 일 가벼운 원
　　　　　　　　　　　수는 논하지 않으리라.
翻嫌易水上, 細碎動離魂.　易水에서 돌아오지 않음을 맹세하는데 혼
　　　　　　　　　　　백이 모두 나간듯하다.

　기본적으로 사실에 대한 기록이라는 측면에서 卽事의 의미를 가
지고 있다. 그러나 제기가 생활하던 唐末五代의 혼란시기를 감안하
면 이 시를 창작한 의도는 다분히 혼란현실에 대한 염려와 변화를
원하고 있음을 쉽게 추측할 수 있다. 이 시는 원대한 이상실현을 위
하여 목숨을 바치는 영웅의 기개를 표현하고 있다. 또한 나라를 구
하려는 희생은 영웅적인 자세임을 나타내고 있다. 그러므로 이 시는
詩僧의 면모와는 달라 많은 후인의 평가에서 "호방하고 호쾌하다,
어찌 僧詩이랴?"[62)라고 기세가 호방하다는 평가를 받고 있다.
　"不盡意"는 "詩는 뜻을 다하지 않는 함축을 귀히 여긴다."[63)에서
알 수 있듯이 含蓄을 가리킨다. 함축이라는 용어는 시가이론에서 늘
언급되는 중요한 부분이다. 특히 齊己의 결말 부분에서의 함축에 대
한 강조는 王昌齡의 「十七勢」 중 "含思落句勢"인 "늘 마지막 구에 이
르러서는 항상 생각을 가져야 하는데 말을 다하고 의미를 모두 드러
나게 해서는 안 된다."[64)의 영향을 받았을 가능성이 많다. "함축"이
란 시가 가지는 예술미로 모든 것을 다 드러내는 것과는 달리 읽는

62) (淸)沈德潛編, 『唐詩別裁集』, 上海古籍出版社 1992,, 424쪽. "豪爽, 何嘗是僧詩?"
63) (淸)吳喬著, 『圍爐詩話』, 476쪽. "詩貴有含蓄不盡之意"(郭紹虞編選, 富壽蓀校點, 『淸詩話續編』, 上海古籍出版社, 1983.)
64) (日本)遍照金剛, 『文鏡秘府論』, 人民文學出版社, 1975, 42쪽. "每至落句, 常須含思, 不得令語盡意窮"

이로 하여금 여운을 남게 하거나 연상을 하도록 하는 애매하지만 오묘한 미를 말한다. "不盡意"에 인용된 齊己의 시 「詠懷寄知己」65)를 보기로 하자.

已得浮生到老閒, 且將新句擬玄關.
　　　　늘 한가롭게 뜬구름 같이 살면서 禪의 오묘함을 시로써 표현했다네.
自知淸興來無盡, 誰道淳風去不還.
　　　　스스로 고결한 흥취가 무궁함을 알지만 淸風이 다시 불어오지 않음을 누가 말하겠는가.
三百正聲傳世後, 五千眞理在人間.
　　　　수많은 순수한 음악이 후세에 전해진 후에 수 많은 진리가 인간세계에 있네.
此心終待相逢說, 時復登樓看暮山.
　　　　이러한 심정 언젠가 다시 만날 때 말하고자 수시로 누각에 올라 저무는 산을 보네.

이 시는 知人을 생각하며 쓴 것이다. 知人에 대한 회고를 통하여 다시 만나기를 기원하고 있다. 마지막 연은 작가가 가진 생각을 知人과 함께 하고자 하는 심정을 표현하고 있지만, 저무는 산을 바라보는 것으로 知人을 기다리는 심정을 표현하였다. 함축이 가진 여운과 암시성이 그리 강하지는 않지만 직접적으로 표현하지 않았기에 누각에 오른 작가의 심정을 헤아릴 수 있다.

---

65) 『全唐詩』卷845, 9556쪽.

7. 三格과 시가창작의 수준

　「三格」이란 시가창작에 있어서의 수준에 대한 이론이다. 齊己 자신이 직접 「三格」을 上格用意·中格用氣·下格用事라고 구분하였다. 즉 "用意"가 가장 중요하며 그 다음은 "用氣", 마지막은 "用事"임을 밝히고 있다.

　"用意"란 의도하는 바를 드러냄을 말한다. 齊己는 시란 기본적으로 자신의 의도를 표현해야 한다고 생각하였음을 알 수 있다. 다만 "不盡意"에서와 같이 드러내지만 직접적으로 드러내는 것을 강조한 것은 아니다. 즉 그가 인용한 시가를 통하여 고찰하면 단순히 의도를 드러내는 것만 중시하지 않았음을 알 수 있다. 이러한 "用意"는 자연히 앞서 언급된 다양한 시가이론과 결부되어 있다. 인용된 시 구절 "那堪懷遠路, 猶自上高樓"(먼 길을 보고자 한다면 스스로 높은 누대에 올라야하네.)는 작자를 알 수 없지만 王之渙 「登鸛雀樓」의 "欲窮千里目, 更上一層樓"(더욱 멀리 보려면 한 층 더 올라야하네.)와 흡사하다. 아마도 시인의 심정 또는 시인이 나타내고자 하는 높은 이상을 표현한 듯하다. 齊己는 이러한 의도를 가진 시를 上格으로 여긴 듯하다. 두 번째로 인용된 "九江有浪船難濟, 三峽無猿客自愁"(九江은 배가 있어도 건너기 어렵고 三峽에 원숭이가 없으니 객은 저절로 슬퍼지네) 역시 작자를 알 수 없지만 李白 「早發白帝城」의 "兩岸猿聲啼不住, 輕舟已過萬重山."(양쪽 언덕의 원숭이소리 끊이지 않고, 가벼운 배는 이미 첩첩산중을 지났네)과 아주 흡사하다. 다만 이백의 시에서 표현된 시원한 심정과는 반대의 심정을 표현하고자 하는 의도가 숨어있다. 齊己의 시가 중에서 孤吟을 통한 淸奇를 표현하는 작품들은 모두 무엇인가 의도하는 바가 있는 시로 대부분은

禪師의 悠然自得하며 脫俗한 경계를 추구하고 있다. 이는 앞에서 인
용한 시들과 유사하다. 「水邊行」66)을 보기로 하자.

> 身著袈裟手杖藤, 水邊行止不妨僧.
> > 가사입고 지팡이 들고 물 따라 行脚하매 거리낄 것
> > 이 없구나.
> 禽棲日落猶孤立, 隔浪秋山千萬層.
> > 짐승이 돌아가고 해가 저무니 오히려 혼자이고 강
> > 멀리 첩첩의 가을 산을 바라본다.

이 시는 行脚 禪師의 悠然自適한 境界를 표현하고 있다. 혼자이기
에 모든 곳이 잠자는 곳이며 쉬는 곳이다. 멀리 가을 산을 바라보는
禪師의 모습은 바로 無念無想을 보여주는 것으로 선종의 깨달음과
같은 것이다. 이 시는 세속을 초월한 선사를 통하여 悠悠自適한 심
리를 표현하고자 하였다.

"用氣"란 시의 창작 중에서 "氣"를 중시하는 부분이다. "氣"는 상당
히 모호한 의미를 가지고 있지만 일반적으로 문학창작의 범주에서
는 "움직이는 精神活力 및 이와 관련 있는 기질·개성·악습·취
향·정조 등의 創作主體方面의 요소를 가리킨다."67) 齊己의 "用氣"가
가진 의미는 사실 명확하게 알 수 없으며 인용된 시가에 나타난 내
용 역시 氣와의 관련성을 찾기 쉽지 않다. 氣란 용어를 사용한 것과
이것이 창작의 수준을 표시하는 것을 감안하면 제기는 작가의 정신

---

66)『全唐詩』卷847, 9592쪽.
67) 成復旺主編,『美學範疇詞典』, 126쪽. "氣指流轉的精神活力以及與其相關的氣質
個性習染志趣情操等創作主體方面的因素."

적인 부분인 氣質이나 個性 및 趣向을 강조했다고 할 수 있다.

　"用事"란 시가창작에 있어서 典故나 어떤 사실을 활용하는 것을 말한다. 이러한 창작방법에 대하여 역대로 찬반과 포폄이 있었는데 기본적으로는 폄하하는 경향이 많다. 제기 역시 「三格」 중에서 下格으로 분류하였다.

Ⅳ. 맺는 말

　齊己의 시가이론서 『風騷旨格』은 비록 체계가 없고 구체적인 설명이 없어 그 이론이 명확하지 않지만 그의 실제적인 시가창작을 접목시켜 고찰하면 그의 시가이론의 의미와 시가 특징을 알 수 있다. 우선, 그의 시가이론으로 언급된 명칭 자체와 인용된 시가, 그리고 실제로 창작된 제기의 시가특징 등 세 가지를 통일하여 정리하면 아래와 같다.

　『風騷旨格』에서 「六詩」와 「六義」 중의 "雅"는 "高情遠致"의 風格을 가리킨다고 할 수 있다. 또한 『詩經』의 "六義"로써 명칭을 삼은 것으로 보아 儒家사상의 영향을 받았을 것이며, 실제로 그의 창작 중에는 적지 않게 현실을 반영하고 있음을 고찰하였다. 「十體」 중에서 "高古"·"淸奇"·"淸潔"은 풍격을 논술한 것이며, "遠近"·"雙分"·"是非"는 창작방법을 논술한 것이고, "無虛"는 인용된 시가를 보면 虛實의 내용을 가지고 있음을 알 수 있다. 「十勢」는 특이한 용어를 사용했지만 사실 명확하지 않다. 다만 제기의 시가창작을 분석하면 선종과 깊은 관계가 있으므로 역시 여기에서는 선종과의 밀접한 관계를 파악할 수 있다. 실제로 그의 창작 중에는 선종과 관련된 창작이 상당히 많다. 「二十式」 중에서 "高逸"·"出塵"·"達時"·"靜興" 등은 시인의 자유와 脫俗적인 예술경계를 보여주고 있다. 또한 "艱難"
은 "苦吟"과 관련된 용어로 제기의 시가창작의 한 특징에 해당되는
중요한 부분이다. 이러한 용어가 언급되었기 때문에 시가특징과 시
가이론을 접목시켰음을 알 수 있다. 「四十門」은 복잡하고 체계가 없
지만 주로 내용과 관련된 부분이다. 그중 "悲喜"·"惆愴"·"嗟歎"·"騷
愁"·"睠戀"·"傷心"은 시인의 심리적 경향을 나타내는 용어로 感傷
적인 情調를 가지고 있다. 「六斷」은 결말을 지칭하는 부분이며, 그
중 "不盡意"는 바로 含蓄의 다른 용어로 당시의 많은 시가이론에서
다루어졌던 내용을 제기 역시 중시했음을 알 수 있다.
「三格」은 詩歌創作의 수준을 논술하고 있다.

결론적으로 『風騷旨格』에 나타난 이론과 인용된 시가가 비록 체
계가 없고 일관성이 없다고 할지라도, 그의 시가이론과 시가창작을
관련시키면 그의 전반적인 시가특징인 "平淡"과 "苦吟" 그리고 현실
주의시가가 『風騷旨格』에 나타난 이론과 접목되어 있음을 알 수 있
다. 즉 이러한 이론과 창작의 결합이 있었기에 "唐代 詩僧은 齊己가
第一이다."[68]라는 최고의 평가를 받고 있는 것이다.

齊己의 『風騷旨格』은 자신의 창작을 바탕으로 창작의 내용이나
구조 혹은 창작할 때에 자신이 느꼈던 어려움 등을 수필형식으로 쓰
면서 禪宗의 용어를 빌어 정리했다고 추측된다. 그 이유는 기본적으
로 분류를 하였지만 그의 창작특징이 각각에서 모두 뒤섞여서 나타
나며, 큰 분류로 사용된 용어들이 대부분 禪宗의 영향을 받았기 때
문이다. 즉 자신의 창작을 바탕으로 내용에 따라 구분하면서 일부

---

68) (元)方回選編, (清)紀昀刊誤, 諸偉奇·胡益民點校, 『瀛奎律髓』, 1004쪽. "唐詩
僧以齊己爲第一"

자신의 시에 대한 이론을 피력했다고 할 수 있다.

　唐末五代시기의 詩格理論書는 적지 않지만 제기의 『風騷旨格』과 마찬가지로 이론에 대한 구체적인 설명이나 체계가 없기 때문에 중시 받지 못한 것이 사실이다. 그러나 시인들의 시가창작은 자신의 이론을 바탕으로 창작되어지기 때문에 무의미하지는 않으리라 생각한다. 그러므로 차후에 이 시기의 詩格理論書를 전반적으로 고찰하고자 한다.

● 參考文獻 ●

『全唐詩』(1960), 中華書局.

丁福保輯(1983),『歷代詩話續編』, 中華書局. (齊己撰,『風騷旨格』.)

王夫之等撰(1963),『淸詩話』, 上海古籍出版社.((淸)薛雪著,『一瓢詩話』.)

郭紹虞編選, 富壽蓀校點(1983),『淸詩話續編』, 上海古籍出版社. (淸)吳喬
  著,『圍爐詩話』.

(元)方回選編(1994), (淸)紀昀刊誤, 諸偉奇・胡益民點校,『瀛奎律髓』, 黃
  山書社.

(日本)遍照金剛(1975),『文鏡秘府論』, 人民文學出版社.

羅宗强著(1986),『隋唐五代文學思想史』, 上海古籍出版社.

羅根澤著(2003),『中國文學批評史』, 上海古籍出版社.

成復旺主編(1995),『中國美學範疇詞典』, 中國人民文學出版社.

孫昌武著(1997),『禪思與詩情』, 中華書局.

吳在慶著(2002), 〈略論唐代的苦吟詩風〉,『文學遺産』, 第四期, 36쪽.

吳庚舜・董乃斌主編(1995),『唐代文學史』, 人民文學出版社.

王運熙・楊明著(1994),『隋唐五代文學批評史』, 上海古籍出版社.

張白偉編撰(1996),『全唐五代詩格校考』, 陝西人民敎育出版社.

張伯偉著(1992),『禪與詩學』, 浙江人民出版社.

朱東潤著(1983), 〈司空圖詩論綜述〉,『中國文學論集』, 中華書局. 9쪽.

陳伯海主編(1996),『唐詩彙評』, 浙江敎育出版社.

黃永年著(2002),『唐代史料學』, 上海書店出版社.

唐末 "詩格"書 연구

I. 들어가는 말

詩格書에 대한 정의는 "소위 詩格이란 바로 시의 법칙이나 형식의 의미이다."[1]라는 견해와 더불어 "詩格이란 시가의 창작기교(주로 句法)를 탐색하거나 종합 정리한 이론저작이다."[2]라고 말하고 있다. 전자는 큰 범주로 접근했다면 후자는 좀 더 구체적인 정의라고 할 수 있다. 이러한 詩格書는 유독 唐末과 五代에 많이 저술되었다. 이 시기의 詩格書는 北宋 蔡傳이 편찬한 『吟窓雜錄』에 10종이 전하고 있다. 즉, 王叡의 『九轂子詩格』, 李洪宣의 『緣情手鑑詩格』, 鄭谷·齊己·黃捐의 『今體詩格』, 齊己의 『風騷旨格』, 虛中의 『流類手鑑』, 徐衍의 『風騷要式』, 徐寅의 『雅道機要』, 王玄의 『詩中至格』, 王夢簡의 『詩要格律』, 桂林淳大師의 『詩評』, 文彧의 『詩格』 등이다. 이들 詩格書의 편찬시기에 대하여 정확하게 알 수 없지만 저자의 생년을 참고하면, 일반적으로 虛中의 詩格書까지를 唐代의 저작으로 여기고 있으며, 나머지는 五代시기의 저작이라고 말하고 있다. 이러한 10종의 詩格書가 가지고 있는 내용이 너무 많으므로, 우선 唐末의 5종 詩格書를 연구의 대상으로 삼았다.

---

1) 王運熙, 楊明著, 『隋唐五代文學批評史』, 上海古籍出版社, 1994, 588쪽. "所謂詩格, 卽爲詩之法則, 式樣之意."
2) 張興武著, 『五代作家的人格與詩格』, 人民文學出版社, 2000, 197쪽. "詩格是一種探索和總結詩歌創作技巧(主要是句法)的理論著作."

이들 詩格書에 대한 연구는 대개 시가이론저작에서 찾아 볼 수 있
으며3), 기타 전문적인 연구는 미흡한 편이다. 또한 詩格書에 대한
개괄적인 평가는 긍정적이기보다는 부정적인 경향이 강하다. 그러
므로 일부 내부 항목에 대하여 "牽强附會하다."4), "잡다한 공식일 뿐
이다."5), "자질구레하다."6) 등의 지적이 있다. 그러나 또다시 詩格書
에 대하여 "많은 시가창작에 유익한 좋은 견해를 제기했으며, 시가
예술을 풍부하게 하는 표현방법에 대하여 일정정도 공헌이 있다."7)
라고 하는 바 분명히 詩格書의 연구는 가치 있는 고찰이 되리라 생
각한다. 또한 이론저작에 보이는 내용을 보면, 개괄적인 경향이 강
하며 사실상 구체적이며 직접적으로 고찰하지는 못하고 있다. 특히
인용된 시가와의 관련성을 고찰하는데 있어서는 소홀히 하는 경향
이 있다고 생각하였다. 본 고에서는 詩格書의 내용을 고찰하면서 詩
格書가 가진 특징과 의미를 살펴보고자 한다.

---

3) 羅根澤의『中國文學批評史』, 王運熙, 楊明의『隋唐五代文學批評史』가 대표적
   이며, 그밖에 張少康, 劉三富의『中國文學理論批評發展史』나 羅宗强의『隋唐
   五代文學思想史』등에도 언급이 되어있다.
4) 앞의 책,『隋唐五代文學批評史』, 764쪽. "穿鑿附會"
5) 羅宗强著,『隋唐五代文學思想史』, 上海古籍出版社, 1986, 446쪽. "瑣碎公式而
   已"
6) 張少康, 劉三富著,『中國文學理論批評發展史』, 北京大學出版社, 1995, 468쪽.
   "煩碎"
7) 앞의 책,『中國文學理論批評發展史』, 468쪽. "提出了不少對詩歌創作有益的好
   見解, 對豊富詩歌藝術的表現方法, 作出過一定的貢獻."

Ⅱ. 詩格書의 내용에 대한 고찰

唐末에 편찬된 詩格書는 王叡『九轂子詩格』, 李洪宣『緣情手鑑詩格』, 鄭谷·齊己·黃捐『今體詩格』, 齊己『風騒旨格』, 虚中『流類手鑑』 등 이다. 아래에 순서에 따라 각 詩格書의 내용을 살펴보고자 한다.

1. 王叡 『九轂子詩格』

『九轂子詩格』에는 〈論章句所起〉[8]·〈連珠體〉·〈仄聲體〉·〈六言體〉·〈三五七言體〉·〈一篇血脈條貫體〉·〈玄律體〉·〈背律體〉·〈雙關體〉·〈模寫景象含蓄體〉·〈兩句一意體〉·〈句病體〉·〈句內疊韻體〉 등으로 구분되어 있다. 내용을 분석하여 순서에 상관없이 내용에 따라 정리하였다.

(1) 詩體

〈論章句所起〉은 三, 四, 五, 六, 七, 八, 九言詩의 기원을 밝히고 있다. 특별히 기원에 대한 이론적인 언급이 없으며 단순히 글자 수에 따라 그 예를 찾고 있을 뿐이다. 그러므로 시가의 기원이 되는『詩經』에 있는 시가 중에서 단지 글자 수에 따라 그 기원을 찾은 것이다. 『詩經』에 없는 九言詩는 韋孟과 李白시가에서 그 기원을 찾고 있지만 역시 이론적인 언급은 없다. 전체적으로 이런 詩體가 있다는 소개하는 차원이다

〈六言體〉는 六言의 글자 수에 따른 시가를 예를 들었을 뿐이다.

---

8) 詩格書에 언급된 항목들은 편의상 〈 〉를 이용하였다.

〈三五七言體〉는 글자 수가 三·五·七言이 섞여 있는 시가 한 수를 예로 들었다.

여기에서는 어떤 이론적인 내용이 아니라 단지 詩體의 종류를 설명하기 위해 이전의 시가를 예로 들어 소개하고 있을 뿐이다. 즉 단지 이전 시가를 총괄하여 詩體의 종류를 구분해보았다는 의미가 있을 뿐이다.

(2) 用韻

〈三韻體〉는 押韻 세 개를 사용한 것으로, 결국은 6句로 이루어진 시가를 말한다. 인용된 시에서 押韻된 마지막 글자를 보면 두 번째 구 '城', 네 번째 구 '驚', 여섯 번째 구 '平'는 모두 平聲 押韻으로 庚韻에 속한다. 다만, 여기에서는 用韻의 활용에 대한 설명이 아니라 단순히 세 개의 韻을 이용한 시가를 예를 들었다고 볼 수 있다.

〈連珠體〉에 대하여 "당연히 七言詩의 각각의 구에 押韻한 것을 가리킨다."[9]라고 설명하고 있는데, 이는 잘못된 것이다. 인용된 시가의 제목이 "柏梁殿"이여서 아마도 漢武帝 시기 한 사람마다 같은 운으로 한 구씩 짓는 소위 "柏梁體"로 오인한 듯 하다. 실제로 인용된 시의 압운을 살펴보면 맞지 않다. 즉, 인용된 시의 첫째 구 '羅'(仄聲 哿韻), 둘째 구 '酡'(平聲 歌韻), 셋째 구 '歌'(平聲 歌韻), 넷째 구 '多'(平聲 歌韻), 다섯째 구 '和'(平聲 歌韻), 여섯째 구 '促'(仄聲 沃韻), 일곱째 구 '燭'(仄聲 沃韻), 여덟 째 구 '曲'(仄聲 沃韻), 아홉째 구 '復'(仄聲 屋韻)는 각각의 압운을 하고 있다. 전반부는 平聲 押韻으로 歌韻에 속하지만, 후반부는 仄聲 押韻으로 沃韻와 屋韻에 속한다. 즉 이

---

9) 앞의 책, 『隋唐五代文學批評史』, 743쪽. "當是指七言詩每句押韻."

시가 전체는 9구로 이루어진 시이며, 押韻 역시 통일되지도 않고 심지어는 轉韻이 되고 있다. '連珠'라는 명칭은 원래 修辭格의 일종으로 이어지는 것을 뜻한다. 아마도 여기에서는 轉韻의 경우로써 바뀌어 이어지는 것을 나타내고자 한 것이 아닐까 하는 추측을 할 뿐이다.

〈仄聲體〉는 仄聲으로 押韻한 것이다. 첫째 구 '將'(仄聲 樣韻), 둘째 구 '壘'(仄聲 紙韻), 셋째 구 '鄰'(平聲 眞韻), 넷째 구 '水'(仄聲 紙韻) 이다. 押韻하는 句는 바로 둘째 구와 넷째 구이며, 모두 仄聲 紙韻으로 押韻했다. 근체시에 있어서 仄聲韻은 근체시로 취급하지 않는다. 그러나 많은 시인들의 仄聲韻 시가가 있기에 소개했다고 생각한다.

〈句內疊韻體〉에는 "此詩莢葉, 瓜花末句疊韻"라는 설명이 있다. 인용하고 있는 시가 "風吹楡莢葉, 雨打木瓜花"의 마지막 두 글자는 한 단어로 이루어져 있다. 疊韻이란 韻이 같은 글자를 거듭해서 쓰는 것을 말한다. 여기의 '莢葉'(두 글자 모두 仄聲 葉韻), '瓜花'(두 글자 모두 平聲 麻韻)가 바로 疊韻이다. 역시 疊韻이라는 것을 소개한 부분이다.

近體詩의 정격은 平聲 押韻이 원칙이다. 여기에서 말하고 있는 押韻은 모두 變體에 속한다. 아마도 근체시의 用韻에 있어서 近體正格에 벗어난 예를 소개하는 차원으로 이해할 수 있을 듯하다. 결국은 近體詩의 押韻에 대한 내용을 소개했다고 할 수 있다.

(3) 平仄의 조화

近體詩의 格律은 일정한 규칙이 있다. 만약, 이런 규칙을 벗어나면 벗어난 것에 대한 보충이 있어야 하는데, 이 역시 근체시의 규칙에 속한다.[10] 이러한 규칙을 바탕으로 이 詩格書에서 언급하고 있는 격률(平仄)을 고찰해보고자 한다.

〈玄律體〉는 첫 구의 첫 네 자가 전부 仄聲, 둘째 구의 첫 사자가 平聲, 셋째 구는 格律이 모두 平聲, 넷째 구는 格律이 모두 仄聲인 시가를 예로 들고 있다. 이는 일반적인 近體詩의 格律에는 어긋나지만 특히 七言에 있어서 '一三五不論, 二四六分明'이나 '拗救'의 상황을 고려하면 가능하다. 인용된 시가를 분석해보면 다음과 같다. 측측측측평평평, 평평평평평측평, 평평평평측측측, 측측측측평평평. 이런 분석을 통해보면, 일단 셋째 구와 넷째 구에서 "上四字"가 빠졌음을 알 수 있다. 이러한 부분이 詩格書의 완전하지 못한 부분이라고 할 수 있다. 그리고 押韻이나 黏과 對가 모두 近體詩格律에 맞음을 알 수 있으며, 平仄에 있어서도 맞지 않는다. 즉, 첫 구의 네 번째는 平이이여야 하며 여섯 번째는 仄이여야 하는데 그렇지 않으며, 다른 부분의 平仄도 맞지 않는다. 여기에서는 근체시의 格律에 벗어나는 소위 變體의 경우를 소개하고 있다고 생각한다. 이러한 變體는 두 가지로 해석이 가능하다. 하나는 의도적인 부분이고, 하나는 착오라

---

10) 近體正格은 『漢語詩律學』 第1章 6節 74쪽을 참고하여 보면 다음과 같다.

　　五言　a식 - 측측평평측　　　　　七言　a식 - 평평측측평평측
　　　　　A식 - 측측측평평　　　　　　　　A식 - 평평측측측평평
　　　　　b식 - 평평평측측　　　　　　　　b식 - 측측평평평측측
　　　　　B식 - 평평측측평　　　　　　　　B식 - 측측평평측측평

　　또한 규칙을 벗어날 때, 이를 보충할 때의 규칙 역시 존재하는데 아래와 같다.
　* 丙種拗 七言 B식 측측평평측측평에서 第三字의 拗. 절대로 피하고 범하면 반드시 救함. 즉, 그 句에서 七言 第五字로 救한다.
　* 子類拗 七言 b식 측측평평평측측에서 第六字의 拗로 반드시 救했다. 즉, 그 구에서 七言 第五 字로 救한다.
　* 丑類拗 七言 a식 평평측측평평측에서 第六字의 拗로 반드시 救했다. 즉, 대구인 B식에서 七言 第五字로 救한다.

고 할 수 있다. 詩格書의 체재가 대개 완벽하지 않기에 양자의 가능성이 모두 존재한다. 다만, '玄'이라는 제목의 의미에 주의할 필요가 있는데, 현묘하다 혹은 특이하다 라는 의미로 부정적이기보다는 긍정적인 의미를 내포하고 있는 듯 하며, 의도적으로 근체시 格律의 파격을 예로 들은 듯하다.

〈背律體〉는 제목이 시사하듯 율격에 어긋나는 것을 말하고 있다. 그 평측 관계를 분석하면 아래와 같다.

日落水流西復東,　春光不盡柳何窮.
　측　　　　　　　평
巫娥廟裏低含雨,　宋玉宅前斜帶風.
　평　　　　　,　측측측평평측평
不將楡莢共爭翠,　深感杏花相映紅.
측평평측측평측,　평측측평평(측)측평
灞上漢南千萬樹,　幾人游宦別離中?
　측　　　　　　　평

'將'의 위치에 있어야할 글자가 당연히 仄聲이여야만이 소위 失黏[11]을 범하지 않게 된다. 그러나 詩格書에서는 "合用仄聲帶起, 却用平聲, 是背律也"(仄聲이 있어야만 부합되는데 도리어 平聲이 사용되었다. 이는 格律을 어긴 것이다.)라고 하여 平仄이 달라졌음을 지적하면서, 말미에 "此是大才, 不拘常格之體"(이것은 대단한 재간으로

---

11) 짝수 구의 둘째 구와 셋째 구, 그리고 넷째 구와 다섯째 구, 여섯째 구와 일곱째 구의 第二字의 平仄이 같아야 한다는 규칙이 黏이다. 이를 어긴 것을 失黏이라한다.

변하지 않는 규칙의 체재에 구속받지 않은 것이다.)라고 하여 칭찬
하고 있다. 이는 근체시의 규칙에 무조건적으로 구속되지 않아야 함
을 강조한 것이라고 할 수 있다. 즉 앞 〈玄律體〉와 마찬가지로 格律
에 대한 파격을 언급한 부분이다. 〈玄律體〉도 역시 의도적으로 파격
의 變體를 소개하여 너무 구속받지 않는 것이 좋다는 의견을 보여주
었다고 할 수 있다. 그러나 失黏의 규칙에 어긋나는 것은 사실상 근
체시의 규칙에 따르면, 近體詩가 아니고 古體詩라고 해야 하는 점도
유의할 필요가 있다. 즉 근체시의 變體인지 古體詩인지의 문제도 생
각해 볼 필요가 있다.

〈訐調體〉역시 "此種字合用平而用仄, 是訐調也"라고 하여 원래는
平聲이 부합되지만 仄聲으로 하였으며, 이러한 것을 '訐調'이다 라는
설명이다. 이는 앞의 어긋나는 것과는 다르다. 이에 대하여 羅根澤
은 拗體라고만 하고 구체적인 분석을 하지 않았는데, 엄밀한 분석을
하여 구분해야 할 것이다. 인용된 시는 七言律詩의 頷聯이다. 平仄
을 분석해 보면 다음과 같다.

青蛇上竹一種色, 黃蝶隔溪無限情.
평평측측측측측, 평측측평평측평
近體正格   평평측측평평측, 측측평평측측평

우선, 格律에 따르면 '種'자의 위치에는 平聲이 있어야 한다. 그러
나 '種'자인 仄聲이 왔다. 이는 소위 앞 주 10번에서 언급한 拗救의
규칙 중 丑類拗이다. 이 丑類拗는 대구의 第五字로 救하게 되어 있
다. 실제로 대구의 정격에 따르면 第五字는 仄聲인데, 이 시에서는
平聲으로 救했음을 알 수 있다.

近體詩格律에 따르면 두 번째 구중에서 '隔'자의 위치에는 平聲이 있어야 한다. 그러나 仄聲이 왔다. 이러한 拗救의 규칙은 바로 甲種拗이다. 甲種拗는 그 구의 第五字로 救해야 하는데, 실제로 平聲으로 救하고 있다. 결국 이 시는 平仄이 오묘하게 조화된 부분이라고 할 수 있다. 즉 두 개의 拗救가 행해진 경우이다. 결국, 詩格書에서 언급한 이 부분은 교묘한 格律의 조화를 보여준 부분이라고 할 수 있다. 그러므로 "訐調體"라는 제목에서 "訐"보다 "計"가 어울린다.[12] 또한 저자 역시 近體詩格律에 대한 조예가 아주 깊었음을 시사 한다고도 할 수 있다. 앞의 "背律體"가 파격의 필요성을 강조했다면, 여기에서는 格律의 오묘한 활용을 강조했다고 할 수 있다. 이러한 활용은 "拗體는 색다른 정취가 있기에 새로움이 있다."[13]라고 칭찬하는 것과 같은 맥락이다.

〈雙關體〉의 전반부에서는 시가인용 후에 "句字亦合用平, 今用仄字, 亦是訐調"라고 하여 앞의 〈訐調體〉에 해당함을 밝히고 있다. 분석을 하면 아래와 같다.

却到城中事事傷, 惠休歸寂賈生亡. 誰人收得章句篋, 獨我來經苔蘚房.
　　　　　　　　　　　　　　　　평평측측평측측, 측측평평평측평
　　　　　　　　　　　近體正格　　평평측측평평측, 측측평평측측평

여기에서도 '句'는 정격에 따르면 平聲이다. 그러나 仄聲으로 되어 있으므로 역시 丑類拗에 해당한다. 丑類拗는 대구의 第五字로 救해

12) 張伯偉編撰, 『全唐五代詩格校考』, 陝西人民出版社, 1996, 365쪽. "訐原本作計."
13) 于作龍著, 『唐代近體詩律格新探』, 警官教育出版社, 1995, 13쪽. "拗體別致, 故爾生新"

야 하는데, 실제로 第五字가 정격에 따르면 仄聲인데 平聲으로 되어
소위 救하고 있다. 결국 '訐'은 '詳'의 잘못이라고 하는 측면이 더욱
가능성이 있다.[14) 결국 "訐調體"는 교묘한 格律의 활용을 언급한 부
분이라고 할 수 있다.

(4) 句간의 연관성과 對偶

〈一篇血脈條貫體〉에는 "此詩首一句發語, 次一句承上弔屈原 … 此
二句爲領下語, 用爲弔汨羅之言 … 此腹內二句, 取江畔景象 … 此二
句爲斷章, 雖外取之, 不失此章之旨."라고 설명하고 있다. 發語와 계
승 그리고 반전과 결말은 바로 시가창작상의 구조를 말하는 것으로,
바로 首領頸結을 가리키는 것이다. 여기에서는 '血脈條貫'이라고 하
여 피가 흐르는 것처럼 전체 시가가 자연스럽게 일맥상통해야 함을
강조하고 있다. 후에 언급되는 '血脈相連'은 내부의 일맥상통을 말한
다면 여기에서는 전체 시가 한 수를 대상으로 한 것이다.

〈兩句一意體〉에는 "此二句雖屬對, 而十字血脈相連".라는 설명이
있다. 인용된 시가 구절 "如何百年內, 不見一人閑"(어찌하여 백년 동
안 한 사람의 한가로움도 보이지 않는가?)은 형태상 두 구이지만 내
용을 보면 한 의미이므로 떨어질 수 없는 구이다. 여기에서는 단어
의 對偶를 강조한 것이라기보다는 각 句간의 對偶를 말하고 있다.
"대개 出口와 對句의 내용이 한 의미로 이어지며, 또한 한 내용이 두
구에서 말해지는 것이 있는데, 이런 대구의 형식을 流水對라고 말한
다."[15)라고 말하듯 對偶의 일종임을 알 수 있다.

---

14) 앞의 책, 『全唐五代詩格校考』, 365쪽. "訐原本作詳."
15) 吳丈蜀等著, 『讀古詩文常識』, 上海古籍出版社, 1995, 80쪽. "凡是出口和對句的

〈句病體〉에는 "上句五字一體, 血脈相連. 若樹與玉堦是二物, 各體血脈不相連"라는 설명이 있다. 인용된 시가의 구절은 "沙摧金井竭, 樹老玉堦平"이다. 첫 구에 대하여 "모래를 파서 우물을 만들었는데, 모래가 무너지니 우물이 말랐다. 이것은 본래 한 가지 일이다."[16]라고 해석하듯이 모래와 우물은 연관성이 있는 한 가지 상황과 관련되어 있다. 둘째 구에서 나무가 오래되고 계단이 평평해진다는 것은 세월이 흘렀다는 표현이다. 세월이 흘렀다는 것은 한 가지 일이지만 나무와 계단은 연관성이 없는 다른 사물이기에 첫 구처럼 소위 일체가 되지는 않는다고 말하고 있다. 여기에서도 역시 對偶의 중요성을 강조한 부분이라고 할 수 있다.

〈雙關體〉에는 "此一句哭賈生, 一句哭僧, 是雙關也"라는 설명이 있다. 쌍관의 의미는 원래 한 말이 두 가지 뜻을 가지고 있는 것이다. 그런데 여기에서는 한 연 두 구의 내용이 유사하기에 雙關이라고 말하고 있는데, 이는 모호한 측면이 있다.

(5) 표현수법

〈模寫景象含蓄體〉의 "此二句模寫燈雨之景象, 含蓄悽慘之情"는 사물을 이용하여 含蓄의 의미를 밝히고 있다고 설명한 것이다. 여기에서는 사실상 두 가지 중요한 시가이론에 대한 부분이 있다. 하나는 含蓄의 표현수법이고, 다른 하나는 情景交融의 意境이다. 우선 含蓄에 대한 강조는 이전이나 이후에도 언급이 많은 중요한 부분이다.

內容說的是一個意思連貫下去, 也就是一句話分爲兩句說的, 這種對仗形式稱爲流水對"
16) 앞의 책, 『隋唐五代文學批評史』, 745쪽. "掘沙爲井, 沙摧卽井竭, 本是一事."

여기에서도 사물을 빌어 슬픈 감정을 간접적으로 표현했는데, 그 여
운이 길게 이어지기에 바로 함축이라고 한 것이다. 含蓄에 대한 강
조와 더불어 含蓄을 바탕으로 하여 사물이 감정을 대신 드러내고 있
다는 부분도 매우 중요하다. 바로 情景交融의 意境說을 말하는 것이
다. 인용된 시 구절 "點孤燈人夢覺, 萬重寒葉雨聲多"은 직접적으로
'悽慘'한 심정을 드러내지는 않았지만 '孤燈'·'寒葉'·'雨' 등의 사물이
전체적인 분위기를 슬프게 만들고 있음을 알 수 있다. 저자는 이 부
분에서 含蓄의 표현수법과 더불어 意境의 높은 경지를 함께 강조했
다고 할 수 있다.

2. 李洪宣 『緣情手鑑詩格』

『緣情手鑑詩格』에는 〈詩有五不得〉·〈束散法〉·〈審對法〉·〈自然
對格〉·〈詩有三格〉 등이 있다. 내용을 분석하여 순서에 상관없이 같
은 내용에 따라 정리하였다.

(1) 시가 창작시에 주의할 점

〈詩有五不得〉에는 "一曰不得以虛大爲高古. 二曰不得以緩慢爲淡儜.
三曰不得以詭怪爲新奇. 四曰不得以錯用爲獨善. 五曰不得以爛熟爲隱
約."라는 설명이 있다. 여기에서는 시가를 창작하는데 있어서 하지
말아야 할 태도를 제시하고 있는데, 결국은 그러한 태도를 피해야만
좋은 시가 창작이 가능하다는 의미로 받아들일 수 있다. 또한 다른
시각에서 본다면 高古·淡儜·新奇·獨善·隱約에 대한 강조라고도
할 수 있다. 高古는 齊己의 〈詩有十體〉의 첫 부분에 언급되고 있다.
또한 司空圖의 『詩品』에 언급된 '高古'는 시인의 思想을 말하고 있으

므로 思想風格을 연관되어 있다.17) 淡儜은 淡泊이나 恬靜의 의미를
가진 藝術風格이다. 新奇에서 新이란 진부한 것과 對가 되는 말이고,
奇란 庸俗한 것과 對가 되는 것으로 새롭고 평범하지 않은 의미를
가진 藝術風格이다. 獨善은 원래 儒家의 생활태도를 말하지만 여기에
서의 의미는 정확하게 파악할 수 없다. 隱約의 의미는 말은 간단하지
만 의미는 깊다는 것으로 바로 含蓄을 뜻한다. 특히 隱은 含蓄·蘊藉
의 특징을 가지고 있는 예술표현수법의 하나이다.

결국, 〈詩有五不得〉는 분명히 作詩의 태도로써 作詩의 방법을 제
시하고 있지만, 내부의 의미를 보면 이렇듯 다양하다. 高古·淡儜·
新奇는 사실상 風格용어이며, 隱約은 함축을 의미하는 예술표현수법
이다.

〈詩忌俗字〉에는 "摩挲(māsā 손으로 쓰다듬다)·抖藪(dǒusǒu 정신
을 차리다) 之類是也"라는 설명이 있다. 시를 창작하는데 있어서 摩
挲(māsā 손으로 쓰다듬다)·抖藪(dǒusǒu 정신을 차리다) 등이 俗子
를 피해야 한다는 점을 강조한 것이다. 中唐과 晩唐에 俗子를 즐겨
쓰는 시인들이 많았는데 저자는 이러한 기풍에 반대하여 俗子를 쓰
지 말 것을 주장한 것이다.18)

(2) 對偶와 煉句

〈審對法〉에 인용된 시 구절은 方干「旅次洋州寓居赦氏林亭」의 頷
聯 "鶴盤遠勢投孤嶼, 蟬曳殘聲過別枝"이다. 제목을 보면 '對를 살피는

17) 朱東潤著,〈司空圖詩論綜述〉(朱東潤著,『中國文學論集』, 中華書局, 1983, 9
    쪽.)
18) 앞의 책,『隋唐五代文學批評史』, 747쪽.

규칙'인데, 결국은 對偶에 대한 苦心을 말하고 있다고 할 수 있다. 그러므로 두 구는 모두 對를 형성하고 있으며, 특히 '鶴'과 '孤嶼'가 '蟬'과 '別枝'와 선명하게 對를 이루고 있다. 즉 여기에서는 對偶에 대한 강조를 통한 苦心의 창작을 말하고 있는 것이다. 이것은 소위 苦吟의 창작방법을 말한다. 이 시에 대한 평가를 보면 그런 苦吟에 대한 부분을 지적하고 있다. 『載酒園詩話』에서는 "조탁이 너무 드러나는 것은 좋지 않으며 공교롭게 하지 않는 것만 못하다. 무릇 시를 창작하고 글자에 힘쓰는 데에 있어서는 반드시 자연스럽고 흔적이 없어야 만이 그 우아한 이치가 드러나는 것이다."[19]라고 해석하고 있다. 또한 『鑒誡錄』에서도 "方干爲詩煉句, 字字無失"[20]라고 하면서 그 예로 「旅次洋州寓居赦氏林亭」의 頷聯을 들고 있다. 여기에서는 對偶의 정교함으로 苦吟의 시가창작의 한 예를 보여주고 있다고 생각할 수 있다. 이해하기 힘든 것은 저자가 언급한 "此卽深失力也, 切宜忌之"(여기는 바로 힘을 많이 잃었다. 절대로 마땅히 그것을 피해야 한다.)라는 설명이다. 무슨 힘을 잃었는지, 무엇을 절대로 피해야 하는 지가 불분명하다.

〈自然對格〉에서의 설명은 "'人世'對'菊花'是也"이다. 인용된 시가 구절은 杜牧시가 「九日齊安登高」의 頷聯 "人世難逢開口笑, 菊花須揷萬頭歸"이다. 이 시에서는 '人世'와 '菊花'가 對가 되며 잘 조화되고 있다. 方回 역시 『瀛奎律髓』"여기는 塵世와 菊花가 대가되는데 조

---

19) (淸)賀裳撰, 『載酒園詩話』"殊厭其太露咬文嚼字之態, 不及下語爲工. 凡作詩煉字, 又必自然無跡, 斯爲雅道."(郭紹虞編選, 富壽蓀校點, 『淸詩話續編』, 上海古籍出版社, 1983. 233~234쪽.)

20) (五代)何光遠撰, 『鑒誡錄』. "方干爲詩煉句, 字字無失." (陳伯海主編, 『唐詩滙評』, 浙江敎育出版社, 1996, 재인용.)

화가 되어 흔적이 전혀 보이지 않으며, 또한 변화된 것 중에서 훌륭한 것이다."21)라고 말하고 있다. 여기에서는 바로 자연스러운 對偶를 강조했다고 생각이 든다.

〈束散法〉에는 "'雲'字'水'字是束散也"라는 설명이 있다. 인용된 시가 구절은 "山暗雲凝樹, 江春水接天"이다. '雲'과 '水'는 자연사물로 잘 어우러진 對偶이다. 제목의 명칭은 불분명하지만 아마도 모인다는 의미로써의 '雲'과 풀어지고 흩어진다는 의미로써의 '水'가 아닐까 생각한다. 그러나 단순히 한 글자의 풀이를 위해서 시가를 인용하고 설명한 것은 아닐 듯 하며 주위의 항목과 연관시키면 對偶의 한 예를 들은 것으로 생각된다.

(3) 예술심미이론

〈詩有三格〉에는 "一曰意. 二曰理. 三曰景"라는 제시가 있다. 여기에서의 의미는 王昌齡이 『詩格』에서 언급된 〈詩有三境〉"一曰物境, 二曰情境, 三曰意境"과 흡사하다. 더욱 가까운 것은 王昌齡의 〈十七勢〉 중에 언급된 "理入景勢"나 "景入理勢"라고 할 수 있다. 〈詩有三格〉에서 단지 意, 理, 景 만을 제시했지만 역시 王昌齡의 견해와 같이 情景交融의 意境을 말하는 것이라 할 수 있다.

3. 鄭谷, 齊己, 黃捐 『今體詩格』

이 詩格書의 내용은 거의 전해지지 않는다. 즉, "凡是用韻有數格:

---

21) (元)方回選評, 『瀛奎律髓彙評』, 上海古籍出版社, 2005, 1139쪽. "此以塵世對菊花, 開闔抑揚, 殊無斧鑿痕, 又變體之俊者."

一曰葫蘆, 一曰轆轤, 一曰進退. 葫蘆韻字, 先二後三 ; 轆轤韻字, 雙出
雙入 ; 進退韻字, 一進一退. 失此則謬矣."라는 내용만 전해지며, 아마
도 用韻과 관련된 내용이라고 추측할 뿐이다.

4. 齊己 『風騷旨格』

唐末의 詩格書 중에서 가장 많은 내용을 가지고 있는 것은 바로
齊己의『風騷旨格』이다. 그러므로 唐末의 다른 詩格書에 비하여 연
구가 많은 것은 사실이지만 역시 깊이 있는 연구는 적다. 이는『風
騷旨格』에 대하여 긍정적인 평가보다는 부정적인 평가가 많기 때문
일 것이다. 즉, "齊己는 晚唐이 詩人들과 자신의 시구를 들어 설명하
고 있는데, 거의 새로운 견해가 보이지 않고, 심히 견강부회하다 …
각 항목은 자질구레하며 역시 새로운 견해가 보이지 않는다."[22]라는
평가가 있는데, 이는 번잡하고 인용한 시 구절의 의미가 정확하게
전달되지 않음을 지적한 것이다. 그러나 "모두 시를 인용하였는데,
司空表聖에 뒤지지 않는다."[23]라는 전인의 시각도 있기에 구체적인
검토의 필요성이 있다고 생각한다. 齊己의『風騷旨格』은 〈六詩〉·
〈六義〉·〈十體〉·〈十勢〉·〈二十式〉·〈四十門〉·〈六斷〉·〈三格〉 등
8개 부분으로 구성되어 있다.

---

22) 陳伯海主編, 『唐詩學史考』, 河北人民出版社, 2004, 155쪽. "齊己學晚唐詩人和
    自己的詩句進行闡釋, 無甚新見, 甚或牽强附會 … 各目繁雜, 亦無甚新見."
23) (淸)薛雪撰, 『一瓢詩話』 "皆繫以詩, 不減司空表聖."((淸)王夫之等撰, 『淸詩話』,
    上海古籍出版社, 1963, 707쪽.)

(1) 傳統詩敎와 유사한 부분

〈六詩〉는 大雅·小雅·正風·變風·變大雅·變小雅 등의 항목을 제시하면서 그 아래에 시의 일부 구절을 인용하고 있다. 제목만 본다면 詩經의 전통 詩敎와 연관되어 있다. 『毛詩序』에 전하는 風과 雅의 의미가 모두 敎化나 정치와 관련되기 때문이다.[24] 그러나 실제로 여기에 인용된 시를 분석하면 詩敎라고 하기 어렵다. 인용된 시가가 대부분 자연에 대한 모습을 묘사하거나 시인 자신의 심정을 기탁하고 있기 때문이다. 그러므로 여기에서 많이 언급된 '雅'는 오히려 "高雅하고 淸逸한 審美적인 趣味와 속되지 않은 審美적인 고상한 습관이다."[25]라는 견해에 부합된다고 할 수 있다.

〈六義〉는 風·賦·比·興·雅·頌 등으로 구성되어 있다. 항목만 본다면, 역시 詩經의 '六義'와 같다. 그러나 인용된 시를 분석해보면 詩經의 전통을 말하고 있지는 않으며, 〈六詩〉와 유사한 風格을 지닌 시가들이 인용되었다. 특히 '雅'에 대하여서는 『隋唐五代文學批評史』에서도 "그때의 사람들은 이런 高情遠致한 모습을 표현하는 것을 雅라고 부른 듯하다."[26]라고 평가하고 있다.

여기에서는 두 가지를 언급할 수 있겠다. 우선, 〈六詩〉나 〈六義〉에 나타난 내용 중에서 명확한 것은 詩敎보다는 오히려 風格의 '雅'를 강조했다는 점이다. 다음에는 비록 詩敎에 관한 내용이 아니지만

---

[24] 『毛詩』1쪽. "風, 風也, 敎也.", 2쪽. "雅者, 正也, 言王政之所由廢興也. 政有小大, 故有小雅焉, 有大雅焉." (『四部叢刊初編』本.)

[25] 成復旺主編, 『中國美學範疇辭典』, 中國人民大學出版社, 1995, 330쪽. "高雅淸逸的審美趣味和不同凡俗的審美習尙."

[26] 앞의 책, 『隋唐五代文學批評史』, 750쪽. "似乎當時人是將此種表現高情遠致的形象稱之爲雅的."

왜 유독 詩經의 '六義'와 관련된 〈六詩〉·〈六義〉를 詩格書의 첫머리
에서 언급했는가를 생각해보고자 하며, 혹 詩經의 詩敎나 정치에 대
한 관심을 가지고 있어서 그렇지 않았을까 하는 생각도 가능하지 않
나 한다. 그 이유는 우선, 齊己의 시가를 본다면 詩僧이면서도 現實
을 반영하는 시가가 적지 않기 때문이다. 예를 들면, 그의 시가에는
「猛虎行」·「耕叟」·「西山叟」·「苦熱行」 등의 樂府詩의 현실주의시
가전통을 계승한 시가 있으며, 현실을 반영하는 의의를 가진 「送人
赴官」·「亂後經西山寺」·「看金陵圖」·「謝炭」·「讀峴山碑」 등의 시
가도 있기 때문이다. 그러므로 "날카롭게 사회의 어두움을 폭로했으
며, 中唐 新樂府運動의 諷諭정신을 계승하고 발전시켰다."[27]라는 지
적이 있는 것이다. 또한 詩經의 '六義'에 대한 언급은 다른 곳에서도
볼 수 있다. 즉 『唐才子傳』에서 "일찍이 『玄機分別要覽』 一卷을 지
었는데, 古人의 詩 구절을 모으고 순서에 따라 분류하는데 여전히
風, 賦, 比, 興, 雅, 頌으로 구분하였다."[28]라고 언급하고 있다. 『玄機
分別要覽』은 전해지지 않는 책이지만 그 분류는 역시 '風·賦·比·
興·雅·頌'으로 하고 있다. 구체적인 내용을 알 수 없지만 詩經의
"六義"를 이용한 것은 분명하다. 이러한 것을 본다면 詩格書에서는
비록 詩經의 詩敎가 보이지 않지만 시인은 원래 그러한 정신이 가지
고 있음을 유추해 볼 수 있다.

---

27) 孫昌武著, 『禪思與詩情』, 中華書局, 1997, 351쪽. "都尖銳地揭露了社會黑暗, 繼
承發揚了中唐新樂府運動的諷諭精神."
28) (元)辛文房著, 『唐才子傳全譯』, 貴州人民出版社, 1994, 604쪽. "嘗撰『玄機分別
要覽』一卷, 撫古人詩聯, 以類分次, 仍別風, 賦, 比, 興, 雅, 頌."

(2) 對偶와 風格

〈十體〉는 高古·淸奇·遠近·雙分·背非·無虛·是非·淸潔·覆
粧·闔門 등으로 나누어져 있다. 특히 十體와 十勢에 대하여 "시의
體制와 風格을 광범위하게 논하였다."[29]라고 말하고 있지만 이 역시
완전하지는 않다. 물론 체재나 風格을 말하고 있는 것은 사실이지만
항목의 명칭이나 인용된 시가의 고찰해보면 여전히 모호한 부분이
적지 않기 때문이다. 항목의 명칭이나 인용된 시가의 분석을 통해서
구분해보면 아래와 같다.

우선, 체재에 해당하는 항목은 遠近·雙分·無虛·是非 등이다.
이 항목들은 모두 對句에 대한 강조라고 할 수 있다. 遠近에 인용된
시가는 "已知前古事, 更結後人看"인데, "前古事"와 "後人看"는 소위 前
과 後의 원근이 있는 對句라고 할 수 있다. 또한 雙分에 인용된 시
가는 "船中江上景, 晚泊早行時"인데, "船中"과 "江上" 그리고 "晚泊"과
"早行"이 각각 위치와 시간에 따라 한 구 자체에서 對를 만들고 있기
에 雙分이라고 한 듯하다. 無虛에 인용된 시가는 "山寺鐘樓月, 江城
鼓角風"인데 항목의 명칭은 모호하지만 "잡을 수 없는 사물이다."[30]
라는 해석이 타당한 듯하다. 그러나 제목이 가진 의의는 없으며 역
시 '山과 江 그리고 月과 風이 對를 이루고 있는 구절이라고 할 수
있다. 또한 是非에 인용된 시가는 "須知項籍劍, 不及魯陽戈"인데 "項
籍劍"과 "魯陽戈"로 對句를 만들고 있다. 이 세 가지 항목 중에서 遠
近과 雙分은 내용과 부합되면서 對를 이루고 있고, 無虛와 是非는

29) 孫立著,『中國文學批評文獻學』, 廣東人民出版社, 2002, 185쪽. "廣論詩的體制
風格"
30) 앞의 책,『隋唐五代文學批評史』, 751쪽. "不可把捉之物"

항목의 명칭과는 부합되지 않지만 시가를 보면 對偶와 관계가 있기
에 범위에 넣었다.

　다음은 風格을 지칭하는 항목으로, 高古·淸奇·淸潔 등이 있다.
高古에 인용된 시가는 "千般貴在無過達, 一片心閒不奈高"이다. 이를
보면 高古란 고상한 風格과 관련됨을 알 수 있다. 淸奇에 인용된 시
가는 "未曾將一字, 容易謁諸侯"이다. 淸奇에 대한 가장 일반적인 견
해는 淸雅하고 범속하지 않은 風格이라고 말하고 있다. 『隋唐五代文
學批評史』에서도 "우아하고 결백한 품성을 묘사하고 있다."[31]라고
고상한 風格을 말하고 있다고 지적하였다. 그러나 다른 각도로 본다
면 의미가 다를 수 있다. 즉 이 시의 앞 연 "禪外求詩妙, 年來鬢已
秋"(禪을 추구하는 것 이외에 시의 묘함을 구하느라 해가 가면서 귀
밑털이 하얗게 되었네.)라는 내용과 연관시킨다면 苦吟의 작법을 강
조한다는 생각도 든다. 그러므로 여기에서의 淸奇는 淸에 중점을 두
어 고상한 風格을 말한다는 가능성도 있겠지만, 奇에 중점을 두어서
奇妙함을 추구하는 苦吟의 작법을 말한다는 가능성도 있다고 할 수
있다. 淸潔은 명칭으로 보면 고상함을 말하는 淸奇와 유사하지만 인
용된 시 구절 "大雪路亦宿, 深山水也齋"(길에 많은 눈이 내렸으니 묵
어가고, 깊은 산에 물이 있으니 제사지낸다.)라는 내용을 보면 모호
함이 있음을 알 수 있다. 나머지 背非·覆粧·闔門 등은 명칭이나
인용된 시가를 보아도 알 수 없는 부분으로 차후의 연구과제로 남기
고자 한다. 〈詩有十體〉라는 명칭에서 '體'가 가지고 있는 일반적인
것은 風格과 가깝다고 할 수 있다. 그러나 항목의 명칭과 인용된 시
가를 보면 風格과 관련된 내용과 더불어 체재의 구성 즉 시가의 창

---

31) 앞의 책, 『隋唐五代文學批評史』, 751쪽. "寫淸高的操守"

작방법과 연관된 부분이 있음을 알 수 있다.

〈詩有十勢〉는 獅子返擲勢・猛虎踞林勢・丹鳳啣珠勢・毒龍顧尾勢・孤雁失群勢・洪河側掌勢・龍鳳交吟勢・猛虎投潤勢・龍潛巨浸勢・鯨呑巨海勢 등으로 만들어져 있다. 齊己는 여기에서 열 가지의 독특한 제목으로 구분하고 있지만 "구체적인 설명이 없이 오직 시를 인용했으며, 예를 든 시가를 보면 사실상 가리키는 바가 왜 그런가가 불명확하다."[32]라는 지적에서 알 수 있듯이 전체적으로 모호하며 체계적이지 않은 것이 사실이다. 다만 여기에서는 용어 자체에 중점을 두어 禪宗과 연결시키고 있다. 즉 "晚唐五代의 詩格에서 齊己의『風騷旨格』은 가장 중요한 詩格書이다. 그는 '勢'에서 여러 종류의 항목을 만들었는데, 바로 직접적으로 禪宗 영향을 받은 결과이다 … 齊己가 나열한 '十勢' 중에서 첫 번째 '獅子反擲勢'는 禪宗의 話頭로부터 유래한 것이다."[33]라고 하여 禪宗과의 깊은 관계로써 설명하고 있다. 그러나 열 가지 모두 禪宗에서 근원을 찾아야만 타당할 것이며 저자가 인용한 시가 역시 부합되어야 하는데 그렇지는 못하다. 또한 "이들 항목의 많은 '勢'가 말하는 것은 실제상 시가 창작에서의 句法문제이다. 여기서 말하는 句法은 上下兩句가 내용상 혹은 표현수법에 있어서 서로 보충하거나 서로 반대가 되거나 혹은 대립되어 만들어진 '張力'이다. 이 '張力'은 詩句의 節奏律動이나 구조형태의

---

32) 앞의 책,『隋唐五代文學思想史』, 446쪽. "未加闡述, 只擧例詩, 而從例詩看, 實不明其所指爲何."

33) 張伯偉著,『禪與詩學』, 浙江人民出版社, 1992, 18~20쪽. "在晚唐五代的詩格中, 齊己的《風騷旨格》乃是最爲重要的一部. 而他爲'勢'安上種種名目, 則又是禪宗影響的直接結果 … 在齊己所列的十勢中, 第一勢'獅子反擲勢', 就來自於禪宗話頭."

힘 사이에 있으므로 이에 따라 바로 일종의 '勢'를 만들어 낼 수 있는 것이다."34)라고 하여 句法에 대한 설명이라고 말하고 있지만, 역시 구체적인 예를 들어 설명하고 있지는 않다. 이를 확인하기 위해서는 인용된 시가에 대한 句法을 구체적으로 살펴보아야 할 것이지만 실마리가 될 수 있는 제목조차도 없고 단지 시가로 예로 들었을 뿐이기에 막연하다. 그러므로 역시 차후의 지속적인 연구 과제를 남기고자 한다.

〈詩有二十式〉에는 出入・高逸・出塵・回避・並行・艱難・達時・度量・失時・靜興・知時・暗會・直擬・返本・功勳・抛擲・腹誹・進退・禮義・兀坐 등으로 나누어져 있다. 항목의 명칭과 인용된 시가의 분석에 따라 風格을 나타내거나 이론적인 내용이 있는 부분을 검토해보고자 한다.

우선, 風格을 나타내는 항목에는 高逸・出塵・達時・靜興 등이 있다. 高逸에 인용된 시가에서는 "夜過秋竹寺, 醉打老僧門"(밤중에 절을 지나며, 취한 듯 노승이 사는 절의 문을 두드리네.)라고 하여 탈속의 藝術風格을 보여주고 있다. 出塵에 인용된 시가에서도 "逍遙非俗趣, 楊柳護春風"(세속을 잊고 逍遙하는데, 봄바람이 버드나무를 감싸네.)라고 하여 역시 세속을 벗어난 경계를 나타내고 있다. 또한 達時에 인용된 시가에서는 "古松飄雨雪, 一室掩香燈"(노송은 눈과 비에 하늘거리며, 방의 등불을 가렸다 보였다하게 만드네.)라는 하여 고송을 빌어 고요한 경계를 표현하고 있다. 靜興에 인용된 시가에서도

---

34) 앞의 책, 『禪與詩學』, 22쪽. "這些名目眾多的'勢'講的實際上是詩歌創作中的句法問題. 這裏講的句法, 指的是由上下兩句在內容上或表現手法上的互補, 相反或對立所形成的張力', 這種張力'由於存在於詩句的節奏律動和構句模式的力量之間, 因而就能形成一種'勢'."

"古屋無人到, 殘陽滿地時"(오래된 집에 오는 사람이 없고, 석양빛만 가득 차있네.)라고 하여 역시 탈속과 고요함을 표현하고 있다.

다음에는 시가이론과 관련된 항목으로 艱難이 있다. 명칭으로는 무엇인가 어려움이 있다는 의미인데, 인용된 시가를 보면 무슨 의미인지 확연하다. 인용된 시 "覓句如探虎, 逢知似得仙"(좋은 구를 찾기가 호랑이 찾는 것 같고, 그것을 만나면 마치 신선이 되는 듯하다.)라는 내용은 바로 苦吟의 창작방법을 언급한 것이다. 이 구절은 齊己 자신의 시가로 苦吟에 대한 심정을 표현하였다. 특히 이 구절은 앞 연 "詩心何以傳? 所證自同禪"(禪宗의 깨달음과 같은 시의 마음을 어떻게 전해야하나?)라는 내용을 보면 더욱 확연해진다. 제기는 "『白蓮集』 중에는 셀 수 없이 많은 시구들이 있는데, 苦吟의 어려움을 말하고 있다. 비록 賈島를 언급하지 않았지만 사실상 바로 賈島의 苦吟精神에 대한 인정과 숭상이다."[35]라는 기재를 통하여 알 수 있듯이 苦吟을 중시했던 시인이다. 이러한 苦吟에 대한 강조는 사실상 명칭으로는 맞지 않지만 知時의 항목이 더욱 중요하다. 그 이유는 여기에 인용된 시 구절이 바로 齊己의 苦吟의 성향을 단적으로 보여주는 시가이기 때문이다. 인용된 시 구절은 "前村深雪裏, 昨夜一支開"이다. 여기에서 소위 "一字師"라는 칭호는 바로 제기에게서 유래된 것이다. 『五代史補』에 전하는 "鄭谷이 袁州에 있었는데 齊己가 시를 가지고 있기에 만나려고 하였다. 『早梅』시의 '前村深雪裏, 昨夜一支開.'를 보고는 鄭谷이 웃으면서 '나무 가지가 여러 개 있는 것은 이르다는 의미와 조화되지 않는다. 나뭇가지 하나가 더욱 어울린다.'

---

35) 앞의 책, 『隋唐五代文學批評史』, 758쪽. "《白蓮集》中更有難以枚數的詩句, 以苦吟冥搜爲言: 雖未言及賈島, 其實正是對賈島苦吟精神的肯定, 推崇."

라고 말했다. 齊己는 깜짝 놀라 자신도 모르게 꿇어앉아 예의를 갖추었는데, 이로부터 사대부들이 鄭谷을 齊己의 한 글자 스승으로 삼았다."36)라는 내용은 바로 제기의 시가창작방법 중의 하나인 苦吟을 잘 보여주고 있다.

기타 항목들은 제목과 인용된 시가가 통일성이 없기에 구체적인 분석은 차후의 연구과제로 남기고자 한다.

〈詩有六斷〉에는 合題·背題·卽事·因起·不盡意·取時 등이 있다. 소위 '斷'이란 시가의 마지막을 뜻하며 특히 結尾에 대한 중시를 표시한다고 말하고 있다.37) 또한 여기에 인용된 시들이 모두 齊己의 시라는 점이 특이하며 아마도 스스로 중시했던 부분임을 유추할 수 있다. 그러기에 다른 부분보다 체계가 있으며 중요한 시가이론이 언급되고 있다.

우선, 合題·背題는 제목과 부합되는가와 제목과 부합되지 않는가에 대한 언급이다. 시가의 결론은 마지막에 있기에 제목과 부합되어야 한다는 것을 강조했다고 할 수 있다. 다음에는 卽事이다. 卽事란 사실에 대한 기록을 말하는 것으로 현실에 대한 반영을 뜻하기도 한다. 인용된 시 구절은 齊己의 시가 「劍客」의 말련 "翻嫌易水上, 細碎動離魂."이다. 이 시는 秦王을 죽이려는 자객 荊軻가 易水에서 의를 위하여 용감하게 죽음을 맞이하겠다는 결연한 의지를 표현했던 사실을 이용하여 쓴 시이다. 역사적 사실을 바탕으로 의를 위하는 시인의 심정이 반영되어 있다고 할 수 있다.

---

36) (宋)陶岳撰, 『五代史補』 "鄭谷在袁州, 齊己因携所爲詩往謁焉. 有《早梅》詩曰: '前村深雪裏, 昨夜一支開.' 谷笑謂曰:'數枝非早也, 不如一枝得佳.' 齊己矍然, 不覺兼三衣叩地膜拜, 自是士林以谷爲齊己一字之師." (『四庫全書』, 407冊.)

37) 앞의 책, 『隋唐五代文學批評史』, 754쪽.

다음은 因起이다. 因起란 어떤 일이나 상황은 원인이 있어야 발생된다는 것을 말하고 있다. 인용된 시 구절은 "閑尋古廊畵, 記得列仙名"(한가로이 옛 복도의 그림을 보다가 선녀의 이름이 기억났다네.)라는 내용이다. 선녀의 이름이 생각나게 된 것은 복도의 그림을 봤기 때문이기에 因起라고 명칭을 지은 듯 하다. 시가 창작 역시 시를 창작하고자 하는 이유가 있어야 시가가 창작되는 것임을 강조한 것이라 할 수 있다.

다음은 不盡意이다. 이것은 "詩에서 귀한 것은 함축적으로 모두다 드러내지 않는 의미이다."[38]라는 견해에서 알 수 있듯이 바로 함축과 같은 의미이다. 즉 저자는 結尾에는 필히 함축이 있어야 함을 강조한 것이다. 인용된 시 구절은「詠懷寄知己」의 末聯으로 "此心終待相逢說, 時復登樓看暮山"(이런 마음은 서로 만날 때 말할 것을 기약하며, 때때로 누대에 올라 해지는 산을 바라보네.)라는 내용이다. 이 시는 벗과의 만남을 회고하며 벗을 그리워하는 심정을 표현한 시이다. 특히 '時復'이 시인의 심정이 어느 정도인가를 독자로 하여금 추측하게 만드는 여운이 있다. 함축에 대한 강조는 시가의 창작에 있어서 누구나 중시하는 부분이다. 저자 역시 이러한 含蓄을 통한 作詩의 방법을 중시한 것이다.

(3) 시가 내용

〈詩有四十門〉은 皇道・始終・悲喜・隱顯・憫愴・道情・得意・背時・正風・返顧・亂道・抱直・世情・匡救・貞孝・薄情・忠正・相成・嗟歎・侯時・淸苦・騷愁・睠戀・想像・志氣・雙擬・向時・傷心・鑒

---

38) (淸)吳喬著, 『圍爐詩話』, "詩貴有含蓄不盡之意." (『淸詩話續編』, 476쪽.)

戒・神仙・破除・蹇塞・鬼怪・紕繆・世變・正氣・扼腕・隱悼・道交・淸潔 등이다. 여기에서는 주로 내용과 관련된 항목들이며, 구체적으로 본다면 심리나 감정과 관련된 항목들이 많다.

우선, 心理와 관련된 항목에는 悲喜・惆愴・嗟歎・騷愁・睠戀・傷心・扼腕(嗟歎)・隱悼 등이 있다. 이러한 항목들은 제목으로도 쉽게 感傷적인 심리와 관련됨을 알 수 있다. 예를 들면, 騷愁에 인용된 시 구절은 "已難消永夜, 況復聽秋霖"(이미 긴긴 밤도 지내기 어렵거늘, 하물며 가을 비 소리까지 다시 들어야 하는가)이다. 이 시는 객사에서의 쓸쓸한 심정을 묘사한 것이다. 또한 傷心에 인용된 시 구절은 "六國空流血, 孤祠掩落花"(六國의 하늘에는 피가 흐르고, 문 닫은 외딴 사당에는 꽃잎만 떨어져 있네)이다. 시가 전체에 感傷적인 정조가 스며들어 있다.

다음에는 감정과 관련된 용어에는 道情・得意・世情・薄情 등이 있다. 예를 들면, 薄情에 인용된 시는 "君恩秋後薄, 日夕向人疎"(임금의 은총은 가을 지나자 박해지고, 나날이 소원해져만 가네)이다. 이 시는 소원해져 가는 임금의 은총을 표현하고 있다.

나머지 용어들 중에서 비슷한 명칭을 가지고 있는 것을 정리하면 다음과 같다. 예를 들면, 皇道・忠正・貞孝가 유사하며, 鬼怪・神仙이 유사하며, 志氣・正氣가 관련이 있는 듯 하며, 俟時・向時가 유사하고, 世變과 扼腕이 유사하다. 기타 항목의 명칭들과 인용된 시가와의 관계는 현재는 명확히 알 수 없으며 차후의 과제로 삼고자 한다.

『中國文學批評史』에서는 〈四十門〉에 대하여 "四十門은 시가창작의 제재이다."[39]라고 설명했지만 사실상 제재라기보다는 『隋唐五代

---

39) 羅根澤著, 『中國文學批評史』, 上海書店出版社, 2003, 492쪽. "四十門是作詩的

文學批評史』에서 말한 "대부분 내용관 관련이 있다."40)이라는 지적
이 합당하다. 즉, 전체적으로 비교적 통일된 내용을 찾는다면 바로
심리나 감정과 관련된 항목이라고 할 수 있다. 특히 感傷적인 심리
에 대한 언급은 "晚唐의 시대적인 심리와 시가風格의 특징을 실제적
으로 대표하는 것은 '感傷'이다."41)라고 견해와 잘 부합된다.

(4) 시가수준에 대한 평가

〈詩有三格〉은 上格用意 · 中格用氣 · 下格用事로 구분되어 있다.
여기에서는 시의 격조에 따른 우열을 말하고 있는데, 바로 시가의
수준에 대한 언급이다. 齊己는 用意를 가장 중요한 上格을 여겼다.
인용된 시 구절은 "那堪懷遠路, 猶自上高樓"와 "九江有浪船難濟, 三峽
無猿客自愁"이다. 두 인용한 시 구절은 모두 작가를 알 수 없지만,
王之渙의 「登鸛雀樓」와 李白의 「早發白帝城」과 매우 흡사하다. 아
마도 인구에 회자하던 명시를 흉내낸 시로써 뜻하는 바가 분명하게
표현된 시가의 예를 들은 듯하다. 비록 두 번째 시가는 李白의 시와
는 달리 침울한 정조가 보이지만 두 시 모두 뜻하는 바가 명백한 시
가인 것은 사실이다. 제기는 시인이 가진 뜻이 잘 표현된 시가를 최
고의 시가로 여기고 있음을 알 수 있다. 다음은 用氣이다. 이는 시에
스며들어 있는 기운에 대한 강조라고 할 수 있다. 즉 제기는 시가창
작에 있어서 작가의 정신적인 측면인 氣質이나 個性을 강조했다고
할 수 있다. 마지막은 用事로 사물을 이용하는 것을 말한다. 시가창

題材."
40) 앞의 책, 『隋唐五代文學批評史』, 752쪽. "多有關於內容"
41) 田耕宇著, 『唐詩餘韻』, 巴蜀書社, 2001. 56쪽. "眞正代表晚唐的時代心理和詩歌
風格特證的是'感傷'."

작에 있어서는 典故를 사용한다든가 사물을 빌어 작가의 상황이나
심정을 기탁하는 것을 말한다. 여기에서는 시가의 수준에 대한 평가
를 정리함으로써 시가를 창작하는데 있어서 중요한 부분이 무엇인
지를 제시했다고 할 수 있다.

5. 虛中 『流類手鑑』

(1) 시가의 서론부분

이 詩格書의 앞부분에 서론처럼 "夫詩道幽遠, 理入玄微, 凡俗罔知,
以爲淺近. 善詩之人, 心含造化, 言含萬象. 且天地, 日月, 草木, 煙雲皆
隨我用, 合我晦明. 此則詩人之言應於物象, 豈可易哉?"(대저 시의 도리
는 그윽하고 아득한 것이며, 그 이치는 오묘한 것이니, 무릇 속된 그
물에 얽매이는 것을 천박하게 여긴다. 시를 잘 짓는 사람은 마음속
에 대자연을 품고 말로 드러낼 때는 만물을 품는다. 天地·日月·草
木·煙雲은 모두 나에 의하여 이용되고 나와 합쳐져 밝아지고 어두
워진다. 이것은 바로 시인의 말이 사물에 응대하는 것을 말함이니
어찌 쉽겠는가?)라고 기재되어 있다. 여기에서는 시의 도리를 언급
하여 중시하고 있으며, 특히 시가창작에 있어서 사물에 대한 중요성
을 강조하고 있다. 이러한 강조에 대한 부연설명은 바로 이어서 소
개되고 있다.

(2) 제재와 내용

〈物象流類〉에서는 서론부분에서 언급한 시인의 창작은 사물과 관
련되었다는 것을 예를 들어 나열해 놓았다. 전부 55개 종류로 나누
고 있다. 어떤 사물이나 상황은 시가 속에서 어떤 상황을 대신 나타

내주는 비유의 역할을 한다고 말하고 있다. 예를 들어, "巡狩, 明帝
王行也."는 천자가 각지를 시찰한다는 '巡狩'로써 황제의 순행을 밝
히고 있다라는 의미로 이해할 수 있으며 타당성이 있다. 또한 "殘陽,
落日, 比亂國也"의 경우 역시 이해가 간다. 즉 황혼으로 어지러운 국
가를 비유했다는 것은 자연스러운 것이다. 그러나 사실상 황혼은 난
국만 비유하는 것은 아니다. 어떤 경우는 개인적인 삶에서의 황혼도
흔히 비유되기 때문이다. 이렇듯 처음에 언급된 '明'과 나머지 전체
가 '比'라고 하는 것을 통하여 어떤 사물은 어떤 상황의 비유가 된다
는 견해를 보여주고 있다.

　저자가 직접적으로 서문에서 언급하지는 않았지만 주의할 부분은
바로 그 비유하고 있는 상황의 내용에 있다. 구분해 보면 다음과 같
다. 우선, 황제에 관련된 언급이 있다. 예를 들면, 帝王行·聖明·君
恩·威令·暴令·上位·王道·大位·君令·君臣 등이다. 신하와 관
련된 언급이 있는데, 近臣·百僚·良臣君子·諫臣·佞臣 등이다. 지
식인이나 사대부에 관련된 언급에는 怨士·賢人·貞士·未得時君
子·上賢·善人·小人·知時小人·惡人·愚人·賢人·智人·萬民·
兵·武兵師 등이 있다. 儒家와 관련된 것에는 古道·有德·義與決
烈·仁與慈·禮與明·智與君政·信與長生 등이 있다. 그리고 통일되
지 않는 기타에는 明時·暗時·蕭殺·基業·上宰·廊廟·運數·法
密·孤進·小物·經綸·酷罰·依附·美價·妖媚·高尚 등이 있다.

　이러한 언급들은 구체적이지 않고 특별한 체계도 없다. 비록 이렇
게 단순하게 전체 사물을 특정 詩語로 비유할 수는 없겠지만 이러한
제시 자체는 시가를 이해하는데 도움이 되었을 것이며, 이전의 시가
의 詩語에 대한 일종의 통계적인 의미가 있다고 생각한다. 특히 여
기에 언급된 내용들을 보면 기타를 제외하고 대개는 국가나 신하 그

리고 儒家적인 부분과 관련된 정치적인 부분이 있기에 이전에 표현 기교나 格律에 대한 강조를 주로 언급했던 詩格書와는 다른 일면을 보여주고 있다.

(3) 시가 내용

〈詩有二宗〉에는 "第四句見題是南宗, 第八句見題是北宗"라는 설명 이 있다. 정확한 의도를 알 수가 없다. 南宗과 北宗은 禪宗의 두 계 열인데, 아마도 한 시에서 네 번째 구의 내용은 南宗과 관련된 것이 고, 여덟 번째 구의 내용은 北宗과 관련된 것이라는 것을 설명한 듯 하다.

〈擧詩類例〉는 구체적으로 시가를 언급하여 말하고자 하는 의미를 전달하고자 하였다. 전반부 네 가지의 분류를 제외하면, 모두 〈物象 流類〉중에서 언급한 내용의 부연설명에 해당한다고 할 수 있다. 또 한 인용한 시의 詩語나 내용은 특히 제왕이나 국가 등과 연관된 정 치적인 부분으로 비유되고 있다고 밝히고 있다.

전반부 네 가지 분류는 다음과 같다. 우선, "詩有隱題"이다. 명칭 으로 본다면, 숨겨진 제목이라는 의미이지만 인용된 시가와의 연관 성은 모호하다. 다음은 "以上是達識之句"이다. 賈島의 시구 「內道場 僧弘紹」 중 頷聯 "夜閒同象寂, 晝定爲吾開"를 인용하고 있다. 내용을 보면 궁전의 禪師가 밤에는 불상처럼 고요하게 참선하고, 낮에는 나 를 위하여 禪의 고요한 境界를 열어준다고 말하고 있다. '達識'의 사 전적인 의미는 식견에 통달하다라는 의미인데, 여기에서는 아마도 선사의 깨달음을 말하고 있는 듯 하다. 다음은 "以上陰陽造化之句" 이다. 명칭의 의미는 대자연이 천지의 사물을 창조한다는 것인데, 인용한 시와는 상관이 없어 보인다. 다음은 "以上是感動天地之句"이

다. 인용된 시는 「哭胡遇」의 頷聯 "祭迴收朔雪, 弔後折寒花"이다. 벗
인 胡遇의 죽음을 애통해 하며 쓴 시이다. 아마도 천지를 감동시킨
다는 것은 그 슬픔이 하늘에 닿았을 것이라는 의미인 듯하다. 여기
의 네 분류는 명확하지 않지만 전체적으로 내용과 연관된 부분이라
고 생각한다.

항목의 詩語나 시가의 내용이 무엇을 비유하고 있는 가를 밝히고
있는 것에는 29종이 있다. 이중에서 특히 그 설명의 내용이 국가나
정치와 관련된 내용을 보면 아래와 같다.

첫째는 "此比物諷刺也"이다. 인용된 시가는 齊己 「溪齋」 중의 頸
聯 "瑞器藏頭角, 幽禽惜羽翰"이다. 내용을 보면 은일생활에 대한 심
리를 나타내고 있다. 그러므로 사실상 諷刺와는 상관이 없다고 할
수 있다.

둘째는 "蒼山比國, 亂流比君不正也"이다. 인용된 시가는 馬戴의 시
로 「楚江懷古」其一 중의 頸聯 "廣澤生明月, 蒼山夾亂流"(광활한 동정
호에는 달이 떠오르고, 푸른 산은 어지러이 흐르는 물줄기사이로 보
이네.)이다. 이 시는 馬戴가 직언으로 인하여 귀양 가서 자신의 능력
을 알아주지 않는 것에 대한 실의의 심정을 표현하고 있다. 굳이 저
자가 말한 비유로 연결하자면, 국가(물줄기 사이에 있는 蒼山)가 인
재를 알아보지 못하는 황제(어지러이 흐르는 물줄기)에 의하여 다스
려지고 있다는 의미이다. 그러나 이러한 비유는 억지라고 할 수 있
다. 비록 자신의 직언으로 귀양을 간 상황이 楚나라 屈原과 같은 처
지라도 여기에서 주로 표현하고 있는 것은 애국의 심정보다는 개인
적인 슬픔이기 때문이다. 실제로 전체 시가 중 마지막 구의 "竟夕自
悲秋"(밤 내내 잠 못 이루고 스스로 슬픔에 잠겼네)라는 내용을 보면
더욱 그렇다. 그러므로 여기에서의 비유는 억지로는 긍정할 수 있지

만 무리가 따르며 "단지 한가로운 풍경을 묘사했을 뿐이다."⁴²⁾라는
평가가 더욱 적합한 듯하다. 『隋唐五代文學批評史』에서도 이 부분
에 대하여 "이러한 이해는 아주 강한 주관적인 임의성이 있기에 견
강부회하며 시 전체의 意境의 완벽함을 파괴했다."⁴³⁾라고 문제점을
지적하였다. 다만, 여기에서는 잘못 인용했다고 하더라도 저자가 원
래 의도하고자했던 바는 아마도 屈原을 빌어 애국의 심정을 표현하
고자 했던 것 같다.

셋째는 "白雲比賢人去國也"이다. 인용된 시가는 賈島 「送殷侍御赴
同州」 중의 頷聯 "白雲孤出岳, 淸渭半和涇"이다. 우선, 『全唐詩』에는
앞 구가 달라 "中條全離嶽"이라고 기재되어 있다. 물론 어느 부분이
맞는 가는 다시 연구할 부분이지만 근래 출간된 『賈島集校注』에 따
르면 『全唐詩』의 구절로 되어 있다. 그러므로 기본적으로 잘못 기
재된 것이 아닌가하는 의혹이 생긴다. 만약 詩格書에 인용된 그대로
본다하더라도 역시 의혹이 있다. 시인이 직접적으로 白雲을 賢人으
로 비유한 것은 아니더라도 송별하는 殷侍御에 대한 칭찬을 하고 있
는 말련 "猶來交辟士, 事別偃林扃"(역대로 발탁된 才士이며, 일하는
데 있어서 게으른 자와 다르네.)의 내용을 보면, 그러한 비유가 가능
하다고 생각한다. 그러나 전체적으로 이 시의 전반부가 景物에 대한
묘사이고, 후반부가 작가의 心理에 대한 묘사라는 측면에서 본다면,
역시 좋은 의미를 지닌 白雲이라고 해서 반드시 賢人인 벗이 될 수
는 없지 않을 까 한다. 다만, 역시 저자가 원래 의도하는 바는 저자

---

42) 『唐律消夏錄』, "只寫閑景"(『唐詩滙評』, 2538쪽. 재인용.)
43) 앞의 책, 『隋唐五代文學批評史』, 764쪽. "此類理解, 帶有很强的主觀任意性, 穿
鑿附會, 破壞了全詩意境的完整"

가 한 설명과 같은 내용일 것이라고 추측할 뿐이다.

넷째는 "此君暗臣僭, 賢人不仕也"이다. 江淹의 시가 「雜體詩三十首」의 "日暮碧雲合, 佳人殊未來"(날 저물자 푸른 구름 합해지고, 가인은 오질 않네.)이다. 우선 특이한 점은 대개의 시가인용이 唐末에 국한되었는데 이 시는 魏晉南北朝의 齊梁시기라는 점이다. 특별한 이유는 알 수 없지만 아마도 비유에 적합해서이지 않을 까 한다. 실제로 인용된 구절의 내용만을 보면 전반부는 "君暗臣僭"의 의미가 있으며, 후반부는 "賢人不仕"의 의미를 가지고 있을 법하다. 그러나 전체 시가의 내용을 보면, 사실상 인재가 등용하거나 하는 것이 아니고 "休上人"과의 아쉬운 이별을 노래하고 있을 뿐이다.

다섯째는 "此比不招賢士也"이다. 인용된 시가는 詩僧 無可의 「秋寄從兄賈島」중 頷聯 "聽雨寒更盡, 開門落葉深"이다. 전체적인 내용은 가도를 생각하며 지은 시이므로 사실상 '不招賢士'의 의미와는 거리가 있다.

여섯째는 "此比國弱也"이다. 인용된 시가는 齊己의 시가 「殘春」중 頷聯 "園林將向夕, 風雨更吹花"이다. 석양을 언급하고 바람에 날리는 꽃을 언급하고 있기에 표면적으로는 국가가 나약하다는 비유가 될 만하다. 그러나 전체 시의 내용을 보면 우국이나 애국 등의 내용이 아니며, 단순히 봄이 사라져 가는 아쉬움을 표현한 시일뿐이다.

일곱째는 "此比君恩不及正人也"이다. 내용은 임금의 은총이 바른 사람에게 미치지 못하는 것을 비유한다는 뜻이다. 인용된 시가는 馬戴의 「春思」首聯 "初日照楊柳, 玉樓含翠陰"이다. 전체 시가의 내용에 대하여 "그윽한 아름다움은 古詩의 性情을 가지고 있다."[44]라고

44)『唐詩歸』, "幽婉有古詩性情."(『唐詩滙評』, 2535쪽. 재인용.)

평가하는 것을 보면 임금의 은총과는 거리가 있다.

여덟째는 "此比聖君德音也"이다. 내용은 聖君이 덕을 비유한다는 뜻이다. 역시 인용된 시가 "聞彈玉弄音, 不敢林上聽"의 내용은 聖君의 덕과는 상관이 없다.

위에 언급한 부분의 나머지 항목은 설명이 없으며 명확한 근거를 찾기 힘들기에 차후의 연구과제로 미루기로 한다.

인용된 구절은 저자가 언급하는 비유와 부합되는 듯하지만 전체 시가의 내용을 파악한 후에 인용된 구절과 저자가 언급하는 비유의 내용을 비교해보면 대부분 부합하지 않는다. 결국 첫째는 전체의 시가를 고려하지 않고 단순하게 표면적으로 비유하고자 하는 상황을 나타낼만하다고 여겨지는 일부 구절을 인용한 것이다 라는 추론이 가능하다. 둘째는 원래는 전체의 시가의 내용을 고려하면서 인용하려고 했지만 그 의미를 정확히 알지 못해 억지로 맞추려 했다는 추론이 가능하다. 이 양자 중 저자가 시인의 신분이라면 결코 후자의 시각으로 인용했다고는 생각되지 않는다. 즉 표면적으로 비유가 될 만한 가능성이 있는 구절을 단순하게 선별하여 인용했다는 것인데, 이는 이론서적으로서의 詩格書가 중시 받지 못했던 중요한 이유 중의 하나라고 생각한다. 같은 맥락으로 〈物象流類〉역시 예를 들면 이렇다하는 정도의 제시에 불과하다는 결론을 내릴 수 있다. 다만, 저자가 의도하는 것이 실제 내용과 다르더라도 설명의 내용은 국가나 정치와 관련되며 따라서 그 의도도 추측할 수 있다.

이 詩格書를 보면 역시 체계가 없고 인용이나 설명이 적합하지 않은 것이 많다. 그러나 나름대로의 의의는 있다고 생각한다. 즉, 표현 기교나 격률에 대한 언급보다는 정치적인 부분이 많다는 것은 詩格書의 새로운 부분이라고 할 수 있다. 이는 정치적인 영향도 있지만

우선은 아마도 현실에 대한 반영이라는 차원에서 이해할 수 있을 듯
하다. 혼란한 唐末에서 시가창작의 내용부분을 강조한 것이 詩格書
의 새로운 부분이 아닐까 생각한다. 또한 기존의 詩格書가 이미 형
식부분은 많이 언급하고 있기에 여기에서는 새로운 시각이 필요했
을 듯 하며 현실사회에 대한 변화의 요구가 있기에 정치적인 부분을
많이 언급했을 것이다. 이는 바로 詩格書 자체의 변화발전이라고 생
각한다. 특히 이러한 정치에 관련된 부분의 언급은 이후의 詩格書인
『風騷要式』이나 『詩中旨格』에서도 나타나고 있다. 또 한 가지는 虛
中이 비록 詩僧이지만 사물을 통한 비유라는 방법을 이용하여 당시
의 시가창작에 나타난 사물을 설명하였기에 조금이나마 당시의 시
가내용에 대하여 개괄적인 정리를 했다고 할 수 있다.

Ⅲ. 詩格書에 나타난 특징과 의미

唐末의 5종 詩格書의 내용을 보면, 두 가지 중요한 단점이 있음을
알 수 있다. 첫째는 전체적으로 체계가 없다는 점이다. 각각의 詩格
書가 언급하고 있는 내용이 통일성 있게 정리되지 않았다는 것이다.
둘째는 각각의 詩格書 내부의 제목과 인용하고 있는 시가 및 그것에
대한 설명이 불분명하다는 점이다. 여기에서는 앞 절의 내용에 대한
고찰을 바탕으로 각각의 詩格書가 언급하며 강조하고 있는 분야를
정리하면서 그 특징과 의미를 살펴보고자 한다.

1. 近體格律에 대한 중시

近體詩는 唐代에 가장 성행했던 詩體이다. 唐末에 이르러서도 近

體詩의 창작은 당연히 적지 않았다. 특히 唐末에 이르러 형식적인
측면을 강조하면서 근체시의 格律에 대한 규칙이 중시되었다고 할
수 있다. 이들 詩格書 역시 近體詩 格律의 중요성을 강조하고 있다.

(1) 押韻

押韻은 近體詩의 중요한 특징이다. 그러므로 詩格書에서도 押韻
에 대한 언급이 적지 않다. 우선, 王叡『九轂子詩格』의 〈三韻體〉·
〈連珠體〉·〈仄聲體〉·〈句內疊韻體〉 등이 押韻에 대한 내용이다. 그
러나 押韻의 방법을 언급한 것은 아니며 押韻의 變體에 해당하는 부
분을 말하고 있다. 押韻 자체는 이미 다 아는 사실이므로 그 變體를
의도적으로 언급했다는 생각이 든다. 또한 비록 鄭谷·齊己·黃捐
『今體詩格』 대부분의 내용이 전해지지 않고 불분명하지만 전체적으
로는 押韻의 방법과 관련이 있다.

(2) 平仄

平仄의 조화는 近體詩에서 복잡한 규칙으로 만들어진 중요한 부
분이다. 한 구 혹은 두 구사이의 平仄의 조화는 정해진 규칙이 있으
며, 시인은 당연히 이에 의거하여 시가를 창작해야 한다. 우선, 王叡
『九轂子詩格』 중 〈玄律體〉·〈背律體〉·〈訐調體〉 등이 平仄에 관한
언급을 하고 있다. 특히 〈背律體〉와 〈訐調體〉에 보이는 拗救의 변화
는 근체시의 가장 복잡한 부분이라고 할 수 있는데, 그 교묘한 규칙
에 어울리는 예를 찾아 잘 제시하고 있다. 이는 이 시기에 平仄에
대한 관심과 이를 중시했다는 증거가 된다고 생각한다.

(3) 對偶

　王叡『九穀子詩格』중의 〈兩句一意體〉·〈句病體〉등과 李洪宣『緣情手鑑詩格』중의 〈審對法〉·〈自然對格〉·〈束散法〉등이 있다. 여기에서는 對偶에 대한 강조를 통한 苦心의 창작을 말하고 있다. 또한 齊己『風騒旨格』〈十體〉중의 遠近·雙分·無虛·是非 등도 모두 對句에 대한 강조이다. 對偶는 近體格律을 완성하는데 없어서는 안될 중요한 부분이다. 그러므로 대부분의 詩格書의 저자들이 이 부분을 강조한 듯하다.

2. 표현수법에 대한 중시

　시가를 창작하는데 많은 수법이 있다. 그중 가장 일반적으로 중시되며 많은 이론가들이 언급한 것은 바로 含蓄의 수법일 것이다. 王叡『九穀子詩格』중의 〈模寫景象含蓄體〉와 李洪宣『緣情手鑑詩格』〈詩有五不得〉중 隱約은 함축을 의미하는 예술표현수법이다. 또한 齊己『風騒旨格』〈詩有六斷〉중의 不盡意도 역시 含蓄의 수법을 언급한 것이다.

3. 藝術風格

　藝術風格이란 시인이 창작한 시가에서 저절로 우러나오는 風格을 말한다. 이는 한 시인의 시가특징이 될 수 있다. 이러한 부분에 대한 언급은 李洪宣『緣情手鑑詩格』〈詩有五不得〉중의 高古·淡儜·新奇 등이 있으며, 齊己『風騒旨格』〈六義〉중의 雅와 〈十體〉중의 高古·清奇·清潔 등이 있으며, 역시 齊己『風騒旨格』〈詩有二十式〉

중에도 風格을 나타내는 항목으로 高逸·出塵·達時·靜興 등이 있다. 예술풍격에 대한 강조는 이전 다른 詩格書에서는 찾기 어려운 부분이다. 이는 일반적인 시가창작의 규칙과는 거리가 있기 때문이다. 따라서 風格을 언급한 것은 기타 詩格書와 다른 특징적인 부분이라고 할 수 있다.

4. 詩教와 관련된 風格

詩教와 관련된 風格이란 詩格書에 언급된 내용 중에서 시가가 가지는 사회성이나 정치성이 언급되어 있는 것을 말한다. 이는 일반적인 詩格書가 시가의 창작방법과 관련되어 近體詩格律이나 표현수법 등을 강조하는 것과는 달리 시가의 사상성과 관련된 내용을 말한다. 齊己『風騷旨格』의 〈六詩〉·〈六義〉 등은 직접적이지는 않지만 사상과 관련된 내용이 농후하며, 虛中『流類手鑑』〈物象流類〉·〈擧詩類例〉 중에서 앞에서 부연 설명한 일부 항목들이 詩教와 관련된 風格을 언급하고 있다.

5. 기타

唐末 5종의 詩格書에 표현된 다양한 내용 중에서 비교적 통일성이 있는 것은 위에서 정리해 보았다. 사실상 이들 詩格書가 대개는 체계가 없기에 다양한 내용들이 이곳저곳에 섞여져 있다고 할 수 있다. 그러한 부분을 정리하면 아래와 같다.

齊己『風騷旨格』〈詩有四十門〉에는 心理나 감정과 관련된 항목으로 悲喜·惆愴·嗟歎·騷愁·眷戀·傷心·扼腕(嗟歎)·隱悼 등과 道情·得意·世情·薄情 등이 있다.

李洪宣 『緣情手鑑詩格』〈詩有三格〉과 〈模寫景象含蓄體〉에는 예술심미이론인 情景交融의 意境과 관련된 내용이 언급되어 있다.

齊己 『風騷旨格』〈詩有二十式〉 중의 艱難과 〈十體〉 중의 淸奇는 모두 苦吟의 창작태도를 말하고 있다.

齊己 『風騷旨格』〈詩有三格〉은 시가의 수준을 구분하여 설명하였다.

齊己 『風騷旨格』〈詩有十勢〉는 禪宗과 관련된 용어로 제목을 만들었으며, 대략 시가의 구조와 관련된 내용이다.

Ⅳ. 맺는 말

唐末 5종의 詩格書를 고찰해보면 이전 연구자들이 지적한 체계가 없다는 부분에 동감을 가지지 않을 수 없다. 그러나 이러한 부분은 이미 알고 있었기에 체계와 상관없이 詩格書에서 언급하고 있는 것이 무엇인지를 분석하는데 의미를 두었다. 또한 그 내용에 인용되어 있는 시가와 구체적으로 접목하여 최대한 그 의미를 밝히고자 하였다. 비록 의외로 방대하기에 전부를 고찰하지는 못하고 차후의 연구 과제로 미룬 부분이 적지 않지만, 일부는 확인하는 작업이 되었고 일부는 새로운 부분에 대한 결실을 얻을 수 있었다.

우선, 近體詩의 규칙을 정리했다는 의미가 있다고 생각한다. 특히 押韻과 平仄의 조화 그리고 對偶는 近體詩의 가장 중요한 특징인데, 역시 이 부분에 대한 언급이 상세함을 알 수 있었다. 다음에는 風格에 대한 언급이다. 비록 약간이며 체계가 없이 언급되기는 했지만 이전의 詩格書에서 언급하지 않았던 風格에 대한 언급은 새로운 부분이라고 할 수 있다. 다음은 시가의 政治性과 관련된 부분이다. 역시 깊이가 있지는 않지만 언급했다는 그 자체가 바로 詩格書의 이론적 발전이라고 할 수 있다.

　이러한 의미를 가지고 있기에 詩格書를 詩話와는 다르다고 하지만 소위 '初期詩話'[45)라고 할 만한 가치는 어느 정도 있다고 생각한다. 그러므로 이후의 정통적인 詩話의 출현에 일조를 했다고 생각한다.

---

45) 앞의 책, 『隋唐五代文學思想史』, 445쪽.

● 參考文獻 ●

張少康·劉三富著, 『中國文學理論批評發展史』, 北京大學出版社, 1995.

羅宗强著, 『隋唐五代文學思想史』, 上海古籍出版社, 1986.

王運熙·楊明著, 『隋唐五代文學批評史』, 上海古籍出版社, 1994.

羅根澤著, 『中國文學批評史』, 上海書店出版社, 2003.

張伯偉編撰, 『全唐五代詩格校考』, 陝西人民出版社, 1996.

張興武著, 『五代作家的人格與詩格』, 人民文學出版社, 2000.

陳伯海主編, 『唐詩彙評』, 浙江教育出版社, 1996.

田耕宇著, 『唐音餘韻』, 巴蜀書社, 2001.

張伯偉著, 『禪與詩學』, 浙江人民出版社, 1992.

孫立著, 『中國文學批評文獻學』, 廣東人民出版社, 2002.

(元)辛文房著, 『唐才子傳全驛』, 貴州人民出版社, 1994.

孫昌武著, 『禪思與詩情』, 中華書局, 1997.

陳伯海主編, 『唐詩學史考』, 河北人民出版社, 2004.

王力著, 『漢語詩律學』, 上海教育出版社, 1979.

(元)方回選評, 『瀛奎律髓彙評』, 上海古籍出版社, 2005.

吳丈蜀等著, 『讀古詩文常識』, 上海古籍出版社, 1995.

于作龍著, 『唐代近體詩律格新探』, 警官教育出版社, 1995.

成復旺主編, 『中國美學範疇辭典』, 中國人民大學出版社, 1995.

저자

임원빈(任元彬)

1984년 한국외국어대학교 중국어과에 입학했고, 졸업 후에 동 대학원에서 중국 고전시가를 전공하며 석사 학위를 취득했다. 중국 상하이(上海) 푸단대학(復旦大學) 고전문학 박사과정에 입학해 1998년 박사 학위를 취득했다. 2011년 2월부터 7월까지 중국 베이징대학(北京大學) 중문과에서 연구학자로 연구 활동을 했다. 박사 학위논문은 『唐宋之際文學與思想政局研究』이다. 저서로는 『현대중국어 실용문』, 『중국어 어휘활용 100%』, 『中國古典 詩世界』, 『古代 韓中詩僧의 詩歌 探究』, 『唐末詩人的心理世界』 등이 있으며, 편저로는 『중국문학사료학(中國文學史料學)』이 있고, 역서로는 『그 상상력의 비밀3』, 『그 상상력의 비밀4』, 『육구몽 시선(陸龜蒙詩選)』, 『임포 시선(林逋詩選)』 등 10여 편이 있다. 논문으로는 「唐末詩歌에 나타난 文人心理」, 「宋初 詩歌 중의 淑世精神」, 「佛敎(禪宗)文化와 唐末의 詩歌」, 「詩僧 齊己의 風騷旨格과 詩創作」, 「松陵集 중의 皮日休 詩歌研究」, 「陸龜蒙 시가에 나타난 현실성」, 「唐末 溫庭筠의 詠史懷古詩」, 「古代 韓中詩僧의 시가 비교연구」, 「林逋 시가의 내용 고찰」 등 50여 편이 있다. 현재도 中國唐末詩歌와 韓中比較文學 등을 중점적으로 연구하고 있다. 중국 관련 학회지인 중국학연구의 편집위원과 중국연구의 초빙연구원으로 활동하고 있으며, 한국외국어대학교, 평택대학교, 숙명여자대학교, 국민대학교, 숭실대학교 등에 출강했다. 현재는 한국외국어대학교 중국연구소 학술연구교수이다.

晚唐 詩歌와 宗教文化

초판 인쇄 2015년 3월 20일
초판 발행 2015년 3월 30일

저   자| 임원빈
펴 낸 이| 하운근
펴 낸 곳| 學古房

주   소| 서울시 은평구 대조동 213-5 우편번호 122-843
전   화| (02)353-9907 편집부(02)353-9908
팩   스| (02)386-8308
홈페이지| http://hakgobang.co.kr/
전자우편| hakgobang@naver.com, hakgobang@chol.com
등록번호| 제311-1994-000001호

ISBN   978-89-6071-476-2 93820

값 : 17,000원

이 도서의 국립중앙도서관 출판시도서목록(CIP)은 서지정보유통지원시스템 홈페이지
(http://seoji.nl.go.kr)와 국가자료공동목록시스템(http://www.nl.go.kr/kolisnet)에서 이용하
실 수 있습니다.(CIP제어번호: CIP2015007268)

■ 파본은 교환해 드립니다.